Fogo & Estrelas

Grupo Editorial Universo dos Livros – selo Hoo
Avenida Ordem e Progresso, 157 – 8º andar – Conj. 803
CEP 01141-030 – Barra Funda – São Paulo/SP
Telefone/Fax: (11) 3392-3336
www.universodoslivros.com.br
e-mail: editor@universodoslivros.com.br
Siga-nos no Twitter: @univdoslivros

AUDREY COULTHURST

São Paulo
2022

Of fire and stars
Copyright © 2016 by Audrey Coulthurst
Mapa – Copyright © 2016 by Saia Jordan
All rights reserved.
Copyright © 2022 by Hoo Editora

Todos os direitos reservados e protegidos pela Lei 9.610 de 19/02/1998.
Nenhuma parte deste livro, sem autorização prévia por escrito da editora, poderá ser reproduzida ou transmitida sejam quais forem os meios empregados: eletrônicos, mecânicos, fotográficos, gravação ou quaisquer outros.

Diretor editorial: **Luis Matos**

Gerente editorial: **Marcia Batista**

Assistentes editoriais: **Letícia Nakamura e Raquel F. Abranches**

Tradução: **Michelle Gimenes**

Preparação: **Cristina Lasaitis**

Revisão: **Luisa Tieppo e Juliana Gregolin**

Arte: **Renato Klisman e Valdinei Gomes**

Diagramação: **Cristiano Martins**

Capa: **Renato Klisman**

Dados Internacionais de Catalogação na Publicação (CIP)
Angélica Ilacqua CRB-8/7057

C892f

    Coulthurst, Audrey
    Fogo & estrelas / Audrey Coulthurst ; [tradução de Michelle Gimenes]. — São Paulo : Hoo, 2022.
    400 p. (Of fire and stars ; v. 1)

    ISBN: 978-85-93911-24-8
    Título original: *Of fire and stars*

    1. Ficção norte-americana 2. Ficção fantástica 3. Magia - Ficção 4. Lésbicas - Ficção 5. Homossexualidade - Ficção
    I. Título II. Gimenes, Michelle III. Série

22-1121

CDD 813.6

OS REINOS DO NORTE

HAVEMONT

OSMA

MONTE VERÍDICO

ALCANTILADA

CÂNION ZIR

Província de Portonorte

CIRALIS

COROVJA

Província de Nax

ALMENDORN

LAGO VIERI

MYNARIA

LYRRA

PORTO
DOS REIS

*Província de
Flora-Régia*

ZUMORDA

FLORESTA
DE TAMERS

*Província de
Tríndor*

KARTASHA

PORTO JIRAE

CANAL DE
TRÍNDOR

TERRAS DE
KRIANTZ

SONNENBORNE

Para os membros da Austin Java Writing Company –
Obrigada por alimentarem as chamas em mim que tornaram este livro possível. Vocês estarão sempre entre as estrelas mais brilhantes do meu universo.

PRÓLOGO

Quando eu tinha sete anos, minha mãe me pegou empilhando, com mãos desnudas, pedaços de carvão em brasa dentro da lareira.

Naquela noite, Alcantilada estava gelada até a alma, um tipo de frio que apenas Havemont conhece, quando o sol se põe mais cedo e deixa a tarde tão escura quanto a madrugada, e a neve inclemente forma um redemoinho no céu. Minha irmã Alisendi e eu nos ajoelhamos no Grande Ádito, o templo mais sagrado dos quatro Reinos do Norte, nós duas pequeninas sob a abside cavernosa com a representação do deus do fogo. As chamas que dançavam na lareira davam vida às paredes, desde a forja e as fogueiras usadas no preparo de alimentos pintadas do chão até o teto, onde os raios de sol davam lugar a um céu sombrio raiado de estrelas cadentes. Deveríamos dedicar alguns minutos à oração depois de nossos estudos, até que nossa mãe, a rainha, fosse nos buscar.

Em vez disso, arremessávamos lascas de madeira o mais longe que conseguíamos sobre as lajotas quentes, rindo enquanto o gato do templo saltava sobre os pedaços de madeira deslizantes. Mas então o fogo diminuiu, e um pedaço de lenha em chamas rolou para fora da lareira, criando uma chuva de fagulhas. Alisendi gritou e saltou para trás. Contudo, algo me fez permanecer imóvel enquanto eu sentia a ponta dos meus dedos formigar. Quando agarrei o pedaço de madeira e o arremessei de volta à lareira, a sensação das chamas não passava de um leve roçar na minha pele, embora as pontas das minhas luvas de lã queimassem lentamente.

— Veja, Ali — falei, pegando um pouco das cinzas que haviam rolado para fora da lareira. Na palma da minha mão que ainda formigava, chamas surgiram novamente, tão brilhantes quanto o fogo na lareira. A excitação percorreu meu corpo enquanto eu observava a chama arder. Eu não fazia ideia de que era possível segurar o fogo com as mãos, mas aquilo respondia a uma pergunta que eu me fazia e que nunca havia conseguido colocar em palavras.

— Você não deveria fazer isso — Alisendi advertiu, desenhando o símbolo do deus do fogo no ar à sua frente.

— Mas é como aquelas histórias sobre os grandes feiticeiros — falei. — E se as pessoas ainda tiverem poderes? E se as outras histórias também forem verdadeiras? Sobre dragões e fadas? E sobre pessoas que assumem a forma de animais? — Fiquei zonza só de imaginar que o mundo poderia realmente estar cheio daqueles seres incríveis. E animada ao pensar que eu poderia ser um deles.

— Essas histórias foram inventadas para nos fazer dormir — Alisendi disse. — Já somos grandinhas demais para acreditar nessas bobagens.

Fiz cara feia e continuei segurando a brasa na palma da mão.

— Então quer dizer que isto não é verdade?

— Não sei — ela respondeu e deu um passo para trás. Sua incerteza era algo estranho de se ver. Um dia ela seria rainha de Havemont, e já se portava como se soubesse de tudo. Eu sempre quisera ser como minha irmã mais velha perfeita, mas nunca estivera à sua altura: eu era tímida demais, estudiosa demais e impulsiva demais para ser uma líder de verdade. Mas agora finalmente eu conseguia fazer algo de que ela não era capaz.

— Isto é real — insisti, e enfiei as duas mãos no fogo, mostrando a ela que as chamas não me afetavam. Empurrei um pedaço de madeira para o lado, construí uma torre de brasas e desenhei o brasão de nosso reino nas cinzas perto da pilha.

Foi então que nossa mãe chegou.

Ela deu um grito agudo e me puxou para fora das chamas, seu pânico se transformando em medo enquanto ela espanava as cinzas e encontrava uma pele imaculada sob a fuligem.

– Princesas não brincam com fogo – ela me repreendeu.

Assustada com as lágrimas nos olhos dela, prometi nunca mais fazer aquilo – uma promessa que se revelaria impossível de cumprir.

Mais tarde naquela noite, minha mãe me disse que o deus do fogo deve ter me concedido um dom, porque nosso reino mantinha o deus do fogo junto aos nossos corações. Ela disse que talvez minhas orações no Grande Ádito tivessem sido respondidas com magia, porque o templo ficava num lugar tão alto nas montanhas que os Seis Deuses quase nem precisavam baixar suas cabeças para ouvir nossas preces. Àquela altura, já era tarde demais para anular meu noivado com o príncipe de Mynaria, embora o povo de seu reino acreditasse que o uso de magia era heresia. Mamãe insistiu que, se fosse ignorada em vez de estimulada, minha Afinidade com o fogo desapareceria como os pequenos dons de muitas pessoas. Ela nos proibiu – Alisendi e eu – de contar aquilo aos outros.

Nos anos seguintes, tentei ignorar a atração pelas chamas. Mas o desejo de me entregar ao formigamento que eu sentia em minhas mãos ou bochechas era mais forte do que uma coceira irritante. Entre minhas aulas de história, etiqueta e política, eu evocava a magia quando estava sozinha e brincava com ela como se fosse um truque para entreter as visitas. Aos dez anos, eu conseguia fazer com que o fogo ardesse com mais intensidade ou com que algumas centelhas dançassem pelo piso. Minha magia era pequena e discreta, como tudo em mim, e fácil de manter em segredo.

Minha rotina continuava sendo um ensaio para o momento em que eu conhecesse meu noivo prometido, e meu segredo parecia uma coisa trivial. Eu acreditava que, contanto que prosseguisse com meu treinamento, nada poderia dar errado.

Mas algumas coisas são mais fortes do que anos de treino.

A atração do fogo.

A ânsia de liberdade.

Ou uma garota montada em um alazão.

O verão estava insuportável em Mynaria no dia em que cheguei para conhecer meu futuro marido. Enquanto minha carruagem chacoalhava pelas ruas pavimentadas rumo ao castelo no lado oeste da cidade, eu não conseguia dizer se era o nervosismo ou o corpete apertado do meu vestido que tornava difícil respirar. Os cidadãos se enfileiravam na beira das estradas, dando vivas e agitando pedaços de tecidos coloridos, e o clamor permaneceu em meus ouvidos muito tempo depois que minha aia e meu séquito se separaram nos portões do castelo e que minha carruagem seguiu solitária até parar no pátio interno.

— Que os Seis me deem força — sussurrei para me manter firme assim que o lacaio abriu a porta revestida de veludo.

Desci sobre lajotas claras e fui recebida por uma fileira de cavalos em armadura completa. A armadura deles brilhava ao sol, e suas rédeas de seda bordada tremulavam. Bandeiras coloridas pendiam das muralhas acima deles, alternando entre o roxo da minha terra natal e o azul-escuro de Mynaria. Por trás da guarita assomava o castelo, uma estrutura maciça com torres quadradas que se projetavam para o céu. Pareciam nuas sem os pináculos serpenteantes que coroavam o palácio em que cresci, e tal estranheza me fez sentir um nó na garganta de tanta saudade que sentia de casa.

Antes que eu pudesse dar um passo, uma égua baia ergueu a cabeça e esbarrou seus quartos traseiros no cavalo ao seu lado, gerando uma onda de orelhas abaixadas e cascos agitados por toda a fila. O príncipe que a montava exibia um sorriso de boas-vindas. Meu estômago se revirou de nervoso.

— Pare — murmurou a pessoa no cavalo alazão ao lado dele.

Lutei contra o impulso de me encolher diante dos cavalos e, em vez disso, botei um sorriso confiante no rosto, mantendo a postura ereta para aumentar ao máximo minha estatura diminuta. A primeira impressão que eu precisava passar era de equilíbrio e dignidade, não de ansiedade e resignação. Se Alisendi estivesse em meu lugar, àquela altura ela já teria feito sua entrada triunfal no castelo e conquistado metade da corte. Em comparação com ela, eu me sentia uma oferenda pobre.

— Sua Alteza Real, Princesa Dennaleia de Havemont! — um arauto anunciou. Os cavaleiros desmontaram todos ao mesmo tempo e se curvaram. Respondi com uma mesura. O príncipe passou as rédeas que segurava para a pessoa ao seu lado e deu um passo à frente. Os retratos dele que eu tinha visto em minha casa não lhe faziam justiça. Cada costura do gibão era perfeitamente ajustada ao seu corpo. Seus cabelos loiros brilhavam ao sol e eram compridos apenas o suficiente para serem ajeitados atrás das orelhas, e seus olhos azul-claros combinavam com o céu sem nuvens.

Eu esperava sentir alguma coisa, que uma espécie de fagulha nascesse em meu peito ante a visão de seus ombros largos e de seu queixo forte. Mesmo depois dos anos de inevitabilidade do meu casamento, parte de mim esperava que pudéssemos nos apaixonar.

Nada aconteceu e minha confiança vacilou.

— Bem-vinda a Lyrra, capital de Mynaria, Sua Alteza — o príncipe disse e se curvou. — Sou o Príncipe Thandilimon, a serviço da Coroa e dos Seis.

Fiz uma reverência formal em resposta. Outro homem, vestindo traje de administrador, deu um passo à frente para ladeá-lo. Eles tinham o mesmo nariz reto e a mesma cor de cabelo, embora os fios do administrador fossem mais grisalhos do que loiros. Ele só podia ser o irmão do rei.

— Lorde Casmiel, administrador da Coroa — ele se apresentou com um sorriso largo, e então pegou minha mão e a beijou de um jeito antiquado, como meu pai às vezes fazia. O gesto familiar me confortou. Todavia, antes que eu pudesse completar minha mesura, a égua do príncipe enfiou os dentes na manga da garota que a segurava.

— Pare! — a garota disse, afastando o focinho do cavalo com o cotovelo. A égua baixou as orelhas, agitou seus quartos traseiros novamente e acertou em cheio um coice no cavalo alazão.

O caos se instalou quando o grande animal atingido se empinou e se afastou abruptamente dos demais, indo direto para onde eu estava; faíscas saíam das ferraduras do animal quando suas patas tocavam as lajotas. O pânico cresceu em mim e minha magia emergiu enquanto eu perdia o controle de um modo jamais visto. Tentei sair do caminho do cavalo que se aproximava, mas sua espádua se chocou contra o meu ombro. Todo o ar dos meus pulmões se esvaiu quando caí de costas no chão.

— Agarrem-no! — uma voz gritou.

Botas se agitaram à minha volta e freios retiniram enquanto as pessoas acalmavam seus cavalos e tentavam retomar o controle da situação. Eu ofegava em busca de ar.

Alguém se abaixou do meu lado e colocou uma mão suave sob minhas costelas. Ergui o olhar até um par de olhos cinzentos com cílios compridos, surpresa em ver o rosto da garota que segurara as rédeas do cavalo que correra para cima de mim. Ela tinha sardas delicadas sobre o nariz e cabelos castanho-avermelhados que se destacavam em contraste com seu uniforme azul-escuro.

— Está tudo bem — ela disse. — Tente relaxar. Use estes músculos para deixar o ar entrar.

A melodia de sua voz me acalmou; os músculos do meu abdômen relaxaram. Inspirei algumas vezes de modo irregular, cada uma delas mais fácil do que a anterior. A garota me ajudou a levantar com cuidado e a me estabilizar, e, quando soltou minha mão e se afastou, minha palma se encheu de pontadas e agulhadas devido à magia mal contida. Eu já havia sentido meu dom mais próximo da superfície algumas vezes quando estava aborrecida ou com medo — mas nunca daquele jeito. Mas, também, nunca tinha visto uma ocasião importante como a daquele dia se transformar em uma catástrofe tão depressa. Eu precisava manter a calma.

A garota pegou as rédeas do cavalo alazão de um lacaio que segurava o animal cautelosamente a um braço de distância. O cavalo bocejou como se estivesse totalmente entediado.

O príncipe passou por mim a passos largos e parou diante da garota.

— Leve esse animal imundo e inútil daqui agora mesmo — ele disse. Atrás dele, os vassalos se entreolhavam inquietos. Casmiel correu até eles, fazendo com que todos voltassem a formar uma fila.

— Se você se desse ao trabalho de repreender sua égua quando ela dá coices, isso provavelmente não teria acontecido — a garota respondeu. O tom displicente e a falta de deferência me surpreenderam.

— Não me interessa de quem é o cavalo que fez isso. Você devia ter mantido os cavalos enfileirados para a chegada da Princesa Dennaleia. Pelo amor dos Seis Deuses, peço a você para fazer uma coisa para mim e…

— Claro, claro… porque tudo é sobre você. — Ela fungou, um som que provavelmente seria mais apropriado para sua montaria.

O rosto do príncipe ficou vermelho.

— Você não acha que pode deixar um dos seus animais atropelar uma convidada de honra, futura integrante da família real, sem sofrer as consequências.

Pressionei minha mão no lugar em que a garota havia me tocado. Ela viera tão depressa me resgatar… Mamãe sempre dizia que os criados precisavam mais das palavras gentis do que das duras. Assim que o príncipe abriu a boca para soltar mais reprimendas à garota, eu me interpus entre eles.

— Não precisamos criar caso — falei. — Foi só um acidente. — Embora minha voz não tivesse vacilado, minha magia se agitou dentro de mim, mas não entendi por quê. Engoli em seco e baixei os olhos para a bainha do meu vestido, tentando recuperar o controle.

— Você está bem, milady? — o Príncipe Thandilimon perguntou.

Antes que eu pudesse responder, uma chama surgiu da barra da minha saia, a energia saindo de mim em um fluxo incontrolável.

— Alteza! — o lacaio gritou. Ele se jogou aos meus pés, engatinhando pelo chão para apagar o fogo com suas mãos enluvadas.

Observei horrorizada, com medo de falar e de me mexer.

— Acho que apagou, Alteza. — O lacaio se levantou ofegante, suas luvas brancas cobertas de sujeira e marcas de queimado.

— Não sei o que aconteceu — menti. Minhas emoções exacerbadas desde a chegada deviam ter causado as chamas. Independentemente disso, eu tinha de garantir que ninguém adivinhasse a verdade.

— Tem sido um verão seco — Thandilimon disse. — As faíscas da ferradura do cavalo devem ter gerado as chamas. — Ele se aproximou, observando minha saia chamuscada com ar de preocupado.

— Bem, com certeza foi uma recepção animada — falei. — Talvez eu pudesse ir com minha aia trocar de roupa?

— Certamente — ele disse, como se de repente se lembrasse das boas maneiras. E dispensou a criada com um gesto.

O semblante dela permanecia incomumente calmo, considerando a situação. Seu olhar encontrou o meu por cima do ombro do príncipe, e ela sorriu com discrição antes de dar meia-volta e sair gingando do pátio, com seu cavalo acompanhando-a tranquilo.

— Dias como este me fazem pensar em como eu gostaria de poder enviá-la junto ao seu cavalo horroroso para um lugar tão ao sul que as estações do ano fossem invertidas — o príncipe resmungou enquanto criada e cavalo desapareciam do pátio. Ele me ofereceu o braço e eu o segurei. Quatro braceletes delicados apareceram por debaixo da manga da jaqueta do príncipe: sinal de distinção. Como todos os cidadãos de Mynaria, ele usava braceletes trançados feitos a partir dos pelos da cauda de cada cavalo que já havia montado.

Uma vez restaurada a ordem na festa de boas-vindas, Casmiel surgiu de novo ao lado do príncipe.

— Milady, peço desculpa pela recepção atribulada em nosso reino. Por favor, permita que a acompanhemos até seu novo lar.

— Ninguém se machucou — falei enquanto entrávamos no castelo. O teto do hall, feito da mesma pedra arenosa do exterior, formava um arco acima de nós, com arandelas no formato de cabeças de cavalo dispostas em uma fileira pelo corredor, apagadas. A luz do sol aquecia o latão polido.

— Perdoem-me pela pergunta, milordes, mas a garota cujo cavalo escapou… Por que a mantêm empregada se ela é tão incompetente? — perguntei. Meu pai a teria dispensado sem pestanejar.

O príncipe suspirou, e eu poderia jurar que Casmiel deu um sorriso malicioso.

— Não há alternativa — o príncipe respondeu. — Mare não serve mais para nada a esta altura, então meu pai a deixa treinar os cavalos. Ela é boa nisso, e é praticamente a única atividade útil que ela deseja fazer.

— Ela é uma vassala? — perguntei.

— Desculpe. Deveríamos ter feito uma apresentação apropriada — Casmiel disse, lançando um olhar para Thandilimon.

O príncipe suspirou outra vez.

— Mare é minha irmã mais velha. Amaranthine, Princesa de Mynaria. Garanto a você que ela não é uma imagem precisa de nosso povo nem da família real.

Minha mente fervilhava. A Princesa Amaranthine fora mencionada tão pouco na minha orientação que deduzi que já estivesse casada. Aos dezoito anos — dois a mais do que eu — ela deveria estar. Grande parte do que eu sabia sobre a família real de Mynaria, além do Rei Aturnicus e do Príncipe Thandilimon, dizia respeito à maneira como interagiam com o Conselho, o grupo de representantes que ajudava a governar o reino. Mas, mesmo que Amaranthine não estivesse envolvida com política, ou casada, bancar a treinadora de cavalos me parecia a última coisa que uma princesa deveria fazer. Eu estava confusa... e curiosa.

– Ela não devia ter assumido as obrigações de senhora da casa quando a Rainha Mirianna faleceu? – perguntei.

– Mare pode ser difícil de persuadir... – Casmiel começou a dizer.

– É teimosa como uma mula, isso sim – Thandilimon interrompeu. Casmiel lhe lançou um olhar de advertência, mas o príncipe continuou do mesmo jeito. – Ela não faz ideia do que significa servir à Coroa. Se tivesse juízo, escolheria alguém para ser seu marido e acabaria logo com isso, antes que meu pai tome a decisão por ela. Pelo menos agora ela ainda tem escolha.

– É bom ter escolha – falei gentilmente. As palavras dele me incomodaram. Nós nunca tivemos escolha. Se em virtude disso ele não gostasse de mim, eu não sabia como iríamos sobreviver. Com sorte encontraríamos algo além das obrigações que nos unisse, como livros ou determinado estilo musical, ou até algo mais simples, como doces de frutas azedas que vinham de Sonnenborne no inverno.

– Verdade – ele disse com uma expressão resoluta. – Pelo menos a aliança forçará Mare a fazer algo da vida. No que depender de mim, não tenho a intenção de deixar que continue correndo solta por aí.

Depois de subirmos um lance de escadas, dois vassalos se afastaram para que pudéssemos entrar nos aposentos preparados para mim. Uma antecâmara com lareira e uma área espaçosa para se sentar levava ao quarto de dormir, separado dessa primeira por portas duplas. Grandes janelas davam para os terrenos e campos mais além. Ao longe, imaginei que conseguia ver as montanhas da minha terra natal envoltas em nuvens distantes, embora eu soubesse que era uma jornada de duas semanas rumo ao norte.

Ao lado de uma das poltronas luxuosas da antecâmara, minha aia, Auna, fez uma mesura quando entramos no cômodo. Seu rosto familiar fez com que eu me sentisse um pouquinho mais à vontade.

Um pajem bateu à porta e sussurrou um recado para o príncipe.

— Sinto muito, mas tenho negócios a tratar — Thandilimon disse depois que o pajem foi embora. — Casmiel lhe mostrará a propriedade, e nos veremos mais tarde no banquete de boas-vindas. Amanhã teremos um café da manhã, e então você poderá conhecer alguns dos conselheiros mais importantes do meu pai numa ocasião mais íntima.

— Mal posso esperar, Alteza. — Fiz uma reverência.

— Eu tampouco, milady. — Ele se inclinou e deixou a sala, e o vassalo fechou a porta em silêncio logo atrás.

Depois de uma vida inteira de preparação, nosso primeiro encontro fora breve demais e calamitoso demais, o que me deixou insegura sobre como eu deveria me sentir. Mais do que tudo, eu queria ir para casa.

Pedi licença para que Auna me ajudasse a colocar um vestido limpo e não chamuscado, tudo isso tendo plena consciência de que Casmiel me aguardava do outro lado da porta. A surpresa da presença de Amaranthine me fez pensar em que outras lacunas havia em meus conhecimentos sobre Mynaria, mas sua figura nada convencional me intrigava. O decoro sugeria que eu fosse educada e a procurasse para agradecê-la devidamente por ter ido ao meu socorro, e parecia que só havia um lugar em que ela poderia estar. Olhei da minha janela para onde ficavam os estábulos reais na encosta da montanha. Eu sabia qual seria o primeiro lugar a que pediria para Casmiel me levar.

DOIS

Mare

Eu cantarolava uma música de taverna indecente enquanto removia terra compactada do casco da frente de Flicker, feliz por voltar a uma tarefa que estava acostumada a fazer, depois do desastre na chegada da Princesa Dennaleia. Embora a inútil da égua do meu irmão tivesse sido a culpada, eu não me importava em levar a culpa. Isso significava que meu pai e Thandi não iriam querer minha ajuda para mais nada por um tempo. E isso queria dizer liberdade — minha palavra favorita. Mas eu mal havia terminado de arrancar a terra da ferradura de Flicker quando um guincho encheu o ar dos estábulos, um som estridente o suficiente para fazer meu coração acelerar. Flicker assustou-se e arrancou sua pata das minhas mãos, quase pisoteando meus dedos ao botar o casco no chão.

— Calma, garoto — falei, colocando minha mão em sua espádua. Se aquele fosse mais um caso de cavalariço mostrando a uma criada de cozinha o verdadeiro incômodo de "rolar na palha", os dois teriam que descolar minhas botas de seus traseiros. De cara feia, limpei as mãos no tecido rústico da minha calça de montaria e marchei para fora da baia.

A Princesa Dennaleia estava parada do outro lado do corredor, segurando a própria mão, com o rosto pálido. Maravilha. Como eu era o bode expiatório da família, o que quer que tivesse acontecido sem dúvida seria culpa minha, apesar de o meu tio Cas estar ao seu lado.

— O que está acontecendo? — perguntei.

— Ela me mordeu — a princesa disse com a voz trêmula.

Dennaleia era meia cabeça mais baixa que eu, o tipo de garota delicada que fazia com que eu me sentisse uma idiota suja e desastrada. Ela havia trocado o vestido amarelo de seda por um traje lavanda cheio de babados, e parecia que deveria estar em cima de um bolo, não no meio do meu celeiro.

— Vamos levá-la para a selaria — falei para Cas. Cada um de nós a segurou por um braço, conduzindo a princesa para fora do corredor, e a sentamos em um baú. Ela choramingou um pouco enquanto eu examinava a mordida. Era só um arranhão superficial, e provavelmente um hematoma surgiria. Eu já tinha visto machucados bem piores. Em mim mesma, na verdade. Aquele cicatrizaria em menos de uma semana.

— Mare cuidará de você e vai ficar tudo bem — Cas disse, entregando a ela um lenço para que secasse as lágrimas.

Suspirei e peguei um produto para limpar a ferida e um cataplasma no kit de primeiros socorros. O sangue em sua mão foi removido e revelou uma pele alva e macia marcada apenas pela mordida do cavalo e por uma mancha de tinta escura no dedo médio. Uma estudiosa, pensei. Não me admirava que ela parecesse tão deslocada nos estábulos quanto rendas no equipamento de montaria. Depois de aplicar o cataplasma com cuidado, cobri sua ferida com uma faixa de algodão limpa.

— Prontinho — falei, ansiosa para que ela e Cas fossem embora.

Ela olhava para o chão, sua cabeça coroada por cabelos castanhos tão escuros que absorviam a luz.

— Sinto muito, Sua Alteza — a princesa disse, ainda de olhos baixos. — Acho que eu não deveria ter vindo. Mas é que li tanto sobre os cavalos de guerra e sua importância para a criação do reino, e o

FOGO & ESTRELAS

próprio estábulo é um dos poucos exemplos que restam da arquitetura de pedras da era inicial...

Minha mente devaneou quase de imediato assim que ela abriu a boca. A garota estava vomitando um livro de história que eu não tinha o menor interesse em ler.

— Tudo bem — interrompi. — Não precisa se desculpar. Mas pelo amor dos Seis, não me chame de "Alteza". Pode me chamar de Mare.

— Princesa Dennaleia de Havemont, a serviço da Coroa e dos Seis. — Ela usou a mão que não estava machucada para fazer uma mesura surpreendentemente graciosa sem se levantar.

Revirei os olhos. Protocolos me davam dor de cabeça, e não era como se eu já não soubesse seu nome.

— A mordida não foi culpa dela — Cas disse.

— Então como foi exatamente que ela acabou com a mão na boca de Shadow? — Olhei feio para ele.

— Eu estava mostrando a propriedade para a Princesa Dennaleia e ela pediu que a trouxesse aos estábulos. Não achei que Shadow causaria problemas.

Suspirei. Shadow era bem-comportada quando selada, mas todo mundo sabia que tinha tendência a mordidas, um hábito estimulado pelos cavalariços, que deixavam que ela pegasse petiscos direto de suas mãos. Cas já havia passado tanto tempo perto dos cavalos que deveria saber disso.

— Supus que Shadow seria a montaria dela na Cavalgada e na cerimônia de casamento — ele prosseguiu. — Eu estava tentando apresentá-las. Mas Dennaleia não tem experiência com cavalos, e...

— Como diabos isso é possível? — interrompi. A simples ideia de que um nobre não soubesse cavalgar era tão absurda quanto um cavalariço que não soubesse empurrar um carrinho de mão.

Cas esfregou a têmpora.

— Visitei Havemont uns dez anos atrás. As estradas que levam até Alcantilada mal comportam bodes, quanto mais cavalos. Eles a mandaram para Mynaria para que fosse ensinada. Até a carruagem que a trouxe aqui teve que encontrar com seu séquito em uma cidade no sopé da montanha. Provavelmente faria mais sentido esperar, mas ela deverá ser treinada a tempo para o casamento.

A garota finalmente ergueu os olhos, que eram de um verde-claro inesperado.

— Preciso aprender o básico o quanto antes — ela disse com um ar surpreendentemente decidido, considerando que parecia ser amaldiçoada no que se referia a cavalos.

— É uma ideia excelente. — Cas sorriu e então me lançou um olhar significativo.

Balancei a cabeça e projetei meu queixo para a frente. A última coisa que eu queria era ensinar uma pessoa totalmente inexperiente que estaria o tempo todo sob a vigilância do meu irmão e do meu pai.

— Deixe-a com Theeds. Ele pode colocá-la com os vassalos aprendizes — falei.

— Essa não é uma opção. Ela só tem alguns meses antes do casamento, e você sabe muito bem que colocá-la em uma turma mista de nível acima do dela não a ensinará nada. Além disso, não há instrutor melhor que você.

Ignorei o elogio de Cas. O tom veemente que ele usava com os membros mais relutantes do Conselho não funcionaria comigo.

— Sem chance.

— Cavalgar com os vassalos provavelmente não será um problema — Dennaleia disse. Ela parecia tão entusiasmada para aprender quanto eu me sentia em ter que lhe ensinar. — Sem dúvida, você sabe o que é melhor...

Ignorei sua tentativa de diplomacia e falei diretamente com Cas.

— Você vai dar um jeito.

Deixei a selaria, mas Cas me segurou pela manga assim que passei pela porta.

– Mare, sinto muito, mas você tem que fazer isso – ele disse em voz baixa.

Puxei meu braço para soltá-lo.

– Imagine como seu pai ficaria satisfeito por você estar fazendo algo para ajudar a princesa.

– Não tenho tempo para consertar cada flor delicada que perambula pelo celeiro tendo um idiota como guia – falei.

Cas deixou que meu insulto escorresse por ele feito chuva sobre couro encerado e olhou sério para mim.

–Você precisa ocupar suas tardes de outra maneira até que a aliança seja concretizada.

Aquilo me chocou. Ele estava quebrando nosso acordo. Nas tardes em que não estava ocupada com os cavalos, eu geralmente escapulia do castelo. Cas fazia vista grossa às minhas escapadas e não contava nada ao meu pai, em troca de informações úteis que eu lhe trazia às vezes.

–Virão pessoas de todos os Reinos do Norte para assistir ao casamento do seu irmão. Nem todas elas estarão felizes com isso – Cas disse. – A cidade não será mais tão segura como antes.

Ele devia saber que nem sempre eu ia a partes da cidade ou a locais que ele aprovava. Que ele e seus espiões se danassem!

– Ensinar Dennaleia a montar é importante – ele continuou. – Ela precisa ser vista como uma de nós o quanto antes. O povo dela pode acreditar em nossos deuses, mas isso não faz sumir todos os anos durante os quais eles fingiram não saber que os cidadãos de Zumorda usavam Havemont para ter acesso ao nosso reino.

– Isso não é problema meu – falei.

– Agora é. Não me obrigue a contar ao seu pai o que você tem aprontado.

– Tudo bem – falei furiosa. Ele não me dava escolha. – Apenas a mantenha longe daqui até que eu tenha ensinado a ela qual lado do cavalo pode lhe morder. – Fervendo de raiva, voltei à baia de Flicker.

— Mare... — Cas me chamou, mas não havia mais nada a dizer. Eu deveria me sentir mais culpada por ter sido tão rude. Ele concordava com meu ponto de vista mais que meu pai ou meu irmão, e ainda defendia meus interesses uma vez ou outra. Mesmo assim, ele jamais entenderia como era, para mim, perder minha ínfima liberdade. Agora que meu irmão tinha uma princesa para usar no pulso como se fosse mais um bracelete de distinção, eu deveria sofrer menos pressão para ser a senhora do castelo. Eu contava com isso.

Fui limpar o último casco de Flicker. Depois de remover mais um torrão compactado de sua pata, escovei o casco e o botei no chão com delicadeza. O cavalo esticou o pescoço para olhar para mim enquanto mastigava o feno.

— Desculpe, garoto. Agora acabei. — Acariciei seu pescoço, sua pelagem de verão tão brilhante quanto cobre mesmo sob a luz tênue do celeiro. Geralmente eu teria me demorado mais ali, mas o sol já estava sobre as montanhas, enchendo o céu de tons de rosa. Naquela noite eu seria obrigada a usar um traje formal que não vestia havia anos para o banquete de boas-vindas da Princesa Dennaleia, e minhas aias teriam muito trabalho pela frente para dar um jeito nos meus cabelos emaranhados.

Saí dos estábulos e peguei o caminho menos usado para ir do celeiro até o castelo, sentindo como se os muros dos jardins do palácio se fechassem sobre mim. A ideia de ficar trancada durante o resto do verão graças às aulas idiotas que eu deveria ministrar a Dennaleia fazia com que eu desejasse fugir — me misturando à multidão, arrancando as informações mais valiosas dos informantes ou simplesmente pechinchando com os vendedores no mercado da Praça dos Catafractários. Para os músicos de rua e de bares, eu era um patrono como qualquer outro, uma mão que dava uma moeda para comprar uma maçã ou um pedaço de pão. O anonimato me permitia fazer coisas que meu título jamais autorizaria — me dava a chance de fingir, nem que fosse por um instante, que um dia eu poderia ser uma simples treinadora de cavalos em alguma cidadezinha, que poderia fazer a única coisa que importava para mim.

Pelo menos no banquete eu teria um lugar para despejar meus problemas – no fundo de um garrafão de vinho.

Horas depois, eu olhava feio para os cavalos prateados que me encaravam nas pontas dos meus talheres usados enquanto conversas pairavam sobre minha cabeça. Na outra extremidade da mesa estavam os restos do banquete de verão: montes de frutas silvestres frescas esparramadas em poças de creme derretido, ossos do veado assado com uma camada de mel, espigas de milho sem grãos e migalhas de pão de aveia esparramadas por todo lado. Meu estômago revirava só de pensar em mais comida, principalmente na deliciosa torta cremosa de chocolate com cobertura de merengue em formato de picos que o cozinheiro havia criado em homenagem às montanhas da terra natal da Princesa Dennaleia. Eu girava meus braceletes, contando os minutos para estar em outro lugar – qualquer outro lugar.

Meu pai ergueu sua taça e bateu com o garfo nela seis vezes.

– Eu gostaria de agradecer aos Seis Deuses pela chegada em segurança da nossa convidada, Princesa Dennaleia de Havemont, e pelo lauto banquete que tivemos em sua homenagem. Nós lhe damos as boas-vindas ao nosso reino e esperamos poder cavalgar com ela ao nosso lado. Que os Seis abençoem a Coroa e aqueles que a servem.

Enquanto o salão se enchia de bênçãos, levantei minha taça e tomei um gole de vinho, examinando a princesa. Com sua taça no ar e a cabeça erguida, ela não demonstrava nenhum sinal de seu trauma anterior. A luz tremeluzente de uma arandela na parede dava vida à sua pele pálida. Cachos soltos e compridos desciam por suas costas, quase pretos, contra o vestido de gala bordô que deixava suas omoplatas à mostra. Eu me diverti por um instante com a ideia de fazê-la limpar as baias, sentindo prazer em pensar o que o esterco faria com a bainha de um vestido como aquele.

Sua ignorância com relação aos cavalos seria engraçada, se ela não fosse agora problema meu. Bebi o resto do vinho e enchi a taça novamente.

— Como está o vinho esta noite? — disse o homem sentado ao meu lado. Seu gibão branco tinha um corte incomum e ele usava um anel fino de ouro no quinto dedo da mão esquerda. Devia ser o embaixador de Sonnenborne, o mais próximo de um governante que aquele reino já tivera desde que ele havia conseguido unir várias de suas tribos nômades sob seu brasão. Embora ele tivesse chegado um ou dois meses atrás, eu ainda não havia falado com aquele homem.

— Está bom — respondi, dando mais um gole demorado. O que ele não sabia é que eu tinha aprendido a beber nas tavernas simples da cidade. Mesmo com a ajuda do álcool, o risco que eu corria de me deixar levar por seu charme era pequeno.

— A princesa nova é adorável, não?

— Sem dúvida. — Sorri com malícia. — Ela é mais princesa do que eu jamais serei.

— Sabe que isso não é verdade, Princesa Amaranthine — ele falou com delicadeza, sem saber como aquela escolha de palavras me irritava.

— Odeio esse nome — resmunguei.

— Como?

— Eu disse que aceito mais um gole. — Ergui minha taça, que estava pela metade.

— Barão Endalan Kriantz de Sonnenborne, ao seu dispor — ele disse, e botou um pouco mais de vinho na minha taça. — Ouvi dizer que você é a pessoa certa para falar sobre cavalos.

— É mesmo? — Eu me sentei mais ereta. Pelo menos alguém queria falar sobre algo interessante, para variar.

— Um dos homens a quem fui apresentado lá nos estábulos me falou de você. Ele disse que poucos sabem tanto sobre linhagens de cavalos de guerra. — Ele virava sua taça de vinho preguiçosamente e observava o líquido girar dentro dela. — Pode me dizer o que acha da linhagem Flann? Estou tentando decidir se eles seriam um bom cruzamento para meus cavalos do deserto. – Ele sorriu, e os cantos de seu sorriso desapareceram em sua barba negra bem aparada.

– Cavalos Flann são bem resistentes, o que seria um bom complemento para um cavalo do deserto, mas eles ficam altos. Como os seus cavalos são muito mais baixos que os nossos, não daria para garantir muita consistência com relação à estatura ou à constituição física. Eu escolheria uma linhagem com menor resistência, porém mais confiável quanto à altura. Azura, talvez?

– Estou impressionado – ele comentou, e bebeu um gole de vinho.

Um calor percorreu meu corpo diante daquele elogio.

– Os cavalos serão usados exatamente para quê?

– Como meu povo já não é tão nômade, precisamos dar prioridade à defesa – ele disse. – Nossas raças do deserto são velozes e muito resistentes, mas não tão robustas quanto seus cavalos de guerra. Bons para quando temos que escapar de um inimigo, mas ruins quando precisamos enfrentar alguém em campo.

– Se você estiver falando de combates, sem dúvida é melhor manter seus cavalos pequenos – falei. – Dá para fazê-los ganhar musculatura sem sacrificar a velocidade em curtas distâncias.

– É exatamente isso que espero, Sua Alteza – ele disse.

– Não suporto essa baboseira de "Sua Alteza". Deixe para usar com aqueles que se importam com isso. Indiquei com a cabeça a ponta da mesa, onde Dennaleia sorria de forma insípida para o idiota do meu irmão.

– Então devo lhe chamar de…?

– Mare.[1] – Ergui a cabeça, desafiando meu interlocutor a zombar de mim.

– Como preferir, Mare. – Ele sorriu sem nenhum traço de zombaria em sua voz e em sua expressão.

– Obrigada – falei, impressionada com ele apesar da minha atitude. Ou o povo de Sonnenborne tinha modos excelentes para um monte de tribos quase sem lei, ou ele ainda não sabia da minha reputação.

1 "Mare" em inglês quer dizer égua. (N. T.)

— Gostaria de dançar? — ele convidou.

— Por que não? — Surpreendi a mim mesma aceitando o convite. Em geral, nem todo o vinho do reino era suficiente para me arrastar para a pista de dança. Eu tinha toda a graça de um antílope manco, graças à minha habilidade de me esquivar das aulas.

Lorde Kriantz se levantou tranquilamente de sua cadeira e me ofereceu seu braço. Eu me levantei cambaleante com meus sapatos de salto alto e me agarrei ao encosto da cadeira até me equilibrar. Xinguei baixinho e jurei que exigiria sapatos sem salto da próxima vez. Eu ficava pasma com o fato de mulheres conseguirem andar o tempo todo com aqueles cascos pontudos do demônio, e mais ainda com o fato de conseguirem dançar com eles. Era absurdo.

Saias em tons de joias giravam em padrões hipnotizantes pelo piso de madeira, acompanhadas por uma pequena orquestra de câmara no canto do salão. Nós nos unimos a elas e rodopiamos em meio à multidão, eu toda desajeitada seguindo os passos do barão. Quase imediatamente trombei com dois homens que dançavam. Eles olharam feio para nós, mas não me importei. Apesar da minha falta de habilidade, eu estava adorando a sensação de leveza que sentia quando Lorde Kriantz me fazia girar. Além disso, se eu tivesse calculado certo, estaríamos perto da porta quando a música terminasse, e então eu poderia escapar dali.

Completamos os últimos passos da dança sorridentes e ofegantes, bem ao lado da saída.

— Obrigada — falei num tom que deixava claro que não haveria uma segunda volta pelo salão.

— Espero que nos encontremos novamente, talvez para uma cavalgada — Lorde Kriantz disse. Ele se curvou educadamente e sumiu na multidão.

Eu havia quase alcançado a porta quando a orquestra diminuiu o ritmo e começou a tocar uma versão de uma das minhas músicas favoritas. Os convidados ficaram em silêncio quando a Princesa Dennaleia surgiu para sua primeira dança da noite com Cas ao seu lado.

FOGO & ESTRELAS

Ela inclinou a cabeça na minha direção e olhou para cima através de seus cílios, seu olhar capturando o meu enquanto fazia um floreio com as mãos. A intensidade de seus olhos foi como um choque percorrendo meu corpo. Se a mão dela ainda doía por causa da mordida de cavalo, ela não deixava transparecer nem um pouco pela forma como se movia. Senti minha pulsação nos ouvidos, até que ela foi rodopiando para longe, com as chamas das arandelas parecendo tremeluzir e saltar enquanto passava. Se ela não significasse um problema para mim, eu a teria achado atraente.

Assim que a música chegou ao fim, a princesa fez uma mesura para Cas em meio a aplausos ensurdecedores. Foi um show e tanto, sem dúvida – ele era um dos melhores dançarinos da corte. Então Cas ofereceu o braço à sua esposa, Ryka, capitã da guarda. Eu não fazia ideia do que ele vira em seu comportamento sério e em sua farda austera, mas ele era o único que conseguia fazê-la rir. Fui tomada por uma ternura súbita por meu tio, apesar da decepção que eu tivera com ele mais cedo.

Os músicos escolheram uma canção alegre e interiorana que tirou da minha cabeça a imagem da princesa dançando. Se uma música bonita conseguia me fazer achá-la atraente, sem dúvida era hora de ir embora. Deslizei discretamente pela porta, atirei meus sapatos repulsivos atrás de um arbusto e fui para os meus aposentos. Para mim, já bastava da vida de princesa aquele dia.

TRÊS

Dennaleia

Cheguei ao café da manhã em meu segundo dia em Mynaria com uma missão: me redimir depois dos desastres do primeiro dia. Cortinas brancas e finas do lado leste de um balcão elevado bloqueavam o sol da manhã, oscilando levemente como nuvens passageiras. Depois dos arcos, a cidade de Lyrra se estendia abaixo de nós em uma explosão de telhados coloridos que desciam pela encosta da montanha e continuavam pelas planícies. O Príncipe Thandilimon se aproximou para me cumprimentar assim que cheguei.

– Bom dia, milady – ele disse. – Acredito que tenha dormido bem, não?

Eu não tinha dormido bem porque ficara acordada me lembrando de tudo que havia dado errado no dia anterior. O calor incessante tampouco ajudara. Felizmente, ele não esperou pela minha resposta para continuar falando.

– Alguns dos conselheiros mais confiáveis do meu pai estão aqui hoje – ele disse, indicando um grupo de dignitários que conversavam sobre tiro com arco.

O Rei Aturnicus estava perto da cabeceira da mesa, tendo uma discussão mais séria com uma mulher de pele escura que lançou para mim um olhar que faria vidro derreter. Eu a reconheci imediatamente: era Hilara, a conselheira para assuntos exteriores. Minha mãe havia me falado dela. O voto de Hilara a favor de uma aliança com Zumorda fora vencido por aqueles que preferiam uma união com Havemont, e aparentemente sua ira não havia diminuído. Um vestido azul-escuro quase tão leve quanto as cortinas cobria seu corpo esbelto, e, embora ela parecesse jovem, considerando sua longa história no Conselho Real, devia ter no mínimo a mesma idade que minha mãe.

Retribuí seu olhar com um sorriso gentil, ainda que meu coração estivesse acelerado de medo e a magia pinicasse as pontas dos meus dedos. Desde que eu saíra de Havemont, sentia meu dom mais aflorado, surgindo diante da menor provocação emocional.

—Vamos lá falar com meu pai — disse o príncipe.

Felizmente, o rei se afastou de Hilara para nos receber. Ele tinha o mesmo cabelo claro de Thandilimon e Casmiel, mas seus olhos eram mais cinzentos que azuis, como os de Amaranthine, o que me fez lembrar que eu ainda não a tinha visto. Onde ela estaria?

— É um prazer tê-la aqui, Princesa — o rei falou.

— Obrigada, Sua Majestade. — Fiz uma reverência.

— Não precisa ser tão formal em família — ele disse divertido. — Conto com você para manter este meu filho na linha. Já faz muito tempo que não temos um toque feminino neste lugar.

Eu o fitei, tentando decidir como reagir. Eu não sabia ao certo o que ele queria dizer com aquilo, já que havia muitas mulheres no Conselho Real. Olhei para Thandilimon em busca de orientação, mas ele apenas deu de ombros encabulado.

—Vamos nos sentar — o rei disse, e nos conduziu para a mesa.

Antes que pudéssemos nos sentar, as cortinas se agitaram quando Amaranthine entrou depressa no terraço, com o rosto vermelho.

— Atrasada, como sempre — o príncipe resmungou enquanto me levava até o meu assento na ponta da mesa, entre Hilara e o rei.

FOGO & ESTRELAS

Mais ninguém prestou atenção em Amaranthine, mas eu não conseguia parar de olhar discretamente à minha volta, chocada por não a terem obrigado a pedir desculpa. Seu vestido verde fazia seus cabelos brilharem feito fogo, e ela usava o traje assim como usara sua farda no dia anterior.

Finalmente desviei o olhar quando Thandilimon se sentou à minha frente. Ele sorria calorosamente, o que eu esperava que fosse um sinal de que havia superado os acontecimentos do dia de minha chegada.

Os criados andavam depressa, entregando mais um talher – uma colherzinha do tamanho do meu dedo mínimo – a ser usado no primeiro prato. Fiquei maravilhada com aquilo, imaginando se comeríamos pulgas escaldadas ou alguma outra iguaria absurda. Mas em vez disso serviram uma tigela rasa cheia de raspas de gelo, sobre as quais havia o que parecia ser um naco acinzentado e molenga de fígado velho dentro de uma concha de bordas serrilhadas. A aparência era de algo vomitado pelos gatos do castelo. Tentei não entrar em pânico.

– Sua Alteza, Casmiel me falou que está tendo aulas de equitação com Mare, é verdade? – Hilara disse.

Ela tinha que me perguntar sobre a única coisa que me aterrorizava mais do que aquela iguaria medonha no meu prato.

– Sim, Conselheira – respondi, forçando um sorriso benevolente. – Quero muito aprender mais sobre os cavalos de guerra.

A expressão sombria no rosto de Amaranthine quase me convenceu de que era ela, e não eu, a única pessoa à mesa que gostaria de tacar fogo em alguma coisa.

Todos os demais comensais estavam ocupados com a comida em seus pratos, alguns deles acrescentando o que, pelo cheiro, pareciam ser vinagre e cebolinhas brancas. Eles engoliram aquela coisa direto da concha, com lodo e tudo.

– Tem gosto de um dia perfeito no mar – Hilara comentou com um sorriso maligno. Um desafio.

Levei a concha aos lábios e deixei a coisa deslizar pela minha garganta abaixo, assim como os outros haviam feito. A salmoura encheu minha boca, gelada e salgada… e surpreendentemente deliciosa. Sorri e coloquei a concha vazia de volta em meu prato.

— Uma delícia — falei. — De onde vêm?

— São ostras de Royal Cove, da província de Trindor — Thandilimon respondeu. — Geralmente só as comemos no inverno, mas uma fidalga de Trindor está visitando a corte nesta estação, e a família dela as enviou como presente para a Coroa. Estas são as únicas que eles colhem no verão, ainda mais fundo no oceano, onde a água é mais fria, e eles têm esse equipamento de mergulho…

— Ora, ora, Thandi, duvido que a Princesa Dennaleia seja tão interessada em exploração marítima ou na vida marinha quanto você — o rei disse.

— Desculpe — o príncipe falou embaraçado. — Eu sempre quis ver o mar.

— Entendo — falei. Assim como eu, ele certamente levara um bom tempo em seus estudos para descobrir o quão vasto o mundo era de fato; e para perceber quão pouco tempo teria para explorá-lo, graças aos seus deveres de rei. — Também nunca vi o mar, mas pelo menos cresci em um reino e agora estou tendo a oportunidade de morar em outro. Mal posso esperar para conhecer melhor Mynaria.

— Oh, mas temos que fazer algo a respeito dos Dissidentes antes de permitir que você ande pela cidade. — Hilara recostou-se na cadeira com um ar arrogante.

— Dissidentes? — perguntei. Eu nunca tinha escutado aquela palavra, nem ouvido falar de qualquer problema que pudesse afetar minha apresentação ao povo de Mynaria.

— Nada com que se preocupar demais — Casmiel disse. — Os Dissidentes são um grupo elusivo de hereges insatisfeitos com a aliança, já que isso impedirá que os usuários de magia tenham acesso ao Grande Ádito em Havemont.

FOGO & ESTRELAS

Franzi a testa. Aquilo não fazia parte dos termos da aliança. A maioria dos usuários de magia era do reino oriental de Zumorda. Eles não tinham seus próprios templos, pois não acreditavam nos Seis Deuses – apenas nos poderes da magia –, mas tinham o Grande Ádito como um lugar de peregrinação em seus rituais de meados de verão. Em Havemont, os cidadãos de Zumorda e outros usuários de magia sempre puderam ir e vir em paz.

– Marcar edifícios com seu símbolo e queimá-los descaradamente são motivos de preocupação suficientes para mim – Hilara disse.

– Já era algo de se esperar de um bando de traidores que adoram magia – o rei grunhiu, limpando pedacinhos de caviar de seu bigode. – Nós os eliminaremos dos dois reinos quando chegar a hora.

O metal do meu garfo ficou tão quente em minha mão que eu larguei o talher na mesa. Estava chocada. Ninguém havia me dito que meu casamento significaria que os usuários de magia não seriam bem-vindos não apenas em Mynaria, mas também em minha própria terra natal. Se um banimento oficial fosse aprovado, certamente haveria conflitos.

– É claro que proteger nossos cidadãos é nossa prioridade – Casmiel disse. – Mas devemos agir com cautela e de acordo com as leis para que o povo continue satisfeito com o governo. Não gostaríamos de arriscar o carinho que o povo tem por Sua Majestade.

– É claro que não – o rei disse, tranquilizado pelo argumento de Casmiel.

– Mas se os Dissidentes são os responsáveis pela violência na cidade, deveríamos cercá-los e puni-los agora, antes que se tornem um problema maior – falou Thandilimon. – Não podemos deixá-los ameaçar a segurança do reino.

– Os fundamentalistas antimagia são os responsáveis pela maior parte da violência explícita – disse a Capitã Ryka. Seu tom sugeria que ela era o tipo de pessoa com pouca paciência para qualquer coisa que não fossem fatos.

– Tudo isso teria sido evitado se tivéssemos formado uma aliança com Zumorda – Hilara disse, claramente adorando a discussão que ela mesma havia provocado.

– Não podemos nos unir a um reino governado por hereges. – O rei acenou com a faca para enfatizar suas palavras.

– Obviamente, a melhor resposta para algo que não se compreende é atacar o que é incompreensível – Amaranthine disse com um sarcasmo tão afiado que era capaz de cortar.

Posicionei minhas mãos firmemente em volta do meu copo gelado, desesperada para conter minha magia e não demonstrar minha raiva nem meu medo. O rei e o Conselho não só odiavam os usuários de magia, mas também planejavam persegui-los com base na consolidação da aliança. Eu tinha que tentar acalmar os ânimos até que pudesse obter mais informações.

– Talvez haja uma forma de aplacar os Dissidentes e impedir o aumento da violência? – falei. – São poucos os que fazem a peregrinação ao Grande Ádito em suas existências. Talvez seja questão de encontrar um lugar onde eles possam fazer seus rituais em seu próprio território.

Casmiel assentiu pensativo.

– Mas eles são apóstatas – Thandilimon disse. – A Coroa não pode correr o risco de dar a entender que apoiamos um grupo de hereges usuários de magia.

– Claro que não – concordei. – É crucial encontrar uma solução que satisfaça os dois lados e que previna uma reação violenta dos fundamentalistas. Talvez seja útil saber melhor sobre o que cada grupo deseja, não?

– Verdade – Thandilimon disse. – Não faria mal obter mais informações.

Hilara fechou a cara, sem dúvida irritada por não ter conseguido encontrar uma falha em minha sugestão.

FOGO & ESTRELAS

– A Princesa Dennaleia tocou num ponto importante – Casmiel falou. – No entanto, rastrear os Dissidentes não tem sido fácil. Ninguém está disposto a revelar nada relacionado a magia.

Amaranthine olhou animada para Casmiel e disse:

– Quem sabe se eu tivesse as tardes livres, poderia ajudar...

– Você tem lições a ensinar – o rei a cortou. – Esta é a última vez que quero ouvir você tentando se esquivar dessa obrigação.

Eu me encolhi quando ela voltou a afundar em sua cadeira. Nós mal nos conhecíamos e ela já me odiava. Eu tinha que mudar isso. Se eu não conseguia conquistar outra princesa, seria absurdo achar que um dia eu usaria a coroa de rainha. Depois de tantos anos de aulas de etiqueta, eu deveria ser capaz de convencer um dia de verão a fazer nevar.

– Eadric, o que sugere com relação a este assunto? – o príncipe perguntou. – Certamente nosso conselheiro de religião deveria se pronunciar, já que isto tem estreita relação com a devida adoração dos Seis.

Todos se voltaram para a extremidade mais distante da mesa, onde o Conselheiro Eadric comia lentamente um fio de macarrão de extensão interminável tentando adiar sua fala. Ele tinha cabelos quase brancos e a aparência distinta de um palaciano experiente, mas seu olhar parecia vazio.

– Mostrar aos Dissidentes um caminho para a luz é o único jeito – Eadric disse por fim. Ele desenhou preguiçosamente o símbolo do deus do vento sobre a mesa com seu garfo, um fio de macarrão ainda pendurado no talher.

Todos olharam fixamente para o conselheiro de religião, com exceção do rei, que já mastigava uma coxa de frango defumado, comendo a carne direto do osso. As notícias de revolta na cidade e de mudanças políticas na aliança me fizeram pensar em que outras informações adulteradas Havemont vinha recebendo, me deixando desinformada.

A conversa voltou a engrenar depois de um tempo, desviando para assuntos mais genéricos, mas eu não conseguia parar de pensar sobre o que mais eu não sabia. Era cada prato mais exótico e delicioso que o outro, mas mesmo assim mal senti o sabor da comida. Nós deixamos nossos assentos para conversarmos mais à vontade durante o último prato, uma sobremesa que parecia uma joia e tinha sabor de violetas, servida com frutas silvestres e caramelo de leite suavizado com creme batido. Amaranthine aproveitou a oportunidade para sumir, dando a todos algo de que reclamar durante o resto do desjejum, entre um comentário e outro sobre os eventos formais que eles gostariam que eu ajudasse a planejar. Quando o café da manhã acabou, fui para os meus aposentos o mais rápido que pude. Eu queria fazer algo útil, não ser responsável pelo calendário de eventos sociais de cada nobre de Lyrra.

— Sua Alteza. — Casmiel me alcançou no corredor antes que eu pudesse chamar um pajem. — Posso acompanhá-la aos seus aposentos?

— Claro, milorde — falei e segurei em seu braço.

— Peço desculpa pela atitude de Amaranthine com relação às aulas de equitação — Casmiel disse.

— É compreensível — falei. — Ela é tão ocupada, e detesto mantê-la afastada de suas outras obrigações. Talvez outra pessoa possa me ensinar? — Não custava tentar escapar das lições pela última vez, principalmente se isso pudesse me deixar em termos melhores com Amaranthine.

— Não há instrutor melhor do que ela — Casmiel disse. — Ela é meio rude por fora, mas tem bom coração. De verdade. Dê uma chance a ela.

— Certamente. Sem dúvida ela é muito habilidosa. — Forcei um sorriso tímido. Suas habilidades de instrutora não eram o problema. De nós duas, era ela quem não estava interessada em *me* dar uma chance. Parecia que ela preferia passar seu tempo fazendo qualquer outra coisa.

– Ninguém dentro ou fora destes muros sabe montar como ela. E ela sabe como conseguir informações úteis às vezes, ainda que suas fontes não sejam... convencionais, digamos.

– É mesmo? – falei, curiosa para saber o que ele queria dizer com isso.

Paramos no final do meu corredor, fora do alcance dos ouvidos dos vassalos que guardavam minha porta.

– Mas eu gostaria de falar sobre você um instante – ele disse. – Você acabou de chegar, mas vejo em sua pessoa tudo que gostaria de ver nos outros. Você escuta e observa. Presta atenção nas pessoas e nas relações. Sabe ajudar aqueles com opiniões divergentes a chegar a um acordo, como fez durante a discussão sobre os Dissidentes esta manhã. Você também se adiantou para impedir que Mare e Thandi pulassem na garganta um do outro ontem, e isso não é pouco.

Seus elogios floresceram em mim como ipomeias abrindo sob o sol. Desde a minha chegada, tudo não parecia passar de uma série de acidentes, e me alegrava saber que ele tinha visto mais em mim do que aqueles contratempos.

– Thandilimon é muito parecido com o pai – ele disse. – São pessoas fortes e carismáticas que precisam de temperança vez ou outra. Para eles, é importante ter conselheiros confiáveis que possam ajudá-los a se manter equilibrados. É isso que sou para o Rei Aturnicus. É isso que espero que você seja para Thandi.

Assenti, me sentindo desnudada pela profundidade de seu olhar. Ele tinha a intensidade de Amaranthine sem sua rudeza.

– É o meu maior desejo servir ao reino da melhor forma que eu puder – falei.

– Fico feliz em ouvir isso – ele falou. – Se estiver interessada, gostaria de me encontrar com você todos os dias após suas aulas de equitação para discutirmos assuntos referentes ao Conselho Real e ao governo do reino. É muita coisa para acomodar em sua agenda já lotada, mas sei que você se importa com isso. Espero que me veja como um amigo e mentor durante sua ascensão.

A esperança nasceu em mim. Não me importava que os encontros com ele tomassem o único tempo livre que eu tinha nos meus dias, que logo seriam preenchidos por manhãs repletas de desjejuns sociais com palacianos, tardes dedicadas à equitação com Amaranthine e noites de jantares ou atividades de lazer com a família real. Casmiel poderia me ajudar a preparar o terreno para ser a governante que eu queria ser.

– Nada me deixaria mais feliz – falei.

– Excelente. Podemos começar amanhã – ele disse, pés de galinha surgindo ao redor de seus olhos enquanto ele sorria e se curvava num cumprimento de despedida.

Entrei em meus aposentos atordoada diante da promessa de mentoria de Casmiel, empolgada demais para fechar a porta. O formigamento da magia percorria meus braços e dedos. Auna, minha aia, sentada perto da janela, ergueu os olhos do bordado em que trabalhava e sorriu ao me ver tão feliz.

Imaginei uma brisa purificadora passando pelos meus aposentos e levando embora todos os meus medos e dúvidas. Atrás de mim, a porta que dava para o quarto fechou com um estrondo e eu parei onde estava. A sensação em meus braços havia desaparecido completamente, e minha cabeça girava um pouco.

– Milady... havia um peso mantendo a porta do seu quarto aberta? – Auna perguntou com a voz trêmula.

– Não sei – respondi. O medo tomava o lugar que a magia ocupara segundos antes.

– Uma brisa deve tê-la fechado. – Ela desenhou o símbolo do deus do vento no ar.

– Sim, uma brisa – murmurei em resposta.

Mas assim como estivera por todo o castelo a manhã inteira, o ar continuava completamente parado.

QUATRO

Mare

Depois de quase uma semana de cansativos eventos na corte após a chegada da Princesa Dennaleia, eu não tinha a mínima intenção de passar minha última manhã de liberdade dentro dos muros do castelo. Pouco depois do alvorecer, entrei no alojamento dos vassalos e puxei as cobertas de cima do meu melhor amigo, Nils.

— Hora de ir para a cidade! — falei animada.

Ele resmungou.

— Pelos Seis, por que você faz isso comigo?

Eu lhe dei uns bons tapas, até que ele lançou as pernas para fora da cama para se sentar.

— É cedo demais para uma de suas garotas vir ao alojamento — um de seus companheiros de alojamento reclamou, virando de lado e cobrindo a cabeça com o travesseiro.

Nils ficou em pé e foi pegar uma camisa em seu baú. Nós tínhamos a mesma idade, mas, de algum modo, nos últimos anos, ele havia crescido mais que eu e se transformado em um vassalo de ombros largos, com o tipo de bíceps que deixava óbvia sua vocação, e a maioria das mulheres — e alguns homens — do castelo haviam reparado nisso.

– Encontro você no café da manhã daqui a quinze minutos – falei. – Não se atrase.

Apesar de praguejar às minhas costas, eu sabia que ele não demoraria muito.

Fizemos um desjejum rápido e partimos a cavalo – Nils em seu cavalo cinzento, Holler, e eu em uma égua desinteressante que peguei emprestada sem permissão na área em que ficavam os potros. O som dos cascos de nossos cavalos e o rangido metálico que minha égua fazia ao mastigar seu freio rapidamente desapareceram em meio ao ruído do tráfego enquanto rumávamos para Lyrra. Enormes casas de pedra dos nobres abastados se erguiam de ambos os lados por trás de portões que deixavam ver jardins e alamedas que já haviam sido limpos para o dia que nascia.

– O que diabos é tão importante que fez você me arrancar da cama assim que os passarinhos acordaram? – Nils perguntou.

– Mostrar a Cas que ele está cometendo um erro ao me fazer desperdiçar meu verão com aquelas aulas de equitação idiotas – falei. Se eu obtivesse novas informações sobre os Dissidentes, ele teria que reavaliar sua decisão.

– Aulas de equitação? Você não precisa disso. – Ele me olhou confuso.

– Não são para mim, cabeça-oca. Recebi ordens para ensinar a Princesa Dennaleia a montar, começando hoje à tarde. No momento, quando se trata de cavalos, a garota tem tanta utilidade quanto tetas numa sela.

– Não é tão ruim assim. Descobri que há muitas vantagens em ser amigo das damas nobres da corte – ele disse com um sorriso malicioso.

– Talvez para você – bufei. – Se eu ficar amiga de Dennaleia, estarei fazendo exatamente o que meu pai e Cas planejam. Eles provavelmente esperam que ela faça de mim uma princesa de verdade, que estaria feliz e casada antes do inverno. Prefiro comer aparas de casco. Além disso, nenhum nobre com metade do juízo deles ia querer ser meu amigo.

– Eu sou seu amigo – ele disse.

– Você é diferente – respondi. Ele não era nobre, então não tinha uma reputação a arruinar. Nós estávamos sempre nos metendo em confusão quando fazíamos aulas de equitação. A amizade fora inevitável, assim como o que veio depois... ainda que não tenha durado.

– Ou então não tenho nenhum senso de autopreservação – ele provocou. – E então, para onde estamos indo?

Fiz minha égua parar no fim da rua seguinte. Acima de nossas cabeças, o desenho de um círculo pintado de branco decorava a lateral de uma loja, e, do outro lado da rua, um edifício havia sido quase totalmente destruído pelo fogo. Senti meu estômago revirar.

– Dissidentes – Nils disse sombrio.

– Vamos começar pelo Cão Surdo – falei. Favorita dos vassalos quando não estavam de serviço, era uma das tavernas mais limpas da cidade, e um bom lugar para trocar dinheiro por informação. Eu pretendia arrastar Nils para a Barbela, mas o edifício queimado me fez pensar duas vezes sobre ir direto para a taverna mais decadente de Lyrra.

Amarramos nossos cavalos no varão de amarração do lado de fora do Cão Surdo e, lá dentro, nos sentamos perto da janela. As pessoas na rua riam ou zombavam umas das outras, com pressa ou a passos lentos, sem formalidades nem protocolos. Minha tensão desapareceu. Fora do castelo eu não tinha que lidar com pessoas que se curvavam quando eu passava, ou que davam risadinhas maliciosas que eu fingia não ver.

– Café para vocês, rapazes? – uma voz retumbante de barítono perguntou.

Ergui os olhos e sorri para Graum, o proprietário.

– Quero um duplo – Nils disse.

– Pois não! É bom ver vocês. Fazia tempo que não apareciam por aqui. – Graum deu um tapinha nas minhas costas com sua mão gorda e quase me fez cair sobre a mesa. – Chá-preto sem açúcar?

– Isso mesmo. Obrigado – respondi com um sorriso.

– Sempre tão educado, rapaz. – Ele sorriu. – Sua mãe o criou bem.

Meu sorriso murchou quando ele mencionou minha mãe, mas ele não pareceu notar e se afastou.

Quando Graum voltou, ele mal olhou para a moeda que eu havia deixado sobre a mesa, com a coroa voltada para baixo. No entanto, ela desapareceu em sua mão em algum momento entre ele servir meu chá e perguntar se eu queria mais alguma coisa.

Coloquei dois dedos no canto da mesa, o código para política.

Ele moveu minha caneca de chá para o lado esquerdo do meu prato. Informação nova.

Peguei meu garfo para indicar que eu ficaria.

Ele pôs quatro dedos na beirada da mesa, e eu olhei para Nils. O que eu queria saber não sairia barato.

Hesitei por um instante, sem querer demonstrar a facilidade com que eu pagaria o preço.

— A comida é boa — falei enfim, aceitando os termos dele.

Ele assentiu e se afastou, sorrindo novamente.

Poucos minutos depois, um homem deslizou para o banco do outro lado de nossa mesa. Seu rosto sem traços marcantes tinha uma barba bem aparada cor de azeviche. Suas roupas tinham um corte que era quase simples demais, e estavam definitivamente limpas demais para seu estilo "classe trabalhadora" — os sinais sutis de um espião.

— Duas canecas? — ele perguntou.

— Sim — respondi, passando um punhado de moedas para ele por debaixo da mesa. Senti a palma de sua mão quente e áspera sob meus dedos.

— Muitos acham que a Coroa enfraqueceu graças à falsa segurança resultante da aliança com Havemont — ele disse com uma voz que mal dava para ouvir com todo o barulho da taverna. — Um grupo de hereges conhecido como Dissidentes é contra a aliança. Os extremistas entre eles querem reivindicar que o Grande Ádito seja utilizado somente por usuários de magia, não mais por adoradores dos Seis. Por outro lado, aqueles que defendem mais fortemente que magia é

FOGO & ESTRELAS

heresia acreditam que o Conselho e o rei não estão se empenhando, de fato, para acalmar esses focos de revolta e para manter Mynaria pura e em segurança.

Mordi o lábio, ansiosa. Aquilo não era nada que eu já não soubesse. Mas embora eu concordasse que o Conselho estava cheio de velhos falastrões conservadores que raramente faziam alguma coisa, a aliança vinha sendo trabalhada havia tanto tempo que parecia inevitável, e nossos reinos estavam em paz desde a assinatura do acordo, anos antes. O Grande Ádito não podia ser o único problema.

– O que mais? – perguntei.

– Os Dissidentes sempre contaram em poder usar Havemont como porta de entrada indireta para Zumorda. Alguns dizem que Zumorda também contava com isso, para o comércio de produtos ilegais. As fronteiras de Havemont são bem menos vigiadas que aquelas entre Mynaria e Zumorda, já que o povo de Havemont é menos rigoroso em sua oposição à magia.

– O que isso significa para a Coroa? – Nils perguntou.

– Dizem que os zumordanos podem se unir aos Dissidentes para lutar – o espião falou.

– O quê? – guinchei. – Se um reino inteiro estava disposto a se apresentar e lutar pelos interesses de um pequeno grupo de rebeldes, os problemas eram bem maiores do que Cas dissera. Ninguém sabia ao certo o quão poderoso o reino de Zumorda poderia ser, mas, considerando que era o único a oferecer refúgio aos usuários de magia, tê-lo como nosso inimigo seria no mínimo estupidez.

O homem sustentou o olhar, mas um músculo de sua bochecha direita teve um espasmo.

– Usuários de magia do leste... – O espião foi interrompido por uma gritaria que vinha da rua.

Nils colocou sua caneca na mesa e esticou a cabeça na direção da janela.

– Pelos Seis Infernos!

– O está acontecendo? – perguntei.

Outros fregueses já se levantavam e saíam pela porta da frente.

Eu me virei para o espião bem a tempo de vê-lo se retirar de fininho para não ser pego em uma situação que parecia prestes a sair do controle. Uma moeda fora deixada sobre a mesa – o preço por não ter me dado toda a informação que prometera. Praguejei baixinho.

Nils e eu corremos direto para o tumulto. Socos vinham de todas as direções em meio à multidão, que parecia aumentar sem parar. Nossos cavalos estavam agitados, presos ao varão de amarração, e dava para ver a parte branca de seus olhos.

– Temos que sair daqui – Nils disse enquanto soltava Holler.

Mas então vi o que dera início à briga. No fim de um beco próximo, havia meio círculo branco pintado na lateral de um prédio, e a tinta ainda estava fresca. Meu coração quase saiu pela boca.

– Isso começou com os Dissidentes – falei, enquanto me esquivava de um homem que cambaleava para cima de mim depois de ter sido atingido por um soco.

– Mais um motivo para irmos embora – Nils respondeu.

Sentamos em nossas selas e conduzimos nossos cavalos para longe do tumulto. Assim que nos livramos da multidão, vimos um homem fazendo o mesmo, com outros três em seu encalço. Olhei de relance e depois voltei a olhar para ele. Havia respingos de tinta branca em seus braços. Devia ser o Dissidente que havia começado a confusão. Os quatro homens correram para um beco estreito entre dois edifícios altos, e dei uma guinada à direita para segui-los.

– Maldição! – Nils exclamou atrás de mim. Eu esperava que ele me seguisse.

Os três homens alcançaram a vítima na metade do beco e a jogaram contra a parede de pedra de um edifício. O homem atacado deslizou e caiu sobre um líquido que escorria e fedia a lixo.

– E agora, como se sente, seu verme? – um deles disse enquanto desferia um chute.

– Ei! – gritei.

Os três homens ergueram os olhos, seus rostos com expressões idênticas de ódio.

– Você também é fã de magia? – o homem mais alto disse com desprezo. Ele tinha um dos dentes de frente quebrado, e parecia que seu nariz já havia sido ajustado a socos mais de uma vez.

– Ah, pelo amor dos Seis! – Nils murmurou ao parar ao meu lado.

– O que ele fez para você? – perguntei, torcendo para que soasse mais arrogante do que eu me sentia.

Um dos homens cuspiu no que estava caído.

– Vendeu meu filho mais novo para os zumordanos, foi o que eles fizeram.

E então os homens começaram a me atacar. Um deles tentou me derrubar da sela puxando minha perna enquanto o outro procurava alcançar as rédeas da minha égua.

Holler saltou para a frente. Nils pegou um cabo de vassoura quebrado de uma pilha de lixo e o brandiu como se fosse uma lança de combate. Um dos homens tentou arrancar o cabo de vassoura de suas mãos, mas Nils bateu com a madeira no peito do homem e o derrubou. Então ele incitou Holler a dar coices, não acertando o segundo por pouco. Estiquei a mão e peguei o cabo de vassoura de Nils, torcendo para que a pequena égua nervosa aguentasse firme por mim. Eu a fiz avançar e bati com a madeira na cabeça do homem alto, e depois joguei o cabo de vassoura por cima do ombro para Nils, que me ultrapassava. Quando os homens viram Holler indo na direção deles novamente, fugiram feito cães sem dono.

Desci da sela e me agachei perto do homem caído, ajudando-o a se sentar. Ele estava mais bem-vestido que os outros, mas não tanto, e parecia ser mensageiro. O cabelo desgrenhado, escuro com alguns fios brancos, cobria seus olhos, e sangue pingava de seu lábio machucado.

– Se responder às minhas perguntas, talvez o deixemos ir embora – falei. – Para começar, qual é o seu nome?

Ele olhou para nós, desconfiado, se encolhendo ao tatear as próprias costelas. Nils passou o cabo de vassoura de uma mão para a outra, e o homem ergueu as suas.

– Alen! – ele disse. – Meu nome é Alen.

– É verdade que você vendeu o filho daquele homem para Zumorda? – Eu precisava saber se ele merecia mesmo a nossa ajuda, ou se era melhor tentarmos prendê-lo.

– Não vendemos crianças. Nós as salvamos – Alen disse, limpando o sangue que secava em seu queixo.

– Salvam-nas de quê? – falei rispidamente.

– De pais que acham que rituais de purificação livrarão as crianças de suas Afinidades – Alen respondeu com amargura. – Enviamos crianças que têm dons para Zumorda, onde podem ser treinadas e ensinadas a não machucar ninguém por acidente. Só queremos manter todo mundo em segurança.

Se Cas sabia algo sobre isso, não havia mencionado. Teoricamente, Alen e seu grupo estavam prestando um serviço útil ao reino, ainda que seus métodos fossem questionáveis.

– "Nós" quem? – perguntei.

– O Círculo Sincrético – ele disse.

Aparentemente, os Dissidentes atendiam por mais de um nome. Sentei nos calcanhares e ergui os olhos para Nils. Ele franziu o cenho, sem dúvida pensando no tamanho da encrenca em que havíamos nos metido.

Passos ecoaram nas pedras do calçamento, e três homens e uma mulher apareceram na outra ponta do beco. Alen acenou debilmente para eles.

– Vamos. Agora – Nils disse, e me lançou um olhar que significava "sem discussão".

Subi relutante em meu cavalo. Eu queria continuar interrogando Alen, mas não poderíamos enfrentar mais quatro pessoas, principalmente se alguma delas tivesse a magia do seu lado.

— Conseguiremos mais informações na taverna Barbela — falei, assim que tive certeza de que ninguém nos ouviria.

— Ah, não. Não mesmo — Nils disse. — Não podemos correr o risco de nos metermos em outra briga. Você já está coberta de sangue, e não tem uma aula para dar esta tarde?

— Prefiro ir até a Barbela — respondi.

— Mare. — Nils implorou com o olhar.

— Tudo bem — resmunguei.

Vários minutos se passaram antes que voltássemos a conversar.

— Sabe que eu faria qualquer coisa por você — ele disse gentil, franzindo a testa. — Mas, como vassalo, não posso sair por aí bancando o justiceiro. Ainda bem que aqueles brutamontes eram covardes. É claro que sou treinado para derrubar três homens... usando uma espada ou uma lança, não um cabo de vassoura quebrado.

— Desculpe — falei, e estiquei minha mão para tocar a dele. — Se alguma coisa acontecesse a você... — Nem consegui completar a frase.

Sua expressão não mudou, mas ele segurou minha mão. Mantivemos os cavalos lado a lado por um tempo, até a tensão da luta diminuir.

— Você não colocaria minha vida em risco de propósito. Sei disso — Nils disse.

— Não mesmo — falei com firmeza. Eu não devia ter sido tão imprudente. Embora não tivéssemos mais um relacionamento amoroso, ele era muito mais que um segurança para mim, e sempre seria. Eu esperava que ele soubesse disso.

Quanto a mim, depois de ensinar Dennaleia a montar, eu já planejava escapar sozinha para ter um segundo encontro com aquele espião.

Minhas mãos tremiam de nervoso enquanto eu ia para minha primeira aula de equitação. Thandilimon me acompanhou, parecendo indiferente ao quanto eu estava ridícula naquela calça de montaria. O sol daquela tarde quente incidia sobre nós, aumentando meu pavor enquanto atravessávamos os jardins do castelo rumo aos estábulos. Thandilimon andava rápido e me contava sobre a vez em que ele e Amaranthine tinham se encrencado com a Capitã Ryka por terem tentado o tiro com arco a cavalo antes de terem recebido qualquer instrução.

— Nós mal conseguíamos fazer nossos pôneis andarem em linha reta, quanto mais acertar alguma coisa. As flechas estavam por toda parte, menos nos alvos. Se fôssemos filhos de outra pessoa, Ryka provavelmente teria nos matado. Foi ideia de Mare, é claro. — Ele riu.

— Parece que Amaranthine cria suas próprias regras — falei. A história dele quase foi uma boa distração, mas eu não conseguia não me sentir estranhamente exposta naquela roupa e ansiosa por ter que lidar com Amaranthine.

— O livro de regras de Mare é um mistério para todos nós. Sua irmã também tem histórias desse tipo para contar sobre você quando vier nos visitar? — ele provocou.

— Você jamais saberá de nada. Ali guarda meus segredos. — Tentei abrir o que eu esperava ser um sorriso sedutor.

— Tem alguma coisa no seu olho? — ele perguntou.

— Não, é só o sol — respondi envergonhada. A arte do flerte obviamente não me fora ensinada como se deve nas minhas aulas de etiqueta. Mudei rápido de assunto. — O Conselho fez algum progresso no sentido de obter mais informações sobre os Dissidentes?

— Não muito — Thandilimon disse. — Muitas pistas que os espiões de Casmiel seguiram acabaram num beco sem saída. Os fundamentalistas têm espalhado um monte de acusações sem provas, na esperança de incriminar os Dissidentes sempre que têm chance. Temos recebido cada vez mais petições à Coroa todos os dias.

— Que pena — falei. Uma sensação de medo me invadiu. Mais paranoia significava que os olhos das pessoas estariam bem atentos a qualquer coisa que cheirasse a magia.

Assim que entramos nos estábulos, fiz uma breve oração aos Seis para que me ajudassem a sobreviver à minha aula sem parecer uma idiota desengonçada. Eu precisava impressionar Amaranthine com minha habilidade se quisesse conquistá-la.

— Bem, vou pegar Zin e dar uma volta — Thandilimon disse. — Boa sorte na sua aula.

Com uma mesura e um sorriso, ele foi embora e me deixou parada no meio do celeiro. Os cavalos estavam imobilizados em vários padrões de contenção, sendo banhados e tendo selas colocadas ou removidas, e mais outras coisas que não conheço as palavras certas para descrever. Palha voava enquanto os cavalariços limpavam as baias e passavam por mim com carrinhos de mão ou vassouras. Eu não fazia ideia se devia procurar Amaranthine em algum lugar dentro do celeiro ou do lado de fora, em uma das diversas arenas de treino.

— Com licença. Está procurando sua instrutora, Sua Alteza? — Um homem alto com a pele envelhecida pelo sol veio falar comigo.

— Sim, obrigada — respondi e endireitei os ombros.

FOGO & ESTRELAS

– Jamin Theeds. – Ele se apresentou e se curvou. – Sou o mestre do estábulo e o principal treinador aqui.

– Prazer em conhecê-lo – falei.

–Venha por aqui. – Ele me guiou pelo celeiro e para fora do lugar com passos acelerados. Na área externa, um cavalo troncudo cor de mel estava parado no centro de uma pequena arena redonda. Suas orelhas caíam para os lados como as de uma mula enquanto Amaranthine as coçava. Minha boca estava seca e, por reflexo, tentei agarrar as saias que eu não vestia naquele momento. Theeds entrou comigo no cercado, erguendo nuvens de poeira com as solas de suas botas.

Amaranthine estava voltada para nós com o quadril jogado para o lado, usando camisa simples e calça de montaria como se fossem as vestes de uma rainha. Assim como o irmão, ela também era mais alta que eu. Seu antebraço direito era adornado por braceletes de todas as cores, finos e sobrepostos quase até o cotovelo. Apesar do meu traje de montaria feito sob medida, eu me sentia tão sem graça e pequena quanto um pardal ao lado dela. Algumas mechas de cabelo estavam soltas e contornavam seu rosto, que exibia uma expressão desafiadora.

Eu me encolhi quando ela olhou para mim.

– Obrigada, Theeds. – Ela o dispensou com um gesto de cabeça enquanto preparava os estribos.

Senti um nó no estômago e um formigamento desceu pelo meu braço. Enfiei as unhas na palma da mão até a magia se transformar em dor.

Amaranthine terminou de prender a sela e enfim olhou para mim. Apesar de me lembrar de seus olhos, eles ainda me surpreenderam: eram de um cinza mutável que me fazia pensar em terra e céu ao mesmo tempo.

– Princesa Amaranthine – finalmente consegui falar. – Agradeço o que está fazendo por mim.

Ela rosnou.

— Pelo amor dos Seis, não me chame disso. É apenas Mare. Sim, como a fêmea do cavalo. Idiota, eu sei, mas não suporto Amaranthine. Que sequência longa e pretensiosa de sílabas.

Eu não conseguia dizer aquilo. Em Havemont, se qualquer pessoa que não fosse da família chamasse alguém da realeza por um apelido ou diminutivo, isso seria considerado ofensivo.

— Enfim... estamos perdendo tempo. Vamos pôr você em cima deste cavalo. Fique de frente para a sela e dobre o joelho esquerdo, erguendo a perna.

Fui para o lado esquerdo do cavalo, envergonhada por estar de calça e me perguntando se eu deixaria de me sentir estranha naquela roupa depois de algumas aulas.

— A propósito, este é Louie — ela disse, indicando o cavalo. — "Ôa" é sua palavra favorita. — Ele balançou a cauda como se concordasse.

Antes que eu pudesse perguntar o que deveria fazer em seguida, as mãos dela estavam unidas sob a minha perna dobrada, lançando-me na sela como se eu não pesasse mais que um saco de farinha. Eu me ajeitei, tentando encontrar o equilíbrio.

— Obrigada por avisar — resmunguei.

Amaranthine não respondeu. O canto da sua boca se curvou, mas eu não sabia dizer se era um riso de desdém ou se ela estava se divertindo.

Enfiei meus pés nos estribos e me sentei, grata por Louie parecer tão pouco a fim de se mover.

— Mantenha o estribo sob a ponta dos pés, se conseguir. Assim. — Ela puxou o estribo de debaixo do arco do meu pé.

— Como ao dançar. — Lembrei do banquete de boas-vindas, quando os olhos de Amaranthine se encontraram com os meus enquanto eu dançava com Casmiel. Naquele momento, enquanto eu fazia algo que sabia fazer muito bem, eu me sentira no mesmo nível que ela.

— A dança pode ajudá-la a cavalgar — ela disse. — Equilíbrio e coordenação são importantes nos dois casos. — Ela deu um passo à frente e pôs a mão de leve em meu joelho. Seu toque gerou um formigamento na minha perna que não tinha nada a ver com magia, mas tudo a ver com o nervosismo que eu sentia.

– Aperte o cavalo com os joelhos – ela disse. – Isso, assim mesmo. Percebe como ao fazer isso a parte de baixo das suas pernas se afastam completamente dele? Você não tem como controlá-lo se quiser que ele vire ou siga em frente. Agora pare de apertá-lo com os joelhos. Isso. Relaxe totalmente. Use os músculos de suas coxas e das panturrilhas. É daí que vem a força do seu assento.

Ela botou sua mão na parte de trás da minha coxa e eu deixei uma risadinha escapar. Ninguém jamais havia me tocado ali.

– Desculpe. Não estou tentando fazer cócegas. É aqui – seu toque era firme – que você terá que ganhar muito músculo. Agora fique de pé nos estribos. Toda vez que tiver dificuldade com sua posição, esse é um bom jeito de fazê-la se lembrar onde suas pernas devem ficar. Ao se levantar, você é obrigada a colocar a parte de baixo de suas pernas na posição correta, ou não conseguirá sair da sela.

Eu me sentei pesadamente, minhas coxas tremendo com o esforço de me manter em pé por alguns segundos. Aquilo não ia ser agradável.

Ela fez Louie se mover, amarrado a uma corda comprida, estalando a língua para que ele seguisse.

– Agora sinta como ele anda. Preste atenção em que lado os músculos traseiros dele jogam você e concentre-se nesse movimento. Sente-se com as costas retas, mas relaxe o quadril.

Tentei fazer o que ela pedia. Era estranho ter alguém falando sobre meu quadril. Claro que os professores de dança já haviam falado do assunto antes, mas eles nunca tinham sido tão... diretos.

– Peito empinado, ombros para trás. Mantenha seus faróis iluminando a estrada à sua frente!

Eu teria corado se não estivesse tão tensa. O linguajar dela era mais apropriado para um dono de taverna inculto do que para um membro da família real. Onde é que ela tinha aprendido a falar daquele jeito?

Louie e eu continuamos andando a passos lentos pela arena, com Amaranthine disparando instruções mais depressa do que eu conseguia assimilá-las. Enquanto eu penava para manter minha posição, algo mais além das outras arenas chamou minha atenção. As camisas claras de três homens que se destacavam nos campos de verão, os pescoços de seus cavalos escuros de suor. Eles se aproximaram em um trote ligeiro e o cavalo do meio virou a cabeça, o branco de seus olhos austero contra sua pelagem baia.

Em vez de diminuírem o passo ao se aproximarem do celeiro, o cavalo líder começou a galopar e deslizou para o lado em uma trilha de terra entre os cercados. Quando os cavaleiros chegaram mais perto, reconheci o Príncipe Thandilimon com um largo sorriso montando a égua indomável. Endireitei a postura e tentei me lembrar de tudo que Amaranthine havia me ensinado. Seria bom que ele e os outros nobres me vissem cavalgando.

Sorri e ergui a mão para acenar. Antes que Thandilimon pudesse responder ao meu cumprimento, a poeira levantada pelos cavalos nos envolveu e Louie deu um grande espirro. Fui lançada para a frente na sela quando ele abaixou a cabeça, e rolei por cima de sua espádua, aterrissando no chão. Meu quadril doía e eu tossia em meio à nuvem de poeira. Louie parou bruscamente, mais plácido que nunca, e olhou para mim antes de se virar e continuar andando com um suspiro.

– Não se mexa – Amaranthine disse encurtando a distância entre nós com uns poucos passos.

Fiquei tensa quando ela se aproximou, esperando pela inevitável reprimenda.

Em vez disso, ela se agachou e pôs a mão no meu ombro. Seu toque me confortou com a dose certa de segurança e gentileza.

– Vá devagar. Veja se está tudo funcionando – ela instruiu.

– Desculpe – falei envergonhada. Sentir-me ridícula naquela calça de montaria aparentemente era o menor dos meus problemas.

FOGO & ESTRELAS

– Não foi culpa sua – ela disse, olhando feio na direção do celeiro. – Aquele idiota do meu irmão ainda vai acabar matando alguém ao deixar seu cavalo vir correndo das trilhas e entrar desse jeito. Eu já disse a ele mil vezes para não fazer isso.

– Mesmo assim eu não deveria ter caído – falei. – Tudo que Louie fez foi espirrar.

– O que importa é que você está bem. – Ela me ajudou a levantar. – Se eu deixar você se machucar, meu pai, meu irmão, o meu reino e o seu vão querer minha cabeça.

– Estou bem – falei, batendo na calça para tirar a terra. Meu quadril doía, mas ela não precisava saber disso. – O príncipe me viu? – perguntei hesitante.

Amaranthine revirou os olhos.

– Duvido. O idiota provavelmente estava ocupado demais tentando permanecer sentado naquela sua égua sem modos.

Lancei um olhar para o celeiro, mas os homens já haviam desaparecido lá dentro. Eu me importava com o que o príncipe achava, mas de certo modo era pior saber que eu havia decepcionado Amaranthine.

– Pernas e braços ainda funcionam?

– Acho que sim. – Mexi todos os membros para testar, ainda um pouco abalada pela queda.

– Então volte para a sela. – Amaranthine indicou impaciente o estribo esquerdo.

Engoli o medo, andei até a lateral de Louie e deixei que ela me lançasse sobre o cavalo novamente.

Uma hora depois, a sensação que eu tinha era que minhas pernas eram feitas de pudim. Cambaleei feito um gatinho atrás de Amaranthine enquanto ela me mostrava como tirar a sela e a cabeçada de Louie e a guardar o equipamento na selaria. Ela cumpriu a tarefa com uma eficiência tão implacável que não permitia conversa-fiada, o que me fazia pensar no meu fracasso e em como melhorar sua opinião a meu respeito.

O alívio tomou conta de mim quando entramos no celeiro e vi Casmiel se aproximando. Ele nos cumprimentou e beijou minha mão. Até Amaranthine sorriu ao vê-lo. A presença dele tornava tudo mais leve.

— Recebemos relatórios novos da fronteira que achei que você gostaria de ver, então vim para acompanhá-la ao castelo — ele disse, e virou-se para Amaranthine. — Você vem conosco?

Ela balançou a cabeça.

— Você sabe como é aqui embaixo. Tem sempre merda para juntar.

— Cuidado para não sujar as botas! — ele disse com uma risada e tocou o ombro dela com carinho.

Enquanto rumávamos para o castelo, fiz uma prece ao deus do vento, torcendo para que os assuntos do Conselho me ajudassem a esquecer minha total falta de habilidade em uma sela.

O escritório de Casmiel era ainda mais agradável do que eu esperava. Havia estantes de livros encostadas nas paredes dos dois lados de sua mesa, com folhagens entremeadas com as lombadas multicoloridas dos volumes. Sininhos do deus do vento soavam baixinho em uma das janelas, e os cristais pendurados debaixo dos badalos lançavam feixes de luz por toda a sala.

— Sente-se — ele pediu, indicando um círculo de pesadas cadeiras de couro. Ele se sentou de frente para mim assim que escolhi meu assento, uma posição estratégica que nos deixava em pé de igualdade para a conversa que viria em seguida. Apesar de sua natureza jovial, eu diria que Casmiel não deveria ser subestimado jamais.

— Obrigada — falei quando ele me entregou um copo alto cheio de um chá claro servido com gelo picado e com uma folhinha de hortelã na borda. Tinha cheiro de planta e era vibrante e verde como a primavera.

— Como tem se saído até agora? — ele perguntou.

— Bem. As aulas de equitação serão difíceis. — Ou, melhor dizendo, minha instrutora será. — Os cafés da manhã têm sido agradáveis, mas as conversas geralmente são sobre festas e moda. Eu adoraria saber mais a respeito de assuntos importantes para a Coroa também.

– Os outros nobres podem tentar distraí-la com seus chás e frivolidades – Casmiel disse. –Você terá que conquistar seu lugar aqui. Mostre ao meu irmão, a Thandi e aos Conselheiros que sua voz deve ser ouvida. A Rainha Mirianna era mais que uma figura decorativa e anfitriã. Ela era a consciência do rei. Sua âncora. Que ela descanse com os Seis. – Ele cerrou o punho e o levou ao coração.

– Que seu descanso seja eternamente tranquilo – murmurei, imitando seu gesto e desenhando o símbolo do deus da sombra.

Nós fizemos um minuto de reflexão silenciosa e deixei meus olhos correrem pelas estantes de Casmiel. A maioria dos volumes em seu escritório não eram livros, e sim registros do reino. Ele os mantinha categorizados por tipo e ano, e as cores de suas capas permitiam uma consulta rápida. O homem tinha as rédeas do reino nas mãos.

– Espero estar à altura da memória da Rainha Mirianna – confessei por fim. – E também espero poder fazer meu próprio futuro.

– Nesse caso, vamos dar uma olhada nos relatórios da fronteira para ver o que você acha. Aparentemente, os bandidos estão agitados, principalmente no sudeste. – Ele empurrou a bandeja de chá para o lado e passamos uma hora analisando os relatórios e registros que o Conselho havia examinado na manhã anterior, vendo se conseguíamos arrancar deles alguma informação adicional. Os mensageiros nos interrompiam de tempos em tempos, trazendo a Casmiel as últimas notícias sobre os assuntos do Conselho, deixando-me espantada com a habilidade com que ele atendia às necessidades conflitantes de todos que confiavam nele.

–Você aprende rápido, milady – Casmiel disse quando estávamos para encerrar nossa sessão. – A maioria dos membros do Conselho não conhece tão bem as rotas do leste quanto você.

– Obrigada – falei encantada. Minha cabeça estava lotada de informação. Eu ficaria acordada até mais tarde fazendo anotações, mas, ao contrário da equitação, aquilo era algo que eu sabia que era capaz de fazer.

Ouvimos mais uma batida à porta e um pajem entrou.

— A residência de um nobre foi atacada pelos Dissidentes e ele exige retaliação — anunciou o pajem. — O rei pediu ao Conselho que se reúna daqui a meia hora.

Casmiel dispensou o pajem e suspirou.

— Receio que nosso tempo tenha acabado — ele disse. Lá fora, a tarde ia se transformando em noite. — Se você tiver tempo de examinar aqueles acordos comerciais que estão para expirar, será de grande ajuda para mim.

— Farei isso com prazer — falei, animada por ele ter confiado a mim uma tarefa tão importante.

Ele se despediu beijando minha mão e eu deixei o escritório com a confiança renovada e um maço de papéis debaixo do braço. Manquei pelo corredor, minhas pernas duras e doloridas por eu ter ficado tanto tempo sentada após o castigo que fora a minha aula de equitação. Mas quando eu mal havia dado dez passos, ouvi um barulho. Parei onde estava, e o pajem que passava apressado fez o mesmo. Talvez Casmiel tivesse derrubado alguma coisa das estantes. Talvez ele precisasse de ajuda para botar tudo no lugar.

— Milorde? — chamei ao voltar e bater à porta do escritório.

Silêncio foi a única resposta. Senti a magia pinicar as pontas dos meus dedos, enquanto o pavor fazia minha pulsação soar em meus ouvidos.

Bati mais forte e então abri a porta.

Papéis espalhados dançavam pelo chão enquanto uma brisa entrava pela janela aberta. Casmiel estava deitado de costas em meio a eles, com um braço jogado para o lado. Um olho seu lançava um olhar vazio na minha direção. Uma flecha branca se projetava para fora do outro, a haste cintilando com uma luz sobrenatural.

Quando consegui escapar de volta para a cidade a pé, a tarde tinha dado lugar ao crepúsculo. Lampiões tremeluziam nas janelas e na rua. Eu ansiava pela noite, quando as luzes brilhariam como pirilampos por toda a cidade – até que o chamado pesaroso de uma trompa de caça soou ao longe.

O tráfego diminuiu o ritmo até parar. Cabeças se curvaram e mãos foram levadas ao coração.

Meus dedos trêmulos encontraram o caminho até meu peito, embora penando para manter o coração lá dentro. Uma amazona solitária chegou galopando pela rua e abrindo caminho na multidão, as ferraduras de seu cavalo levantando poeira e soltando faíscas. Sua capa branca flutuava atrás de si, o capuz levantado para manter seu rosto nas sombras. Ela levou a trompa aos lábios e soprou mais uma nota gélida, o instrumento de metal refletindo a luz trêmula dos lampiões enquanto borlas azuis balançavam debaixo dele.

Senti um enorme vazio. Os Cavaleiros Brancos significavam a morte de alguém da realeza. Quem diabos poderia ser?

O burburinho começou assim que a última nota da trompa se calou.

– Certamente não é o rei.

– A princesa de Havemont, talvez?

– Não! Os Cavaleiros Brancos são só para a família real de Mynaria. Ela ainda não faz parte da família. Além disso, um forasteiro é um forasteiro, não importa quanto tempo...

– A filha! Pode ter sido a filha – uma voz interrompeu.

– Os usuários de magia devem estar por trás disso – alguém disse.

Com aquelas palavras, a multidão virou um caos.

Eu não tinha tempo para me envolver em uma briga de rua nem para completar minha missão original. Precisava voltar ao castelo, de preferência antes que alguém notasse minha ausência. Fui abrindo caminho na multidão, lutando para percorrer a rua. Mais perto dos muros do castelo, os vassalos rondavam com espadas em punho. Praguejei e engoli o medo e a ansiedade.

Eu me livrei da multidão e me enfiei num espaço estreito entre duas casas. Cada sombra parecia tentar me agarrar com seus dedos escuros, e tremi ao passar pelo desenho de um círculo branco, que mal dava para ver sob a luz fraca dos lampiões, na lateral de um edifício. Rastejei por quintais até encontrar o que eu procurava: uma treliça decorativa de metal que ia até o topo de uma casa. Agarrei-me a ela antes que perdesse a coragem.

O cheiro pungente de ferro e o aroma verde de folhas de cipreste esmagadas faziam meu nariz coçar enquanto eu subia pela treliça, o metal machucando minhas mãos. Meus braços doíam quando cheguei ao telhado. Deitei bem esticada sobre as telhas de ardósia e então engatinhei com cuidado até a parte mais alta para ter uma visão melhor.

Um grupo de pelo menos cem vassalos estava em posição de sentido em frente aos portões principais do castelo. Curiosos estavam parados mais perto das ruas da cidade, desconfiados do aço que brilhava nas mãos dos vassalos. Bem abaixo de mim, pontinhos de luz brilhavam na escuridão conforme velas de vigília eram acesas. Cada grupo de seis velas indicava um bloco de pessoas. Idiotas. As vigílias não resultavam em nada além de joelhos ralados. Rezar para os Seis não traria o morto de volta. Eu havia perdido minha mãe e sabia disso melhor que ninguém.

Uma grande área de campo aberto entre as pessoas na cidade e os vassalos me deixava apavorada. A morte de alguém da realeza não era o único motivo para manter a população tão afastada do castelo. Devia haver algo sórdido envolvido no que quer que houvesse acontecido à minha família. Sozinha e desarmada do lado de fora dos muros do castelo, eu seria um segundo alvo bem atraente. Mas, de novo, tentar passar discretamente por aquele monte de vassalos provavelmente também terminaria em morte. Todas as minhas opções estavam em algum lugar entre os excrementos e o esterco.

Desci pelas treliças, aliviada quando minhas botas finalmente tocaram o solo firme. Um hino um pouco dissonante enchia as ruas enquanto eu me dirigia apressada a uma entrada lateral do castelo. Como era de se esperar, o caminho estava bloqueado. Quatro vassalos montavam guarda diante da porta solitária; a luz de tochas atravessava as barras de ferro atrás deles. Deixei que as sombras dos edifícios me engolissem enquanto eu me esgueirava mais para perto da entrada. O tráfego na rua era tão leve e intermitente que não dava para usá-lo como cobertura.

Talvez eu pudesse entrar discretamente com uma entrega. Ou quem sabe eu poderia me aproximar o suficiente para...

— Ei, você! — Um par de mãos me agarrou por trás e me arrastou para a luz.

Girei e tentei golpear meu captor, mas meu soco acertou apenas o ar.

— Nem pense nisso, rapaz — ele disse.

Antes que eu pudesse retaliar, minhas costas acertaram as pedras do calçamento da rua. Um vassalo forte se inclinou sobre mim com a ponta de sua espada encostada na minha garganta. Inferno. Eu havia me esquecido do guarda do perímetro.

— Se acha que vai entrar, está enganado. — Um sorriso sádico era evidente em sua voz, embora eu mal conseguisse enxergar o rosto dele com o lampião a gás brilhando atrás de sua cabeça. – Ninguém pode entrar ou sair, ordens do rei.

– Eu não estava tentando entrar – falei, forçando o cérebro a encontrar uma desculpa.

– Claro que não. Por que estava se esgueirando pelas sombras, garoto? – Ele pressionou a espada contra o meu pescoço. A lâmina machucava a minha pele.

– Eu estava só procurando um amigo, senhor. – Minha voz estava trêmula.

– Você é pequeno e esquelético demais para ser um assassino. Ou talvez seja um daqueles adoradores de magia nojentos. – Ele cuspiu perto da minha cabeça. – Talvez eu mate primeiro e faça perguntas depois.

Meu coração martelava no peito. Que jeito idiota de morrer. Eu teria que revelar minha identidade, e meu pai jamais me perderia de vista novamente.

– Gammon, o que achou aí? – Uma voz familiar veio do outro lado da rua.

– Nils! – guinchei.

– Você conhece essa ratazana de esgoto? – Gammon não tirava os olhos de mim enquanto falava com Nils.

– Não posso dizer que conheço muitas ratazanas... – Nils se aproximou e olhou para mim, e o reconhecimento surgiu em seu rosto – ... de esgoto.

Engoli em seco e olhei para ele. Inclinado sobre mim em sua farda, ele parecia realmente um guarda autoritário, com sua espada embainhada presa à cintura. Ele segurava a lança pronto para atacar, os músculos fortes de seus braços visíveis sob as mangas curtas da camisa. Sem dizer uma palavra, implorei a ele que pensasse num jeito de me tirar daquela situação – qualquer coisa que não me obrigasse a revelar minha identidade.

– Pode deixar, Gammon. Conheço este aqui. – Nils suspirou e recuou sua lança para a posição em guarda.

A lâmina sumiu da minha garganta. Toquei meu pescoço e meus dedos ficaram sujos de sangue.

– Às vezes, nem sei por que me importo – Gammon resmungou, embainhando sua espada.

– Você fez um bom trabalho – Nils lhe garantiu. – Não conte a ninguém o que aconteceu aqui esta noite.

Nils me levantou com um puxão e franziu a testa ao ver o corte no meu pescoço.

– O que eu disse sobre sair do castelo sem permissão? – Ele retomou sua postura e olhou feio para mim.

– Que é imperdoável, senhor. – Baixei a cabeça, entrando no jogo.

– Isso mesmo. Não quero saber se é sua noite de folga. Cavalariços só deixam a propriedade em dias de louvor. Você poderia ter sido morto esta noite. – Seus olhos castanhos estavam fixos em mim. Se eu fosse um cavalariço de verdade, teria tremido nas bases.

– Sinto muito, senhor – falei.

Ele me agarrou pelas costas da camisa e me arrastou na direção do portão.

– De volta ao trabalho, soldado. – Ele acenou com a cabeça para Gammon, que fez um cumprimento e desapareceu nas sombras com toda a falta de discrição de um homem de seu tamanho.

Nils me fez marchar até o muro do castelo. Mantive a cabeça baixa, abatida, então ele teve que me arrastar feito um gato agarrado pelo cangote. O portador da chave abriu o portão, olhando para mim com desconfiança enquanto passávamos. Assim que saímos de sua linha de visão, Nils parou com a encenação e me envolveu em um abraço. Eu o apertei, sentindo o cheiro familiar de seu uniforme limpo.

– Escolheu uma noite ótima para ir à cidade, pequena Mare – ele disse quando me afastei de seus braços. – Os Cavaleiros Brancos... fiquei preocupado achando que era você.

– Estou bem – falei, tentando tranquilizar a nós dois.

— Teve sorte de eu estar no portão e de ter acabado de ser promovido. — Ele lançou um olhar na direção do muro.

Assenti.

— O que diabos aconteceu? Quem morreu?

— Não sei. Só os guardas pessoais foram chamados ao salão principal para o anúncio. O resto de nós entrou em serviço imediatamente e nos disseram para não deixar ninguém entrar ou sair até amanhã cedo.

Praguejei baixinho enquanto lágrimas brotavam em meus olhos.

— Não acredito que isto esteja acontecendo. Preciso descobrir o que se passa.

Nils colocou uma mão reconfortante nas minhas costas.

— Talvez você devesse se entregar a um vassalo em uma das portas. Pelo menos, você já está do lado de dentro dos muros. Quão ruim isso seria?

— Não posso. Se alguém descobre que saí esta noite… — Não precisei terminar a frase. Nós dois sabíamos que o pouco que me restava de liberdade acabaria num piscar de olhos.

— O que vai fazer? Quem me dera poder acompanhá-la, mas tenho que voltar ao meu posto antes que os outros fiquem desconfiados.

— Vou pensar em alguma coisa — falei e dei um passo à frente para um abraço de despedida. Desta vez os braços dele me enlaçaram com mais delicadeza. Atrás dele, luzes de vigília brilhavam dispersas nas janelas do castelo. Uma chama ardia afastada das demais, como uma estrela brilhante e solitária no céu noturno. Era nos aposentos da Princesa Dennaleia. E imediatamente eu soube como entraria no castelo.

Ainda abalada pelos eventos da tarde, mal consegui me controlar o suficiente para escrever uma carta para minha mãe. A pena deslizava pela página, deixando a legibilidade apenas na intenção. Escrevi para lhe garantir que eu estava em segurança, embora quisesse lhe contar a verdade: a morte de Casmiel me deixara apavorada. Se eu ainda estivesse no escritório com ele, talvez também tivesse sido morta. Como aquilo podia ter acontecido? Onde estavam os guardas? E o mais importante: por que ele fora morto?

Eu teria dado tudo para falar com Alisendi, mas ela ainda estava em algum lugar entre Havemont e Mynaria, a caminho do meu bazar de casamento. Eu queria que ela e minha mãe estivessem aqui para que pudéssemos orar juntas no Santuário, como costumávamos fazer em casa. Talvez isso me tranquilizasse um pouco. Mas meus pais haviam decidido que seria melhor que eu viesse para Mynaria sozinha para me adaptar, e Alisendi estava vindo para o bazar só porque fazia sentido que ela me visitasse antes de assumir obrigações que tornariam as viagens mais difíceis para ela. Meu pai quase nunca saía de Havemont, graças aos seus deveres. E, depois do meu casamento, o inverno chegaria mais depressa no norte, o que significava que minha mãe provavelmente não viria me visitar antes do verão seguinte.

Assim que peguei a cera roxa para selar minha carta, as velas de vigília tremeluziram na minha janela — aquele foi o único aviso antes que uma pessoa em trajes imundos subisse no peitoril e pulasse para o chão.

Gritei, e a magia explodiu em mim antes que pudesse refreá-la. As chamas das velas de vigília aumentaram, lançando uma chuva de centelhas pelo quarto.

— Sou só eu! — disse o invasor, cambaleando para a frente e quase colidindo com a minha harpa.

Recuei rapidamente, agarrando um atiçador que estava ao lado da lareira, e o brandi de um jeito que eu esperava que fosse ameaçador. Quando abri a boca para gritar mais uma vez, reconheci o rosto sujo.

— Amaranthine? — falei.

Suas roupas não passavam de trapos rústicos que disfarçavam seu sexo melhor do que eu poderia imaginar.

Uma batida forte soou na porta.

— Alteza? — a voz abafada de um vassalo atravessou a madeira pesada.

Amaranthine avançou pelo quarto e mergulhou debaixo da cama enquanto o guarda abria uma fresta da porta. Escondi o atiçador de brasas atrás das costas, torcendo para que minhas saias o ocultassem.

— Algum problema? — o vassalo perguntou.

— Não. Desculpe. Estou muito assustada desde esta tarde, e achei que tivesse ouvido um barulho lá fora.

— Certo — ele disse. — Diga-nos se ouvir qualquer outro barulho. — Ele correu os olhos pelo cômodo enquanto eu permanecia parada e tentava olhar para qualquer outro lugar que não fosse o quarto. Quando ele finalmente fechou a porta, soltei o ar, grata por ele não ter se dado ao trabalho de fazer um exame mais minucioso.

— O que faz aqui? — perguntei, largando o atiçador e me agachando para espiar debaixo da cama.

Amaranthine arrastou-se para fora e se pôs de pé.

— Por favor… pode me dizer quem morreu?

Meu estômago se revirou. Achei que ela estivesse de luto com Thandilimon e com o rei naquela noite. Como ela podia não saber o que havia acontecido?

— Foi Lorde Casmiel — respondi baixinho.

Seus olhos cinzentos se voltaram depressa para os meus.

— Não!

— Foi no escritório dele, esta tarde. — Minha voz vacilou. — Eu tinha acabado de sair de lá.

Seus olhos se encheram de lágrimas, e ela as enxugou com os punhos cerrados. Era duro vê-la sofrer. Com alguns passos, diminuí a distância entre nós e a abracei como se ela fosse minha irmã. Ela continuou tensa, então recuei quando ficou claro que ela não me abraçaria também. Seu rosto estava inexpressivo.

— O que aconteceu? — ela perguntou com uma voz sem emoção.

Contei o que eu tinha visto. Minhas mãos tremeram ao reviver aquele momento mais uma vez.

— Uma flecha branca cintilante? Que estranho — ela disse com o cenho franzido.

Concordei.

— É incomum usar flechas pintadas. Se a flecha tivesse sido feita para um atirador específico, ou para um torneio, faria sentido pintá-la. Mas um assassino jamais seria tolo o bastante para deixar para trás qualquer coisa que pudesse identificá-lo. Por outro lado, também não faz sentido que a flecha tenha sido feita para o exército. Se estiver equipando um exército, pintar flechas é demorado e caro demais. Além disso, se alguém se desse ao trabalho de pintar as flechas, provavelmente usaria uma cor escura para que elas passassem despercebidas. A menos que a batalha seja na neve. — Eu passara a noite toda remoendo aquele problema, mas ainda não havia chegado a qualquer conclusão.

— Como sabe disso tudo? — ela perguntou surpresa.

— Leio muito — respondi encabulada.

– E sobre a cintilância?

– Não sei – falei e voltei o olhar para o peitoril, onde as velas de vigília ainda queimavam, meio derretidas e inclinadas em ângulos estranhos devido à explosão de chamas que meu poder causara.

– Preciso ir – ela disse. – Posso usar seu banheiro?

– Por que está vestida desse jeito? – perguntei.

– Não é da sua conta – ela respondeu.

– Acho que agora é, já que você decidiu entrar de fininho pela minha janela. – Era bom poder responder no mesmo tom que ela, estar no meu ambiente e não no dela, onde eu me sentia livre para dizer o que tivesse vontade.

– Tudo bem. Nem sempre fico do lado de dentro dos muros do castelo. É um jeito de garantir que não prestem atenção em mim – ela disse.

Sair de modo discreto do castelo provavelmente era o que Casmiel quisera dizer com fontes de informação "não convencionais".

Suspirei.

–Você vai precisar de algo para vestir. – Devolvi o atiçador de brasas ao seu lugar e comecei a revirar minhas roupas. Com aquela altura e silhueta, seria difícil encontrar algo que não fosse tão pequeno a ponto de parecer vulgar. Peguei um vestido simples verde-sálvia que eu ainda não tinha usado em Mynaria. Teria que servir.

– Obrigada – ela disse em uma voz já desprovida do tom de briga. Seus dedos tremeram ao tocar uma mancha vermelho-amarronzada em seu pescoço antes de desaparecer no banheiro.

Aquilo era sangue? O que ela andara fazendo na cidade?

Amaranthine enfim retornou, com o rosto limpo e o semblante suave.

– Pode me ajudar com as amarrações? – ela perguntou, virando de costas para mim.

– Claro – respondi.

FOGO & ESTRELAS

Auna sempre fazia aquilo parecer muito fácil, mas meus dedos se atrapalharam ao apertar o corpete. O tecido se ajustou à cintura de Amaranthine, acentuando a curva graciosa de seus quadris. De repente, o quarto ficou mais quente, e a magia pinicava sob minha pele, o que me deixava mais desajeitada ainda. O cheiro de vida ao ar livre ainda era perceptível nela, misturado ao perfume de rosa e lavanda do sabonete que ela usara para se lavar. Embora ela tivesse me tocado durante minha aula, ter minhas mãos nela parecia diferente. Quando terminei as amarrações, minhas bochechas queimavam.

– Obrigada – ela disse, voltando-se para mim. A mancha em seu pescoço fora removida, mas dava para ver sua origem. Um corte fino debaixo do seu queixo. Abri a boca para perguntar como ela se machucara, mas achei melhor não dizer nada. Seria mais gentil deixá-la pôr para fora um pouco de sua dor.

– Sinto muito por sua perda – falei. – Casmiel me falou muito bem de você. Ele disse que você tem um coração bom.

Ela suspirou.

– Se eu tivesse um coração bom, estaria cumprindo "minhas obrigações para com o reino", como meu pai costuma dizer. Servindo à Coroa, como Thandi.

– As coisas eram diferentes antes do nascimento de Thandilimon? Não era você a herdeira do trono? – perguntei.

– Eu não me lembro. Eu tinha pouco mais de um ano quando ele nasceu. Meu pai acredita que o trono deve passar de pai para filho, então as coisas sempre giraram em torno de Thandi.

– Entendo – falei, embora eu não entendesse a lógica de achar um sexo melhor que o outro. Como era a mais velha, o destino de minha irmã sempre fora ser rainha de Havemont, mesmo se eu tivesse nascido homem ou se ela arranjasse um consorte.

– De todo modo, eu não ia querer ser herdeira do trono – ela acrescentou.

— Por que não? – perguntei. O poder da coroa nos permitia ajudar as pessoas e mudar nossos reinos para melhor.

— Haha! — Sua risada foi curta e cortante. — Uma vida inteira fingindo saber o que é melhor para todo o reino e seu povo? Ter todos os dias da minha vida minuciosamente programados? Decidir quem deve viver e quem deve morrer por seus crimes? Casar com alguém por quem eu não daria dois baldes de esterco só porque isso é o melhor para o meu reino?

— É claro. Quem iria querer uma coisa dessas? – eu disse com sarcasmo. Ela havia descrito o futuro para o qual eu passara a vida toda me preparando.

Ela deu de ombros.

— Eu não.

— Espero que Thandilimon me ame – falei. Além de ser inútil, ficar presa a um casamento sem amor com alguém que não me respeitasse era meu maior medo. Embora um romance épico fosse improvável na minha situação, mesmo assim eu ainda desejava isso. O amor tornaria meus anos mais fáceis. A solidão os tornaria mais difíceis.

— Boa sorte – ela disse. – É possível construir parcerias, mas não se pode forçar o amor. O amor deve fazer com que você se sinta galopando em um cavalo a toda velocidade pela primeira vez. Deve fazer seu sangue ferver. Deve deixá-la apavorada. E alguma parte de você deve identificá-lo na primeira vez que encontrar o olhar da outra pessoa.

Havia uma provocação em cada palavra dela, e conhecimento de coisas que eu jamais experimentara. Fiquei olhando para ela abismada, sem conseguir discutir, e sem saber ao certo se queria fazê-lo. Sua visão do amor não era do tipo que as circunstâncias me ofereciam.

— Tenho que voltar aos meus aposentos agora. — Amaranthine fez uma trouxa com suas roupas rústicas e atravessou o quarto até a porta.

FOGO & ESTRELAS

— Claro — falei. Conversar com ela havia me deixado exausta assim como me deixavam os infames testes de três horas do meu professor de história. Era cansativo demais fazer amigos.

Ela abriu a porta e desapareceu no corredor, dispensando um vassalo que se oferecera para acompanhá-la. Ela teve sorte que o guarda que protegia minha porta havia terminado seu turno e sido substituído por outro em algum momento após a chegada dela, de modo que ele não estranhou a sua presença nos meus aposentos — um fato que me deixou ainda mais preocupada. Os vassalos deveriam estar em vigilância máxima depois do que acontecera com Casmiel. Levando em conta aquilo e o quanto a conversa que eu tivera com Amaranthine me abalara, parecia que meus nervos estavam em chamas. Eu precisava rezar mais que nunca.

Embora minha mãe e minha irmã não estivessem comigo, eu ainda podia rezar sozinha. Quem sabe assim eu conseguisse acalmar minha magia e dormir. E também não seria nada mal que, quanto mais devota eu parecesse, menos provável seria que alguém suspeitasse dos meus poderes mágicos.

— Com licença — falei a um dos vassalos. — Você poderia me levar ao Santuário, por favor? — Achei que ninguém se ofenderia se eu fosse até lá para rezar durante alguns minutos pela memória de Casmiel.

— Claro, milady — ele disse.

Avançamos pela ala real até uma porta pesada de madeira, o batente adornado com seis esferas de vidro polido em um círculo — o símbolo dos Seis Deuses. As dobradiças não fizeram ruído quando entrei. À minha frente, havia uma área circular com iluminação tênue e seis altares bem cuidados dispostos em nichos distribuídos de forma equilibrada. Uma calma profunda tomou conta de mim enquanto eu andava pelo local vazio.

Comecei pela terra, pois minha alma estava pesada. A pedra parecia quase viva debaixo do meu dedão, e o formigamento da magia nas palmas das minhas mãos cessou. A rocha demorava a mudar, mas isso acontecia com o tempo. Até as coisas mais difíceis ficavam mais fáceis de suportar. Depois veio a água, que nunca me agradou muito, talvez porque suas principais formas de manifestação nas montanhas fossem neve, gelo e chuva congelante. Enfiei meu dedo na bacia rasa de água e deixei uma gota pingar no recipiente de oferenda. No altar do ar, soprei os sinos em miniatura, e suas notas dissonantes fizeram um calafrio descer pela minha coluna.

No altar do deus da sombra, deslizei minha mão pela escuridão sob uma caixa ricamente decorada para reconhecer o poder do desconhecido e do além. Para o deus do espírito, fechei os olhos e dediquei um tempo a me lembrar de Casmiel: sua gentileza, sua tranquilidade e a segurança com que me conduzira pelo salão de dança. Se eu pudesse ajudar a Coroa a descobrir o que acontecera com ele, seria no mínimo uma forma de retribuir sua amabilidade e seus ensinamentos durante o curto tempo que desfrutei de sua companhia. Eu faria da aliança um sucesso para honrar sua memória.

Deixei o deus do fogo por último porque era ali que eu me sentia mais à vontade. A lasca de madeira da oferenda era pequena e lisa entre meus dedos.

Prometo fazer tudo que eu puder.

Desenhei o símbolo do deus e joguei a lasca, mas antes que a madeira caísse nas chamas, a magia surgiu nas pontas dos meus dedos para engoli-la. O poder veio fácil, saindo em uma onda que eu mal conseguia controlar. A lasca de madeira explodiu em uma chuva de fagulhas, e a força da magia finalmente diminuiu. De repente, me senti exausta, embora meus batimentos estivessem acelerados de medo — e de espanto com a força que eu não sabia que tinha. Alguma coisa na minha magia era muito diferente em Mynaria. Eu também precisava descobrir o motivo daquilo.

OITO

Meu pai e Thandi exigiram minha presença na reunião do Conselho na manhã seguinte ao funeral de Cas, sem dúvida para me punirem pela minha ausência misteriosa no dia em que ele morrera.

Meu pai embaralhou várias vezes os papéis que estavam à sua frente antes de falar, tentando manter a compostura.

— Precisamos discutir as circunstâncias da morte de Lorde Casmiel — ele falou.

A Conselheira Hilara deu um sorriso quase imperceptível. Ela teve sorte por eu não pegar minha cadeira e arremessá-la contra ela. Uma coisa era não gostar de Cas, como ela sempre demonstrara, outra totalmente diferente era parecer tão arrogante quando fazia menos de um dia que o corpo dele havia sido enterrado.

— Quem quer que tenha feito tal coisa está afastado do caminho dos Seis — o Conselheiro Eadric falou. — Que se arrependa e encontre a luz. Que retome o caminho das estrelas, do vento, do fogo... — Seu olhar vagou pela parede e subiu até o teto.

Mal consegui me controlar para não bufar de irritação. A personalidade avoada do sujeito era suficiente para me fazer querer "me afastar do caminho dos Seis" e socar sua cara.

Papai ignorou Eadric.

— Vingar sua morte é a prioridade. Bem como eliminar qualquer ameaça ao nosso reino.

Suspirei. Meu pai andava sempre com a espada à sua frente. Um dia ele acabaria caindo sobre ela.

— Concordo. Devemos vingá-lo o quanto antes para mostrar que não se deve brincar com o povo de Mynaria — Thandi disse. — A flecha que matou Cas era branca. Isso teria alguma relevância? Não faz sentido pintar uma flecha dessa cor, a menos que a intenção seja usá-la na neve... ou mandar um recado.

Eu sabia exatamente de onde ele tirara aquela ideia, e não me surpreendi nem um pouco por ele não ter dado crédito a quem a tivera. Dennaleia era muito mais inteligente do que parecia, eu tinha que reconhecer.

— Não há neve aqui — Eadric disse, com a testa franzida de perplexidade. — Se enviarmos alguns clérigos ao Grande Ádito para meditar sobre isso, talvez os Seis possam nos guiar...

— O único lugar aqui perto que tem neve é Havemont. Ou Zumorda — disse a Capitã Ryka, batendo seu cravo de votação na mesa enquanto falava. Os cravos de ferradura produziam um som monótono sobre o tampo de pedra. Ela usava roupas brancas de luto em vez de seu traje de montaria usual, seus olhos vermelhos entregavam a dor de sua perda recente, apesar de seu comportamento tranquilo.

— Havemont não ousaria prejudicar a aliança, ainda mais com sua princesa aqui — o rei falou.

— O brasão de Zumorda é um dragão branco — Ryka disse. — Flecha branca, dragão branco. A ligação é óbvia.

— Uma possível ameaça por parte de Zumorda não deve ser descartada, mas e o grupo rebelde local? O símbolo deles também é branco — Lorde Kriantz observou, embora, como embaixador, não pudesse

FOGO & ESTRELAS

participar da votação. O homem parecia ter uma cabeça melhor do que os demais, pelo menos.

— Se tivéssemos formado uma aliança com Zumorda quando tivemos essa oportunidade, talvez tudo isso pudesse ter sido evitado — Hilara comentou.

A mulher era persistente, para dizer o mínimo. Considerando seu aparente deleite com a morte de Cas, não era nenhuma surpresa que ela preferisse falar de oportunidades de aliança perdidas a descobrir quem era o assassino. Eu a encarei, desejando que meu olhar pudesse abrir buracos em seu rosto. Sua pele com aparência jovem brilhava com um pó cintilante que fazia com que as manchinhas douradas de seus olhos se destacassem, e sem dúvida até meados do inverno aquela seria a última moda.

— Zumorda não deixaria nem uma caravana de comerciantes entrar em seu reino, quanto mais um embaixador — disse Lorde Tommin, o conselheiro de comércio. — Não podemos formar alianças com pessoas que não permitem que exportemos nossos produtos e que não entendem que associações comerciais não têm fronteiras. Os comerciantes de cavalos podem entrar para a feira de Kartasha, mas há um volume significativo de documentos...

— Após o ataque, a Guarda de Elite examinou o escritório de Lorde Casmiel — a Capitã Ryka disse, cortando-o. — Ainda não conseguimos descobrir de onde a flecha foi atirada. Além disso, algumas das primeiras pessoas a chegarem ao local notaram que a flecha parecia cintilar.

— Talvez devêssemos examinar a flecha. Pode trazê-la, Capitã? — Thandi perguntou. De certa forma, era um alívio saber que ele tinha pelo menos meio cérebro dentro daquele seu crânio.

— Claro. Eu a carrego comigo desde que foi retirada. — Ryka empurrou uma caixa estreita para o centro da mesa. Sua mão geralmente firme tremia, revelando como ela de fato se sentia por trás daquela máscara estoica que usava.

★ 81 ★

A tristeza me invadiu e senti um nó na garganta. Aquela era a última coisa que tocara Cas, a única evidência que tínhamos. Não me surpreendia que ela andasse com aquilo para cima e para baixo.

Todos se inclinaram para a frente e eu me levantei, esticando o pescoço para ver enquanto ela abria a caixa.

Não havia nada lá dentro, exceto cinzas.

Ryka olhou pasma para aquilo.

A mesa se transformou num alvoroço, descrença e medo se espalhando feito fogo pelo grupo.

— Isto é heresia!

—Vou caçá-los com minhas próprias mãos!

— Zumorda deve estar por trás disso!

O rei ergueu a mão pedindo silêncio.

— A maior prioridade deve ser aumentar a segurança do castelo — Lorde Tommin insistiu. Ele tinha uma voz fina e aguda e uma barriga saliente que estava pressionada contra a mesa de pedra. — Não podemos colocar nossas famílias em perigo.

O sujeito nem tinha filhos, mas era de se esperar que um comerciante glutão preferisse ficar sentado comendo doces exóticos a pegar numa espada.

— Capitã? — o rei falou. — Quantos vassalos mais podemos colocar em serviço?

Ryka esfregou as têmporas.

— Tenho uns cinquenta prestes a fazer o juramento. Mais do que isso, só se usássemos os jovens em treinamento.

— Precisaremos de um exército bem maior para enfrentar Zumorda — Tommin disse.

— Sei disso — Ryka respondeu rispidamente.

—Ainda não decidimos se a culpa é de Zumorda — Hilara interveio.

— Mas por que alguém mataria Casmiel? Ele tinha um coração puro. Era um servo do reino — Eadric disse em tom sonhador.

Era uma pena que uma pergunta sensata tivesse sido feita por alguém tão insensato, pois ninguém se deu ao trabalho de respondê-la.

– Precisamos planejar um contra-ataque a Zumorda imediatamente – Tommin sugeriu.

– Proteger nossas fronteiras deve ser nossa prioridade – Hilara afirmou. – Não podemos retaliar sem antes avaliarmos nossos atuais aliados e nossa força.

A conversa se transformou em uma discussão acalorada.

Por mais que eu detestasse ficar do lado de Hilara, uma vozinha irritante no fundo da minha mente ficava perguntando se Zumorda estaria mesmo por trás da morte de Cas, ou se talvez os Dissidentes é que eram os culpados. Talvez os dois tivessem trabalhado juntos.

Se pelo menos eu tivesse conseguido arrancar mais informações do maldito espião no Cão Surdo.

Se pelo menos Nils e eu tivéssemos obrigado Alen a responder mais perguntas.

– E se conduzíssemos uma investigação? Para obter provas irrefutáveis de que Zumorda está por trás disso? – perguntei enfim, mas minha voz se perdeu no caos da sala.

Cruzei os braços e sentei de novo na minha cadeira, voltando os olhos para o céu e implorando aos Seis que me dessem forças para sobreviver ao restante daquela reunião. Um grande pesar tomou conta de mim. Se os idiotas dos conselheiros estavam ocupados demais tentando salvar os próprios pescoços em vez de conduzir uma investigação apropriada, era minha obrigação descobrir o que havia acontecido a Cas. Eu devia isso a ele. Era o mínimo que eu podia fazer pelo único membro da família que havia me amado pelo que eu era, não pelo que eu deveria ser.

Depois da reunião do Conselho, rumei para os estábulos para o treinamento diário de Dennaleia. Fiz com que ela começasse imediatamente, minha mente estava em outro lugar. Eu deveria estar lá fora, na cidade, em busca de respostas sobre Cas, sobre a flecha, sobre Zumorda. Mas meu pai me mantinha mais presa desde a morte de Cas, e eu não queria dar a ele motivo para aumentar ainda mais minhas restrições. Peguei bem mais leve com Dennaleia porque eu estava preocupada, mesmo assim ela saiu meio torta quando apeou do cavalo no fim da aula.

— A dor melhora com o tempo — falei. Entramos no celeiro com Louie a reboque.

— Espero que sim — ela disse, e o amarrou com as cordas para remover os arreios dele.

Eu tinha que admitir que, apesar de seu desconforto evidente, ela não era de reclamar, e eu nunca precisava dizer a ela mais de uma vez o que fazer. Dennaleia arrumou tudo e guardou os arreios de Louie sem deixar nada fora de lugar.

— Pode me mostrar seu cavalo? — pediu enquanto cobria sua sela.

— Claro — falei, surpresa pelo pedido. — A baia dele fica do outro lado do celeiro. Caminhar pode ajudar a diminuir as dores.

Dennaleia parou a vários passos de distância ao nos aproximarmos da baia do meu cavalo. Estalei a língua baixinho e Flicker enfiou a cabeça por cima da meia-porta.

— Este é Flicker. — Passei meu braço em volta de seu pescoço quando ele encostou sua cabeça no meu ombro.

— Isso não é perigoso? — Dennaleia perguntou.

— Talvez — falei. — Mas confio nele. Jamais faria isso com nenhum outro cavalo. Todos eles têm suas manias. Flicker gosta de abraçar. — Cocei um ponto específico de sua crina e ele inclinou a cabeça, feliz.

— Acho que dispenso abraços de qualquer coisa que poderia me esmagar.

— Ele só esmagaria você se eu mandasse — falei, dando um sorrisinho malicioso ao ver a expressão de medo em seu rosto.

— Isso não ajuda nem um pouco!

— Não se preocupe. Ele ainda não aprendeu essas manobras. Ainda está na fase inicial de seu treinamento de cavalo de guerra. Só vai terminar o treinamento daqui a um ano ou dois. – Dei tapinhas carinhosos nele.

– Se ele ainda está em treinamento como os outros, por que Thandi diz que ele será descartado? – ela perguntou.

– Por causa daquela malha branca comprida que vai até acima do joelho em sua pata da frente. Todo outono, depois que arrebanhamos as éguas de reprodução durante a Cavalgada, desmamamos os novos potros e separamos os cavalos jovens do rebanho, para vender aqueles que não valem a pena ser criados. Às vezes, despachamos alguns cavalos mais velhos também, se eles não tiverem um bom desempenho no programa de treinamento.

– Mas qual o problema de uma malha branca? – Ela aproximou-se e esticou a mão com cautela para que Flicker a cheirasse.

– A última coisa que você quer em um campo de batalha é uma grande mancha branca que pode atrair os olhos do inimigo, e a malha dele é grande demais para ser coberta por uma faixa ou pela armadura. Por isso ele é castrado. Mas não estamos em guerra… então, embora a pureza da linhagem seja importante, ele provavelmente não irá para um campo de batalha de verdade, onde sua cor importaria. – Fiz uma pausa. – Você não devia me perguntar sobre Flicker. Meu amigo Nils diz que eu quase posso matar uma pessoa de tédio quando começo a falar dele.

– É bom conversar com alguém. Então, se essa for a única maneira de fazer você falar, vou perguntar sobre Flicker com mais frequência. – Ela pareceu ficar estranhamente feliz.

– Se é isso que quer… – falei. Não acreditei por um segundo que ela gostaria de me ouvir tagarelar sobre meu cavalo.

– Do que mais você gosta, além de montar? – ela perguntou.

– Eu costumava cantar às vezes – respondi, sem saber ao certo por que ela fingia se interessar.

– Você tem mesmo uma voz melodiosa – observou.

Seu elogio me pegou desprevenida, e procurei em seu rosto algum sinal de que ela estivesse zombando de mim. Não encontrei nenhum, e então minhas bochechas coraram e me virei para Flicker para esconder o rubor.

— Mas não canta mais…? — ela perguntou.

— Minha mãe era uma musicista talentosa. Quando eu era pequena, costumava me fazer cantar com ela. Mas então ela morreu, e todos pararam de esperar qualquer coisa de mim. — Não consegui disfarçar a amargura em minha voz.

— Deve ter sido difícil — Dennaleia disse. A empatia dela me deixava desconfortável.

— Preciso ir. — Fui embora sem dizer mais nada. Eu tinha baias para limpar, e o dia já estava sendo difícil o bastante sem desenterrar lembranças de coisas que eu preferia esquecer.

Horas depois, quando voltei aos meus aposentos, Nils me esperava diante da minha porta. Vê-lo me animou um pouco.

— Recebi seu recado há alguns dias — ele disse. — Desculpe, mas não pude vir antes.

— Imaginei. Entre. — Fiz sinal para que ele entrasse na minha antecâmara, satisfeita em saber que meu pai cairia morto se soubesse disso. Ter homens entrando e saindo dos meus aposentos em horários estranhos à noite era uma infração que nem mesmo Cas poderia ter fingido não saber, e havia anos que Nils e eu vínhamos fazendo daquilo um hábito. Os vassalos que guardavam a porta cumprimentavam Nils com um aceno de cabeça, em reconhecimento de todo material de chantagem que tinham uns contra os outros. Nosso segredo estava seguro com eles.

Assim que entramos, Nils se aproximou e me enlaçou em um abraço apertado. Eu me permiti ficar à deriva um instante, seu abraço familiar diminuindo a dor infinita do pesar.

★ 86 ★

FOGO & ESTRELAS

– Estou tão feliz em ver você – falei. Sombras compridas dançavam na minha antecâmara, projetadas pelas velas de vigília que minha aia havia acendido na janela para Cas.

– Como foi a reunião com o Conselho? – ele perguntou com delicadeza.

– Um desastre. Não conseguiram nem elaborar um plano para conduzir uma investigação. – Idiotas. Resumi a reunião para ele, acrescentando alguns comentários que beiravam o profano.

Nils suspirou.

– Por que isso não me surpreende?

– Ainda não consigo acreditar que ele está morto – falei. Por mais zangada que eu estivesse com o Conselho, o peso da perda de Cas era maior.

– Sinto muito, Mare. Ele era um homem bom – Nils disse. – Alguma ideia de quem pode tê-lo matado?

– Não. E o que mais me incomoda é que não consigo descobrir o *motivo*. – Examinei seus cálidos olhos castanhos como se eles pudessem me dar uma resposta.

– Nem umazinha? Geralmente, você é a rainha das teorias de conspiração.

– A única pessoa que me cheira a problema é a rainha de Zumorda, e ela tem reinado tranquilamente há anos sem demonstrar o menor interesse em nós. O embaixador de Sonnenborne parece ansioso para colaborar, e ele tem tantas tribos sob seu brasão que bem poderia ser o rei daquele deserto miserável. Com Sonnenborne e Havemont como aliados, temos Zumorda cercada em suas fronteiras do norte, do oeste e do sul. A rainha teria pouco a ganhar e possivelmente tudo a perder se entrasse em guerra conosco. Isso não faz sentido.

– Verdade, mas ela está quieta demais. Como ela mantém a paz em um reino tão grande e peculiar? Jamais ouvimos dizer que eles têm algum tipo de exército. E por que o povo de Zumorda insiste em entrar em Mynaria passando por Havemont em vez de assinar um tratado direto conosco? Não faz sentido que eles façam uma viagem tão longa pelo norte. Não é eficiente.

– Quem me dera eu soubesse a resposta. – Acendi o lampião sobre a mesa na antecâmara para afastar a escuridão.

– Alguém do nosso reino poderia ser o responsável pela morte de Cas? Alguém do Conselho, quem sabe? – Nils perguntou, sentando-se em um dos sofás de couro. Sentei ao seu lado sobre minhas pernas cruzadas.

– Será que algum deles seria tolo o bastante para correr o risco de ser punido por alta traição? – perguntei. – Hilara sempre o odiou, mas ela é cautelosa demais para abrir seu caminho mediante um assassinato. Os únicos outros que poderiam ter feito isso são os Dissidentes, mas eles não parecem ser muito organizados. E ainda assim… por quê? Cas não era fundamentalista.

– Mare – ele disse baixinho. – Talvez seja o momento de você falar com seu irmão e com seu pai. Você já viu muita coisa fora dos muros do castelo; até mesmo o que conseguimos arrancar daquele Dissidente no outro dia. Essas informações poderiam levá-los na direção certa e ajudar na investigação.

– Nem pensar – falei. – E que investigação? Aqueles idiotas não conseguem nem elaborar um plano para proteger o castelo, quanto mais para encontrar o assassino. Além disso, eles têm seus próprios espiões. – Cruzei os braços.

Nils suspirou.

– Eles dão ouvidos a esses espiões?

– Não tanto quanto deveriam.

– Exatamente. Talvez eles precisem ouvir de alguém que levem a sério e que tenha uma visão mais ampla.

– Certo. Como se eles fossem me levar a sério, em especial quando descobrirem que tenho andado fora do castelo praticamente todos os dias nos últimos três anos – eu disse com escárnio. – A única pessoa que me escutaria seria Cas, e ele está morto. – Uma nova onda de tristeza surgiu com minhas palavras. Respirei fundo para empurrar as emoções para longe. O ar da noite que entrava pela janela aberta cheirava a lençóis limpos com um toque de alfafa.

– Talvez eles escutem.

– Não. Eles vão gritar comigo e botar mais guardas atrás de mim, e vou ser repreendida por ter me colocado em perigo, principalmente se considerarmos o que aconteceu com Cas. Posso não ser uma peça importante do ponto de vista político, mas sem dúvida matar membros da família real de Mynaria ainda passa uma mensagem forte. Meu pai e o Conselho teriam plena consciência desse perigo. Se eu for obter informações, o que farei, é claro, eles serão os últimos a saber disso.

– Você é tudo menos alguém sem importância, Mare. – Ele afastou uma mecha solta de cabelo do meu rosto. Não pude resistir ao toque dele.

– Estou vendo como você seduz todas as mulheres, Nils. Muito sagaz. – Embora eu o provocasse, às vezes eu sentia saudade de antes, de quando éramos mais que amigos.

– Meu coração só bate por você – ele disse, passando o braço à minha volta. – Embora metade dos vassalos ache que talvez eu goste de garotos, depois daquela cena que fizemos para botá-la para dentro do castelo naquela noite...

– Até parece – falei, revirando os olhos e afastando-o. – Tenho certeza que metade do reino pode comprovar que você gosta de mulheres.

– Não sei do que você está falando! – Ele olhou para mim com olhos arregalados. – Não posso evitar que as mulheres se ofereçam para mim. A maioria delas nem me interessa.

– Acho que você se interessa o suficiente – respondi. – Alguém comentou no jantar que você e Lady Elinara foram pegos atrás dos campos de treino.

– Bem, a dama em questão gosta de um pouco de... ação. – Ele ergueu as sobrancelhas.

— Ah, pelo amor dos Seis! — Cobri o rosto fingindo estar enojada, rindo por trás da palma na minha mão.

— Falando sério, Mare, tome cuidado se decidir cruzar esses muros de novo. A cidade já não é tão segura quanto antes. Nem sempre estarei por perto se você se meter em confusão, e Gammon não é o único que poderia enfiar uma espada no seu pescoço.

— Eu sei. — Passei a mão pelo braço do sofá. O perigo era irrelevante. Cas merecia justiça.

— E eu sei que você vai fazer isso independentemente do que eu lhe disser. — Ele sorriu. — É isso que amo em você.

— Preciso descobrir o que aconteceu com Cas. Não confio no Conselho para fazer esse trabalho.

— Vai precisar de ajuda — Nils disse.

— É por isso que tenho você.

— Sabe que farei tudo que puder — ele disse. — Mas no momento estamos fazendo dois turnos. Vai ser mais difícil escapar. E há uma quantidade limitada de fontes de informação que posso usar. — Ele não podia correr o risco de se encrencar; podia custar seu emprego.

— Preciso de alguém que tenha força política e seja suportável, o que é quase tão provável quanto encontrar um unicórnio na baia de Flicker amanhã — falei.

— Fazer uma pesquisa na biblioteca também não seria ruim — Nils disse. — Sem dúvida deve haver informações sobre o que a flecha branca significa, ou que tipo de magia poderia tê-la queimado, não?

Torci o nariz.

— Prefiro limpar os estábulos. Com as mãos.

Ele riu.

— Essa é minha pequena Mare. Posso ir ou você quer que eu fique um pouco para lhe fazer companhia? — Ele me puxou para perto, roçando os lábios na minha testa.

Hesitei. Pedir a ele que ficasse não era justo. Nils tinha outros lugares para ir, e outras mulheres dispostas a lhe oferecer mais que amizade. Mas eu não tinha mais ninguém.

– Eu gostaria que você ficasse – falei, odiando a mim mesma pelo tremor em minha voz.

E ele ficou – seu corpo sólido era a única coisa que me separava da minha tristeza.

NOVE

Dennaleia

Meu bazar de casamento correu como programado por volta de duas semanas após o funeral de Casmiel, na manhã seguinte à chegada de Alisendi. Faixas de tecido vaporoso pendiam do teto elevado da pérgula e solário da rainha, balançando suavemente na brisa matinal. A sala se estendia até a área externa sem que se notasse uma mudança de ambiente, com as paredes internas de pedras dando lugar a treliças cobertas de vinhas trepadeiras e flores vibrantes. Os comerciantes estavam espalhados pela área, mesas com pilhas altas das mais finas mercadorias de casamento: sedas tingidas, ricas tapeçarias e doces exóticos. Os palacianos, vestidos com as cores vívidas do verão, bebericavam refrescos enquanto perambulavam pela sala e pelo jardim.

A presença de Alisendi deveria ter me animado, mas eu não estava a fim de exibir minha boa educação aos convidados e me submeter às minhas futuras damas de companhia, mesmo com minha irmã ao meu lado. Eu queria fazer algo útil.

— Já escolheu os convidados de honra do seu casamento, Alteza? — uma voz aveludada perguntou.

Hilara parou ao meu lado, alta e esplendorosa em um vestido violeta. Cachos estreitos emolduravam seu rosto e o restante de seu cabelo preto estava puxado para cima em um penteado elaborado com fitas cor de lavanda. Talvez eu devesse me sentir lisonjeada por ela ter decidido comparecer à minha festa, mas eu precisava conter minha irritação. Ela era poderosa. Ela poderia estar com o Conselho, ajudando a encontrar o assassino de Casmiel ou lidando com os Dissidentes. Em vez disso, estava desfilando num ambiente da alta sociedade.

Dei meu melhor sorriso diplomático.

— Ainda não, milady — respondi. — Será uma decisão difícil, com tantas opções maravilhosas. — Não importava que eu não conhecesse quase ninguém exceto Amaranthine, que se destacava à sombra de uma árvore próxima. Ela conseguira dar um jeito de usar traje formal de equitação em vez de vestido, parecendo ao mesmo tempo ousada e deslocada entre as outras mulheres da nobreza.

— Alguma sugestão? — perguntei.

— Certamente, Sua Alteza — ela disse. — O lugar de Nairinn de Almendorn na corte é garantido e sólido. Ela não se casará até encontrar uma pessoa de nível adequado, então você poderá contar com ela ao seu lado por pelo menos alguns anos. Annietta de Ciralis tem ligações com o extremo norte, o que seria vantajoso se um dia decidíssemos explorar melhor aquela região. Ellaeni de Trindor seria uma opção ímpar, definitivamente mais valiosa que uma das garotas provincianas, já que é a única representante atual da frota de Mynaria. Mas não está aqui há muito tempo e provavelmente não ficará. — Hilara apontou cada garota: uma morena bem-vestida que conversava com várias outras moças perto de uma fonte, uma ruiva bonita que examinava pedras preciosas com minha irmã, e uma jovem com os cabelos mais pretos e mais lisos que eu já vira, parada sozinha com cara de indecisa.

Mais além de Ellaeni, Amaranthine chamou minha atenção outra vez. Ela tentava escapar discretamente do jardim, mas alguns passos depois foi interceptada por uma loira disposta a exibir suas joias a qualquer um que lhe desse meio segundo de atenção.

FOGO & ESTRELAS

– E há aquelas com as quais você não deve se preocupar – Hilara concluiu, seguindo meu olhar.

– Obrigada pelas sugestões, milady. – O comentário dela me aborreceu, embora eu não devesse lealdade alguma a Amaranthine, principalmente quando a dor causada por minhas aulas de equitação me incomodava a cada movimento que eu fazia. Além disso, eu ainda estava chateada com nossa conversa diante da baia de Flicker. Achei que eu finalmente conseguira fazê-la se abrir, e então ela se fechou mais ainda e arranjara um jeito de desaparecer imediatamente depois de cada aula desde então.

– Escolha seus aliados com sabedoria, Alteza – Hilara disse. – Talvez um dia você consiga superar a perda do melhor aliado que possuía. – Ela se virou e foi em direção aos comerciantes, suas palavras me dando calafrios apesar do sol naquela manhã quente.

– Ela é tão amigável quanto um urso da montanha faminto, não? – minha irmã disse, aproximando-se enquanto Hilara desaparecia em meio a admiradores ansiosos.

– Todos eles são, a menos que queiram algo – resmunguei.

Alisendi me lançou um olhar saído diretamente do repertório da minha mãe de Olhares de Censura para Jovens Damas Malcomportadas. – Você também vai querer algo deles um dia. Faz parte do jogo.

Dei de ombros.

– Vamos lá – Alisendi disse. – Você devia estar se divertindo! Temos que escolher todas as coisas para o seu casamento. Mal posso acreditar que minha irmãzinha será uma mulher casada. – Seus olhos verdes brilhavam com a empolgação que os meus deveriam exibir.

– Também não acredito – falei. O casamento sempre me parecera algo muito distante, e a aliança sempre fora uma certeza. Agora, meu futuro vinha ao meu encontro mais rápido que nunca, e a morte de Cas e o problema que isso representava haviam abalado minha fé na aliança.

— Você tem sorte. O Príncipe Thandilimon é muito bonito. E esses guardas de Mynaria... — Ela lançou um olhar nada sutil ao traseiro de um vassalo quando ele passou pela festa.

— Não creio que você disse isso. — Às vezes, eu achava impossível que minha irmã e eu fôssemos da mesma família. Se não fosse pelo fato de que olhar para ela era como olhar para um espelho distorcido que mostrava uma versão mais alta e mais bonita de mim, nós duas com os cabelos de nossa mãe e os olhos de nosso pai, eu teria sérias dúvidas sobre nosso parentesco.

— Ainda está à espera de Olin? — ela provocou. Ali sempre zombara de mim porque eu não me interessava por nenhum garoto em nossa terra natal. Seus interesses românticos mudavam mais rápido que o vento em uma nevasca, mas eu não via sentido em sonhar com qualquer outro rapaz se sempre estivera prometida a Thandilimon. Em dado momento, eu estava tão cansada de suas provocações que escolhi um ao acaso: Olin, o filho do padeiro. Mas depois de um tempo ficou claro que meu suposto romance estava condenado quando Olin começou a cortejar Ryan, um dos escudeiros mais bonitos por quem Ali tinha uma quedinha.

Felizmente, fui poupada de mais zombarias quando outras jovens da nobreza se aproximaram de nós para disputar minha atenção. Mas as garotas sempre ficavam de ouvido em Hilara, deixando claro que queriam agradá-la tanto quanto a mim. Com o poder político de Hilara, ela bem que poderia ter sido rainha, e cair nas minhas graças provavelmente era apenas uma estratégia que as garotas usavam para impressioná-la. Minha irritação aumentou e minhas mãos formigaram em um aviso enquanto a magia se agitava dentro de mim.

— Está uma manhã quente, não é, Sua Alteza? — alguém disse. Atrás de uma mesa lotada de tapeçarias intrincadas estava um homem baixinho e gordinho com uma barba de formato elaborado que terminava pontuda sob seu queixo. Ele sorriu e revelou dentes com pontas prateadas. – Seu gelo derreteu – ele disse, indicando meu copo. Suas palavras tinham um sotaque vagamente familiar.

– É mesmo – falei. Aquela observação não seria nada de mais, só que um servo havia acabado de me entregar a bebida. A energia que corria pelos meus dedos me dizia exatamente por que o gelo tinha derretido tão depressa.

– Achei que você tivesse isso sob controle – Alisendi sussurrou. Todo o bom humor desapareceu de seu rosto e foi substituído por preocupação.

– E tenho – falei. – Está tudo bem. – Era como se meus nervos estivessem em chamas. Eu precisava me acalmar. Alisendi e eu voltamos à mesa do comerciante, deixando que as outras garotas fossem para o estande seguinte.

Ali perto, Amaranthine havia escapado da loira e conversava com um dos guardas sob uma arcada. Ela gesticulava desenfreadamente, e dizia alguma coisa que fazia o pobre vassalo corar. Como ela podia ser tão amigável com um vassalo aleatório e tão fria comigo fora das aulas era algo totalmente desconcertante – e enervante. Quando eles terminaram de rir, ela apertou o braço dele com carinho ao se despedir e saiu de fininho da festa.

Ela nem veio me dar um oi.

A magia surgiu nas pontas dos meus dedos e o canto de um dos mostruários de madeira do vendedor de tecidos começou a pegar fogo.

Alisendi deu um suspiro de espanto e agarrei sua mão, sinalizando que engolisse qualquer palavra que estivesse prestes a sair de sua boca. Mas antes que uma de nós pudesse dizer algo, o homem de barba do outro lado da mesa mexeu os dedos quase imperceptivelmente e uma lufada de ar apagou a chama, levando a fumaça para longe com a brisa.

Olhei para ele surpresa.

– Mestre Karov, da Sigil Importações – ele se apresentou. – Importamos os mais finos tecidos de todos os Reinos do Norte. – Ele me examinou com olhos aguçados e com um sorriso astuto, ajustando a tapeçaria de modo a cobrir o canto danificado do mostruário.

Engoli em seco.

— Princesa Dennaleia de Havemont, a serviço da Coroa e dos Seis. — Apelar para os bons modos e para a formalidade pouco serviu para acalmar meus nervos à flor da pele, mas eu não sabia mais o que fazer. Minha irmã também se apresentou, com o rosto ainda lívido de assombro.

— É uma honra conhecer duas damas tão adoráveis. Teriam interesse em uma tapeçaria? — Karov disse.

Meu olhar deslizava por suas mercadorias enquanto eu tentava controlar meu pânico. Se ele dissesse a alguém que eu havia gerado aquelas chamas, nem Amaranthine nem Hilara seriam meus maiores problemas. Mas ele também usara magia para apagar o fogo, então obviamente não poderia me entregar sem incriminar a si mesmo. Ainda assim, tal raciocínio não serviu para acalmar meus nervos.

Para recuperar a calma, busquei na memória o que eu sabia sobre tapeçaria e tentei examinar as mercadorias com um olhar mais crítico. Tapeçaria era uma arte principalmente do extremo norte, e minha mãe possuía uma vasta coleção delas, que isolavam o castelo dos ventos brutais do inverno em Alcantilada. Como esperado, muitas das tapeçarias de Karov tinham cavalos como tema, retratando cenas de caçada e batalha. Embora ele tivesse em sua mesa diversos estilos, que evidentemente vinham de partes diferentes dos Reinos do Norte, cada tapeçaria era produzida com esmero e com a mais alta qualidade.

— Esta foi feita em um tear horizontal? — perguntei, correndo os dedos pela borda de uma tapeçaria pequena mas complexa que retratava as montanhas de minha terra natal. Um azulão da montanha voava solitário no topo da imagem, vibrante contra a paisagem gélida.

– Você tem um olho bom, milady – disse Karov. – Todos os nossos produtos vindos do norte são produzidos em teares horizontais, visando à obtenção do maior nível possível de detalhes.

Examinando a imagem com mais atenção, franzi a testa. Havia algo errado com a montanha, pelo menos da perspectiva de Havemont. Do ponto de vista de Alcantilada, havia picos agudos cercando o Monte Verídico, não montanhas ondulantes como aquelas ao fundo da tapeçaria. Mas o perfil assimétrico da montanha era inconfundível, ainda que um pouco deformado.

– De onde veio esta? – Alisendi perguntou, apontando a tapeçaria.

– Do nordeste – ele disse com um sorriso.

Minha irmã e eu trocamos olhares. Só um lado da montanha era ondulado daquele jeito, e não era o lado de Havemont.

Era Zumorda.

E agora que eu sabia disso, o sotaque dele também era inconfundível. Vendo o reconhecimento surgir em meu rosto, ele apenas deu um tapinha na tapeçaria, escondendo o queimado em seu mostruário, e sorriu.

Mais uma ameaça.

– Quanto quer por ela? – perguntei. Talvez se eu gastasse o suficiente naquela barraca pudesse comprar o seu silêncio.

– Para você, Sua Alteza? É um presente. – Ele tirou a tapeçaria do mostruário, enrolou-a e a amarrou com uma fita grossa de seda. – Venha nos visitar novamente. Temos muitos outros produtos que podem lhe interessar.

Enfiei a tapeçaria debaixo do braço, agarrei Alisendi e me afastei depressa. Quando havíamos quase alcançado as outras damas da nobreza, lancei um olhar nervoso para Karov, bem a tempo de ver Hilara se aproximar de sua mesa. Moedas trocaram de mãos quando ela comprou alguma coisa, mas com um gesto tão discreto que mal dava para perceber, Karov enfiou uma pequena bolsa dentro da tapeçaria enrolada que entregou a ela por cima de sua banca. Uma nova onda de assombro me dominou. Se eles estivessem mancomunados de alguma forma, aquilo só poderia acabar mal, mas eu não sabia o que fazer com aquela informação. A possibilidade de ter minha própria magia descoberta tornava tudo arriscado demais.

– Que os Seis me ajudem – falei.

Alisendi começou a desenhar o símbolo do deus do fogo na minha frente, mas segurei sua mão.

– Deus do vento – sussurrei. – O deus do vento é considerado mais poderoso aqui.

Ela me olhou preocupada, mas obedeceu, e nos unimos novamente ao grupo de mulheres da nobreza.

Com o sol batendo em minha cabeça enquanto eu me preparava para ir até o grupo seguinte de convidados, senti uma pontada de inveja de Amaranthine. Ela não tinha que lidar com ameaças veladas de palacianos e de mercadores de Zumorda. Àquela altura, ela poderia estar em qualquer lugar: de volta aos seus aposentos, cavalgando pelas montanhas ou até mesmo na cidade. Ela era livre para fazer o que quisesse, pelo menos até o rei e Thandilimon mudarem de ideia. Embora Thandilimon fosse simpático e Amaranthine sem dúvida fosse difícil de lidar, me incomodava que ele agisse como se soubesse o que era melhor para ela. Uma pessoa orgulhosa como Amaranthine nunca se curvaria a ninguém, fosse seu irmão, seu pai ou um marido. Não era de sua natureza.

E com tudo que dera errado desde a minha chegada, eu começava a me perguntar se seria da minha.

DEZ

Mare

Minha agenda finalmente coincidiu com a de Nils algumas semanas após o funeral de Cas, então escapamos do castelo e fomos até a taverna Barbela. Eu não tinha muito tempo entre a aula de Dennaleia à tarde e uma apresentação idiota de música naquela noite, mas era melhor que nada.

A cidade mudara desde a última vez que eu havia saído do castelo. Os comerciantes mantinham as janelas fechadas, e os desconhecidos na rua evitavam contato visual. Quase todos os edifícios pareciam marcados com o círculo branco dos Dissidentes. Alguns círculos tinham barras pretas atravessadas – a marca dos fundamentalistas que se opunham aos Dissidentes.

Ao entrarmos na taverna, abrimos caminho até uma cabine isolada e distante das mesas apinhadas próximas ao balcão, esperando evitar as brigas. Coloquei uma moeda ruidosamente sobre a mesa, e logo uma atendente quase sem dentes a substituiu por duas canecas gastas de cerveja.

Nils fez uma careta depois do primeiro gole.

— Esta coisa tem gosto de xixi de cavalo, como sempre.

— Não quero nem saber com base no que você conseguiu fazer essa comparação – falei. A cerveja não era tão ruim assim: tinha um gosto simples perfeito para um dia de calor infernal, e a Barbela tinha uma adega funda o bastante para manter a bebida bastante fria.

— E então, qual é o plano? — Nils perguntou.

— Observar. Esperar. Beber a maldita cerveja — respondi. Com sorte, algumas respostas chegariam a nós se ficássemos de orelha em pé, mas acima de tudo eu estava feliz por ter saído do castelo. Entre palacianos paranoicos e guardas extras por todo lado, eu já estava cansada de ser observada o tempo todo.

— E o que pretende fazer com as informações que obtivermos? Considerou falar com seu pai ou irmão?

Balancei a cabeça.

— Só se eu descobrir algo persuasivo o bastante.

— Isso não é só sobre Cas, Mare. É uma chance de obter uma vantagem junto a eles que poderá ajudá-la no futuro. — Ele chutou meu pé sob a mesa.

— O que quer dizer? — perguntei.

— Estou perguntando o que você pretende fazer da sua vida. Já pensou nisso? Tenho certeza de que o rei e seu irmão já pensaram. Por que você acha que seu pai a exibe diante de fileiras de nobres toda vez que você participa de fato de um jantar sentada à mesa real?

— Para que eu fique longe de seu caminho. — Eu me encostei no espaldar da cadeira, incomodada com aquele tipo de interrogatório. — Ele não se importa com o que eu faça, contanto que não interfira em nada realmente relevante.

— Não. É para fazer você se casar com a primeira pessoa que demonstrar interesse.

— Eu tenho escolha com relação a isso. — O que Nils dissera era verdade, mas eu não queria admitir.

— Isso é o que você diz, mas ele poderia tornar sua vida um inferno tão grande que casar iria parecer a melhor opção em comparação com qualquer coisa que ele obrigasse você a fazer. É como treinar um cavalo: faça com que a coisa certa pareça fácil, e a errada, difícil.

— Quem disse que casamento é a coisa certa para mim? Só porque todos estão fazendo seus cavalos saltarem da ponte não significa que eu tenha que fazer o mesmo. — Embora eu confesse que treinaria com prazer Flicker para fazer tal coisa se isso significasse evitar o casamento com algum idiota escolhido por meu pai.

— É uma analogia. Seu pai deve ter algo planejado para você, principalmente agora que a Princesa Dennaleia está aqui e que o papel de Thandilimon mudará. Isso afetará você também.

Respirei fundo e soltei o ar devagar.

— Tudo bem. Você tem razão. Mas não tenho a menor ideia do que fazer. Não vejo saída.

— Você é mais esperta que todo o Conselho junto. Vai pensar em alguma alternativa. — Ele esticou a mão e apertou meu antebraço com firmeza.

— Tudo que posso fazer por enquanto é manter os olhos abertos para ver se descubro o que eles planejam — falei. — Lorde Kriantz me convidou para uma apresentação musical hoje à noite. Eu estava pensando em encontrar uma desculpa para não ir, mas talvez seja uma oportunidade para descobrir o que meu irmão e meu pai andam tramando.

— Já é um começo. — Ele assentiu.

— Mas não me ajuda a decidir meu futuro. — Eu precisava escapar da minha família. Devia haver um jeito de fazer isso sem ter que me amarrar a alguém de quem eu não gostava nem no qual via utilidade.

— A princesa precisa ser treinada, e isso fará você ganhar tempo. Ou você pode simplesmente facilitar as coisas e se casar logo. — Ele piscou para mim de forma insinuante.

— Nils!

— Brincadeira, brincadeira — ele disse. — Embora fingir que se casou comigo talvez funcionasse, se eu não trabalhasse no palácio. Arranjar um casamento falso sob tantos olhares atentos seria complicado.

— Se é para arranjar um casamento falso, prefiro que seja com uma mulher — falei. — Pelo menos ninguém poderia questionar a legitimidade da união com base na falta de filhos. — Independentemente do quão vago fosse meu projeto de vida, passar meio ano longe da sela para ter um bebê definitivamente não fazia parte do plano.

Nils virou sua caneca de boca para baixo para indicar que queria outra bebida e buscou com os olhos nossa atendente pelo salão. Ela estava esparramada no colo de dois homens que pareciam nunca ter tido motivos para tomar banho, rindo enquanto um deles jogava moedas em seu decote.

— Parece que vai levar a noite toda até eu conseguir mais uma bebida — Nils resmungou.

— Há outro jeito de conseguir uma — falei, e fui em direção ao balcão antes que Nils me convencesse a não ir. De todo modo, o canto em que estávamos sentados era tranquilo demais.

— Que os Seis nos ajudem — ele disse e veio correndo atrás de mim. Os fregueses do fim de tarde próximos ao balcão ainda não estavam descontrolados, mas estavam quase terminando seus jarros de bebida.

— ... essa escória adoradora de magia vai acabar com nosso reino — vociferou um homem de barba. — Ouvi dizer que a flecha que matou Lorde Casmiel estava enfeitiçada. Se aqueles desgraçados nojentos dos Dissidentes conseguem enfeitiçar flechas para que cheguem mais longe e acertem o alvo, devem estar tramando uma guerra aqui mesmo em nossas ruas!

O público à volta dele murmurou concordando. Havíamos cruzado com um grupo de fundamentalistas. Pedi mais duas canecas de cerveja e fingi ignorar a conversa, na esperança de ouvir algo útil, mantendo minha cabeça baixa como a mulher de capuz que se debruçava sobre sua bebida ao meu lado.

— Deve ter sido magia. Do contrário, os espadas os teriam pegado — disse um homem mais velho sentado à mesa.

FOGO & ESTRELAS

Nils ficou tenso ao ouvir a gíria referente aos vassalos, e pus a mão em seu braço para acalmá-lo.

– Não é tão difícil assim pegar aqueles amantes de magia – uma mulher disse. – Todos eles têm aquele ar evasivo. E tinta branca nas mãos.

– Isso, isso! – alguém disse e ergueu sua caneca de cerveja, molhando metade dos fregueses que estavam à mesa.

– Peguei um deles andando na minha rua ontem mesmo – disse o homem de barba. – Ele tentou me assustar soltando umas faíscas. Garanti que ele pense duas vezes antes de fazer isso de novo.

O grupo todo riu de um jeito hostil que fez com que eu chegasse mais perto de Nils.

A mulher ao meu lado girou na direção do homem de barba e puxou uma faca de serra do cinto.

– Eu estava procurando por você – ela rosnou e enfiou a faca na mão dele.

O homem guinchou feito um animal. Não só sua mão estava presa ao balcão encardido, mas também da carne ao redor da lâmina começou a sair fumaça, como se a faca estivesse muito quente. Olhei para aquilo e congelei, apavorada. É claro que eu tinha ouvido falar em magia, mas jamais a vira ser usada daquele jeito.

– Vadia adoradora de magia! – alguém gritou. Os fundamentalistas viraram sua mesa, mas aparentemente havia aliados da mulher espalhados pelo salão, os quais se juntaram para atacar os oponentes. Era soco para todo lado. Cambaleei e caí sobre Nils, sentindo meu estômago revirar.

– Você matou meu marido, e espero que queime no Sexto dos Infernos – a mulher vociferou para o homem que esfaqueara.

Ela virou-se para mim e pude ver de relance seus olhos injetados e seus cabelos curtos e claros antes de Nils me arrastar para longe da briga e por uma porta lateral que dava para um beco sujo. Corri para a rua, consternada porque tínhamos decidido não vir cavalgando. Cavalos como os nossos provavelmente teriam sido roubados do varão de amarração da Barbela antes mesmo que nossas bebidas fossem servidas, mas tê-los ali nos permitiria fugir mais rápido.

—Vamos por ali! – Apontei para outro beco no meio do quarteirão seguinte quando a briga da taverna começou a se estender para a rua atrás de nós. Saltamos por cima de um homem enrolado em trapos, cheirando a urina e cerveja choca e caído inconsciente em frente à entrada. Nils me seguiu a passos largos e então me conduziu pelo resto do caminho através da parte ruim da cidade num ritmo que eu mal conseguia acompanhar; meus pulmões doíam e minha boca estava seca.

— Nós *não vamos* voltar lá – Nils disse assim que entramos por um dos portões laterais do muro do castelo.

— Hoje não – falei ofegante enquanto marchávamos colina acima até o castelo, ainda abalada por nossa escapada recente. – Mas descobrimos algo importante. E se os Guardas de Elite não conseguiram determinar de onde partiu a flecha que matou Cas porque havia magia envolvida? Podemos ir até os jardins e procurar evidências.

— Eu devia ser recompensado por fazer companhia a você – ele resmungou.

—Você devia era me agradecer por eu não permitir que você fique entediado – respondi, e atravessei o gramado aparado em frente aos estábulos rumo aos jardins.

Passamos por infinitos arcos adornados com vinhas trepadeiras e topiarias elegantes por todo o caminho até os fundos do castelo. Olhando para cima, na direção da janela do escritório de Cas assim que entramos no átrio mais próximo do jardim, trombei com alguém parado no caminho.

A Princesa Dennaleia recuou e ajeitou as saias, claramente embaraçada.

— Desculpe – ela disse, examinando minhas roupas imundas de camponês com ar desconfiado.

— O que faz aqui? – perguntei. Até onde eu sabia, ela deveria estar longe dali, fazendo alguma coisa sem graça na corte naquele momento.

– Procurando respostas – ela disse com um semblante sério. – No entanto, não posso dizer que esperava encontrar alguém aqui.

Dei um sorriso malicioso ao pensar em seu golpe sutil no Conselho, impressionada que ela fosse corajosa o bastante para investigar a morte de Cas por conta própria. E apesar dos meus enormes esforços para evitar ser amistosa demais com ela, me emocionava saber que ela se importava com ele.

– Este é Nils – apresentei-o. – Ele me mantém longe de encrenca. Ou se mete em encrenca comigo.

Nils inclinou-se e deu a Dennaleia seu sorriso mais charmoso – aquele que derretia o cérebro da maioria das mulheres.

– Prazer em conhecê-lo – ela replicou, e então voltou a examinar a janela de Cas, seu olhar indo da janela para um pedaço de papel em sua mão.

Quase ri diante do semblante confuso de Nils. Ele não estava acostumado a ter mulheres achando outras coisas mais interessantes que ele.

– Então, como diabos alguém acerta uma flecha em uma janela do segundo andar daqui de baixo? – perguntei.

– Os únicos locais de que se pode atirar são de cima do muro do jardim ou do telhado daquele galpão – Nils disse.

Dennaleia balançou a cabeça.

– O ângulo não está certo. Lorde Casmiel teria que estar de pé bem em frente à janela. E ele não estava.

Então me lembrei que Dennaleia fora a primeira pessoa a vê-lo morto.

– Então qual deve ter sido o ângulo?

– Calculei a trajetória em algum ponto entre dez e quinze graus – ela disse. – Mas se esse for o caso, o disparo não pode ter sido feito deste jardim. Nenhuma das estruturas é alta o bastante. – Ela nos mostrou seu papel, que continha um diagrama detalhado do jardim e da janela... e cálculos suficientes para fazer minha cabeça doer.

— Bem, sabemos que os Dissidentes são capazes de enfeitiçar armas — falei, tremendo ao lembrar da faca que queimava. — Supondo que a flecha estivesse enfeitiçada, o que mais haveria no caminho que você projetou?

Nós três examinamos a área e paramos ao mesmo tempo em uma árvore alta dois jardins adiante.

— É longe demais para que o assassino pudesse alvejar — Nils disse. — O arqueiro não conseguiria vê-lo pela janela.

— Talvez ele não precisasse ver se houvesse magia envolvida — falei. Atravessamos depressa os jardins até a base da árvore.

— Ali — Dennaleia determinou, apontando para os galhos.

Havia um pequeno círculo branco pintado no tronco, tão alto que mal dava para vê-lo.

— Vou informar a capitã — Nils disse. — De todo modo, preciso me preparar para assumir meu turno.

— Não diga a ela que eu estava aqui — Dennaleia e eu falamos ao mesmo tempo.

Nils riu.

— O segredo de vocês está a salvo comigo.

— Não quero Ryka me interrogando — falei. Ela certamente ia querer saber como fizemos aquela descoberta, e eu não queria que ela soubesse que escapamos por pouco da briga na taverna Barbela.

— Algumas damas da nobreza me convidaram para uma sessão de chá e bordado, mas eu disse a elas que não estava me sentindo bem, então vim aqui para baixo — Dennaleia admitiu encabulada. — E Thandilimon disse para eu não me preocupar com coisas que dizem respeito ao Conselho...

Talvez eu a tivesse subestimado.

— No que depender de mim, você não vai se meter em apuros por quebrar as regras. — Dei de ombros. — Mas tem mais uma coisa que não entendo. Se os Dissidentes estão apanhando na cidade, sendo mortos até, por que deixariam indícios que poderiam implicá-los na morte de Casmiel? – Aquilo não fazia sentido. Nenhum assassino era idiota o bastante para deixar sua marca. Por que um grupo rebelde pequeno como os Dissidentes se arriscaria a ser perseguido pela Coroa?

– Isso me faz pensar que talvez haja mais alguém envolvido – Dennaleia disse.

– Ou outro reino – falei num tom grave. Talvez Zumorda estivesse se rebelando, no fim das contas.

ONZE

Dennaleia

Amaranthine irrompeu na sala de estar meia hora depois que a sobremesa havia sido servida. O quarteto de cordas já havia começado a tocar, e os músicos pararam confusos entre as peças que executavam, esperando um sinal para continuarem. Só os Seis sabiam onde ela se metera desde que eu a vira no jardim mais cedo.

— Ah, Sua Alteza. Que gentileza a sua se juntar a nós — Lorde Kriantz disse a Amaranthine. Ele se levantou e a acompanhou até uma espreguiçadeira. Os cabelos dela estavam presos, mas meio desalinhados, e seu vestido estava amarrado tão frouxamente que Auna teria tido um treco só de pensar naquilo. Ainda assim, ela estava adorável, como se tivesse trazido consigo, para dentro da sala, um pouco da noite selvagem de verão. Eu me mexi um pouco na cadeira, ciente demais das barbatanas do espartilho que se enfiavam nas minhas costelas.

— Pelo menos em seus atrasos ela é constante — Thandilimon resmungou, revirando os olhos.

Ao lado dele, o rei lançou a Amaranthine um olhar que teria feito uma armadura derreter.

Olhei para Alisendi, que apenas ergueu as sobrancelhas.

Quando a música recomeçou, Thandilimon segurou minha mão contra a sua. Embora o gesto fosse atencioso e reconfortante, seus dedos não encaixavam bem nos meus, e minha mão começou a doer antes que o minueto chegasse à metade. Quando a peça terminou de ser executada, fiquei grata aos aplausos, que permitiram que eu tirasse minha mão da dele para demonstrar meu apreço pela música.

Amaranthine também aplaudiu, o barão se inclinando para sussurrar algo em seu ouvido. Lorde Kriantz tocava o lado interno de seu anel com o dedão enquanto eles conversavam. Ela ria. De algum modo, uma frase dele fora mais envolvente que tudo que eu havia dito a ela. Eu queria que ela gostasse de mim, mas nada que eu fazia parecia adiantar, nem mesmo ter encontrado o símbolo dos Dissidentes no jardim. A frustração ardia em meu estômago, e um formigamento perigoso subiu pelas pontas dos meus dedos.

— Está tudo bem? — Alisendi perguntou.

— Oh, sim, claro — respondi, amaldiçoando mentalmente sua capacidade de perceber minhas mudanças de humor.

—Você está de cara feia desde que minha irmã chegou — o príncipe observou.

— Desculpe, Thandilimon — falei. — Acho que ver a Princesa Amaranthine me fez lembrar do quanto estou dolorida por causa das minhas aulas de equitação.

— Não precisa se desculpar. E, por favor, me chame de Thandi, como o resto da minha família me chama. Em breve seremos uma família. — Ele sorriu.

Consegui retribuir o sorriso, grata pela familiaridade que seu apelido oferecia.

— Pelo menos Mare está fazendo companhia a Lorde Kriantz. — Thandi fez um gesto respeitoso com a cabeça na direção do barão. — Sinto muito pelo sofrimento dele, mas quem sabe ele a encoraje a fazer algo útil pela Coroa. Ele tem sido de excelente ajuda ao Conselho.

FOGO & ESTRELAS

Afastei Amaranthine de meus pensamentos e aproveitei a oportunidade para perguntar algo que eu realmente queria saber.

– O Conselho ainda está investigando o que aconteceu com Casmiel?

Um lampejo de tristeza passou por seu rosto.

– Sim. Capitã Ryka estava procurando evidências no jardim hoje. Não quero aborrecê-la com detalhes desses assuntos chatos.

Eu provavelmente sabia mais sobre aquele assunto que ele.

– Mas acho os assuntos do Conselho muito interessantes, e bem importantes para o reino. Se eu puder ajudar de alguma forma, ficarei feliz em fazê-lo – falei. Quem sabe ele me desse uma chance de fazer algo útil, e mostrar que meus anos de estudo tinham valido a pena. Desde a morte de Casmiel, ninguém havia me pedido para fazer nada relevante.

– Com certeza isso só lhe deixaria estressada. Mas agora que Cas se foi, seria bom termos uma pessoa ajudando a cuidar da correspondência real. Falarei com alguém a respeito disso assim que tiver uma chance, se você estiver procurando algo para fazer. – Ele deu um tapinha na minha mão e sorriu, parecendo satisfeito consigo mesmo.

– Talvez – falei desapontada. Pelo menos Amaranthine usara meus cálculos.

Minha irmã acenou com a cabeça de forma encorajadora, e percebi que ela concordava com ele. Qualquer forma de servir ao reino valia a pena. Embora ele tivesse pedido minha opinião às vezes, até o momento Thandi não demonstrara nenhum indício de que pretendia me preparar para ocupar uma cadeira no Conselho ou contribuir com a discussão política de forma significativa. Se usar a coroa me desse poder, eu queria usar esse poder para fazer do mundo um lugar melhor, não para planejar festas no jardim e leituras de poesia e para escrever cartas. A ideia de me ver enfiada em um escritório em algum lugar do castelo para cuidar da correspondência em nome da

Coroa não era particularmente atraente, mas, se fosse necessário, era isso que eu faria.

Suspirei e virei a cabeça na direção do quarteto de cordas, me preparando para mais uma música chata da corte. Antes que eu terminasse de expirar, vi algo estranho no meu campo de visão periférico. Um criado desconhecido passou por trás de nós, andando mais depressa do que sua tarefa exigia. Algo naquilo me fez esticar a mão, nervosa, em direção ao braço de Thandi, mas antes que eu o tocasse o criado puxou uma adaga de sua bota e lançou-se contra o rei.

– Cuidado! – gritei, mas já era tarde.

O guarda pessoal do rei desembainhou sua espada e o protegeu, evitando rapidamente a lâmina do assassino, que cortou o ar. Thandi me empurrou da cadeira e me fez ir na direção da porta. Tropecei e cambaleei para longe dele, meus joelhos doendo quando atingi o piso de pedra. Contas saltaram do meu vestido e se espalharam feito granizo enquanto eu engatinhava para longe, seguindo minha irmã até a parede.

Eu me virei quando chegamos ao canto da sala e me agarrei a Ali. O assassino errara seu alvo e estava encurralado perto da lareira vazia. Ele rosnava frustrado ao encarar o guarda do rei – o único vassalo que estava na sala conosco. Desta vez, um golpe rápido do assassino atingiu o guarda, e o vassalo foi ao chão com sangue espirrando de um talho em seu pescoço. Meu corpo todo tremia. Não havia nada que eu pudesse fazer, nenhum jeito de escapar. Alguns homens da nobreza começaram a esmurrar as pesadas portas de madeira ao nosso lado, mais interessados em salvar suas próprias vidas que a do rei. As portas estavam trancadas e bloqueadas pelo lado de fora. Alguém havia se voltado contra nós. Eu não imaginava quem.

Lorde Kriantz era a exceção em meio ao pânico que dominou a todos. Ele deslizou na frente do rei feito uma sombra, e Thandi e Amaranthine foram se posicionar ao seu lado. Um gosto ácido encheu minha boca quando o assassino investiu contra Lorde Kriantz, que se esquivou por pouco do golpe. Mudei de posição para proteger Alisendi. Se apenas uma de nós saísse viva dali, teria que ser ela. A magia ardia em meu peito. Eu a reprimi e pedi ao deus do fogo que tivesse piedade e me desse forças para controlar aquela energia.

O assassino atacou mais uma vez, e sua lâmina acertou o braço de Thandi. Um grito escapou dos meus lábios quando Thandi cerrou os dentes e puxou o braço para a lateral de seu corpo. Amaranthine retaliou, chutando as pernas do assassino, mas ele se esquivou e se lançou contra o rei novamente. Lorde Kriantz usou seu antebraço para impedir o golpe do assassino com a graça e a agilidade de uma cobra. Atrás do rei, um lampião a querosene explodiu, lançando vidro e fagulhas sobre todo mundo. Eu estava perdendo o controle.

– Faça alguma coisa! – Alisendi sussurrou.

O assassino atacou Amaranthine, atingindo o ombro dela com sua lâmina. O grito de dor desencadeou mais uma descarga irrefreável de magia. Por mais que ela parecesse não gostar de mim, imaginar uma pessoa tão corajosa quanto ela abatida em uma sala fechada sem ter direito a uma luta justa me fez ferver de raiva. A magia explodiu sem que eu pudesse controlá-la.

O assassino pegou fogo de dentro para fora no exato momento em que uma lâmina curta saiu de dentro da manga de Lorde Kriantz e entrou na garganta do sujeito. Seu corpo inchou e cresceu até o sangue irromper de debaixo de sua pele escurecida e rachada, suas vísceras se incendiando assim que atingiram o ar. Enquanto as chamas o consumiam, a magia saiu de meu corpo num segundo, deixando-me fraca. Eu me aconcheguei a Ali. Pálida e trêmula, ela me abraçou.

– Mas o que... – Amaranthine se afastou aos tropeços do corpo carbonizado enquanto Lorde Kriantz se adiantava para abafar as chamas restantes com uma tapeçaria que tirou da parede.

Engasguei quando o cheiro de carne queimada e tapeçaria chamuscada fizeram meus olhos e minha garganta arderem. Passos ecoavam no corredor enquanto as portas eram finalmente abertas. Os vassalos irromperam na sala com espadas nas mãos.

— Traga a capitã da guarda imediatamente – o rei rugiu. – Ele agarrou a espada de um dos guardas próximos e a brandiu ao sair pisando duro pela sala. – Alguém vai pagar por isso!

— Sim, Sua Majestade. – O vassalo-chefe sinalizou aos demais que baixassem suas espadas e que começassem a escoltar as pessoas até um lugar seguro. A sala se esvaziou lentamente, com alguns dos presentes indo embora o mais rápido que os vassalos lhes permitiam, outros se demorando e esticando o pescoço para o corpo fumegante que jazia no chão.

— Sua Alteza, você está bem? – Um vassalo estendeu a mão para me ajudar a me levantar e então ajudou Alisendi. Mesmo com o auxílio dele, eu mal podia confiar em minhas pernas trêmulas. O vassalo nos levou até onde estava Thandi, que apertava o corte em seu braço, cerrando os dentes de dor. Amaranthine estava do outro lado dele, e não parecia incomodada com o sangue que escorria do corte em seu ombro através do rasgo no vestido.

— O que diabos aconteceu? – Thandi perguntou.

— Você foi atingido – Amaranthine respondeu. – Deixe-me ver o corte. – Ela esticou a mão na direção do braço de Thandi.

— Não. Os curandeiros podem cuidar disso. – Ele puxou o braço para longe dela.

— Ou você pode me deixar cuidar disso para que não sangre até morrer antes que eles cheguem aqui – ela disse rispidamente. Ela afastou os dedos de Thandi da ferida e ele se encolheu quando a irmã arrancou o tecido do corte com um puxão.

— Ai!

— Não está tão ruim. – Ela rasgou um pedaço da manga de seu vestido e amarrou o tecido apertado em volta do braço dele acima da ferida. Assim que ela terminou, Thandi puxou o braço de volta e

FOGO & ESTRELAS

o segurou de forma protetora. Amaranthine lançou a ele um olhar de desgosto.

Eu estava simplesmente aliviada por os dois estarem inteiros. Graças aos Seis eu não havia incendiado nenhum deles. Se eles ou Alisendi tivessem se machucado por minha culpa, eu iria ao Grande Templo e me entregaria aos sacerdotes dizendo que era uma herege, para que eles fizessem comigo o que julgassem mais adequado.

— Lorde Kriantz! — Amaranthine gritou no corredor.

— Sim, Sua Alteza? — O barão veio a passos largos em nossa direção, afastando-se dos dois vassalos com quem estivera conversando.

— Sua faca — Amaranthine disse. — É uma lâmina encantada?

— Não que eu saiba, milady.

Abraçando a mim mesma com firmeza, espiei a sala às minhas costas. Ao ver o cadáver carbonizado caído perto da cadeira, eu me dobrei sentindo meu estômago se revirar. Se alguém descobrisse que fora eu quem incendiara o assassino, seria o meu fim. Não importava que eu não soubesse explicar como aquilo havia acontecido, para início de conversa. Desde a minha chegada, minha magia estava ficando cada vez mais incontrolável. Segundo minha mãe, aquilo deveria diminuir com o passar do tempo, não aumentar. Ainda assim, de algum modo eu acabara de matar um homem.

— Não que você saiba? Então de onde diabos veio aquele fogo? — Amaranthine perguntou.

Alisendi apertou meu braço, mas eu ignorei.

— Suas suposições são tão boas quanto as minhas. Minha lâmina foi forjada em Sonnenborne. Preferimos usar aço simples a magia — Lorde Kriantz disse.

Amaranthine franziu o cenho. Ela ia começar a dizer algo, mas em vez disso fechou a boca, contraindo os lábios numa pose pensativa. Seu olhar se voltou para mim.

Tremi sob seu olhar inquiridor, temerosa de que, de algum modo, ela percebesse a verdade.

★ 117 ★

—Você está bem? – Amaranthine me perguntou.

– Não me sinto bem – falei. Minha cabeça girava e meu corpo ameaçava ir pelo mesmo caminho.

– Leve-a para os seus aposentos – ela ordenou a um vassalo que estava por perto.

Eu me apoiei na parede, grata pela atitude de comando de Amaranthine.

—Vou junto para garantir que ela fique bem – Alisendi disse com a voz trêmula.

O vassalo meneou a cabeça para Amaranthine e nos conduziu para longe daquela cena. Manchas escuras flutuavam nas bordas do meu campo de visão enquanto caminhávamos.

Quando as portas dos meus aposentos se fecharam às nossas costas de modo seguro, Alisendi se jogou em uma das poltronas e apoiou a cabeça nas mãos.

– Isso é muito pior do que eu pensava – falou. – Se alguém descobrir que foi você que...

– Eu sei – cortei-a. – Eu não tinha a intenção de fazer nada daquilo. Tem sido diferente desde que cheguei aqui.

Ali mordeu o lábio, como sempre fazia quando havia algo que ela não queria me contar.

– O que foi? – perguntei.

– Nada. Mas a situação em Havemont não anda nada boa desde que você partiu.

– O que quer dizer? O que isso tem a ver com o que aconteceu aqui esta noite? – Eu não podia acreditar que ela vinha escondendo coisas de mim. Costumávamos contar tudo uma para a outra.

– Os zumordanos têm brotado feito erva daninha nessas últimas semanas. Eles estão por todo lado, se reunindo para protestar por terem sido banidos do Grande Ádito.

– Mas por quê? Bani-los nem fazia parte dos termos originais da aliança – falei. – Todos aqui parecem achar que fazia, mas por que não sabíamos disso?

FOGO & ESTRELAS

– Examinei os decretos originais. O texto é vago – Ali disse. – Dez anos foi tempo suficiente para eles acharem brechas. Agora estão surgindo grupos que acreditam apenas nos Seis, que têm certeza de que os usuários de magia nos atacarão.

– A mesma coisa está acontecendo por aqui – falei baixinho. Eu não conseguia conciliar meus temores, tanto por meu reino quanto por mim mesma.

– Se alguma coisa acontecer com a aliança agora, não teremos os vassalos de Mynaria para conter o povo de Zumorda. Se a união der totalmente errado, Zumorda pode tentar anexar nosso território para impedir uma nova aliança. E, enquanto isso, seus opositores estão ficando mais agitados e violentos a cada segundo que passa. E se alguém descobrir que você tem certo tipo de dom, algo poderoso o suficiente para matar um homem, o que vai acontecer?

– Os dois lados me verão como traidora – sussurrei. – Todos vão querer minha cabeça.

–Você tem que dar um jeito de controlar isso. De se livrar disso – Alisendi disse. – É o único jeito de você estar segura.

Eu me levantei e fui até onde ela estava sentada. Ela mudou de posição sem dizer nada, e eu me encolhi ao seu lado, como costumava fazer quando éramos pequenas, enroscadas uma à outra na mesma poltrona. Ela passou seus braços em volta do meu corpo e deixou que eu chorasse em seu ombro, esfregando gentilmente minhas costas até as lágrimas cessarem.

Mas mesmo depois que minhas bochechas secaram, eu ainda não sabia como fazer o que ela me pedira. Ela bem que poderia ter me pedido para arrancar meu coração ou parar de respirar.

DOZE

Mare

Em meio ao caos, voltei à sala de estar e peguei a lâmina do assassino onde ela havia caído. A pesada adaga era adornada apenas por um pomo branco simples e tinha a empunhadura e o gume de algo bem-feito.

— Parece coisa do povo de Zumorda — Lorde Kriantz disse por cima do meu ombro.

— É mesmo? — Eu me virei para ele. — Como sabe disso?

— O estilo é parecido com o que vi em Kartasha anos atrás — ele respondeu, limpando o sangue e a fuligem de sua própria faca.

— Posso ficar com isso, Sua Alteza. — Um vassalo que mal parecia ter idade para usar farda se aproximou e estendeu a mão para pegar a lâmina de mim.

— Acho que não. — Puxei a mão para longe dele e dei um passo para trás, quase trombando com Lorde Kriantz.

O vassalo continuou estendendo a mão.

— É muito afiada, Sua Alteza. Não deveria...

— Ah, dê o fora! — falei, perdendo a paciência.

O jovem vassalo arregalou os olhos e depois me olhou com cara feia.

— A capitã estará aqui em instantes — ele disse.

— Eu lhe entregarei quando ela chegar — menti. Eu não tinha a intenção de entregar a faca. Não até que me obrigassem. A lâmina poderia me levar ao assassino de Cas, fosse ele de Zumorda ou de outro lugar. Conhecendo o Conselho, eu sabia que eles apenas discutiriam por um tempo e depois deixariam a faca em alguma gaveta, pegando poeira.

— Ajudarei a fazer com que a lâmina chegue às mãos apropriadas — Lorde Kriantz se intrometeu.

Olhei para ele zangada, mas a combinação de nossas palavras teve o efeito desejado.

— Tudo bem — disse o vassalo. — Faça isso. — Ele deu meia-volta e se afastou.

Fiz uma careta para as costas do vassalo enquanto ele se distanciava. Assim que sumiu de vista, troquei a posição da lâmina na minha mão, encostando-a na parte de dentro do meu punho e pressionando o braço contra as dobras da minha saia. Com a faca suficientemente escondida, voltei ao corredor. Lorde Kriantz me seguia de perto.

Passei por vassalos e nobres que se demoravam no caminho, movendo-me do modo mais natural possível para não chamar a atenção. Pouco antes de me livrar daquelas pessoas, Lorde Kriantz falou.

— Posso acompanhá-la aos seus aposentos? — ele perguntou.

Hesitei um instante, mas companhia parecia uma boa ideia naquela situação, e quanto antes eu sumisse dali, menores as chances de ser pega pela Capitã Ryka. Talvez ter Lorde Kriantz como acompanhante diminuísse a probabilidade de ser seguida.

— Tudo bem — falei. Nós nos afastamos a passos largos da multidão até que suas vozes ficassem para trás.

— Importa-se que eu dê uma olhada em sua faca? — perguntei assim que alcançamos distância suficiente das pessoas para não sermos ouvidos.

FOGO & ESTRELAS

– Claro que não, milady. – Ele puxou a pequena faca da bainha da manga e a entregou a mim enquanto continuávamos andando na direção dos meus aposentos.

– Fabricada em Sonnenborne – resmunguei. Facas não eram nem de longe minha especialidade, mas não havia nada de incomum naquela faca à primeira vista. Era uma lâmina simples, sem adornos, feita claramente com o propósito para o qual fora usada. – Meu pai sabe que você tem andado por aí com essa coisa escondida na manga?

– Não, mas duvido que reclame disso, já que salvei a vida dele esta noite. Nós de Sonnenborne não temos o hábito de sair por aí despreparados. O deserto é inclemente, assim como seu povo. – Ele deslizou a faca de volta para sua bainha oculta, e o mecanismo que a liberava travou a lâmina no lugar.

– Então o que você foi fazer em Zumorda anos atrás? – perguntei. Poucos tinham coragem suficiente para cruzar a fronteira, principalmente para visitar as cidades que ficavam próximas das propriedades dele. Nenhuma delas tinha boa reputação.

– Negociar cavalos. É um dos melhores mercados para os descartes de Mynaria, como você deve saber.

– Certo. – O que ele disse era verdade, mas não esclarecia nada. A exaustão tomou conta de mim assim que a adrenalina gerada pela briga diminuiu. – Pelo amor dos Seis, estou farta de mistérios e mortes.

– Creio que todos nós estamos – ele disse.

Antes da morte de Cas eu raramente me preocupava com minha habilidade de tomar conta de mim mesma fora dos muros do castelo, mas foi bom ter outra pessoa comigo nessa noite. Caminhamos em silêncio até chegarmos à porta dos meus aposentos. Os dois vassalos se afastaram para que eu entrasse, e Lorde Kriantz me seguiu.

– Obrigada por ajudar a me livrar daquele vassalo – falei. – E por ter defendido meu pai. Se você não tivesse... – Por mais conflituosa que fosse minha relação com meu pai, eu não queria que nada de ruim lhe acontecesse. Lorde Kriantz fizera toda a diferença. Todos

★ 123 ★

os outros tentaram salvar apenas a si mesmos, exceto Dennaleia, que estivera ocupada demais se encolhendo em um canto. Quase desmaiar provavelmente era uma lição que constava em seus manuais de como ser uma perfeita dama.

— Sem problema. Fico feliz em ajudar a qualquer momento. Por falar nisso, é melhor você me deixar dar uma olhada por aqui, para ver se não há outros perigos escondidos nas sombras. — Ele andou graciosamente ao meu redor.

— Acho que ficarei bem — falei. — Os vassalos nunca deixam seus postos.

— Como aqueles parados do lado de fora da sala de estar esta noite? — ele perguntou, afastando as cortinas.

— Tem razão. — Esfreguei as têmporas. — Nada é impossível. Acho que é melhor verificar do que acabar morta.

Ele andou pelo cômodo mais um pouco, seus olhos escuros vasculhando cada superfície.

— Acho que está tudo limpo, milady. — Ele se aproximou e pegou minha mão, passando o polegar pela minha palma. — Você foi muito corajosa esta noite.

— Qualquer imbecil teria feito o mesmo — falei um pouco ríspida, embora ficasse feliz com seu elogio.

— Discordo. Algumas pessoas aqui parecem sofrer de… inércia.

— Falou feito um diplomata — eu disse.

— Falei feito um embaixador — ele respondeu com um sorriso gentil. — Este não é o meu reino. Não me atrevo a dizer como deve ser governado. No máximo, espero aprender aqui algo que possa ser aplicado em Sonnenborne enquanto desenvolvemos nosso sistema de governo.

— Não precisa ser polido comigo. O Conselho obviamente está mais interessado em jogar esterco uns nos outros do que em fazer algo a respeito da investigação da morte de Cas.

Lorde Kriantz assentiu, mas não disse nada.

— Em todo caso, por que está me ajudando? — perguntei.

FOGO & ESTRELAS

– As alianças não se formam apenas de cima para baixo, milady – ele disse. – E estou tão interessado quanto você em descobrir o culpado por esses ataques. Uma ameaça a Mynaria poderia ser uma ameaça a Sonnenborne. Quero garantir que nossos reinos permaneçam seguros.

– Bem, se o Conselho não é capaz de descobrir de onde vem a ameaça, então descubro eu – falei, olhando feio para a lâmina na minha mão. Removendo o sangue das ranhuras com dedos nervosos, virei a lâmina para baixo. Brilhava com força mesmo sob a luz tênue.

– Disso não tenho dúvida – Lorde Kriantz disse. – Preciso ir. Diga se houver mais alguma coisa que possa fazer por você.

– Obrigada, Lorde Kriantz – falei.

– Boa noite, Mare. Cuide-se. – Ele se curvou e saiu do cômodo.

Eu apreciava o fato de ele saber a hora de ir embora. Coloquei a faca sobre minha penteadeira e fui até o sofá. O corte em meu ombro ardeu quando toquei nele com os dedos. O tecido rasgado do meu vestido havia grudado no ferimento. Fiz uma careta ao puxar o tecido, mas a ferida era superficial.

Toquei a sineta para chamar minha aia, Sara. Não era a primeira vez que eu chegava em casa com um corte ou outro tipo de ferimento, e era melhor não fazer os curandeiros perderem tempo com algo que ela poderia tratar. Chamar Nils me parecia mais interessante, mas ele estava trabalhando.

Ouvi batidas na porta.

– Entre, Sara – falei do quarto.

Mas em vez da minha aia, a Capitã Ryka apareceu no vão da porta com quatro guardas da Elite.

– Creio que você saiba o que aconteceu com a arma do assassino – ela disse, olhando duro para mim.

– Eu ia entregá-la a você amanhã – menti, amaldiçoando o vassalo que me dedurara.

Ela balançou a cabeça.

— Conheço você bem demais para acreditar nisso, mas não é hora de brincadeiras. Cas era meu marido. Não atrapalhe minha investigação… nem minha vingança. — Ela já não me assustava do jeito que fazia quando eu era pequena, mas suas palavras ainda me faziam tremer um pouco.

— Não há evidências de que este ataque tenha relação com o outro — falei.

— Isso é problema meu, não seu. Levaremos a faca agora — ela disse.

— Não! — Levantei num salto, mas ela pegou a adaga de cima da minha penteadeira antes que eu chegasse à metade do quarto.

— Se você não se dá ao trabalho de comparecer às reuniões do Conselho, não se meta com nossos assuntos — ela disse, e saiu marchando, batendo a porta atrás de si.

— Talvez se vocês fizessem alguma coisa, eu não precisasse me meter — falei, e arremessei um sapato na porta fechada. Talvez eu devesse ter ido atrás dela, mas eu não tinha mais forças para brigar, não nessa noite.

Sem faca para levar à cidade e investigar, meu único recurso restante era a biblioteca. A ideia de me trancar lá para ficar debruçada sobre livros me fazia chorar de tédio. Eu precisava de outro aliado, de preferência alguém erudito. Alguém que pudesse descobrir detalhes sobre a lâmina e a flecha que pudessem levar à identificação do inimigo verdadeiro. Então percebi de repente que eu já conhecia a pessoa mais estudiosa do palácio: a Princesa Dennaleia. E independentemente de seus desmaios, ela obviamente era sagaz, considerando suas suposições sobre a flecha branca e os cálculos que havia feito para determinar de onde o arqueiro atirara.

Eu não tinha escolha: precisava tê-la ao meu lado o quanto antes.

TREZE

Dennaleia

Comecei a manhã seguinte à tentativa de assassinato na biblioteca real. As mulheres da nobreza se amontoavam à minha volta, seus vestidos de cores vibrantes farfalhando sobre tapetes felpudos. Thandi sugerira que eu socializasse com outras garotas da alta sociedade antes da partida da minha irmã. Devido aos acontecimentos recentes, ela decidira retornar a Havemont assim que um número suficiente de vassalos estivesse disponível para escoltá-la. Enquanto isso, eu tinha que aguentar o tédio e a frustração de ouvir as outras garotas falando besteiras quando havia tantos assuntos mais importantes a serem tratados.

Naquela mesma manhã eu havia recebido uma carta de minha mãe enfatizando a importância de estabelecer ligações mais próximas na corte. Depois de algumas palavras de solidariedade referentes à morte de Casmiel, o restante da mensagem tratava da importância da aliança e da minha obrigação em garantir que nossos dois reinos se mobilizassem para enfrentar juntos esse novo e incerto inimigo em comum. A missiva terminava com um lembrete de que eu usasse meus dias de louvor com sabedoria e distribuísse igualmente entre os Seis o tempo que eu dedicava a eles. Eu sabia o que aquilo queria dizer no fundo: que eu precisava manter minhas mãos longe do fogo, por assim dizer.

Pensei que havia escondido meu dom dela durante todos aqueles anos depois que ela me pegara dentro da lareira. Se ela sabia de algo que eu desconhecia, devia ter me contado antes que cartas formais tivessem se tornado nosso único meio de comunicação. Ela devia ter me dito como controlar a magia antes que eu matasse um homem. Mas por enquanto eu ainda precisava fazer o que ela queria e ser a líder e a embaixadora que meu povo precisava que eu fosse.

Presa entre as outras garotas que disputavam um lugar ao meu lado, eu me esforçava para dar uma olhada nos livros pelos quais passávamos e ao mesmo tempo manter um ouvido na conversa.

— Estão sabendo que o Conde de Nax vai se casar com aquela provinciana do leste? — a loira à minha esquerda perguntou.

— Não! — Annietta de Ciralis cobriu a boca com a mão, chocada. — Mas ela é tão estranha. Praticamente uma zumordana. E se morar tão perto da fronteira a tiver contaminado com a magia?

— Meu pai diz que ela está fazendo isso para afastar as suspeitas da família dela. Ele acha que são apoiadores dos Dissidentes — disse uma voz vinda do fundo do grupo.

Eu não entendia como elas podiam tagarelar sobre casamento diante da morte de Casmiel e da tentativa de assassinato. Eu preferia não comentar, e em vez disso virava a cabeça para admirar a coleção de livros do rei. Uma luz tênue entrava através de janelinhas perto do topo do teto abobadado, lançando um brilho frio sobre as altas estantes. A largura e a profundidade da biblioteca de Mynaria faziam jus ao seu lugar no centro dos Reinos do Norte. As estantes se erguiam acima de nós à direita e à esquerda, as seções indicadas com placas de madeira meticulosamente entalhadas pelos principais artesãos. Inspirando profundamente, eu me deleitava com o cheiro familiar de tinta e pergaminho.

FOGO & ESTRELAS

O grupo de garotas parou na seção de poesia, ansioso para escolher poemas que seriam lidos dali a algumas noites. Elas davam risadinhas ao puxarem livros das estantes, correndo os olhos pelas páginas atrás de frases sugestivas que elas esperavam que chamassem a atenção dos homens ou mulheres que as cortejavam. Pelo menos minha irmã conseguiu se controlar. Eu tinha plena certeza de que ela conhecia de cor todos os poemas mais indecentes, mas sabiamente se comportou com dignidade.

— O que acha deste aqui, Sua Alteza? — A loira arrogante enfiou um livro na minha cara.

Sorri polidamente e peguei o livro de suas mãos.

— Callue é sempre um clássico — falei, devolvendo o livro a ela. Em seguida, as garotas começaram a empurrar umas às outras, tentando pôr as mãos em outro volume de Callue.

Minha irmã revirou os olhos e articulou "Horomir" sem produzir nenhum som, e cobri a boca com a mão para disfarçar um sorriso. Vili Horomir escrevera os poemas mais pornográficos dos Reinos do Norte, cheios de eufemismos pavorosos para as partes da anatomia masculina. Se as garotas queriam poemas sugestivos, deviam ter consultado minha irmã em vez de mim.

Eu me afastei discretamente, me perguntando se algum dia eu me acostumaria com as pessoas tentando imitar tudo que eu fazia — desde meus vestidos até minhas escolhas de poesia. Só uma garota também se afastou do grupo, sorrindo timidamente para mim. Eu me lembrei dela do bazar de casamento. Ela fora a terceira sugestão de Hilara, a moça acanhada do litoral.

— Olá — falei. — Não acredito que ainda não fomos formalmente apresentadas.

A garota corou.

— Ellaeni de Trindor, Sua Alteza. — Ela fez uma mesura.

— Não está interessada em Callue? — perguntei, mantendo o tom despreocupado.

— Ah, Callue é legal. Eu... não sei bem o que escolher. Ficar em pé diante de um monte de gente me deixa nervosa. E a única pessoa a quem eu gostaria de ler está em casa. — Ela abaixou a cabeça e uma cortina de cabelos negros brilhantes cobriu suas bochechas.

— Bem, descobri que fazer as pessoas rirem costuma funcionar bem nesses casos. Se quiser, posso lhe mostrar alguns dos meus poemas favoritos, de um escritor diferente — falei, empolgada por poder sugerir algo que eu realmente adorava.

— Isso seria ótimo, milady. — Ela se animou.

Passei com Ellaeni pelas outras garotas e fomos até a parte final do alfabeto, de onde puxei um volume fino e simples da estante e abri o livro.

— Este é um dos meus preferidos. Razkiva escreve principalmente rimas divertidas sobre animais.

Ela sorriu ao ler o poema.

— É perfeito, Sua Alteza — ela disse.

Infelizmente, não pude ficar muito tempo com Ellaeni por medo de mostrar favoritismo, mas anotei mentalmente que deveria me relacionar com ela mais tarde, longe das outras. Com sua timidez, parecia que ela precisava de uma amiga. Eu me virei para encarar o grupo e começar minhas rondas quando uma voz alta demais para o ambiente surgiu atrás de mim.

— Aí está você! — Amaranthine disse.

Todas pararam o que estavam fazendo e olharam na nossa direção. Amaranthine usava seu já conhecido traje de montaria, e sua trança estava apenas um pouco mais bem-feita do que parecia sempre estar às tardes.

— Olá, Lady Amaranthine. — Fiz uma mesura, para lembrá-la de seus modos e também porque todas as outras garotas haviam abandonado seus livros para observar a cena. Minha irmã olhava para mim e para Amaranthine com uma expressão inquiridora.

— Preciso falar com você — Amaranthine anunciou.

FOGO & ESTRELAS

Sorri em uma tentativa de diminuir minha irritação enquanto a magia pinicava as palmas das minhas mãos.

– Talvez possamos conversar depois da minha aula de equitação esta tarde?

– Não, preciso falar com você imediatamente – ela insistiu, sem ao menos olhar para as outras damas da nobreza.

Cerrei os dentes, torcendo para que ninguém visse.

– Como preferir – falei. – Por que não vamos lá fora?

– Não – ela disse. – Aqui está bom. Vai ser rápido.

Ela se enfiou atrás de uma estante, o que me obrigou a pedir licença educadamente a todas as demais para segui-la. Minha irmã, graças aos Seis, assumiu o controle da situação e fez com que as damas começassem a praticar a leitura umas com as outras. Os olhos do bibliotecário me seguiram quando fui atrás de Amaranthine, e ele ainda fez uma cara de censura.

– Amaranthine, desculpe, mas este não é o melhor momento… – comecei a dizer.

– O que sabe sobre Zumorda? – ela me interrompeu.

Ondas de formigamento corriam pelas minhas palmas e agarrei a prateleira atrás de mim em uma tentativa de conter a magia. Uma frustração veio depois do fluxo de energia. Meu dom se acalmara desde que eu matara o assassino. Eu ingenuamente acreditara que estava livre daquilo para sempre. Se eu podia matar sem intenção, não tinha como saber o que poderia acontecer agora que a força crescia novamente. Pensar naquilo fazia meu estômago revirar.

– Ouça… Lorde Kriantz disse que a adaga usada na tentativa de assassinato da outra noite provavelmente veio de Zumorda. Não sei como confirmar essa informação, e eu imaginei que você poderia fazer isso.

– Por que não pergunta ao ferreiro? Ou ao forjador de armas? Ou à capitã da guarda? – perguntei. O comerciante de Zumorda do meu bazar de casamento também passou pela minha cabeça, mas

Amaranthine não sabia dele. Eu não conseguia imaginar que tipo de raciocínio distorcido a teria levado a perguntar a mim sobre armas.

— Eles não sabem. — Ela balançou a cabeça. — Havemont é o único reino com capital perto de Zumorda, e sei que você se dedicou aos estudos por muito mais tempo que eu. Preciso saber como uma lâmina forjada por eles veio parar aqui. Isso os apontaria como responsáveis pelo ataque, e talvez como assassinos de Cas também. Pode haver espiões entre nós. Ou talvez eles estejam agindo por meio dos Dissidentes.

— Isso não é da minha conta — falei. Embora parte de mim estivesse empolgada com a ideia de finalmente poder ajudar, eu precisava me afastar dela antes que algo acabasse em chamas. Além disso, me envolver em algo relacionado a Zumorda era uma proposta arriscada. — Thandi e o Conselho não me pediram para...

— Isso não é assunto do Conselho. É assunto meu. — Amaranthine se aproximou furiosa de mim. Ficou tão perto que eu sentia o cheiro de canela de seu sabonete.

— Não sei de nada! — Eu me encolhi contra a estante.

— Sei disso — Amaranthine falou. — O que quero que você faça é descobrir. Veja se há um modo de confirmarmos que a lâmina veio de Zumorda. E talvez se há alguma informação sobre o tipo de magia que matou o assassino. Ou Cas. Se há uma relação entre os dois casos.

— Eu não saberia por onde começar. — Mentira. Descobrir onde obter informações obscuras na biblioteca era um jogo que eu costumava jogar com meus professores, um jogo em que eu me saía muito bem. Provavelmente, a seção de manufatura de armas seria minha melhor opção para obter informações sobre a lâmina, mas faria sentido começar por geografia e história política para ir delimitando cada vez mais a região até a área específica de onde vinha a arma. Também não faria mal dar uma olhada em alguns livros de arquitetura, e quem sabe nos registros do censo, se houvesse algum disponível. O formigamento em minhas mãos e em meu rosto desapareceu, graças ao exercício mental familiar de planejamento de pesquisa. Pelo menos, a magia cessara mais depressa do que na ocasião que culminara na morte do assassino. De algum modo, sua força parecia menor.

— Quem sabe você não possa dar uma pesquisada aqui na biblioteca? — Amaranthine me fitou com seus olhos cinzentos e brilhantes.

— Você já está aqui — falei. — Pesquise você mesma.

— Não sou estudiosa — ela falou. — Você é.

— Bem, você é a primeira pessoa aqui a reconhecer isso — resmunguei. A gratidão cresceu em mim: uma gratidão boba e idiota por ela ter reconhecido algo tão importante. Era bom não ser invisível.

— Pode fazer isso? Por favor? Sei que você não me deve nada, mas isso pode nos ajudar a capturar os desgraçados que mataram Cas e tentaram matar meu pai.

Eu não sabia o que fazer. Queria ajudar porque era meu dever para com Mynaria, e porque ela estava me pedindo para usar as habilidades que Thandi e o Conselho não sabiam aproveitar — o que me deixava muito frustrada. Ela também estava me dando a desculpa perfeita para pesquisar sobre minha própria magia. Mas aquilo que ela me pedia era arriscado. Arriscado demais.

— Eu me importo com minha família — ela prosseguiu. — Eles podem ser imbecis às vezes, mas continuam sendo minha família. E este é meu reino. E não permitirei que alguma rainha má nos atormente lá de longe e nos manipule feito fantoches.

— Bem, o que sabe sobre a lâmina? — perguntei, curiosa apesar dos meus temores.

— Antes que a Capitã Ryka a tomasse de mim, notei que não havia um brasão nela. O metal era bem brilhante, talvez prata. Tinha um pomo branco... parece com coisa de Zumorda para você?

— Não sei. As flâmulas deles são brancas, mas isso não basta para acusá-los de tentativa de assassinato — falei.

— A Capitã Ryka mencionou o brasão deles, mas não disse nada sobre as flâmulas. Viu, você sabe de informações que podem ajudar — Amaranthine observou.

— Não acha que pesquisar sobre magia pode ser um problema? — perguntei. — Provavelmente não deve ter muita informação sobre isso aqui, e levando em conta que o uso de magia é considerado traição...

— É um pouco arriscado, sim — ela admitiu. — Mas se isso nos ajudar a descobrir quem está por trás desses ataques, não me importo. Vi certas coisas na cidade que me fazem duvidar que a magia em si seja o problema. A questão é quem está usando a magia contra minha família.

Eu ainda hesitava, mas uma chama de esperança brotou em meu peito. Ela não odiava usuários de magia indiscriminadamente. Talvez ela não me desprezasse se soubesse a verdade. E ajudá-la me daria a chance de aprender sobre minhas próprias habilidades.

Eu não podia recusar.

— Tudo bem, eu ajudo. Verei o que consigo descobrir — cedi.

— Dennaleia — Amaranthine disse. — Olhe para mim.

A intensidade do seu olhar fez meu coração quase sair pela boca.

— Obrigada — ela agradeceu, desaparecendo tão depressa quanto havia surgido.

Eu me apoiei na parede um instante, me perguntando onde diabos tinha me metido. Tudo em Amaranthine era intenso demais: a forma como ela falava, o jeito que ela se mexia, o modo como me fitava.

Pressionei uma mão contra a parede, torcendo para que a pedra fria diminuísse o formigamento nas minhas palmas. Em vez disso, a pedra cedeu ao meu toque. Afastei os dedos dela como se tivesse me queimado. Uma indentação no formato de um dedo permaneceu na parede.

— Sua Alteza? — uma voz hesitante disse às minhas costas.

O medo percorreu meu corpo quando me virei. Ellaeni espiava no fim de uma fileira de estantes.

— As outras queriam saber se você poderia ajudá-las a escolher alguns poemas também, milady — Ellaeni avisou. Seu semblante era neutro. Amigável, até. Ela não tinha visto nada. Expirei, trêmula.

FOGO & ESTRELAS

– Claro! – respondi. Agarrei minhas saias para controlar meus dedos trêmulos e a segui de volta ao grupo.

As risadinhas e sussurros pararam assim que as garotas me viram. Só minha irmã olhou para mim com cara de "onde diabos você se meteu?", o que significava que eu teria que lhe fornecer uma explicação depois.

– Desculpem pela interrupção – falei ao grupo. – Adoraria ver os poemas que vocês já selecionaram.

Elas deram um sorriso falso, felizes por estarem a par da fofoca mais fresquinha. Até a noite, todos na corte saberiam que Amaranthine e eu tínhamos feito uma cena na biblioteca. Eu não devia ter me oferecido para ajudá-la. Ela tinha me humilhado na frente de pessoas com quem eu deveria ganhar influência. Minha decisão de atender aos pedidos de minha mãe não estava saindo como planejado.

Comentei e assenti diante da escolha de poema de cada garota, tentando dedicar a mesma atenção a todas elas, mas o pedido de Amaranthine não saía da minha cabeça. Quando chegou a hora do almoço, acompanhei as garotas até a metade do caminho para o salão principal antes de pedir licença, dizendo que esquecera algo na biblioteca. Minha irmã olhou para mim desconfiada, mas a dispensei com um sorriso inocente.

Voltei a andar furtivamente pelos corredores da biblioteca feito um ladrão. Nenhum dos volumes era sobre Zumorda; os mynarianos tinham feito um bom trabalho eliminando os livros sobre magia. As seções de história e arquitetura não renderam bons resultados e, como eu temia, não havia informação de censo disponível. Até a seção de geografia não tinha nada além dos mapas mais simplistas. Os detalhes terminavam na fronteira de Mynaria com o oeste de Zumorda, e na fronteira com Havemont ao norte. Depois do que me pareceram horas perambulando pela biblioteca, a única coisa remotamente promissora que consegui arranjar foi um tomo enorme sobre técnicas de forja de espadas que me dava dor de cabeça só de olhar.

Ao passar pela seção de religião em meu caminho de volta, um trinado estranho veio de uma das estantes. Parei subitamente. Um azulão brilhante de barriga branca estava pousado no topo de um livrinho fino que estava um pouco mais para fora que os outros volumes na estante. Impossível. Azulões da montanha não viviam nas planícies, apenas no norte, nas montanhas em que eu crescera. Quando me aproximei, o pássaro voou para longe através de uma das janelas altas.

Tirei o livro da prateleira. Páginas frágeis, amareladas pelo tempo, se abriram para revelar a ilustração de um homem com as mãos erguidas no ar. Uma tempestade o envolvia, não de chuva e trovões, mas de estrelas que deixavam rastros de luz incandescente. Parecia um daqueles eventos celestiais de quando os deuses enviaram estrelas cadentes pelo céu, mas o homem de alguma maneira as havia trazido para a terra.

Não era um livro sobre religião. Era um livro sobre magia. Curiosidade e medo se misturavam dentro de mim.

De algum modo, o livro fora colocado na estante errada ou preservado – talvez por causa do desenho em sua capa. À primeira vista, os seis pontos coloridos pareciam ser os mesmos usados para representar os deuses, mas estavam na ordem errada. Folheei o livro, ficando cada vez mais apreensiva. Parecia ser um registro dos feiticeiros mais poderosos e seus trabalhos. A introdução apresentava as seis Afinidades: vento, água, terra, fogo, sombra e espírito. Cada Afinidade correspondia a um dos Seis Deuses.

Ao lado dos perfis dos grandes feiticeiros, diagramas complicados mostravam as relações entre as Afinidades, observando que o poder em diversas Afinidades era algo raro – e perigoso. Eu sempre achara que minha Afinidade era o fogo. Mas houve aquela vez em que a porta bateu, e pouco mais cedo a pedra havia amolecido ao meu toque. Um calafrio percorreu minha espinha.

FOGO & ESTRELAS

Certamente meu dom não devia ser outro além do fogo. Mas, de novo, eu sempre o considerara fraco – até matar o assassino. Só havia um jeito de descobrir. Em um canto vazio da biblioteca, eu me sentei em uma poltrona e fechei os olhos. Com cautela, deixei a magia vir para as pontas dos meus dedos, o formigamento familiar se espalhando pelos meus braços. Em vez do fogo, devaneei com uma brisa suave, invocando-a através da janela alta acima de mim.

Uma rajada de vento passou pela biblioteca, virando as páginas dos livros abertos sobre uma mesa próxima. Meu coração batia forte enquanto eu fazia a magia cessar. Quando abri os olhos, minha cabeça girava e agarrei os braços da poltrona para me equilibrar.

– Aí está você! – Alisendi apareceu no fim do corredor e veio depressa na minha direção, aflita. – De onde veio aquele vento? O que está fazendo aqui?

– Nada – respondi. Enfiei o livro verde debaixo do tomo de forja de espadas.

– Perdeu o almoço – Ali disse. – Thandilimon queria saber onde você estava.

– O que disse a ele? – Fiz uma débil tentativa de organizar os livros que minha magia havia bagunçado, incapaz de olhar Ali nos olhos.

– Que você havia esquecido um livro na biblioteca e que costuma perder a noção do tempo quando lê – ela disse exasperada. – Mas você não está mais em casa. Não pode simplesmente sumir desse jeito. As pessoas acham isso estranho.

Comecei a inventar uma desculpa, mas Ali merecia saber pelo menos parte da verdade. Quando partisse, ela levaria consigo o segredo sobre minha Afinidade e eu teria que lidar sozinha com isso novamente.

– Eu estava tentando seguir sua sugestão – sussurrei. – Talvez haja uma maneira de fazer o dom do deus do fogo desaparecer. – Tracei um círculo sobre o livro de forja de espadas, pensando nos pontos coloridos na capa daquele que estava embaixo.

– Rezemos aos Seis para que haja – ela disse. – Mas partirei em menos de uma semana.

A mensagem era clara: sem ela, não haveria ninguém que inventasse desculpas para livrar a minha cara.

– Ficarei bem – falei, ignorando o quanto aquelas palavras soavam falsas e o quão desesperadamente eu sentiria sua falta.

– Ficará mesmo? – ela perguntou, pegando minha mão, com o semblante sério.

– Preciso ficar – repliquei, pegando os livros e os apertando contra o peito. – Vamos. Vou me atrasar para minha aula de equitação.

Graças aos Seis, ela não sabia que aparentemente o fogo não era o único dom que eu precisava reprimir.

CATORZE

Mare

A partida da Princesa Alisendi levou metade da manhã, fazendo com que ainda mais tempo precioso fosse perdido. A Capitã Ryka não permitiu que nenhum membro da família real acompanhasse o cortejo, pois temia por nossa segurança, então acenamos em despedida do pátio da frente enquanto a carruagem da princesa e sua escolta armada desapareciam na cidade.

Dennaleia manteve a pose, mas dava para ver as marcas da tristeza em seu rosto enquanto ela observava a irmã ir embora. Sua expressão não mudou ao irmos para os estábulos para sua aula de equitação.

— Descobriu alguma coisa na biblioteca? — perguntei.

— Ainda não — ela disse com um suspiro, obviamente cansada de ouvir a mesma pergunta dia após dia.

— Não aguento mais ficar presa aqui — falei. — Vamos cavalgar pela trilha.

— Isso é permitido? — ela perguntou.

— É seguro, contanto que fiquemos nas terras dentro dos muros do castelo. Além disso, quem vai nos impedir? — falei, lançando um olhar hostil na direção da Capitã Ryka, que nos acompanhara até o celeiro para treinar os últimos recrutas. Mesmo depois que ela tomara de mim a faca, o Conselho não se dera ao trabalho de me interrogar como testemunha da tentativa de assassinato, o que era mais uma prova de que Cas fora o único entre eles que sabia usar o cérebro.

Coloquei a sela de batalha em Flicker e prendi no arreio minha trompa, meu arco e minha aljava para praticarmos o carregamento dos trambolhos usados nas caçadas. Montamos em nossos cavalos usando o bloco de montagem, o que Dennaleia agora fazia com facilidade. Ela havia superado a dor causada por andar a cavalo quase todos os dias, e não terminava mais as aulas andando esquisito.

Enquanto eu a conduzia para longe do pasto cercado, dois vassalos chegaram cavalgando.

— Vocês devem estar brincando — falei.

— É para a segurança de vocês — um deles explicou. — Ordens da Capitã Ryka.

Revirei os olhos. Se a capitã queria que eu não me metesse em seus assuntos, o mínimo que poderia fazer era não se meter nos meus.

— Tudo bem, mas fiquem fora do alcance da minha voz, ou passarei toda a cavalgada encontrando novas formas de insultar a mãe de vocês. — Fiz sinal para Dennaleia prosseguir.

A cidade surgiu à nossa frente assim que os cavalos começaram a subir a trilha. Acima do nível dos telhados, o vento fazia os campos amarelados pelo verão ondularem como o mar. As árvores formavam arcos sobre nossas cabeças, fornecendo uma sombra bem-vinda que nos protegia do sol enquanto seguíamos na direção dos sopés dos montes baixos que delimitavam os jardins nos fundos do palácio.

— Cuidado com os galhos — falei, me abaixando para desviar de um galho e esticando o braço para afastar outro.

Dennaleia não respondeu, mas também não caiu do cavalo, então devia ter me escutado.

A folhagem ficava mais espessa conforme nos embrenhávamos na mata, descendo uma ladeira e atravessando um córrego. Quando a trilha finalmente se abriu depois do riacho, fiz Flicker diminuir o ritmo até que Dennaleia e eu ficássemos lado a lado. Dei tapinhas no pescoço de Flicker tentando descobrir como fazer a princesa falar, torcendo para conseguir fazê-la sorrir mais uma vez.

— E então, como vão as coisas? — perguntei.

— Está falando da pesquisa...?

— Disso e de todo o resto.

— Ainda não encontrei respostas, o que é frustrante. O resto... bem, às vezes é difícil.

— O que quer dizer? — Além das aulas de equitação, eu não conseguia imaginar do que mais ela poderia estar falando. Eu odiava a vida da corte, mas com sua graça e diplomacia, Dennaleia parecia ter nascido para aquilo.

— Sinto saudade de Ali. E de Havemont também. Não tenho com quem conversar. Thandi está ocupado a maior parte do tempo. E você só está me treinando porque Casmiel lhe mandou fazer isso.

— Quem lhe disse tal coisa?

— Thandi — ela respondeu.

— Mas é claro. Aquele estrume inútil — falei. — Não é tão simples assim. É verdade, ele mandou que eu lhe ensinasse. Mas você se mostrou mais inteligente que qualquer um daqueles idiotas de miolo mole do Conselho. — Eu precisava dela do meu lado. E, sinceramente, ela não era má companhia, principalmente quando permitia que o seu cérebro funcionasse.

— O que você quer também importa — ela disse.

— O que eu quero é ver a determinação que você demonstrou ao chegar aqui. A garota que sabe, sem motivo aparente, meia dúzia de fatos aleatórios sobre flechas e que consegue calcular a trajetória de um lançamento. A garota que monta em um cavalo mesmo quando é a última coisa que quer fazer. — Eram as coisas que eu mais admirava nela, que me faziam gostar dela, apesar da minha intenção contrária.

— Passei a gostar de cavalgar... mas não me sinto mais como aquela garota — Dennaleia disse, tão baixinho que eu mal a escutei.

— Mas ainda é aquela garota — falei. Eu queria que ela desse o melhor de si, não apenas porque isso me ajudaria, mas também porque eu sabia que ela tinha aquela força dentro de si. Os acontecimentos desde a sua chegada eram suficientes para acabar com a determinação de qualquer um. Talvez ela só precisasse encontrar um modo de ter de volta o que amava, algo que a fizesse se sentir tão animada quanto parecia estar naquela noite em que dançara.

— O que você faz bem? — perguntei.

— Toco harpa. Útil, eu sei — ela disse.

— Então me convide para ouvi-la algum dia. Eu gostaria de ouvi-la tocar. — Uma onda inesperada de nervoso me inundou após meu pedido. A música já ocupara um lugar importante no meu coração, e cutucar feridas antigas não era nada agradável.

— Tudo bem. — Seu tom era hesitante, mas suas bochechas coraram.

— Ótimo — falei. — Vamos trotar.

Aceleramos. Eu esperava que, ao trotarmos por entre as árvores, ela experimentasse aquela sensação indescritível que eu sentia ao montar Flicker — a forma como as preocupações ficavam para trás e restava apenas o vento em meus cabelos e o sol em meu rosto.

Os guardas se aproximaram demais e eu os enxotei quando a trilha se abriu para um campo com uma vista espetacular da cidade. A movimentação nas ruas era tão pouco discernível quanto qualquer outra coisa, exceto o próprio movimento. Mas ao chegarmos ao topo da paisagem, nossos cavalos se assustaram e saltaram para o lado quando uma pessoa saiu da mata que delimitava o campo.

— Pelos Dissidentes! — a figura gritou. Uma flecha passou zunindo por cima do ombro de Dennaleia.

— Anda! — gritei e fiz Flicker se virar para proteger Dennaleia e Louie. Os cavalos partiram a meio-galope, mudando de direção para escapar do ataque. Os guardas vieram com seus cavalos na nossa direção, mas não conseguiram chegar antes do ataque seguinte da arqueira. Controlando Flicker com as pernas, soltei meu arco da sela e puxei uma flecha.

— Segure-o com firmeza! — gritei para Dennaleia, torcendo para que ela conseguisse fazer Louie prosseguir num ritmo regular. Sem as rédeas nas mãos, eu não tinha como controlar a velocidade de Flicker. Sentei com a postura reta e enfiei fundo meus calcanhares nos estribos, sabendo que eu não poderia arriscar. Eu não tinha três chances e alvos desenhados, como no treinamento. Eu tinha apenas uma chance de derrubar alguém que queria nos matar.

Outra flecha partiu da arqueira inimiga e acertou a terra atrás de nós. Puxei a corda do arco, fiquei em pé nos estribos e me virei para lançar minha própria flecha, tudo isso em uma fração de segundo. Minha flecha foi lançada no pico da passada de Flicker e acertou a arqueira no ombro. A pessoa foi ao chão e sumiu em meio à grama dourada.

— Ôa! — falei, e paramos nossos cavalos. Eles se mexiam sob as selas, ainda agitados, as orelhas voltadas para o inimigo abatido. Toquei cinco vezes minha trompa para indicar uma emergência, esperando que houvesse uma patrulha por perto para reforçar nossa proteção.

— Abaixe-se — falei. — Não sabemos se há mais deles.

Dennaleia deslizou da sela e se agachou ao meu lado.

— Se mais alguém atirar uma fecha, solte as rédeas — sussurrei.

Ela assentiu e enfiou sua mão livre na minha, gerando em meu corpo um arrepio de surpresa. Olhei seus olhos assustados e apertei sua mão com delicadeza. Segundos se passaram até que ouvi cascos se aproximando e pude soltar o ar e a mão dela. Os guardas diminuíram o ritmo ao chegar mais perto, para não assustar nossos cavalos, e mais quatro vassalos vieram com eles.

— Qual a emergência? — a chefe dos vassalos perguntou ao se aproximar.

— Uma arqueira saiu de trás daquelas árvores e atirou flechas em nós — falei. — Eu a acertei ali.

– Fiquem aqui – a chefe dos vassalos disse aos nossos dois guardas originais. Ela gesticulou para um terceiro: – Você, verifique o perímetro. – Ela desmontou e sacou sua arma, indicando que os outros dois vassalos deveriam segui-la. Puxei uma faca da minha bota e fui atrás deles, lançando um último olhar nervoso para Dennaleia. Embora ela estivesse segura com os vassalos, eu me sentia incomodada em deixá-la.

Nós quatro entramos com cautela no campo, indo na direção da arqueira caída. Meu estômago revirava. O silêncio em meio à grama talvez significasse que eu a havia matado. Eu jamais havia alvejado uma pessoa antes.

Escutamos a arqueira ofegar de dor antes de vê-la. Ela estava deitada de lado, com minha flecha enfiada no ombro direito. Seus cabelos dourados e curtos combinavam com a grama do campo queimada pelo sol. Ela tinha a expressão de alguém encurralado – e um rosto que eu reconheci.

Era a Dissidente que eu vira esfaquear aquele fundamentalista na taverna Barbela. O pavor enterrou suas garras com lentidão na minha espinha.

Um arco estava caído ao seu lado, um instrumento simples e tosco que parecia um pouco empenado devido à falta de cuidados. Não me admirava sua mira ser tão ruim. Tivéramos sorte. Ela esticou o braço bom para pegar o arco, mas os vassalos a agarraram pelos dois lados e pisaram na ponta da arma antes que ela a alcançasse.

– Por que fez isso? – perguntei.

Ela sibilou de dor e cuspiu nos pés dos vassalos.

– A aliança deve ser evitada a qualquer custo – ela disse meio engasgada. – Mas eu não vim atrás de você.

As palavras dela não me deram nenhum alívio – apenas fizeram uma onda de medo crescer em mim. Obviamente, o alvo da arqueira fora Dennaleia. A morte dela garantiria a desintegração da aliança.

QUINZE

O Conselho interrogou a arqueira no Grande Templo, sem dúvida pelo simbolismo embutido: o governo de Mynaria não tolera hereges. Ao entrar no templo ao lado de Thandi, eu meio que esperava pegar fogo. Meu dom continuava recuperando sua força desde a morte do assassino, e o ar à minha volta mais uma vez me dava a sensação de que poderia entrar em combustão espontânea a qualquer momento.

O domo acima do transepto deixava entrar luz e ar, e os sininhos pendurados em finas cordas tilintavam com a brisa. Mal dava para ouvir do lado de dentro os sons mais graves dos sinos maiores que ficavam no jardim do templo, suaves e dissonantes, sob conversas sussurradas por todo lado enquanto o Conselho se acomodava para sua tarefa.

— Onde está Amaranthine? Ela não deveria estar aqui? — sussurrei para Thandi. Fazia dias que eu não a via. Com o castelo isolado desde a captura da arqueira, as aulas de equitação tinham sido suspensas.

— Ryka queria que ela viesse, mas ela se recusou. Disse que não tinha nada a acrescentar à sua declaração, que você seria testemunha suficiente e que tinha "coisas melhores a fazer".

Não tê-la presente me magoava. Ela quase não aparecera desde o ataque, e a paranoia do rei com relação à minha segurança significava que todos os meus dias tinham sido cheios de compromissos. Mas apesar dos vassalos me acompanhando para todo lado, eu me sentira mais segura agachada ao lado dela naquele campo, com sua mão na minha. Eu sentia falta dela. Obviamente, ela não sentia a minha.

O Conselho estava voltado para as fileiras de bancos vazios do templo, posicionado no meio do transepto, com suas cadeiras dispostas em um semicírculo. Thandi e eu assumimos nossos lugares no estrado atrás deles. Assim que o rei tomou seu assento entre nós, fez-se silêncio no recinto.

— Tragam a herege — disse o rei.

Ryka fez um sinal para o vassalo, e um grupo de quatro guardas arrastou a arqueira até o corredor e a forçou a se ajoelhar diante de nós. Ela mantinha a cabeça erguida numa postura desafiadora, com o ombro envolto em faixas e o braço direito preso junto ao peito.

O Conselheiro Eadric tocou sua sineta e se levantou sem esperar o convite formal para falar. Ele cambaleou para a frente até ficar a poucos passos da arqueira, e então a encarou apertando os olhos, como se sentisse um cheiro forte de cebola.

— Refletiu sobre seguir os infinitos caminhos de purificação e arrependimento? Sobre voltar para a verdade da vida, para os Seis Deuses que zelam por todos nós, benevolentes, cheios de graça, conduzindo nossas almas aos reinos da virtude…?

Ela respondeu cuspindo nos pés dele.

Eadric inclinou a cabeça para ela e então se voltou para o resto do Conselho.

— Deveríamos realizar um ritual de purificação — ele disse, e então deu a volta no transepto balançando seus sininhos em miniatura e entoando algo para o pedaço de céu visível através do domo de vidro no teto.

Eu não compreendia o que fazia alguém achar que um ritual de purificação era uma boa maneira de empregar o tempo que deveria estar sendo gasto com um interrogatório urgente.

Antes que o Conselheiro Eadric tivesse terminado de colocar seu velho traseiro de volta no assento, Thandi tocou sua sineta.

– Moção para a Princesa Dennaleia falar – pronunciou-se Thandi.

Todos, exceto Hilara, votaram a meu favor. Obviamente, a mulher teria ficado mais feliz se eu tivesse sido atingida pela flecha. Engoli em seco e me levantei.

. – Três dias atrás, a Princesa Amaranthine e eu estávamos cavalgando pela trilha quando essa mulher saiu de trás das árvores e nos atacou – falei. – Antes de nos alvejar, ela gritou "pelos Dissidentes". Amaranthine a atingiu no ombro com uma flecha e então chamou mais guardas.

Sentei.

– Você atirou uma flecha contra as Princesas Amaranthine e Dennaleia? – o rei perguntou. Ele batia impaciente nos braços de sua cadeira.

– Sim, e faria isso novamente. – A arqueira olhou direto para mim, como se desejasse me matar com seu olhar, se pudesse.

– Por que cometeu a traição de atacar membros da família real? – O rei parecia prestes a executar a arqueira. Sorte dela que armas não eram permitidas no templo.

– Para impedir a aliança. Todos deveriam ter acesso ao Grande Ádito, independentemente de suas crenças – ela vociferou. – Vocês, tolos, não compreendem as forças envolvidas e, se compreendessem, teriam medo da armadilha em que se meteram ao bloquear o acesso daqueles que mantêm o mundo em equilíbrio. E se eu ainda tivesse meu marido ao meu lado, eu a teria acertado de primeira, como fiz com o administrador que negociou essa aliança idiota. – Ela cuspiu mais uma vez, e os vassalos que estavam por perto intervieram.

Vários membros do Conselho arquejaram e o rei se pôs em pé, levando a mão ao lugar onde geralmente se encontrava sua espada presa ao cinto. Continuei no meu lugar, congelada, paralisada com o choque. Ela simplesmente tentara me matar. Se impedir a aliança era o principal objetivo dos Dissidentes, de certo modo a morte de

Casmiel também era culpa minha. Minha chegada deve ter sido o sinal para o ataque. Thandi levantou-se num salto, tocando sua sineta para pedir que todos fizessem silêncio.

— Capitã, que evidências foram encontradas na cena? — Thandi perguntou, voltando ao seu assento. Embora sua voz estivesse firme, ele agarrava os braços da cadeira até os nós de seus dedos ficarem brancos.

A Capitã Ryka ficou em pé.

— Um arco comum e uma aljava com flechas brancas. Duas delas tinham sido lançadas, e as recuperamos no campo. Mas voltemos ao início. — Ela encarou a arqueira. — Como matou Casmiel? Foi um arremesso difícil sem um ângulo claro de visão e, supondo que você tenha usado a mesma arma encontrada na cena três dias atrás, teria sido mais fácil acertar moscas em um vendaval.

— A flecha estava encantada para acertá-lo — ela disse, parecendo quase satisfeita.

— E para virar cinzas? — a Capitã Ryka perguntou. — Como?

— A Afinidade com fogo do meu marido.

Eu estava pasma por ela dizer aquilo com tanta tranquilidade.

— E onde está seu marido agora? — o rei perguntou.

— Morto. — A raiva e a tristeza estavam estampadas em seu rosto. — Morto por causa dessa aliança idiota de vocês e dos fanáticos anti-magia que assumiram para si a tarefa de "expurgar" a cidade. As pessoas ficaram sabendo da Afinidade dele com o fogo, e ele começou a ser atacado nas ruas todas as noites ao voltar do trabalho. Nossa união aos Dissidentes era a única forma de contra-atacar. Parar a aliança é a única forma de fazer de Mynaria um lugar seguro para as pessoas como ele viverem.

Eu sentia minha pulsação nos ouvidos. Não me admirava que ela nem se desse ao trabalho de mentir. Ela não tinha mais nada a perder. E o marido dela tinha sido morto por causa de sua Afinidade, que devia ter sido exatamente como a minha. Só que ele soubera mais ou menos como usá-la.

Hilara tocou sua sineta.

– Quem foi o responsável pela tentativa de assassinato do rei, e onde vocês conseguiram a lâmina de origem zumordana usada em tal ataque? – ela perguntou. – O seu marido enfeitiçou aquela arma?

Ela queria uma explicação para o fato de o assassino ter ardido em chamas, e o marido da arqueira talvez pudesse servir. Só Alisendi e eu sabíamos que eu causara o fogo. Respirei fundo e me concentrei em manter meu rosto impassível.

– Meu marido fazia qualquer coisa que pudesse servir à nossa causa – ela respondeu. – Não que isso importe agora.

– Diga quem mais estava envolvido no plano de assassinar o rei – Hilara pediu.

– Não tenho mais nada a dizer – a arqueira declarou.

– Ela está se fazendo de boba. Esses Dissidentes obviamente estão trabalhando com os zumordanos para arruinar a aliança e a Coroa. Devemos torturá-la até que ela confesse. Moção para torturar a prisioneira! – disse o conselheiro de agricultura.

– Negada – Thandi disse, descartando a possibilidade de votação. Pelo menos, ele poupou o Conselho daquela vergonha.

– Não se engane... você pagará pela morte do meu irmão – o rei disse. – Perseguiremos todos que você ama até que decida revelar os nomes dos outros envolvidos no assassinato dele.

– Não tenho família. Meu marido está morto. Não há mais nada para vocês tomarem de mim. – Os olhos da arqueira eram frios.

O rei se sentou e socou os braços de sua cadeira. Eu me encolhi.

– Moção para manter a prisioneira detida para novo interrogatório sobre os envolvidos – Hilara disse.

Os Conselheiros votaram a favor de forma unânime.

– Moção para começar a deter, interrogar e punir todos que tenham ligação com os Dissidentes ou qualquer pessoa suspeita de ter uma Afinidade – disse a Capitã Ryka.

Os doze Conselheiros votaram novamente.

Um escriba registrou os votos enquanto meu coração falhava.

– Pelo menos agora sabemos quem está por trás desses ataques – Ryka disse. – Pegaremos o desgraçado.

Eu não sentia minhas mãos e mal conseguia ouvir alguma coisa além dos batimentos acelerados do meu coração enquanto a arqueira era arrastada para longe. Eles achavam que sabiam quem era o responsável por todos os ataques, mas a arqueira não revelara nada sobre a lâmina de Zumorda. Ela mesma dissera que não tinha mais nada a perder, então por que não confessar?

– Está tudo bem – Thandi falou, interpretando minha angústia de forma equivocada. Ele pegou minha mão. Apaticamente, deixei que ele a segurasse. – Ela não pode machucá-la agora.

– Claro. – Assenti.

Mas não era a arqueira que eu temia, e sim o Conselho perseguindo os usuários de magia – e eu sendo a primeira a ser capturada.

De volta aos meus aposentos, eu virava freneticamente as páginas do livro verde da biblioteca atrás de respostas sobre como disfarçar minha Afinidade, ou, melhor ainda, como me livrar dela. O autor do livro tinha um interesse de estudioso no assunto, mas não era um usuário de magia. Passagens longas e entediantes descreviam como pessoas com Afinidades poderiam usar o poder em si mesmas ou no ambiente, mas não explicavam como isso era feito. Ele recomendava exercícios para condicionar e desenvolver um dom, mas não dizia que exercícios eram esses. Ele advertia que reprimir o poder costumava levar a explosões súbitas de magia, e que fazer uma magia poderosa iria deixar o usuário esgotado por um tempo. A única observação razoavelmente útil fazia referência ao Grande Ádito, e comentava que trabalhar o poder em locais destinados a isso permitia ao usuário de magia ter mais controle e foco.

Eu não tinha como começar a dormir no Santuário do castelo para manter minha Afinidade sob controle, e eu não podia sair por aí lançando fagulhas ao acaso para evitar que o poder da magia se acumulasse lentamente dentro de mim. Em um livro sobre grandes feiticeiros, não havia uma seção sobre princesas que lançavam chamas. Havia muitos homens que conseguiam afundar frotas de navios com um feitiço e mulheres que eram capazes de mudar a história ao escreverem com o próprio sangue. Aquele tipo de magia era lenda, não realidade; aqueles dons pertenciam a deuses, não a mortais.

Fechei o livro e o enfiei debaixo da cama, frustrada.

Passei o resto da tarde escrevendo e jogando fora cartas para minha irmã, tentando distrair minha mente do medo. Eu queria perguntar a Ali como fazer o que ela me aconselhara e como me livrar da minha Afinidade, mas ela não teria respostas, e eu seria idiota ao me incriminar escrevendo. A única resposta era encontrar os responsáveis pelo ataque com a faca, para que o Conselho encerrasse sua investigação, o que significava que eu precisava de Amaranthine – embora eu estivesse irritada com ela por não ter aparecido no interrogatório. Talvez seu pedido de me ouvir tocar harpa não fosse o início de amizade que eu esperava. Talvez o fato de ficarmos de mãos dadas daquele jeito depois de termos sido atacadas não significasse nada. Ela não se importava com a Coroa. Ela não tinha motivo para se importar comigo.

Quando Auna chegou para me aprontar para o jantar, incendiar a cidade toda e voltar a Havemont cavalgando um cavalo roubado já começava a parecer a única saída viável para os meus problemas. Auna parou atrás de mim à penteadeira e prendeu metade dos meus cabelos para cima em camadas e mais camadas de nozinhos. A ideia de ter mais um grampo enfiado na minha cabeça me dava vontade de gritar.

– É a última moda em Mynaria – Auna disse –, mas acrescentei umas tranças e enfeites especiais como fazemos em Havemont. Lançaremos tendência!

A empolgação de Auna não era contagiosa.

Tudo em que eu conseguia pensar era na reunião do Conselho, e isso me dava mais nós no estômago do que aqueles que eu tinha nos cabelos.

— Tem certeza de que precisa disso tudo, Auna? Não quero me atrasar para o jantar — falei.

— Claro que sim, milady! Não queremos que pareça uma criança. Deve parecer uma rainha. Lembrar a eles quem você é. Garantir que as pessoas certas se aproximem de você. As coisas aqui são diferentes do que em Alcantilada — Auna falou.

Fiz uma careta para o espelho, desejando que ela pudesse me dizer algo que eu ainda não soubesse.

— Sinto saudade de Havemont — falei. — As pessoas eram menos complicadas lá. A única pessoa que não age feito uma aduladora é Amaranthine, mas isso só porque não tenho nada a lhe oferecer. — Aquilo não era bem verdade, é claro, mas Auna não precisava saber da minha pesquisa.

— Não perca seu tempo com ela, milady. Com certeza não vai demorar muito para ela se casar, e então não terá mais que vê-la.

Meu estômago doeu ao pensar naquilo. Mare, casada? Eu não via como, e a sugestão me irritou. Às vezes, parecia que ela era a única pessoa em Mynaria com algum juízo, embora ela conseguisse se meter e se livrar de confusão com a mesma frequência e com a mesma rapidez que uma cabra das montanhas.

— Tente não deixar Lady Amaranthine a aborrecer. Logo você terá um marido e filhos, e eles a manterão ocupada demais para pensar em sua terra natal ou na princesa — Auna disse.

Seu sorriso de sabedoria me irritava, assim como a ideia de filhos. Embora eu quisesse tê-los, sempre me parecera algo distante. Mas agora era totalmente possível que, a essa altura, no ano seguinte, eu já fosse mãe.

— Claro, Auna. Tem razão. — Tentei suavizar meu semblante taciturno. A capacidade de Auna de falar como minha mãe me assustava às vezes.

FOGO & ESTRELAS

— Enquanto isso, você deveria se concentrar em sua relação com os outros nobres, como sua mãe sugeriu — Auna disse com mais delicadeza.

— Todos querem algo de mim. Acho que não tenho tanto assim para dar. — Escolhi minhas palavras com cuidado, sabendo que, por meio de Auna, elas poderiam um dia chegar aos ouvidos da minha mãe. Embora meu rosto continuasse impassível, a ansiedade ainda me consumia. Thandi vinha sendo de grande utilidade ao me ajudar a decifrar as verdadeiras intenções dos membros da baixa nobreza, e minha estima por ele crescia continuamente, já que estava claro que ele conhecia muito bem as complexidades de sua corte. Mas das damas da nobreza que eu conhecera até aquele momento, só Ellaeni havia me impressionado com sua falta de subserviência e sua neutralidade com relação aos acontecimentos do palácio.

Talvez por isso Amaranthine parecesse tão ameaçadora — ela era cheia de segredos, mas também transparente de um jeito que ninguém mais era. Não havia mais nada no mundo que ela poderia querer de mim além de um par de olhos que examinasse os livros da biblioteca. Se ela quisesse ser minha amiga, teria que ser nos termos dela e por escolha dela. Se eu gostava ou não dela não importava, mesmo que eu a convidasse para algo além de um passeio a cavalo.

A pesquisa sobre a lâmina deveria ter sido minha prioridade. Eu queria dar a ela alguma informação útil, nem que fosse para impedir mais algum dano aos membros da família real. Cumprir aquela tarefa provaria a ela que eu era mais que uma palaciana imbecil. Eu precisava que ela fosse minha aliada. Eu queria que ela fosse minha amiga. Quando ela me disse na trilha que a convidasse para me ouvir tocar, ela me dera uma oportunidade. Nenhuma rainha perderia uma oportunidade, e hesitar com relação a isso não resolveria nenhum problema. Assim que Auna saiu do quarto, ajeitei as saias e pedi a um pajem que entregasse um convite.

★ 153 ★

Sair do castelo era a parte mais difícil. Descobrir locais e horários de encontro na taverna Cão Surdo era a parte cara. Mas entrar no local de reuniões dos Dissidentes parece que seria mais fácil que o esperado.

Por volta do horário em que o Conselho provavelmente iniciaria aquele interrogatório sem sentido da arqueira que tentara matar Dennaleia, Nils e eu estávamos parados do lado de fora do Santuário abandonado onde os Dissidentes supostamente se encontrariam. A vizinhança cheirava a estábulo precisando ser limpo, e as poucas pessoas que vimos se afastaram depressa de nós, correndo para as sombras feito insetos. Dilapidados sininhos de madeira pendurados perto da porta se chocaram uns contra os outros ao sopro de algo suave demais para se chamar de brisa.

Dava para entender por que os Dissidentes haviam escolhido o edifício como local de encontro. Uma larga faixa de terreno coberto por matagal separava a construção dos demais prédios. Todo aquele espaço entre os edifícios significava que, à luz do dia, não havia onde se esconder e espiar. A entrada principal parecia fechada com tábuas.

— Bem, teremos que entrar à força — falei.

— Sutileza sempre foi seu ponto forte — Nils riu.

Dei de ombros e comecei a avançar na direção da construção, mas Nils agarrou meu braço.

— E se tiver gente lá dentro?

— Diremos que estamos procurando um lugar para nos casarmos e que ficamos encantados com a grandiosidade antiquada deste belo edifício.

—Você é maluca.

—Vamos tentar pelos fundos — falei.

Pisoteamos as ervas daninhas no que parecia ter sido o jardim do templo e fomos para os fundos pela lateral do edifício. As janelas altas estavam fechadas com tábuas cobertas por cocô de aves, com ninhos abandonados enfiados em suas frestas. Do outro lado da rua, vinha o barulho de um martelo de ferreiro, o único som que quebrava o silêncio daquele início de tarde.

Nos fundos, achamos uma segunda entrada, também fechada com tábuas. Um círculo branco do tamanho da palma da minha mão estava desenhado na tábua mais perto do batente superior. Mexi na maçaneta, não muito certa de que a coisa toda não desabaria quando eu tentasse entrar, mas a porta se abriu sem rangido de dobradiças. O exterior com tábuas pregadas era um truque.

Os Dissidentes haviam deixado grande parte do interior intacta, restaurado algumas partes do templo até. Embora as absides pare-cessem nunca terem sido desenhadas com imagens de deuses, o piso exibia uma estrela brilhante pintada, cada ponta correspondente a uma das cores dos deuses. Mas estavam na ordem errada. Franzi o cenho, perplexa.

— Não há onde se esconder aqui dentro — Nils disse, examinando a parte central do Santuário.

— Claro que há — falei, e apontei para as vigas em formato de cruz no teto. O Santuário era de um estilo antigo, e suas vigas tinham ranhuras que permitiam que os clérigos subissem por elas e abrissem as janelas altas no verão. As janelas, obviamente, não existiam mais, mas as vigas ainda estavam lá.

Nils pareceu um pouco enjoado.

— Está sugerindo que a gente se pendure nas vigas feito dois morcegos?

— Se assim cumprirmos a tarefa... — falei.

— Você primeiro — ele disse.

— Por mim, tudo bem — respondi, e apontei para a viga mais próxima. Ele me levantou e eu subi até a capela mais funda, a do deus do vento, e me escondi no amplo vão da janela, entre as tábuas que haviam sido pregadas de forma desordenada por fora e por dentro da esquadria.

— Consegue me ver? — perguntei.

— Nem um pouco — Nils respondeu.

Ciscos e poeira dançavam na luz que entrava pelas frestas das tábuas pregadas na janela. Nils parecia uma miragem, como a representação do homem perfeito de algum artista.

— A luz lhe favorece — falei.

Em vez de responder, ele se afastou alguns passos, na direção da porta. Eu estava me esticando para rastejar para fora quando uma voz desconhecida perguntou:

— Posso ajudá-lo?

Congelei.

— Olá — Nils disse e pigarreou.

Rastejei de volta o mais silenciosa possível e me enfiei no meu esconderijo.

— Você é novo? — a voz perguntou. — O serviço só começa daqui a meia hora.

— Serviço? — Nils perguntou.

— Você deve estar perdido. — A voz era feminina e parecia desapontada.

— Bem, quem sabe eu não pudesse ficar — Nils disse. Eu quase podia ouvir a piscadinha e o sorriso que acompanhavam aquela frase. A dona da voz devia ser bonita. Por cima dos ombros de Nils, eu conseguia ver apenas parte de uma cabeça com cabelos cacheados escuros.

– É arriscado – ela disse. – Nem todos gostam do tipo de serviço que realizamos aqui.

– Bem, não sou nada mais que um homem que gosta de serviço. Fale mais a respeito – Nils disse.

A garota deu uma risadinha, e eu revirei os olhos. Como ele conseguia se safar? Na verdade, eu sabia. Era aquele seu queixo forte, aqueles seus olhos castanhos envolventes, e a forma como ele olhava para as pessoas, como se elas realmente importassem, independentemente de sua posição social. E embora a essa altura ele soubesse que sempre conseguiria o que queria em se tratando de mulheres, havia sempre uma hesitação, uma dúvida no modo como ele se aproximava – sempre pedindo permissão antes de tocá-las. A garota também devia ter notado aquilo.

–Você pode se sentar no fundo comigo – ela disse. – E se decidir ir embora, pode sair discretamente. Nem todo mundo quer aderir à causa.

– Quem resistiria a um convite de uma garota com esses olhos? – Nils disse. – Me mostre o caminho.

Ela riu, e eles foram na direção da porta principal do templo, onde eu não conseguia ouvi-los. Suspirei aliviada. No entanto, agora eu estava presa em meu esconderijo. Aos poucos, mais pessoas foram chegando e se acomodando no chão sobre cobertores, até que o Santuário se encheu de um zumbido baixo de conversas. A qualquer um que entrasse, aquele pareceria um culto aos Seis estranhamente combinado. Eles poderiam se passar por um grupo de oração, a única coisa que supostamente eram contra.

As conversas no recinto morreram quando um homem de barba grisalha foi até a frente do templo e subiu em um estrado. Ele vestia as roupas simples de um artesão, talvez de um sapateiro. Abriu uma bolsa de couro e desembrulhou uma tigela de prata, que colocou sobre a mesa.

— Todos que quiserem ser testados venham para a frente — Barba Grisalha disse.

Três rapazes se levantaram e foram hesitantes até o estrado. Cada um deles esticou a mão sobre a tigela de prata do Barba Grisalha, e todas as vezes Barba Grisalha balançou a cabeça. Depois, quando eles se sentaram, ele pôs sua mão sobre a tigela, que se acendeu com uma luz suave e prateada.

— Que os Seis protejam a nós e a nossas Afinidades — ele disse.

Fiquei espantada que ele pedisse proteção aos Seis. Achei que os Dissidentes só acreditassem no poder da magia, não nos Seis, mas aquele não parecia ser o caso.

Barba Grisalha os conduziu em um ritual que parecia o de um dia de louvor, com a diferença de que, em vez de apenas agradecer a cada um dos Seis Deuses, ele também agradeceu às Afinidades ligadas a eles. Quando o culto terminou, eu estava realmente confusa. Não houvera nenhuma informação secreta, nem plano para destruir a família real, nem mesmo qualquer menção à aliança. No fim, todos deixaram o Santuário aos poucos, exceto quatro pessoas, que se reuniram perto do estrado até que todos os demais tivessem ido embora. Eu esperava que Nils tivesse encontrado um lugar para ficar à espreita.

— Perdemos Yashti — Barba Grisalha disse. — Eles a estão interrogando hoje. Sem dúvida, sua traição será descoberta e ela será punida. Em breve, teremos que nos mudar.

Graças aos Seis eu os havia encontrado antes que isso acontecesse. Prendi a respiração e mudei de posição, tentando aliviar as cãibras por ter permanecido agachada tanto tempo.

— Era apenas questão de tempo — disse uma mulher magra de cara comprida de fuinha. — Eles sempre foram extremistas, e ela não estava bem desde a morte de Alen. Não me admira que ela tenha decidido agir por conta própria, doida o bastante para achar que conseguiria assassinar sozinha um membro da família real. É claro que os espadas a capturaram.

Eu me inclinei mais para a frente para tentar ouvir a voz suave da próxima pessoa que falou.

– Ela e Alen ainda estariam aqui se não tivessem aceitado o dinheiro do homem da sombra – disse um rapaz de ombros caídos. Embora fosse o mais jovem do grupo, tinha um aspecto de cansaço que sugeria que ele passara por coisa demais para sua idade.

– Yashti fez sua escolha, e agora não podemos salvá-la – Barba Grisalha disse. – Se vamos perder tempo caçando alguém, será a pessoa que causou aquela outra explosão de magia. Consegui descobrir que a assinatura era parecida com a de Alen, só que ele já estava morto havia dois dias. Há outra pessoa por aí que tem Afinidade com o fogo. Uma pessoa excepcionalmente poderosa.

Parecia que eles falavam sobre quem quer que fosse o responsável por ter feito a pessoa que tentara matar meu pai pegar fogo. Se eles não sabiam quem tinha feito aquilo, não podiam ser os responsáveis. Mas então... quem seria?

– Se encontrarmos aquela pessoa, ela pode nos matar – a mulher com cara de fuinha falou. – Não sabemos do lado de quem a pessoa está, e não somos em número suficiente para conseguir deter alguém tão poderoso.

– Devemos focar na própria magia – o rapaz disse. – Só porque temos sido chamados de Dissidentes não significa que devemos perder de vista nosso propósito original. Não temos tempo a perder caçando membros desgarrados do Círculo nem tentando encontrar um feiticeiro que certamente já teria nos encontrado se quisesse. Se trabalharmos juntos, ainda há uma chance de criarmos uma espécie de dispositivo canalizador para diminuir a magia ambiente e tornar o uso e o desenvolvimento de nossos poderes mais seguros para nós. Aquela explosão que sentimos liberou um pouco da magia, mas ela está se acumulando novamente. Se pudéssemos encontrar uma forma de fazer aquela energia ser descarregada continuamente sem que nossa presença fosse necessária, poderíamos...

FOGO & ESTRELAS

— É inútil. — O último integrante do grupo finalmente falou, e era uma mulher pequena com cabelos escuros com fios brancos cujo semblante me lembrava um pouco Dennaleia. Sua voz tinha um sotaque carregado, as consoantes fortes. De Zumorda. — Mesmo depois da explosão, é como brincar com fogo tendo as mãos encharcadas de querosene. A magia aqui é tão sólida que dá para cortar.

Os Dissidentes estavam trabalhando com os zumordanos — pelo menos aquilo era verdade. Mas o que significava? Apertei meus pés com força para aliviar as pontadas e agulhadas.

— Não deveríamos tentar isso sem Alen — disse a fuinha. — Deveríamos nos concentrar em continuar usando nossos feitiços menores como sempre fizemos.

— Concordo. Não temos mais o Alen. Só sobramos nós — Barba Grisalha disse.

— Não vai demorar muito até virem atrás de nós também — falou o rapaz mais jovem. — Precisamos tentar algo que ajude a diminuir o perigo mesmo se vierem atrás de nós.

— Construir um dispositivo canalizador é besteira — Barba Grisalha disse. — E, de todo modo, aqueles sem qualquer sensibilidade à magia nem notariam a diferença. Para fazer tal coisa, precisamos de pessoas mais fortes que nós. Pessoas com mais conhecimento.

— Mas com aqueles em Zumorda… — A voz do rapaz ficou ainda mais baixa.

Encostei o ouvido na fresta entre as tábuas para tentar escutar suas palavras. Uma delas se soltou imediatamente e caiu no chão do templo. O pânico me dominou. Os quatro feiticeiros olharam ao mesmo tempo para mim, o choque estampado em seus rostos. E depois, raiva.

— Peguem-na! — Barba Grisalha gritou.

Chutei as tábuas para fora da janela e elas cederam com um estrondo, indo ao chão. Era uma grande queda.

Mesmo assim, saltei.

Meus tornozelos doeram com o impacto, ainda que eu tenha tentado rolar depois de cair – exatamente em uma faixa de terreno repleta de mato e pedras, o que me deixou cheia de manchas com cheiro de dente-de-leão dourado e arranhões causados pelos pedregulhos pontudos. Eu me levantei num salto e parei apenas para enviar um chamado do noitibó, um sinal que Nils e eu costumávamos usar. E então corri.

Os quatro Dissidentes saíram correndo do templo e vieram atrás de mim. Eu queria ter dito a eles de algum modo que eu não tinha nenhum problema com o que eles estavam fazendo. Que não me importava que tivessem acesso ou não ao Grande Ádito, que mexessem com magia ou não. Eu só queria saber se minha família estaria segura, mas primeiro eu precisava garantir a minha própria segurança.

Um assobio cortou o ar e eu me virei em sua direção, interceptando Nils no cruzamento seguinte. Corremos por becos até meus pulmões arderem e meus pés doerem de tanto baterem contra as pedras. Retornamos ao castelo sem fôlego.

– Sabe que eles provavelmente nos seguiram – Nils falou. – Não sei bem em que momento os despistamos. Talvez não tenha sido longe daqui.

Assenti.

– Sem dúvida.

Entramos por uma porta lateral e fomos aos meus aposentos.

– Afinal, onde você estava? – perguntei, ainda tentando recuperar o fôlego.

– Jilli estava quase atendendo à minha necessidade de permanecer mais um tempo no Santuário depois que o culto terminou.

– Claro que estava.

Ele sorriu, mas não disse mais nada.

Contei a ele o que eu descobrira no templo antes de as coisas darem errado.

FOGO & ESTRELAS

– Então eles estão trabalhando com os zumordanos e usando magia... mas ainda acreditam nos Seis? – ele perguntou.

Um sino soou no corredor, e Nils praguejou.

– Meu turno começa em menos de uma hora – ele disse. – Tenho que ir.

Assenti.

– Pensaremos em outro plano para sair do castelo em breve. Ainda há tantas coisas que precisamos investigar.

Nós nos abraçamos e, assim que ele saiu, um pajem surgiu diante da minha porta.

– Mensagem da Princesa Dennaleia, Sua Alteza. – O pajem se curvou. – Ela a convida para ir aos aposentos dela depois do jantar. Gostaria de enviar uma resposta?

Agora que eu sabia que a arqueira agira por conta própria, não com os Dissidentes, e que fora paga por terceiros, eu conhecia um lado da história do qual ela provavelmente nunca tinha ouvido falar. Embora nossas aulas recomeçassem na tarde seguinte, não faria mal vê-la antes disso.

– Sim, por favor. Diga a ela que estarei lá. Obrigada – falei.

O pajem se afastou.

Mas além de querer comparar informações sobre os Dissidentes, eu estava feliz por ela não ter se esquecido de mim nos três dias que eu ficara sem vê-la.

DEZESSETE

Dennaleia

Quando recebi a resposta de Amaranthine após o jantar, várias coisas me ocorreram ao mesmo tempo: meus móveis estavam todos fora de lugar, meu penteado era formal demais e eu não fazia ideia de como entretê-la. A ansiedade tomou conta de mim ao pensar que ela estaria em meus aposentos. Era minha primeira oportunidade de estabelecer uma relação mais pessoal com ela, e ela era minha única esperança de parar o Conselho antes que eles descobrissem meu segredo. Além disso, eu queria impressioná-la, mostrar a ela que eu era mais que minhas tentativas desajeitadas de melhorar na equitação.

Sentei diante da minha penteadeira e comecei a tirar os grampos dos meus cabelos. Chamar Auna para que fizesse um penteado casual parecia tolo, e eu não queria que ela visse o quão agitada eu estava por causa de uma visita de Amaranthine. Com todos os grampos depositados sobre a mesa, cachos definidos desciam pelas laterais do meu rosto, indo em todas as direções. Grunhi desanimada. Os fios ainda cheiravam muito bem, devido aos perfumes que Auna usara neles naquela tarde, mas o visual era como se esquilos das montanhas nervosos estivessem morando ali havia semanas. Cerrando os dentes, lutei para prender os cabelos para cima novamente, alguns cachos rebeldes escapando. Teria que servir.

AUDREY COULTHURST

Pedi chá, mais para que eu tivesse algo para ocupar minhas mãos em caso de silêncios embaraçosos, e comecei a arrastar os móveis para que ficassem em uma disposição mais apropriada para receber visitas. Parecia errado pedir a alguém que fizesse aquilo para mim, já que, aos olhos das outras pessoas, aquela não era uma visita importante. Um vestido casual pôs fim aos meus preparativos. Ao me olhar no espelho, me perguntei se não estaria parecendo mais uma camponesa do que uma princesa, mas, enquanto considerava trocar de roupa mais uma vez diante do meu guarda-roupa, escutei uma batida na porta da antecâmara.

— Princesa Amaranthine, Sua Alteza — o vassalo a anunciou do lado de fora dos meus aposentos enquanto ela entrava a passos largos. Embora várias horas já tivessem se passado desde a última vez que ela montara um cavalo, Mare ainda usava calça de montaria, mas elas estavam limpas demais para terem passado algum tempo no celeiro naquele dia.

— Boa noite, Sua Alteza — ela disse, com um toque de seu sarcasmo habitual.

— Boa noite, Princesa Amaranthine — respondi num tom igualmente sarcástico.

— Ugh! Eu gostaria que você parasse de me chamar desse jeito — ela disse.

— Bem, então não me chame de Sua Alteza ou Princesa — retruquei. — Não ouvi outra coisa de todos à minha volta o dia todo, e já estou farta disso.

— Justo — ela disse, desta vez com um sorriso sincero. Seus olhos cinzentos se concentraram em mim. Sem o foco da minha aula de equitação, não havia assunto para interagirmos. Eu não sabia o que dizer. Pressionei um dedo na palma da minha mão para aliviar o formigamento que eu sentia ali.

— Gostaria de um pouco de chá? — Enchi a xícara sem esperar pela resposta, ávida por ocupar minhas mãos com alguma coisa.

– Obrigada. – Ela pegou a xícara que eu enchera. – Que bom que as noites estejam começando a esfriar. Estamos quase na época em que começamos a apreciar uma xícara de chá. Ou, melhor ainda, de chocolate quente.

– O outono também era uma das minhas estações favoritas na minha terra natal. Mas lá era diferente; as mudanças eram mais drásticas. Flores na primavera, as melhores comidas no verão. As folhas mudando de cor no outono, e neve no inverno. – Eu me remexia de nervoso. Por que eu estava tagarelando sobre o clima quando havia tantas coisas mais importantes a tratar?

– Neve? – Amaranthine perguntou. Ela foi até uma poltrona e se sentou, cruzando as pernas na altura dos joelhos. Ela segurava sua xícara entre as mãos, minúsculas ondulações refletindo a luz quando ela soprava a bebida quente.

– Ah, sim. Mais neve do que você pode imaginar se nunca esteve nas montanhas – falei, lembrando dos montes enormes de neve acumulados junto aos muros do castelo no inverno. Não demoraria muito para a primeira neve cair na minha terra natal, a tempestade se aproximando junto com aquele cheiro metálico estranho que sempre teve. Era o primeiro ano em que eu não estaria lá para correr para fora e deixar que os flocos de neve derretessem na minha língua para ter boa sorte.

– E então, o que você costumava fazer durante todos esses anos que passou trancada em casa por causa do inverno?

Relembrei os anos que vivera na minha casa, atrás de lembranças que pudessem ter algum significado para ela.

– Passava a maioria dos dias aprendendo alguma coisa. Tantas lições de etiqueta e tantas refeições envolvidas. E muitos livros também, mas esses não me incomodavam. – Amaranthine não precisava saber de todas as noites frias de inverno que eu passara tentando descobrir o que eu podia fazer com o fogo.

– Sem querer ofender, mas acho que eu teria achado tudo isso bem chato.

–Às vezes era. Mas meu contrato de casamento foi assinado quando eu tinha seis anos, então minha vida toda girou em torno de preparativos para ser a rainha de Mynaria. Só esqueceram do detalhe de aprender a andar a cavalo.

– Talvez seja a forma que o destino encontrou de nos unir. – Ela deu um sorriso de canto de boca.

– Duvido – falei. – Você certamente não fazia parte dos planos dos meus pais de me transformar na princesa perfeita. – Mas deveria ter sido. Nenhuma outra pessoa em Mynaria percebeu do que eu era capaz e me deu a chance de ajudar a Coroa.

– Bem, o destino e seus pais talvez tivessem ideias totalmente diferentes de como sua vida seria. Então tenha isso em mente também.

–Tanto o destino quanto os meus pais parecem ter as coisas muito bem planejadas para mim – falei. – Não é como se eu pudesse fugir e mudar de ideia sobre o que quero fazer. – E, sinceramente, tal coisa jamais passara pela minha cabeça. A certeza de um plano sempre fora algo confortável para mim. Mas agora, depois de ter atravessado dois reinos para chegar a Mynaria, o mundo me parece maior, e às vezes eu penso em como seria ter outra vida.

– Talvez seja melhor você não saber o que mais há lá fora e o que você poderia ter feito em outra vida. – ela falou sem sarcasmo. –Você acabaria com um monte de arrependimentos. Ou desejando que as coisas fossem diferentes.

– Mas é exatamente assim que me sinto – explodi. – Passei tanto tempo sendo preparada para isso que não faço ideia do que eu quero. E ninguém, exceto você, me deixa fazer algo útil. Mas aprender a montar, a fazer coisas novas e tão diferentes, faz com que eu me sinta mais viva do que venho me sentindo há tempos. Talvez desde sempre. – E sentar ali com ela também fazia com que eu me sentisse

FOGO & ESTRELAS

desse jeito, fato que me deixava ainda mais nervosa naquele momento. Perceber o quão importante se tornara conquistá-la me dava medo.

Amaranthine me avaliou com o olhar.

– E você gosta de montar?

– Gosto pelo que a equitação está me ensinando. E estou até achando os cavalos mais simpáticos, agora que eles já não parecem interessados em comer meus dedos. – Sorri.

Amaranthine riu.

– Acho que é mais porque você aprendeu a não dar seus dedos para eles comerem.

– Enfim... por que você não apareceu no interrogatório hoje? – perguntei.

– Ter todos aqueles idiotas no mesmo lugar era a chance perfeita de escapar, é claro – ela disse.

–Você foi além dos muros do castelo? – Eu não conseguia acreditar na audácia. Se eu não estava em segurança andando nas trilhas do lado de dentro dos muros, como ela esperava estar segura perambulando pelas ruas da cidade?

– Sim – ela respondeu. – Se você me contar sobre o interrogatório, conto a você o que eu vi.

Contei a ela que a arqueira assumira a culpa no caso de Casmiel, e falei sobre o marido dela que havia morrido.

– Mas não acho que ela seja responsável pela tentativa de assassinato do rei. Ela não sabia de nada sobre a arma nem sobre a magia usada naquele dia.

– Bem, não tenho tanta certeza de que os Dissidentes sejam realmente como nos contaram – ela falou. – Sim, eles se opõem à aliança, mas os ouvi falando sobre a arqueira. Aparentemente, ela era uma extremista, e agiu por conta própria quando atacou você. Ela e o marido receberam dinheiro de alguém chamado apenas de "o homem da sombra". Os demais parecem ter outros planos, e falaram um monte de baboseiras sobre magia que não entendi. Algo sobre construir um dispositivo canalizador porque a magia ambiente em Mynaria é muito volátil.

Quase derrubei minha xícara de chá. Não era de admirar que meu dom estivesse constantemente fora de controle. Aquela era a peça que faltava. Algo no reino de Mynaria estava alimentando a volatilidade do meu poder. E o mais importante: havia pessoas lá fora que entendiam de magia, pessoas que poderiam me ajudar a controlá-la. Talvez elas pudessem me dizer como me livrar da minha, ou como proteger a mim mesma. Se elas podiam canalizar a magia de um reino, certamente poderiam removê-la de uma pessoa. Se houvesse como sair do castelo, eu poderia perguntar a elas.

— Continuo procurando respostas com relação à faca — falei. Parecia tão pouco perto do que ela havia feito.

— E então, vai me mostrar como se toca esse instrumento bobo ou não? — Ela apontou para minha harpa, que estava devidamente posicionada no canto, o abeto entalhado cálido e convidativo à luz da noite. Sua presença representava o conforto da minha terra natal, as cordas tão familiares que eu não me lembrava de um dia não ter sabido tocar.

— Creio que eu possa mostrar — falei, sentindo uma descarga nervosa. Todas as músicas que eu sabia de cor pareciam triviais e rebuscadas demais para Amaranthine. Abri o baú aos pés da minha cama e vasculhei minhas partituras, até que encontrei uma peça incomum que fazia anos que eu não tocava.

— Acho que começaremos com esta — eu disse, e lhe entreguei a partitura para que eu pudesse guardar as outras. Nossos dedos roçaram uns nos outros, fazendo com que meus pensamentos se dispersassem feito um bando de pássaros. A magia formigava nas pontas dos meus dedos, e temi que ela sentisse o calor do meu dom quando a toquei.

Sentei junto à minha harpa, respirei fundo e comecei a tocar, logo me esquecendo da presença de Amaranthine. A peça começava com ritmos incomuns, acelerava deliberadamente e então explodia em complexidade crescente. Meus dedos subiam e desciam com as mudanças de tempos, transformando melodia e contraponto em notas que pairavam no ar feito estrelas. A música acabou com meu nervosismo, e me encheu de tranquilidade e propósito. Por fim a melodia partiu do modo como tinha chegado, encontrando seus caminhos intrincados para fora dos ritmos e então voltava e se transformava em uma nota simples e assombrosa que levava a um encerramento sombrio.

Deixei as notas finais preencherem o ar e ergui os olhos para Amaranthine. Ela olhou para mim com uma expressão suave que eu jamais vira nela. Meu rosto corou. A apreciação da minha música por ela gerou uma onda de prazer em meu corpo – uma onda que eu jamais sentira ao tocar para qualquer outra plateia.

– Acho que você não precisava da partitura – ela disse. – Seus olhos estavam fechados durante os últimos vinte compassos pelo menos. Foi formidável.

– Ah, não foi nada – falei, embora o elogio tivesse provocado uma descarga elétrica dentro de mim.

– Eu adoraria ouvir outra música. – Ela se inclinou para a frente.

– O que quer ouvir? – perguntei.

– Qualquer coisa – ela respondeu.

Repassei as opções mentalmente antes de escolher uma que ela certamente conhecia: "O Troféu do Soldado". Era uma canção mynariana originalmente cantada em bares, mas se tornara tão popular que agora até as crianças mais novas sabiam cantar o refrão. Sorri para Amaranthine e comecei a tocar. Ela riu ao reconhecer a melodia, e, enquanto eu executava a música simples, ela zunia junto. Eu esperava que ela cantasse, mas ela se limitou a cantarolar o refrão.

Passei para a música seguinte sem parar para pedir permissão. Ela nem cantarolou naquela, então eu pulei a ponte e fui para a próxima. Foi só quando eu toquei uma balada lenta e doce que ela finalmente cantou junto. No início, ela cantou tão baixinho que eu quase não conseguia ouvir, mas, conforme foi ganhando confiança, ela soltou sua voz de contralto que subia e descia com a melodia, suave e lúgubre como veludo de Havemont. Entoei um contraponto acima da voz dela, deixando-a carregar a melodia enquanto eu ampliava a dimensão da música. A canção tinha vários versos, e a cada um deles soávamos melhor. Ela me surpreendeu ao fazer uma harmonia grave quando voltei à melodia, encontrando as notas como uma musicista habilidosa.

— Fazia séculos que eu não cantava — ela disse quando terminamos, suas bochechas coradas.

— Não devia parar nunca — eu disse sem pensar.

Ela não respondeu, mas ficou encabulada e virou a cabeça para o lado. Aquela Amaranthine não era a garota irascível das minhas aulas de equitação nem a encrenqueira que estava sempre saindo do castelo. Ela era outra coisa, algo mais — uma pessoa capaz de se entregar à música comigo e nos deixar sem fôlego.

Comecei outra canção que combinaria com sua voz, e ela me acompanhou novamente. Tocamos e cantamos por muitas horas além de uma visita de cortesia, e finalmente paramos quando meus dedos começaram a doer e o que restava do chá já esfriara havia muito tempo. Tarde da noite, com os dedos cansados e a voz esgotada, eu me sentia como eu mesma pela primeira vez desde que chegara a Mynaria.

Quando chegou a hora de ela ir embora, eu a acompanhei até a porta, nós duas arrastando os pés como se quiséssemos que o tempo parasse.

— Queria que você não precisasse ir embora. — As palavras escaparam da minha boca e eu corei.

— Bem, não posso dormir no chão diante da sua lareira feito um cachorrinho — ela disse com um sorriso.

— Sei que não pode, mas me diverti tanto esta noite. Foram as melhores horas que passei aqui desde que cheguei.

— Não diga isso ao meu irmão. Ele é do tipo ciumento. — Os olhos dela brilharam sob a luz tênue do cômodo, suas íris cinzentas se transformando em lagos sombrios que ameaçavam me engolir completamente. – Também me diverti muito. Obrigada. – Ela estendeu a mão.

Algo brotou em mim, um desejo de que ela me tocasse. Meu mundo todo se reduziu a nós duas e à sua mão estendida, seguido por uma decepção repentina quando ela deixou a mão cair ao lado de seu corpo.

– Vejo você amanhã – ela disse por fim. – Boa noite, Denna. – O apelido me aqueceu feito um abraço.

– Boa noite, Mare – falei, mas ela já saía pela porta e se afastava pelo corredor. Estiquei o pescoço para enxergar além do vassalo que guardava minha porta, até que ela desapareceu na quina, e tornei a entrar em meus aposentos com um suspiro. A ausência dela deixava o cômodo mais frio.

Levei o livro sobre manufatura de espadas para a cama comigo e li à luz do lampião a querosene, sentindo o formigamento da magia que não me deixava dormir. Bem quando meus olhos pareciam pesados demais para permanecer abertos, encontrei algo interessante no capítulo sobre diferenças regionais quanto às técnicas de forja. O livro dizia que o aço forjado por artesãos do leste tinha um aspecto ondulado incomum, graças às dobras extras do aço. Se eu me lembrava bem, a adaga usada na tentativa de assassinato era brilhante e lustrosa.

Se aquilo fosse verdade, não havia como a lâmina ter sido forjada em Zumorda.

Selei Flicker pouco depois da aurora e acompanhei a Capitã Ryka e os vassalos novatos em uma sessão de treinamento de tiro com arco a cavalo. Aquilo me parecia mais necessário que nunca depois da emergência com Denna nas trilhas. Uma melodia doce ainda tocava em minha mente depois da noite que passara em sua companhia, o que me enchia de energia. Foi mais difícil que o normal fazer Flicker encontrar nosso ritmo familiar, o movimento de seu galope diminuindo a tensão em nossos corpos até conseguirmos cavalgar de forma equilibrada e firme, com suas bufadas se tornando tão regulares quanto um metrônomo. Quando formamos uma fila para atirar, ousadamente entrei logo atrás da capitã, um lugar que ninguém queria, já que era impossível superá-la. Seu gibão de couro se ajustava ao seu corpo feito uma luva de pelica para montaria, simples e marcado como aqueles usados por seus guardas. Atrás de mim, os novatos faziam apostas aos sussurros, longe dos ouvidos da Capitã Ryka.

— Um jarro de cerveja para o melhor atirador — um homem sugeriu.

— Uma rodada para os seus amigos também!

— Esqueça a cerveja. Quero ser o primeiro a atirar quando sairmos para capturar mais Dissidentes — disse outro. — Hereges nojentos.

AUDREY COULTHURST

– Um prêmio melhor ainda! – outro novato concordou.

Os novatos costumavam ser empolgados demais devido à inexperiência, mas me incomodava ver o quão irrestrito o ódio pelos Dissidentes havia se tornado. Aquilo se infiltrava em toda conversa feito veneno.

Ryka se movia como se fosse uma extensão de sua égua castanho-avermelhada ao incitar o cavalo a andar a meio-galope a partir da linha. Ela atirou e acertou com precisão e eficiência, suas flechas disparando velozes e firmes no pico exato da passada do cavalo. Não havia ego nem exibicionismo – apenas os movimentos bem treinados de alguém que passara anos fazendo aquilo.

Eu me concentrei e tentei imitar a tranquilidade inflexível de Ryka. Quando chegou minha vez de atirar, Flicker e eu nos movíamos como se fôssemos um só. Meus três tiros partiram com a elegância de uma equação matemática, cada uma das flechas acertando o centro do alvo. Os novatos ficaram boquiabertos com minha segunda rodada de flechadas no alvo junto com as da capitã e me perguntaram o que eu tinha comido no café da manhã e onde eles poderiam conseguir a mesma coisa.

Embora o tiro com arco tivesse mantido meu corpo e minha mente ocupados, eu me animei cuidando de Flicker mais tarde. Saber mais sobre os Dissidentes me dava um propósito, bem como saber que eu tinha Denna ao meu lado.

– Mare!

Ergui os olhos e vi Denna correndo na minha direção.

– Mare, descobri uma coisa – ela disse ofegante, suas bochechas coradas no mesmo tom de rosa do vestido que ela usava.

– O quê?

Ela se aproximou mais e sussurrou com um senso de urgência.

– A faca. Acho que descobri algo que pode nos ajudar com relação à faca. – Seus olhos verdes brilharam enquanto ela cumprimentava Flicker dando um tapinha em sua espádua.

★ 176 ★

—Verdade? – A esperança cresceu em mim.

Ela assentiu enfaticamente, passando a mão pelo pescoço escovado de Flicker.

—Vamos sair com Flicker. Podemos conversar lá fora – falei. O celeiro estava numa agitação só, e eu não queria que ninguém nos ouvisse. Depois de uma última escovada nos pelos de Flicker, eu o conduzi até o pasto e Denna nos seguiu. Com o vento em nossas costas, o perfume de rosas dela flutuava até mim, fazendo com que eu desejasse tê-la mais perto. Minha preocupação com ela desde a noite anterior estava começando a me assustar um pouco. Ter cantado com ela havia destravado algo entre nós, e agora não havia como voltar atrás.

Flicker entrou em seu cercado com a animação habitual. Eu me posicionei contra o vento para evitar o perfume de Denna e afastei meus pensamentos tolos enquanto pendurava o cabresto de Flicker na cerca.

– O que você descobriu? – perguntei.

—Acho que a faca é uma imitação – ela disse. – É forjada ao estilo de uma lâmina zumordana, mas com o metal errado. Lembro que o metal era muito lustroso, o que pode significar que o aço não foi forjado corretamente.

– Como diabos consegue afirmar isso? – eu a perscrutei.

– Achei uma seção desse livro que estou lendo sobre manufatura de espadas. Se a lâmina fosse zumordana, haveria um padrão granuloso no aço. Eu devia ter descoberto essa informação antes, mas o livro tem no mínimo umas oitocentas páginas e só cheguei até a metade.

—Você é incrível – falei. Ela descobrira o que precisávamos saber. Se a lâmina era uma imitação, poderia apontar para outro inimigo que não Zumorda. Então poderíamos descobrir onde havia sido forjada.

– Ah, não, nada disso. Você mesma teria descoberto se estivesse lendo aquele livro. – Ela deu um sorriso tímido, fazendo com que eu sentisse um calor que nada tinha a ver com o sol. Eu gostava quando ela sorria daquele jeito para mim, o que me deixava incomodada.

Eu não deveria me sentir tão fascinada por alguém prometida ao meu irmão.

Seus olhos brilhavam de empolgação.

—Talvez alguém na cidade saiba de mais alguma coisa. Naquela vez que você entrou pela minha janela, disse que tinha ido à cidade. Você tem algum contato que possa usar para descobrir onde se poderia conseguir uma réplica de arma? Tenho uma ideia, mas não é alguém que eu conheça bem o suficiente para considerar como uma fonte confiável.

— Contatos na cidade eu posso arranjar. Nils também. Mas como podemos checar a lâmina se a Capitã Ryka está com ela?

— Só precisamos roubá-la. — Ela se empertigou, assumindo um ar obstinado.

—Tirar algo da sala de comando da capitã é pedir para ser esfaqueado até a morte. Eu jamais faria isso sozinha — falei. Mas enquanto eu dizia aquelas palavras, um plano se formava em minha mente. Os vigias eram trocados regularmente, e eu poderia conseguir a escala com Nils, e não precisaria de muita prática para relembrar aos meus dedos como abrir uma fechadura com um grampo de cabelo dobrado...

— Ajudo você — Denna disse.

Meu processamento mental parou subitamente.

— Sem chance. Se você se machucar ou for pega se esgueirando por aí no meio da noite... Não quero nem pensar na repercussão que isso teria. — Embora eu estivesse acostumada a me meter em confusão, Denna não podia correr o risco de se envolver.

— Foi você que me envolveu nisso — ela disse pertinaz, a determinação brilhando em seus olhos. — Não pode pedir minha ajuda e depois esperar que eu me retire assim que as coisas se complicam. Além disso, eu poderia servir de distração. Não preciso fazer nada que possa resultar em facadas.

Eu não gostava do rumo que a conversa estava tomando.

– Façamos um trato – ela disse. – Vou ajudar você a recuperar a faca. Se nossas suspeitas estiverem certas, você contará ao rei o que descobrirmos e eu não vou me meter nisso. Em contrapartida, você me levará para fora do castelo quando sair em busca de mais informações.

–Você só pode estar brincando. – Se deixá-la me ajudar a recuperar a faca já era uma má ideia, levá-la à cidade, onde ela poderia ser ferida, sequestrada ou morta era mil vezes pior. Encher a cara e nadar pelada no lago do pasto dos cavalos em plena luz do dia tinha muito menos potencial para o desastre.

– De jeito nenhum.

– Por quê? Se um dia eu for rainha, deverei ver a cidade do ponto de vista de seu povo. Devo tentar entender o povo para que possa governar mais sabiamente.

Sua justificativa me parecia questionável. Mas que se danasse! Eu precisava descobrir quem tentara matar meu pai.

– Não é seguro. E se alguém a reconhecer?

– Como poderiam? – ela retrucou. – Não saio do castelo desde a morte de Casmiel. Não fizemos uma turnê pela cidade, nem mesmo tivemos uma apresentação formal por questões de segurança. Em hipótese alguma o rei me deixará sair daqui.

– O que torna ainda mais difícil tirar você do castelo.

– Inventaremos algum disfarce. Por favor? Faço o que você quiser – ela implorou.

–Vou pensar a respeito – falei.

– Não há tempo para pensar – ela disse. – Esta é a primeira pista que temos. Precisa ser seguida sem demora.

Ela tinha razão. Mas levá-la para a cidade disfarçada era uma péssima ideia. Mesmo assim, eu estava um pouco fascinada pelo desafio de tirá-la de dentro do castelo.

– Tudo bem. Podemos discutir os detalhes depois da sua aula de equitação desta tarde. Preciso voltar aos meus aposentos para uma prova de roupas. – Fiz uma careta.

– Oba! – Ela uniu as mãos e deu saltinhos de alegria com um sorriso radiante.

Nunca a alegria de alguém fora tão contagiante para mim. Como na noite anterior, eu queria estender a mão e tocá-la, para validar de algum modo a energia que surgira entre nós feito um relâmpago. Mas não ousei fazê-lo. Em vez disso, fiquei lá parada sorrindo para ela, me perguntando onde eu havia me metido.

DEZENOVE

Dennaleia

Depois da minha descoberta no livro sobre manufatura de espadas, achei que nada pudesse minar minha alegria. Mas enquanto Ellaeni e eu almoçávamos na pérgula da rainha onde o bazar de casamento tinha sido realizado, um trovão retumbou e a chuva começou a cair sobre as alamedas de pedras do jardim externo. O vento ficou mais frio, entrando em rajadas para dentro do cômodo enquanto relâmpagos cortavam o céu. Os criados correram para colocar as venezianas de madeira no lugar para separar a parte coberta da pérgula do jardim, e as gotas de chuva começaram a atingir as lâminas de madeira até entrarem no ritmo, uma sinfonia de gotas batendo e pingando.

— As tempestades de fim de verão são sempre as mais fortes — Ellaeni observou.

— Pior para minha aula de equitação — falei decepcionada, enfiando meu garfo em uma fatia grossa de tomate da minha salada. Desde a conversa que eu tivera com Mare sobre a faca naquela manhã, o próximo passo de nossos planos não me saía da cabeça.

— Está gostando de andar a cavalo? — Ellaeni perguntou com um sorriso. — Amaranthine parece ter uma personalidade forte.

— Pode-se dizer que sim. Mas ela é mais do que as pessoas enxergam. — Ela sabia cantar, por exemplo.

— Eu gostaria de conhecê-la melhor — Ellaeni disse. — Ela me faz lembrar de alguém da minha terra natal. Alguém de quem sinto muita saudade. — Ellaeni desviou o olhar para a janela embaçada pela chuva com uma expressão melancólica.

— Também sinto saudade de casa — falei. Embora Ellaeni e eu viéssemos de lugares diferentes, tínhamos aquilo em comum.

— Em Trindor eu tinha meu próprio navio — ela disse. — Uma tripulação sob meu comando.

— Verdade? — perguntei intrigada. Aquilo parecia inimaginável para alguém tão tímida quanto Ellaeni, que mal conseguia ler poesia sem gaguejar.

— Sim. Assim como saber cavalgar é importante aqui, dominar o oceano é um rito de passagem em Trindor. Vir para cá e ficar presa em terra firme... Fico feliz em ver a chuva. O deus da água não se esqueceu de mim, no fim das contas — ela disse, desenhando o símbolo do deus à sua frente. — Todos esses dias secos, estas roupas que limitam meus movimentos... Quase me fizeram esquecer quem eu sou. — Uma impetuosidade surgia nela conforme a chuva carregava para longe sua timidez, revelando brevemente a garota que conhecia a si mesma.

— Por que está aqui? — perguntei. — Não serviria melhor ao seu povo sendo capitã?

— Ainda pretendo fazer isso — ela disse. — Mas minha mãe é uma velha amiga de Hilara, e as duas decidiram que eu deveria passar pelo menos uma temporada no interior. — Ela espetou um pedaço de tomate com uma força desnecessária.

Tentei ao máximo manter uma expressão neutra, mas alguma contração involuntária dos meus lábios deve ter me traído.

— Vejo que Hilara também não lhe agrada — Ellaeni observou.

— Não é nenhum segredo que Havemont não era sua primeira opção para uma aliança — falei, incerta sobre o que Ellaeni sabia.

FOGO & ESTRELAS

– Não é nenhum segredo a obsessão dela pelos zumordanos e sua magia – Ellaeni disse. – Ela provavelmente acha que eles conhecem algum feitiço que lhe dará vida e beleza eternas. Talvez eles tenham.

– Seu povo usa alguma magia? – tentei perguntar casualmente, mas senti o formigamento do meu dom aumentar com a minha curiosidade.

Ellaeni balançou a cabeça.

– Não, mas algumas pessoas de Trindor têm uma ligação com o deus da água que lhes permite pressentir coisas como tempestades e marés vermelhas; o sentido do oceano. É um dom passivo. Algumas pessoas nem acreditam que seja real, mas aqueles que têm o dom do oceano parecem ter uma sorte incomum. Eles sobrevivem. Eu não tenho esse dom, mas um dos membros da minha tripulação tem. Já vi o suficiente para acreditar.

Eu me reclinei na cadeira. Em que momento ficara decidido que havia uma diferença entre ter Afinidade e ter uma ligação com um deus? Os deuses eram venerados em toda Mynaria, mas pessoas que tinham dons eram condenadas. Religião e magia deviam estar ligadas de alguma forma, mas, se isso fosse verdade, o abismo na percepção das duas coisas pelas pessoas não fazia sentido.

Ouvimos uma batida à porta da pérgula e um pajem adentrou o recinto.

– Mensagem da Princesa Amaranthine, Sua Alteza – ele disse. – Não haverá aula hoje por causa da chuva. Em vez disso, ela a convida para visitar seus aposentos assim que tiver um tempo.

– Obrigada – falei. – Por favor, diga que aceito o convite.

O pajem se curvou e partiu depressa com a minha mensagem.

– Ela deve gostar de você para lhe fazer esse tipo de convite – Ellaeni observou.

Um calor que decididamente não tinha nada a ver com magia subiu para as minhas bochechas. Pensar que Mare gostava de mim era ao mesmo tempo excitante e assustador – excitante porque parecia que eu havia conquistado uma das pessoas mais difíceis do castelo, e assustador porque eu estava perdendo o foco em minhas obrigações. Eu precisava me concentrar no sucesso da aliança e em Thandi.

Ellaeni apenas sorriu.

– Fique à vontade para cuidar de suas coisas – ela disse. – Sei que sua presença é esperada em certos lugares. Agradeço muito pelo convite para o almoço.

– O prazer foi meu – falei, e apertei sua mão em uma despedida.

Os aposentos de Mare ficavam a uma curta distância da pérgula, e não havia motivo para retornar ao meu quarto. Auna me importunaria para que eu arranjasse algum tipo de entretenimento para os nobres ou me encorajaria a responder à carta da minha mãe. Eu não estava com vontade de mentir para minha mãe naquele dia. Ergui minhas saias e corri para os aposentos de Mare, mas, ao dobrar a última quina, trombei com uma pessoa.

– Oh, desculpe! – Cambaleei para o lado e soltei as saias para recuperar o equilíbrio.

– Princesa Dennaleia – Thandilimon me cumprimentou. Um sorriso surgindo fácil em seu rosto.

– Sinto muito. – Corei de vergonha e me afastei da parede.

– Eu é que peço desculpa – ele disse. – Eu não estava olhando por onde andava. Você é exatamente quem eu queria encontrar. Achei que sua aula de equitação talvez fosse cancelada por causa da tempestade.

– Sim, foi – respondi. – O pedido de desculpa dele me deixou ainda mais embaraçada. Certamente não era culpa dele que eu praticamente o tivesse atropelado. Mordi o lábio e olhei por cima de seu ombro para onde ficava do quarto de Mare mais adiante no corredor, e dei alguns passos naquela direção, esperando que ele entendesse aquilo como um sinal de que eu ainda tinha um lugar em que precisava estar.

– Ótimo! Nesse caso, gostaria de me acompanhar em um passeio? Eu queria mostrar a você algumas partes do castelo que talvez você ainda não tenha conhecido por conta própria. – Ele me ofereceu seu braço.

FOGO & ESTRELAS

– Na verdade, eu estava indo me encontrar com Amaranthine – falei.

– Tenho certeza que você poderia aproveitar para tirar uma folga dela – Thandi disse.

Hesitei. Deveria ter sido fácil trocar meus planos com Mare por meu futuro marido. O príncipe vinha primeiro, assim como minha obrigação para com ele.

– Tudo bem. – Cedi, torcendo para que minha frustração não fosse visível em meu rosto. Segurei em seu braço e começamos a nos afastar, indo na direção de onde eu viera.

– Sinto muito por ter estado tão ausente nos últimos dias. O Conselho anda absurdamente ocupado interrogando os Dissidentes que capturamos. Meu pai quer que eu compareça a todas as sessões. – Ele olhou para mim enquanto caminhávamos, seus olhos azuis examinando meu rosto.

– Deve ser muito cansativo, milorde. Já descobriram alguma pista sobre o ataque com a faca? – Se eu tinha que passar um tempo com ele, bem que poderia obter alguma informação para levar a Mare.

– Não, nada ainda. Estamos tentando descobrir quem são os apoiadores zumordanos do responsável pelo ataque, mas Hilara está sempre atrasando o processo. Ela continua pressionando para que façamos algum tipo de pacto ou aliança com eles.

– Intrigante. Qualquer um acharia que todos se concentrariam em encontrar as pessoas responsáveis o quanto antes, independentemente de quem sejam – falei.

– Concordo. De todo modo, sinto muito por não termos mais passado tanto tempo juntos. Tem sido muito difícil com o castelo isolado, e ainda há todas essas suas aulas de equitação. – Sua expressão ansiosa fazia com que eu me sentisse ainda mais culpada por não me importar com a ausência dele.

– Sim, as aulas de equitação tomam um tempo considerável – falei.

– Espero que minha irmã esteja usando as poucas boas maneiras que tem.

★ 185 ★

— Podemos ser bem diferentes, mas não acho que ela seja uma má influência — eu disse. Foi a resposta mais diplomática que consegui arranjar.

— Claro que não. Tenho certeza que uma dama como você não se deixaria levar por nenhuma de suas ideias malucas.

Se ele soubesse por que eu estava com tanta pressa, ou que eu tinha toda intenção de deixar que ela me ajudasse a sair do castelo...

— Não acho que ela seja diferente de um jeito ruim — falei. — O que se espera dela é diferente do que é esperado de mim ou de você. Ela é o que é, em parte, por causa disso, enquanto somos o que somos por causa do que esperam de nós.

— Bondade sua pensar desse jeito — ele respondeu.

Nossa conversa foi interrompida quando ele soltou meu braço para que pudéssemos descer um atrás do outro numa escada estreita perto dos fundos da ala real. Desci com cuidado, quase certa de que rolaria até o último degrau em um monte de seda cinza e arruinaria ainda mais minha dignidade.

Ao chegarmos ao último degrau, paramos diante de uma porta. A madeira era grossa e pesada, marcada pelos anos. Thandilimon tirou um lampião de um gancho próximo e me conduziu porta adentro, sua mão pousada na curva da minha cintura. A luz do lampião iluminava nossos pés ao entrarmos em um corredor vazio, nossos passos ecoando no piso de pedras. As arandelas nas paredes eram em menor número e mais espaçadas do que lá em cima no castelo, com as áreas entre elas mal iluminadas e envoltas em sombras.

Thandilimon me surpreendeu ao pegar minha mão em vez de oferecer seu braço novamente. Meu coração bateu mais forte. Respirei fundo para tentar me acalmar.

— Este caminho leva ao arsenal — Thandilimon disse.

— Desculpe, milorde, mas há algo que queira me mostrar aqui embaixo? — Ficar a sós com ele no escuro me deixava nervosa, e quanto

FOGO & ESTRELAS

mais ficássemos perambulando, menos tempo eu teria para desfrutar da companhia de Mare.

— Para ser sincero, eu só queria ficar longe de todo mundo um pouco. Participar de tantas reuniões do Conselho para discutir sobre Zumorda e os Dissidentes é exaustivo. Duvido que haja alguém aqui embaixo, exceto os vassalos que patrulham a área de vez em quando. Sei que você provavelmente não tem interesse em armas, mas é aqui que guardamos os tesouros singulares que a Coroa acumulou ao longo dos anos. Talvez você também esteja curiosa com relação às passagens.

— Passagens? — eu disse.

— Sim. Há passagens subterrâneas que levam a diferentes partes do castelo, e também para a área externa, como o celeiro. Elas são nossas rotas de fuga em caso de sítio. Esta é a entrada do arsenal. — Thandilimon apontou para uma porta pesada à esquerda. — Se seguir por esta passagem, chegará ao salão principal. A biblioteca fica à esquerda, na metade do caminho.

— Há uma entrada nos fundos da biblioteca? — Eu me animei. Teria sido útil saber disso quando eu estava fazendo minha pesquisa sobre Zumorda.

— Sim. E se tomar o caminho do sul quando chegar ao último degrau daquela escada que descemos, encontrará um túnel que leva ao celeiro. Dá na sala em que guardamos a comida dos animais. Mas não recomendo que tome esse caminho. Não é iluminado e, se você tomar o caminho do lado por engano, acabará nos fundos da masmorra.

— Não imagino por que eu precisaria seguir por qualquer um deles — falei, já imaginando se haveria algum que poderia ajudar a mim e a Mare a chegarmos à cidade.

— Mare e eu costumávamos usar o túnel que dá no celeiro quando tentávamos escapar de nossas aulas de história. Não sei se algum dia descobriram como fazíamos para chegar ao celeiro. — Ele sorriu ao recordar o que devia ter sido uma boa lembrança.

★ 187 ★

Algo em seu sorriso me lembrou Mare, e a semelhança me fez sorrir também. Ele soltou minha mão e passou um braço em volta do meu corpo, roçando as pontas dos dedos suavemente no meu ombro. Eu sentia a pulsação nos meus ouvidos tão forte que certamente ele devia tê-la escutado também. Paramos diante de uma porta fechada, e ele pousou o lampião no chão. Mas em vez de abrir a porta, ele segurou minhas mãos.

— Dennaleia. — Ele me olhou nos olhos, com aquele tom de sinceridade de volta à sua voz. — Sei que as coisas não têm saído como esperado, mas acha que poderia ser feliz aqui em Mynaria algum dia? Comigo?

Minha mente estava acelerada, tentando encontrar a resposta certa. A felicidade seria mais realista assim que a aliança fosse concretizada e a agitação no reino diminuísse. Mas me parecia importante que ele acreditasse em mim, e em *nós*. Do contrário, eu jamais seria para ele a conselheira confiável que Casmiel esperava que eu fosse.

— Claro que sim — falei.

— Fico feliz em saber disso — ele disse com uma voz afetuosa.

Então ele se inclinou e me beijou.

Esperei que as emoções brotassem como Alisendi me dissera ao relembrar seus encontros amorosos, mas a única coisa que senti foi medo de não saber o que fazer. A boca dele era mais molhada do que eu esperava, o lábio superior estava úmido de suor. Tentei retribuir o beijo. Ele se aproximou mais e tentou me beijar mais intensamente, mas eu o afastei e me soltei dele.

— Está tudo bem? — ele perguntou.

— Er… sim. — Eu não sabia o que mais eu poderia dizer. Admitir que a ideia de beijá-lo de novo me dava vontade de correr para os meus aposentos não era uma opção. Engoli em seco. Em breve nos casaríamos. Certamente melhoraria com o tempo.

— Não farei nada que você não quiser.

— Claro.

FOGO & ESTRELAS

Ele me beijou na mão e na bochecha. Não mexi um músculo, como se tivesse medo de espantá-lo, quando na verdade era eu quem queria fugir.

— Vamos voltar, então — ele disse, sorrindo para mim. — Posso lhe mostrar as outras passagens.

Assenti em silêncio e o segui, me desculpando mentalmente com Mare do fundo do meu coração. Eu teria que enviar um pajem com uma desculpa por não ter ido ao seu quarto como prometera. Eu esperava que ela me perdoasse.

VINTE

Mare

Muito tempo depois do horário em que Denna deveria ter me visitado, um pajem entregou um pedido vago de desculpa da parte dela. Fiquei chateada, mas o plano que eu elaborara exigia duas pessoas, e não era algo que Nils pudesse ser pego fazendo – eu precisava de ajuda. Enviei uma mensagem pedindo a Denna que me encontrasse antes da troca de turno da meia-noite. A pressão que eu sentira o dia todo no peito sumiu quando ela surgiu no corredor em frente à sala do Conselho feito uma sombra, mas não havia tempo de perscrutar meus sentimentos. Tínhamos que focar em pegar a adaga.

– Sinto muito por esta tarde – ela disse, pedindo desculpa de chofre. – Esbarrei em Thandi enquanto me dirigia ao seu quarto, e não consegui me livrar dele. Ele me levou para os túneis, e...

– Tudo bem. – Eu a cortei. – Que bom que está aqui agora. – Tentei não pensar no que meu irmão andara fazendo com ela nas catacumbas. Quando era mais novo, ele costumava levar garotas bonitas lá para baixo para tentar beijá-las, e pensar nele beijando Denna quando ela deveria estar conspirando comigo era irritante.

Expliquei meu plano para recuperar a faca, mostrando a Denna o grampo de cabelo que pretendia usar para abrir a fechadura da sala de comando de Ryka. Com os detalhes acertados, tomamos nosso rumo junto à parede de pedras rústicas do corredor, aproveitando as sombras compridas projetadas pelas poucas arandelas cujas chamas ainda ardiam no meio da noite.

— Está vendo o guarda? — Denna sussurrou.

— Shh. — Levei o dedo aos lábios para pedir silêncio, esperando que o guarda passasse pelo corredor onde estávamos escondidas.

Denna se desequilibrou um pouco ao se inclinar para espiar ao meu lado, e eu a agarrei bem a tempo de impedir que ela derrubasse a armadura atrás da qual nos escondíamos. Por que a Capitã Ryka insistia em manter aquelas latas velhas semienferrujadas em exibição era um mistério. Olhei feio para Denna, embora eu soubesse que ela não podia me ver no escuro. A garota obviamente não tivera muita experiência de se esgueirar na infância. Até mesmo chegar ali tinha sido como fazer um cavalo andar sobre ovos.

A malha de aço tilintou quando o vassalo passou por nós. Era hora. Todo o plano dependia de conseguirmos chegar à porta da sala de comando da capitã e entrarmos durante o breve período em que o guarda estivesse atrás da dobra do corredor. Saí de trás da armadura.

— Ei, você! — o vassalo gritou, virando-se com sua alabarda em posição de ataque.

Droga.

O vassalo deu uma risadinha assim que surgi sob a luz tênue – um dos sons menos amigáveis que eu já ouvira.

— O que faz aqui, *Sua Alteza*? — ele perguntou, baixando a arma. — Procurando carne fresca de vassalo? — Ele movimentou sua alabarda de forma sugestiva.

Percebi que havia dado de cara com Jox — o único vassalo arrogante e idiota o bastante para falar de forma condescendente com um membro da família real. Um dia eu ainda faria com que fosse dispensado para garantir que não voltasse a incomodar mais ninguém.

FOGO & ESTRELAS

— Sim, Jox. É claro. Por isso estou aqui. Porque não consigo parar de pensar em você. — Passei por ele, tentando atraí-lo para longe de Denna. Eu esperava que ela tivesse o bom senso de aproveitar a oportunidade e fugir. Poderíamos nos encontrar para pegar a faca outro dia.

— Talvez você seja mais esperta do que dizem — Jox falou, obviamente sem notar o meu sarcasmo. — Embora pareça um de nós com as calças que usa. Devia tentar usar saias às vezes. Facilitam o trabalho dos homens.

— Dica de vestimenta de um vassalo — falei. — Agora já ouvi de tudo na vida.

— Deixe que eu mostre a você o que é um homem de verdade — Jox disse. — Meu turno termina daqui a quinze minutos, mas posso encerrar um pouquinho antes. — Seu olhar de predador me fez desejar que eu tivesse uma arma melhor do que o grampo de cabelo dobrado escondido entre meus dedos.

Pelos deuses! Eu esperava que Denna tivesse escapado. Arrisquei um olhar de relance por cima do ombro de Jox e mal consegui segurar meu repertório inteiro de xingamentos. Atrás dele, Denna se esgueirava contra a parede, indo em direção à porta da sala de comando da capitã. Se ela fizesse o menor ruído, ele se viraria e a pegaria em flagrante. Então eu fiz a única coisa que me veio à cabeça: esbarrei na armadura enferrujada mais próxima e derrubei a coisa toda no chão. O metal produziu um som agudo contra o piso enquanto as partes da armadura se espalhavam.

— Ops. — Pisquei de forma sedutora. — Sinto *muito*, Jox.

Ele cuspiu um palavrão e começou a juntar as partes. Eu me inclinei para ajudá-lo, deixando as coisas escaparem das minhas mãos o máximo possível. Quando ele me enxotou, feliz em me ver partir, o corredor estava silencioso e vazio novamente. Passei pela porta da sala de comando intencionalmente, esperando descobrir que Denna tivesse ido embora.

A porta estava tão bem fechada quanto ao passarmos por ali da primeira vez, mas dava para ouvir o farfalhar de papéis do lado de dentro. Contra todas as probabilidades, ela conseguira entrar. O problema era que agora eu não fazia ideia de como ela encontraria a arma, e, o mais importante, como sairia dali. A única outra forma de escapar era a janela externa do segundo andar. E juro que se Denna conseguisse escalar uma parede – na chuva, para piorar – eu comeria a sela do meu cavalo. A decorada. Com filigrana dourada encrustada e tudo.

Trotei escada abaixo até a saída mais próxima, peguei uma lanterna que estava pendurada em um gancho perto da porta e saí para a chuva. Gotas grandes ensoparam minha camisa. Trovões retumbavam acima da minha cabeça e um raio cortou o céu enquanto eu espiava a janela escura da sala da capitã. É claro que não dava para ver nada.

Suspirei e segui com dificuldade pelo caminho que circundava mais de perto as paredes do castelo. Não mais que vinte passos depois da janela havia uma pequena construção de pedras encoberta por árvores altas e por trepadeiras emaranhadas. A porta se abriu com um rangido ao meu toque, e um cheiro de terra úmida e ar estagnado saiu de lá de dentro. O interior da construção não era muito melhor que seu exterior; não importava onde eu parasse, as gotas davam um jeito de atravessar o telhado e cair na minha cabeça.

Ergui a lanterna, inspecionando o que havia no barracão. A maioria das ferramentas estava empilhada desordenadamente nos cantos. Bem no fundo, o que eu precisava estava pendurado meio torto na parede: uma escada capenga que só não desmontava por causa dos pregos enferrujados. Teria que servir.

Peguei a escada e a levei até a janela, encostando-a na parede. Subir naquilo parecia a pior ideia que eu já tivera. Mas deixar Denna se virar sozinha na sala de comando da Capitã Ryka não era uma opção.

Botei meu pé no primeiro degrau da escada, que rangeu terrivelmente enquanto minhas mãos deslizavam na madeira molhada escorregadia. A cada passo que eu dava escada acima ia testando o

FOGO & ESTRELAS

degrau seguinte. A chuva açoitava minhas bochechas e fazia meus cabelos grudarem no meu pescoço em mechas gotejantes. Ao chegar ao último degrau, eu me agarrei ao peitoril, ficando na ponta dos dedos para espiar pela janela. Através do vidro embaçado, tudo que eu conseguia ver era um brilho muito fraco de luz, suficiente apenas para sugerir a silhueta de Denna.

Bati discretamente no vidro, com medo de bater mais forte e chamar a atenção de algum sentinela que estivesse no telhado. A última coisa que eu precisava era ser alvejada por um monte de flechas no topo de uma escada bamba. A luz da sala tremulou, mas nada mais aconteceu. Tentei novamente, desta vez tamborilando um fragmento da primeira música que Denna tocara para mim. Instantes depois, a janela se abriu com um rangido.

— Mare? — ela sussurrou.

— Não acredito que você entrou aqui de fininho! Se soubesse como estivemos perto de…

Ela me interrompeu e ergueu a faca; a lâmina brilhou quando um relâmpago cruzou o céu.

— Peguei.

— Pelos Seis! — falei, sentindo uma onda de alegria, apesar de estar molhada até os ossos. Ela me passou a faca, que eu guardei em meu cinto. — Venha! Vamos sair daqui.

— Espere… quer que eu saia pela janela? — ela perguntou.

— De que outra forma poderia sair? A troca de turno já foi e não haverá outra até o amanhecer. A Capitã Ryka já terá acordado até lá.

Denna balançou a cabeça.

— Não consigo.

— Não é tão alto assim. É da altura da sua janela. — Levei minha mão ao queixo dela e o ergui enquanto ela tentava olhar para o chão. — Não olhe para baixo.

— Mas…

— Você consegue. Vou descer alguns degraus. Tudo que você tem que fazer é passar suas pernas pela janela, e eu a ajudarei a alcançar o degrau antes de se soltar daí. É como desmontar de um cavalo.

— Não consigo. — Denna recuou da janela até que só sua mão restasse no peitoril.

— Precisa fazer isso. — Coloquei minha mão sobre a dela. — Por favor. Confie em mim.

Sua mão tremia sob a minha, e a apertei para acalmá-la.

— Não é tão difícil com uma escada.

— Não sei, Mare… não parece muito firme.

Eu também tinha minhas dúvidas com relação à escada, mas aquele não era o momento de admitir tal coisa.

— A escada não vai sair daqui — falei. — E assim que você tiver colocado seus pés no degrau, descerei até o fim para segurá-la para você.

— Não consigo. — Ela puxou a mão. — Terei que… Oh, não. — Ela arregalou os olhos. — Há alguém do outro lado da porta!

— Venha! Agora. — Terminei de abrir completamente a janela, a chuva caindo do lado de dentro da vidraça e escorrendo em filetes. — Segure minha mão. Confie em mim.

Ela tremia feito uma folha na tempestade ao passar uma perna por cima do peitoril. Estiquei a mão e agarrei sua panturrilha, esperando que isso lhe transmitisse um pouco de segurança.

— É como descer de um cavalo — falei. — Deite-se de barriga e desça para a escada. Devagar.

Ela respirou fundo. Até eu conseguia ouvir as vozes agora — vozes que nos descobririam se ela não se apressasse. Praguejei baixinho. Denna deitou-se de barriga, sua perna pendurada na janela.

— Isso mesmo. Como se estivesse desmontando. Vou guiar você. — Usei a voz mais suave e tranquilizadora que consegui, tentando evitar o tom de urgência. Mantendo minha mão em sua perna, desci um degrau com cuidado, para dar espaço a ela.

FOGO & ESTRELAS

— A porta está se abrindo! — ela sussurrou. A janela se escancarou quando ela se mexeu para se agarrar.

— Largue agora! — falei.

Ela passou a outra perna pela janela na direção da escada, seu peito ainda sobre a esquadria da janela. Ela era tão mais baixa que eu que seus dedões mal tocavam o primeiro degrau em segurança para se estabilizar. A luz encheu a sala e vazou fracamente para onde estávamos penduradas. Puxei Denna.

Denna deslizou para a escada, seus pés tocaram o degrau. Os músculos dos meus ombros se retesaram enquanto eu a apoiava, projetando meu peito para a frente para impedir que caíssemos da escada. A madeira instável vergou sob nossos pesos combinados, e a escada toda estalou. Apoiando minha cabeça em suas costas, pressionei nossos corpos contra a parede assim que as vozes começaram a chegar da janela.

— O que aconteceu com a porta? — uma voz perguntou.

— Não sei — Jox respondeu. — Não vi ninguém por aqui, exceto Sua Alteza Real Equina no outro corredor.

— Veja! A janela está aberta. Deve ter sido isso que você ouviu — o primeiro vassalo falou, sua voz muito perto.

Eu apertava tanto Denna que tinha certeza que meus braços ficariam dormentes. Chovia tanto sobre nós que logo sua camisa ficou tão encharcada quanto a minha, mas cada parte do corpo que encostávamos uma na outra parecia quente e pulsante, tensa por causa do medo de sermos pegas. Por fim, a janela se fechou com um estrondo, e uma expiração entrecortada veio dos meus pulmões. Esperei até ter certeza de que os vassalos tinham ido embora, e então aliviei a pressão das minhas mãos sobre o corpo de Denna.

— Vamos — falei. — Um degrau por vez. Devagar. Não olhe para baixo. Estou bem aqui.

Ela assentiu, estremecendo quando afastei meu corpo do dela e a chuva atingiu suas costas. Desci até o fim da escada primeiro, mais grata que nunca por sentir a terra molhada sob as solas das minhas

★ 197 ★

botas. Denna me seguiu, com movimentos lentos e calculados. Estendi minha mão quando ela chegou ao chão, e ela saiu da escada direto para os meus braços. Ela caiu sobre mim, e por um instante temi que ela fosse chorar. Mas quando me olhou, ela tinha um sorriso discreto no rosto.

— Conseguimos — ela disse. — Não acredito que conseguimos.

— Graças a você — falei. Ela era tão inteligente e corajosa, cheia de pequenos truques que haviam tornado tudo aquilo possível. Uma ternura inesperada cresceu dentro de mim, e meus dedos foram atraídos para uma mecha de cabelos molhados grudados em sua bochecha. Prendi a mecha atrás de sua orelha. Ela segurou minha mão e a pressionou contra sua bochecha.

— Eu sabia que você distrairia o guarda. E sabia que de algum modo me tiraria daquela sala — ela disse. — Porque confio em você.

Na imensa escuridão do jardim, eu mal conseguia distinguir seus traços, mas senti quando ela virou seu rosto para a palma da minha mão. Quando seus lábios macios tocaram meu pulso, meu sangue ferveu. Qualquer resquício de bom senso que eu tinha desapareceu quando cedi ao impulso e me inclinei para a frente. Ela prendeu a respiração quando meu foco passou a ser a curva de seus lábios.

Um trovão ribombou no céu e nos afastamos, subitamente envergonhadas.

— Precisamos entrar — falei para acabar com aquele momento embaraçoso, com medo do rumo que as coisas quase tinham tomado. — Quem me dera eu tivesse algo para enrolar a adaga.

— Tenho um lenço — Denna ofereceu, puxando um quadrado de seda encharcado de um de seus bolsos.

Ergui a sobrancelha.

— Está limpo.

— Certo. Vai servir por enquanto. — Peguei o lenço e enrolei a lâmina no tecido molhado antes de enfiá-la completamente dentro na minha bota. Levamos a escada de volta para o barracão, Denna carregando

FOGO & ESTRELAS

uma ponta enquanto eu carregava a outra pelos caminhos do jardim que estavam escorregadios devido à chuva, e a deixamos lá.

Denna grudou em mim feito carrapicho na cauda de um cavalo enquanto percorríamos os túneis debaixo do castelo, até que saímos em um armário de vassouras próximo aos meus aposentos. Passamos discretamente pelos guardas do corredor e entramos no meu quarto sem sermos notadas. Assim que a porta se fechou atrás de nós, expirei pelo que parecia ser a primeira vez naquela noite.

Os olhos de Denna encontraram os meus e ela deu um sorriso de canto de boca. E depois soltou uma risadinha. Começou sutilmente, mas então o riso cresceu e se tornou alto suficiente para acordar todo o castelo.

– Shhh! – falei, tentando controlar minha própria risada. Era inútil. Desabamos sobre o tapete diante da lareira e rimos até as lágrimas escorrerem por nossas faces e pingarem em nossas roupas molhadas.

– Você é maluca! – falei.

– Eu sei. Não acredito que nada daquilo deu certo! Algum deus das travessuras devia estar nos guardando. – Denna afastou as mechas de cabelo úmidas grudadas em seu pescoço, e sua pele de porcelana brilhou à luz do fogo.

– Torçamos para que esse pequeno deus continue com a gente, então. Temos mais uma aventura para planejar – falei. Puxei a faca de dentro da bota e a estendi para ela. – Consegue dizer se é uma imitação com base no que leu?

Ela pegou a lâmina da minha mão e a levou mais para perto do fogo.

– Este metal não é granulado – falou. – Se o que li for verdade, esta é definitivamente uma falsificação, mas precisamos de evidências melhores para confirmar isso. Podemos tentar encontrar um exemplo verdadeiro de arma zumordana na cidade. Ou quem sabe perguntar onde se pode conseguir uma falsificação de alto nível. – Ela me devolveu a lâmina, que eu depositei no chão.

★ 199 ★

—Viu só? Jamais terei que voltar à biblioteca novamente enquanto tiver você — provoquei.

— Mas deveria — ela respondeu com os olhos brilhando. — E então, quando vamos à cidade?

— O quanto antes. Amanhã à tarde?

— E a aula de equitação?

— Com o tanto que está chovendo, amanhã o solo estará lamacento demais. Talvez esteja lamacento na cidade também, mas obviamente você não se importa em se sujar... — Apontei para as roupas encharcadas dela, o que nos fez cair na risada de novo.

— Não me importo! Posso fazer isso.

— Tudo bem. Venha aos meus aposentos no horário em que geralmente vai para a aula de equitação. Se alguém perguntar, diga que ficaremos limpando os arreios ou algo assim. E só para garantir, é melhor você arranjar um álibi para o caso de não conseguirmos voltar a tempo para o jantar. Arranje uma desculpa para se livrar de qualquer outra obrigação.

— Minha amiga Ellaeni deve conseguir me dar cobertura. Mal posso esperar! — Ela se inclinou para a frente e me abraçou. — Obrigada por hoje — ela disse.

— De nada — respondi, retribuindo o abraço meio sem jeito. Nossas roupas estavam grudadas em nossos corpos e eu sentia o calor do corpo dela sob os tecidos. Trememos, então nos separamos e tivemos mais um momento embaraçoso.

—Vejo você amanhã — ela disse com a ansiedade brilhando em seus olhos. Denna acenou brevemente e desapareceu no corredor. Balancei a cabeça, torcendo para que a patrulha noturna não a pegasse, mas sabendo que ela provavelmente arranjaria uma boa desculpa se fosse pega.

Horas depois que ela saíra, depois de ter me secado, depois de ter vestido minha camisola e me enfiado debaixo das cobertas quentinhas da minha cama, eu ainda sentia a pressão fantasma dos braços dela em volta do meu corpo.

VINTE E UM

Dennaleia

Na manhã seguinte, a chuva deu lugar a um sol radiante e a uma brisa fria que fazia as árvores tremerem e balançarem. Logo seria outono. Encontrei Mare do lado de fora do celeiro, ansiosa por nossa aventura.

– Preparada? – ela perguntou. Usava roupas de montaria velhas demais para uma princesa, seus cabelos castanho-avermelhados presos em um coque que ela poderia facilmente enfiar dentro de um chapéu.

– Sim – falei. A empolgação corria nas minhas veias. Desde a noite anterior, eu não conseguia parar de pensar no momento em que havíamos terminado de descer a escada, imaginando o que aquilo queria dizer e quais seriam as intenções dela. Ela me olhara como se eu fosse tudo para ela, e me assustava o quanto eu desejava que aquilo acontecesse novamente. Thandi deveria ser o único em meus pensamentos, mas eu não conseguia tirar Mare da cabeça.

– Tem certeza de que não seremos pegas? – perguntei.

– Não. Mas nos saímos bem ontem à noite, não? – Mare deu um sorriso de canto de boca e entramos no celeiro, deixando o vento lá fora. Ela me conduziu até o depósito de grãos e fechou a porta. A sala cheirava a aveia em flocos e milho seco, melado e o aroma forte de fardos de alfafa prensados.

– E agora? – perguntei.

–Vou guardar a porta. Há uma muda de roupa para você no silo vazio mais distante do feno.

– Não posso usar meu traje de montaria?

– Seu traje de montaria custa mais do que algumas pessoas da cidade ganham em uma estação inteira, e há ladrões que adorariam despi-la para roubar suas roupas. A cidade não é mais tão segura quanto costumava ser. – Mare cruzou os braços. –Vá se trocar depressa. Não queremos ser pegas.

Fui até o silo e peguei umas peças de roupas amarrotadas feitas de tecido rústico. Torci o nariz.

– Eu não disse que seriam bonitas – Mare falou.

– Não me importo. – Joguei os ombros para trás. Se eu podia sair por uma janela do segundo andar na chuva, certamente usar roupas de camponês por algumas horas não me mataria.

– Ótimo. – Ela sorriu novamente para mim, uma boa recompensa.

Mare virou-se para a porta, apurando os ouvidos para escutar se alguém se aproximava. Despi minha jaqueta de montaria e estiquei a mão para desamarrar o espartilho. Meus dedos imediatamente emaranharam os cordões. Xinguei baixinho, embora sem a mesma desenvoltura que Mare.

– Algum problema? – Mare perguntou.

– Os cordões do espartilho deram um nó. Pode me ajudar? – Eu esperava que minha voz tivesse soado calma. A ideia de tê-la tocando em mim me enchia de ansiedade. Eu nem conseguira abraçá-la na noite anterior sem estremecer com uma emoção nada comum. Ela gesticulou para que eu virasse de costas para ela e começou a desatar com habilidade o nó que eu dera. Seus dedos roçaram suavemente em mim enquanto ela desemaranhava os cordões.

Finalmente o espartilho foi solto, permitindo que eu respirasse profundamente. Ergui os braços e ela o puxou pela minha cabeça, enrolando e guardando a peça dentro do silo onde minhas roupas já

FOGO & ESTRELAS

tinham sido colocadas. Qualquer frio que pudesse ter sido causado pelo vento que vinha de fora desaparecera.

– Mare... – Eu me virei para olhá-la nos olhos, sem saber ao certo se iria agradecê-la ou dizer alguma outra coisa.

– Vou deixar você fazer o resto sozinha – ela disse antes que eu conseguisse encontrar as palavras. – Preciso vigiar a porta. Ande logo. – Ela se virou e foi até a porta, mais uma vez voltada para a saída enquanto eu vestia a calça e fechava o cinto sobre a túnica.

– Pareço um cavalariço – falei.

– É exatamente essa a ideia. – Ela me deu uma piscadela e senti minhas bochechas ardendo.

Guardamos o restante de minhas roupas no silo e passamos apressadas pelas cercas-vivas e os canteiros de flores encharcados até a porta que dava para o jardim nos fundos do castelo, perto do muro que cercava a propriedade.

– Onde está a porta? – perguntei ofegante devido à corrida.

– Não tem porta. – Ela sorriu. – Temos que ir por cima.

– Está brincando – gemi, meus braços doendo só de pensar naquilo. – Ainda estou me recuperando daquela maldita escada!

– Receio que não seja brincadeira, milady. Levante o pé, sim? – Ela me ergueu até a árvore do mesmo modo que fazia para me ajudar a subir no cavalo, com as mãos unidas sob a sola do meu pé. Arranhei as palmas das minhas mãos na casca áspera da árvore, lançando uma chuva de folhas e pingos d'água sobre sua cabeça. Ela subiu em um tronco adjacente com tanta leveza que as folhas mal se mexeram.

– E agora?

– Por cima do muro. – Ela foi subindo pelos galhos até conseguir passar uma perna por cima do muro de pedras. – Venha.

Cerrei os dentes e comecei a subir. Não era uma distância grande, mas eu sentia como se cada galho estivesse mais longe do que eu conseguiria alcançar.

—Você vai acabar irritando todos os jardineiros do castelo se continuar chacoalhando os galhos desse jeito. – Mare riu e olhou para mim, seus olhos cinzentos brilhando.

– Não é todo dia – eu disse, ofegante, e agarrei outro galho – que uma princesa sai por aí escalando árvores.

—Talvez não você – ela observou, estendendo a mão para me ajudar a subir no muro. Eu me agarrei às pedras rústicas, feliz por sair da árvore.

– Como descemos daqui?

– Saltamos – ela disse. –Vou primeiro e ajudo você a descer. – E com isso ela deslizou muro abaixo, rolando ao atingir o solo. Ela se levantou sorrindo. – Sua vez.

– Isto é loucura – murmurei. Deitei de barriga para baixo, sentindo apenas o ar sob meus pés. Confiar nela era bem mais fácil agora.

– Dobre os joelhos para diminuir o impacto. – Sua voz flutuava às minhas costas. – Agora.

Hesitei apenas um segundo antes de fechar os olhos e me soltar. Rolamos sobre um monte na base do muro.

—Tudo bem? – Ela se levantou num salto e removeu folhas e lama de suas roupas.

– Sim – respondi ofegante ao me levantar.

—Vamos! – Mare gesticulou. Embora ela não tivesse oferecido, segurei sua mão enquanto trotávamos ao longo do muro rumo à cidade. Eu meio que esperava que ela se desvencilhasse, mas, em vez disso, ela entrelaçou seus dedos nos meus sem olhar para trás. Nossas mãos se encaixaram feito peças de um quebra-cabeça.

Os telhados das casas surgiam mais abaixo na montanha conforme nos aproximávamos da frente do castelo. Eles se projetavam contra o céu em vários tons de marrom, as bordas das telhas de barro ainda úmidas da chuva. Mare me conduziu para longe do muro do castelo e através de uma trilha estreita entre dois terrenos cercados. Os ruídos da cidade chegaram aos meus ouvidos bem antes de alcançarmos a

FOGO & ESTRELAS

rua. Cascos com ferraduras soavam nas pedras do calçamento e o ar era preenchido por gritos ocasionais.

— Preparada? — Mare parou e se virou para mim, largando minha mão.

— Sim. — Apesar do nervosismo, eu estava preparada.

— Siga-me. — Ela saiu caminhando pelo beco como se pertencesse àquele lugar. Eu a seguia de perto, feito uma sombra nervosa. Embora a rua estivesse relativamente vazia, eu temia que todos os olhos se voltassem para mim. Era diferente de ser observada como Princesa Dennaleia. Reconhecimento era algo a se temer, não a se esperar. Eu desejava pegar na mão de Mare novamente para me sentir segura e à vontade.

Perto do castelo, residências opulentas se erguiam vários andares acima da rua pavimentada. Cercas de ferro fundido decoradas nos separavam dos jardins bem-cuidados que guardavam. Esculpidos em metal brilhante, cavalos dançavam nos portões dos jardins, com suas crinas e caudas esvoaçantes como se o vento tivesse sido aprisionado no ferro com eles.

— Onde estamos indo? — sussurrei.

— Não precisa sussurrar. — Ela riu. — Nils vai nos encontrar na taverna Cão Surdo.

— Tenho a sensação de que as pessoas ficam olhando para mim — falei. Minha magia fervilhava com a tensão, então enterrei as unhas nas palmas das mãos para contê-la. Ter deixado a magia extravasar um pouco ao derreter a fechadura da porta de Ryka não conseguira enfraquecê-la.

— Acha isso porque você não está olhando para elas, boba. Olhe ao redor. As pessoas estão ocupadas, e pelos cantos dos olhos as únicas coisas que veem é o que esperam ver.

Como sempre, ela estava certa. Ninguém retribuiu meus olhares furtivos, e então relaxei. O tráfego na rua aumentava conforme nos afastávamos do castelo. As casas elegantes davam lugar a edifícios em

AUDREY COULTHURST

que moravam várias famílias, com varais estendidos entre as janelas e crianças correndo pela rua, tão perto das carroças que me deixavam sem ar. O cheiro de lixo vinha dos becos e se misturava ao de terra molhada e ao de centenas de corpos das pessoas à nossa volta. Mare me mantinha por perto, seus olhos varrendo a multidão constantemente, afastando-se de qualquer um que tivesse cara de desonesto ou uma aparência repulsiva.

— Pare de torcer o nariz. — Mare sorriu ao se virar e olhar para mim. Eu tentava não fazer careta, mas aparentemente não estava conseguindo. Ela deu uma risada franca e me puxou para o lado da rua para entrarmos em um dos diversos edifícios. Uma placa de madeira na entrada mostrava um cachorro adormecido ao lado de uma caneca de cerveja.

— Nunca estive em uma taverna — falei ao entrarmos. O ruído da cidade desvaneceu assim que a porta se fechou atrás de nós, um alívio bem-vindo do caos da rua. Mesas gastas exibiam marcas redondas de bebidas esquecidas havia tempo. Nils acenou para nós de uma mesa no canto e se levantou para nos cumprimentar assim que nos aproximamos. Ele envolveu Mare em um abraço e a tirou do chão enquanto eu permanecia parada e embaraçada atrás deles. Senti uma pequena pontada de ciúme ao ver a intimidade que ele tinha com ela.

— Nils, você deve se lembrar de... Lia — Mare fez um gesto na minha direção.

— Claro — Nils disse. — Prazer em vê-la, Lia. — Ele piscou para mim e segurou minha mão para impedir que eu fizesse uma mesura como de hábito. — Não há necessidade disso aqui — ele falou, inclinando-se para a frente para sussurrar no meu ouvido. Sorri. Era difícil sentir ciúme dele quando ele era tão gentil.

Nós nos acomodamos em volta da mesa. Felizmente, Mare pediu uma bebida para mim sem nem me perguntar. Eu nem teria sabido o que pedir — comida e bebida sempre eram servidas a mim como

FOGO & ESTRELAS

parte do ritual. A mulher que trouxe nossas cervejas era robusta e alegre, e sorriu ao colocar um copo cheio de espuma à minha frente.

– Beba! – Nils disse. Mare e Nils ergueram seus copos. Fiz o mesmo depressa, fazendo espuma transbordar pelas bordas do copo e sobre a minha mão.

– À liberdade – Mare disse.

– À liberdade – nós dissemos, o retinido de nossos copos reverberando através dos meus dedos. Segui o exemplo deles e tomei um gole grande da bebida, e a espuma entrou ardendo no meu nariz. O odor era doce, como damasco, mas deixou um gosto amargo na minha boca. Eu me encolhi, e Mare e Nils explodiram numa risada escandalosa.

– Você precisava ter visto sua cara! – Mare disse.

– Eu nunca havia tomado cerveja. – Virei a cara para escapar dos olhos sorridentes dela e fiz cara feia para minha bebida turva. Aquilo só os fez rir ainda mais, então tomei outro gole por despeito. Segurei a espuma na boca e deixei que ardesse um instante antes de engoli-la fazendo outra careta, gerando mais uma rodada de risos.

– E então, informações primeiro? – Nils perguntou assim que recuperamos a compostura.

– Sim – Mare respondeu.

Nils pôs uma moeda sobre a mesa, com a coroa virada para baixo, e o dinheiro logo desapareceu na mão de um atendente. Uma complicada dança de talheres e copos se seguiu. Não muito depois, um homem sem características marcantes se sentou à nossa mesa perto de Nils. Eu sabia que tudo aquilo era parte do plano, mas ainda assim o homem me deixava nervosa. Talvez as pessoas não me reconhecessem na rua, mas sem dúvida um espião poderia fazê-lo. Tomei mais um gole da minha bebida, esperando que aquilo acalmasse meus nervos.

– Que tipo de arma vocês procuram? – o informante perguntou.

– Lâminas – Mare disse. – De Zumorda. Ou customizada, se conseguir arranjar.

Ele pôs os dedos no canto da mesa, e Mare e Nils trocaram um olhar.

★ 207 ★

— A comida é boa — Nils disse.

— Para lâminas customizadas, tente Morland no Mercado da Praça dos Catafractários. Ele é o melhor do ramo. Até a capitã da Guarda de Mynaria usa os serviços dele. — O informante hesitou, como se relutasse em fornecer o restante dessa informação. — Vá à Aerie no Blitz para coisas relacionadas ao dragão. Vocês devem encontrar a entrada sinalizada por um azulão, e a senha é "etheria". Só vale uma vez e só por hoje. Não forcem a barra.

Assentimos para mostrar que entendíamos e o informante foi embora. Senhas e dragões e Blitz — o mercado clandestino de Mynaria. No que eu havia me metido? Virei o resto da minha cerveja para sufocar meus temores.

— Então quer dizer que a Capitã Ryka tem o hábito de comprar lâminas customizadas — comentei. — Obviamente ela não teve nada a ver com o que aconteceu com Casmiel… mas será que estaria envolvida na tentativa de assassinato do rei?

Mare considerou a ideia.

— Ela foi uma das que culparam rapidamente Zumorda pelos ataques naquela primeira reunião do Conselho.

Nils franziu o cenho.

— A Capitã Ryka tem servido ao nosso reino de forma confiável há anos. O que ela ganharia incriminando Zumorda e enfraquecendo a Coroa?

— Não sei, mas você tem que admitir que tem sido fácil burlar a segurança, mesmo com os guardas extras — falei.

Nils resfolegou.

— Isso porque metade daqueles idiotas mal conseguem segurar uma espada.

— E Hilara? — perguntei. — Ela parece… amistosa com os zumordanos. Será que poderiam estar conspirando?

Nils e Mare franziram a testa.

– Entendo por que ela poderia estar envolvida na morte de Cas, mas por que tentaria eliminar meu pai? Muito pelo contrário, isso desestabilizaria tanto o reino que ela não ganharia nada com isso – Mare falou.

Eu me remexi incomodada ao lembrar do meu bazar de casamento, quando Hilara aceitara aquela bolsa do comerciante zumordano. Devia haver algo mais nisso, mas o que Mare dissera fazia sentido.

Mare e Nils começaram uma discussão animada sobre quem seriam os culpados e qual seria a melhor forma de prosseguirmos. Puxei minha segunda cerveja mais para perto com as mãos grudentas e fui bebericando enquanto eles conversavam, notando que minha magia havia diminuído e se transformado em um formigamento constante nos meus ossos. Nossa comida chegou, peguei um rolinho e o mordi, a massa quebradiça se esfarelando e deixando escapar o recheio apimentado que escorreu quente pelo meu queixo.

– Bem, alguém certamente adora comida de camponês – Mare disse.

Sua beleza me atingiu subitamente com a força de uma avalanche de primavera nas montanhas. Seus olhos cinzentos travessos. Sua voz provocante. As sardas que estavam se tornando tão familiares para mim quanto as estrelas no céu noturno.

– Obrigada – falei, me sentindo meio zonza. – Você tem feito tanto por mim. Me trouxe aqui. E me dá aulas. Fico tão feliz de sermos amigas.

Ela tocou meu braço com delicadeza, e meus pelos se eriçaram dali até o meu pescoço. Uma sensação nova e estranha tomou conta de mim, quente e sombria. De repente, entendi o que Alisendi dissera sobre a emoção do flerte.

Eu queria Mare.

Eu estava prometida ao seu irmão.

Eu estava numa grande enrascada.

VINTE E DOIS

Mare

Denna parecia um pouco alta por causa da cerveja, andando meio vacilante e alegre entre mim e Nils ao caminharmos pela cidade rumo à Praça dos Catafractários. Os edifícios à nossa volta se tornaram menores e mais simples, os telhados de sapé em vez de telhas ou ardósia. O símbolo dos Dissidentes decorava muito mais prédios do que da última vez em que eu estivera na cidade, geralmente com a barra preta dos fanáticos fundamentalistas cortando o símbolo.

Ao nos aproximarmos do centro da cidade, começamos a ver mais e mais lâminas presas a cintos, e tivemos que desviar de diversas brigas. Nils e eu trocávamos olhares preocupados por cima da cabeça de Denna. Os Dissidentes e os fundamentalistas deviam ser os responsáveis. Eu jamais vira a cidade tão violenta. Eu esperava que o artesão que fabricava as lâminas na Praça dos Catafractários tivesse respostas para nós, pois voltar à segurança do castelo começava a parecer uma boa ideia. E o Blitz não era um lugar onde eu quisesse levar Denna.

Corpos pressionados uns contra os outros nos cercavam enquanto o tráfego vinha de todas as direções, tornando-se cada vez mais pesado enquanto descíamos uma colina. O mercado surgiu à nossa frente, com vendedores posicionados nas bordas da praça e uma grande fonte no centro.

Os vendedores de armas eram fáceis de identificar do outro lado da praça, com uma gama de lâminas brilhantes penduradas no alto, acima de suas barracas, para pegar sol fora do alcance dos ladrões. Havia um espaço vago no meio de uma fileira, como um dente faltando. Quando nos aproximamos, meus maiores temores se confirmaram.

— Ele se foi — Nils disse.

Nós três trocamos olhares.

— Ei, você! — Eu me aproximei de um dos vendedores mais próximos do espaço vazio.

Ele ergueu os olhos da lâmina que estava afiando e pôs de lado sua pedra de amolar.

— Onde está Morland? — perguntei. — Viemos buscar uma encomenda.

— Deixou a cidade há dois dias — o vendedor respondeu.

— Mas o mercado aberto ainda dura mais dois meses — falei confusa. Nenhum vendedor perderia o festival da colheita, muito menos o casamento de Denna. O fluxo de pessoas chegando à cidade poderia representar as melhores vendas do ano para eles.

Ele deu de ombros.

— Menos concorrência para nós.

— Obrigada — falei, e nos afastamos, nos esquivando para evitar um homem em uma plataforma capenga que gritava coisas a respeito de redenção e dos Seis e de expurgo dos Dissidentes da cidade.

— Temos que chegar ao Blitz antes que escureça. É a nossa única pista — Nils falou.

Os olhos de Denna vagavam pela multidão. Eu gostaria que houvesse um jeito de transportá-la magicamente para o castelo.

— Precisamos mantê-la segura — falei.

— Tenho minha espada — Nils disse. — Ninguém mexerá conosco.

— Estou bem — Denna acrescentou. — Temos que fazer o que precisa ser feito.

FOGO & ESTRELAS

– Certo – concordei relutante.

Deixamos o grupo mais volumoso de pessoas para trás e rumamos para o bairro seguinte. A condição das ruas piorava depressa ao norte da Praça dos Catafractários. Muros e edifícios apareciam marcados com círculos brancos com mais frequência, e menos deles eram cortados por uma barra preta. Aparentemente, o apoio aos usuários de magia era maior na parte mais pobre da cidade. Desabrigados se deitavam perto dos prédios, com chapéus cobrindo seus rostos enquanto tiravam um cochilo sob o sol da tarde. O cheiro de sujeira impregnava o ar, e a brisa que soprava em nossas costas não conseguia atenuá-lo.

– Você! – Um homem surgiu de trás de um edifício, apontando um dedo nodoso para Denna.

Ela ganiu e recuou para trás de mim. Passei meu braço por sua cintura para estabilizá-la. Nils levou a mão ao cabo de sua espada.

– Você é um deles – ele disse com o dedo trêmulo. – Tocada pelos Seis! Os Seis. Os Seis, os Seis, os Seis – ele murmurou para si mesmo, passando a outra mão por sua barba manchada e desalinhada.

Era só o que faltava: um doido chamando a atenção de metade da cidade para Denna com suas baboseiras pseudorreligiosas. Denna se escondeu atrás de mim e de Nils, agarrando meu braço, o medo estampado em seu rosto. Eu também fiquei tensa, pronta para correr.

– Afaste-se – Nils disse, sua voz grave e ameaçadora.

Nós desviamos do homem.

– Fagulhas! – o homem gritou, perdigotos voando de sua boca. – O coração dela. O coração dela! Pelos Seis... ela tem um coração cheio de fagulhas.

– Corra – gritei.

– Fagulhas! – ele gritou enquanto corríamos para longe.

Entramos em um beco sujo, desviando de lixo acumulado e dejetos de animais. No fim do beco, havia uma porta não sinalizada. Eu a abri e entramos, mantendo Denna atrás de mim. A escuridão nos engoliu, e demorou um minuto para meus olhos se adaptarem à falta de luz.

★ 213 ★

Um armazém cavernoso e sem janelas surgiu à nossa frente, repleto de barracas instáveis mal iluminadas feitas de sucata. Os corredores entre elas eram escuros, e os fregueses do Blitz se moviam por eles feitos sombras.

— Será que ele vai vir atrás de nós? — Denna perguntou com o rosto tomado de preocupação. Sob aquela meia-luz estranha do Blitz, ela parecia sobrenatural, como se fosse verdade que fagulhas de algo brilhante e miraculoso dançassem debaixo de sua pele. Eu precisava protegê-la.

— Era um velho maluco — Nils disse. — Não se preocupe com ele. Vamos fazer o que viemos fazer.

Assenti, mas Denna ainda parecia à beira de um ataque de nervos.

Nós três permanecemos juntos ao cruzarmos os corredores do Blitz, parando apenas para perguntar a um dos vendedores do mercado como chegar a Aerie. Insetos passavam por nossos pés enquanto íamos em direção ao canto mais escuro do armazém. Como o espião dissera, uma lanterna peculiar no formato de azulão estava pendurada na entrada, com teias de aranha saindo de sua barriga de vidro arredondada. Entramos na loja atravessando tecidos pesados, que abafaram os sons do Blitz ao se fecharem atrás de nós. Dentro da Aerie, a luz tênue nos permitia ver uma série de mercadorias que iam de pergaminhos a ervas, pós e pequenos recipientes de cerâmica.

Atrás do balcão estava a figura familiar do comerciante barbudo da barraca de tecidos do bazar de casamento de Denna.

Denna arquejou.

— Mestre Karov, ao seu dispor — disse o homem com sotaque carregado. — Posso ajudá-los?

— Estamos buscando algo específico — falei, sem saber ao certo como prosseguir.

— E qual é a palavra para o que vocês buscam? — ele perguntou.

— Etheria — respondi.

Karov sorriu, exibindo dentes com pontas prateadas.

– Que interessante. É rara a noite em que tenho o prazer de receber homens e mulheres tão jovens.

Minha expressão deve ter revelado a surpresa que senti diante daquela facilidade de enxergar sob nossos disfarces.

– Não se preocupem. Nós, zumordanos, não nos importamos com o sexo das pessoas. Apenas com o poder. – Ele fitou Denna, que olhou desconfiada para ele. – É mesmo muito interessante.

Ele tateou sob o balcão e soltou uma trava, fazendo com que todo o balcão virasse para baixo e revelasse um novo grupo de mercadorias.

Os olhos de Denna imediatamente se voltaram para uma minúscula adaga feminina, a lâmina em formato de folha brilhante contra o veludo vermelho-escuro que revestia a caixa que a continha.

– Veem algo que lhes agrada? – Karov perguntou.

– Aquela é uma lâmina zumordana? – Denna perguntou, dando um passo à frente.

– Sim – ele respondeu, tirando a adaga do estojo e a segurando para que a víssemos. Sua superfície exibia ondas sob a luz fraca, como se um padrão tivesse sido queimado no aço.

– Veja o aço – ela disse maravilhada. – Esta lâmina é verdadeira.

Puxei a adaga da minha bota e a mostrei a Karov.

– Uma lâmina zumordana se pareceria com esta?

– Não – ele falou com desdém, colocando a adaga feminina de volta em seu estojo e pegando a arma do assassino das minhas mãos. – É uma forja cara, sem dúvida, mas não é aço zumordano. – Ele colocou a outra mão no cabo e gesticulou. – O cabo também é falso.

– Como sabe? – perguntei.

Ele pegou novamente a adaga feminina e fez o mesmo movimento. Um dragão iridescente bruxuleou na superfície do cabo por um segundo e então desapareceu.

Eu me afastei. A pesquisa de Denna não revelara que as armas zumordanas continham magia. Ela se inclinou mais sobre a lâmina, fascinada.

— Esta lâmina é mágica? — perguntei a Karov, apontando para a adaga do assassino.

— Não — ele respondeu. — Não há vida nessa lâmina.

— Como sabe? — Denna perguntou.

— Posso sentir, é claro — ele respondeu. — Todos que têm uma Afinidade conseguem sentir a vida em uma arma zumordana. Toque nela.

Denna esticou a mão hesitante, até seus dedos roçarem o cabo da adaga feminina. Ela puxou a mão como se a arma a tivesse queimado.

— Você se machucou? — perguntei a Denna.

— Não, não. Estou bem — ela disse, embora parecesse incomodada. Eu me perguntava se ela teria sentido algo ao tocar a arma, e o que significaria se tivesse sentido. Será que Karov e aquele maluco na rua tinham visto nela algo que eu não via?

— Quanto pela lâmina? — perguntei.

— Seiscentos.

Balancei a cabeça. Era caro demais. Mesmo se eu voltasse depois com o dinheiro, gastar aquela quantia no Blitz me parecia um jeito infalível de estragar meu disfarce ou de acabar com uma faca enfiada nas costas.

— O que sabe sobre os Dissidentes? — Denna perguntou.

Lancei um olhar severo a ela.

— Encrenqueiros — Karov disse. — Barulhentos demais para o meu gosto. Já fizeram uma bagunça que não conseguem arrumar.

Ele devia estar falando da morte de Cas, mas nada em Karov me fazia querer confiar nele. Precisávamos ir embora antes que nossas perguntas nos entregassem.

— Obrigada pelas informações — falei, e entreguei a ele um punhado de moedas. — Pelo incômodo.

—Voltem para me visitar — ele disse, cumprimentando cada um de nós com um aceno de cabeça até seus olhos pararem em Denna. — Há outras coisas que eu poderia mostrar a você.

Denna olhou para ele cautelosa, mas não perdeu o controle, e havia um desejo nos olhos de Karov que me fez tremer.

— Caso precise falar comigo novamente, deixe isto cair no chão e fale meu nome — Karov disse, tirando uma pluma de um azul vívido do bolso interno de seu casaco e entregando-a a Denna.

— Vamos. Agora — Denna disse, já passando pelas cortinas.

Eu a segui, surpresa com sua rudeza, tão diferente de seus modos geralmente irrepreensíveis.

Nós três saímos depressa da loja de Karov, mas eu sentia como se os olhos dele ainda estivessem nas minhas costas quando voltamos para a luz do sol. Caminhamos rápido pela área decadente até que as ruas se encheram novamente de gente comum que cuidava de sua rotina, mas minha inquietação não passou.

VINTE E TRÊS

Nossas especulações a caminho do castelo não resultaram em nada. Mare tentou montar um caso em que a Capitã Ryka ou a Conselheira Hilara seriam as principais suspeitas; Ryka porque odiava usuários de magia e queria incriminá-los, e Hilara porque eu contei que a vira conversando com Karov no meu bazar de casamento. Nils se recusou a ouvir qualquer sugestão que manchasse o nome da capitã, e toda vez que eu observava que Hilara apoiava Zumorda e que não fazia sentido que ela tentasse incriminar um reino que apoiava, a discussão voltava mais uma vez ao início.

A certa altura, parei de tentar contribuir com a conversa e fiquei pensando em como a adaga zumordana parecera suave e viva na minha mão, mais como uma extensão de mim mesma do que como uma arma. Minha magia crescera em contato com ela, e o poder ainda fervilhava incomodamente sob minha pele.

Quando chegamos ao castelo, nós três estávamos irritados, e Mare ficara muda e pensativa depois que Nils nos deixou para assumir seu turno. Então não foi nenhuma surpresa que Mare e eu tenhamos discutido sobre a melhor forma de passar para o lado de dentro do muro. Ficamos paradas junto ao muro no ponto em que havíamos pulado anteriormente, com o sol agora se ponto atrás das montanhas. O muro exibia um débil tom alaranjado à luz do fim de tarde, e os cabelos de Mare brilhavam feito chamas nas partes que escapavam de debaixo de seu chapéu.

— Eu posso entrar pelo portão; você, não. Não podemos correr o risco de alguém reconhecê-la — Mare disse.

— Não vou mais subir em árvores. — Eu já estava cansada, e a ideia de ter que escalar o muro mais uma vez não era nem um pouco atraente.

— Então arranje uma forma melhor! — Ela ergueu as mãos, irritada.

— É você quem conhece o lugar. Achei que tivesse um plano! — O pânico nasceu em mim. Ellaeni só poderia fingir que eu estava em seus aposentos em um jantar particular por algum tempo. Se não conseguíssemos voltar para dentro, e se nossos disfarces fossem descobertos, seria um desastre. Minha magia cresceu e começou a sair fumaça de uma parte da grama seca perto de nós. Cerrei os punhos e orei mentalmente para o deus da terra pedindo paciência e calma.

— Eu tinha um plano… um para tirá-la do castelo.

— Não acha que voltar para dentro seja uma parte crucial do plano? — Minha paciência estava muito curta. Parte de mim sabia que era besteira ficar tão agitada, mas eu não conseguia conter minha frustração… nem a magia que implorava para sair desde que eu tocara a lâmina de Karov.

— Deixe-me ajudá-la a subir no muro — Mare disse.

— Pela última vez, não! — Eu me afastei do muro com uma mão, pretendendo ir em direção aos portões. Mas antes que minha mão desencostasse das pedras, a magia fluiu para as pontas dos meus dedos. As pedras pareceram ganhar vida ao meu toque, ficando quentes conforme a argamassa que as unia começava a esfarelar. Um pedaço caiu com um estrondo, restando apenas uma pilha de cascalhos em brasas. Toda a raiva que eu sentira segundos atrás havia desaparecido ao passar de mim para as pedras.

— O que diabos foi isso? Você está bem? — Mare perguntou preocupada.

Olhei para os cascalhos, assustada demais para responder. Se Mare descobrisse meu dom e contasse a Thandi ou ao rei, minha vida desmoronaria feito o muro. Ainda mais perturbador era o fato de que eu não tinha ideia de como fizera as pedras cederem. O incidente na biblioteca me parecera um golpe de sorte — achei que talvez fosse meu dom do fogo que deixara minhas digitais impressas na parede. Meu poder nunca fora da terra. Havia algo muito mais errado em mim do que a magia ambiente instável em Mynaria poderia explicar.

— Aquele cara esquisito do Blitz pôs um feitiço em você? — Ela tocou meu ombro.

— Talvez tenha sido a adaga — falei, me agarrando à desculpa. — Era zumordana.

— Devia estar encantada, como a flecha que matou Cas. Não confio em Karov, principalmente depois de saber que ele tem uma ligação com Hilara. De algum modo, isso deve ter sido culpa dele. Venha e me ajude a consertar isso. — Ela passou engatinhando pelo cascalho e gesticulou para que eu a seguisse, seu semblante demonstrando cansaço e preocupação.

Passamos para o lado de dentro e empilhamos as pedras da melhor maneira que conseguimos para tampar o buraco, as rochas ainda quentes devido à magia das minhas mãos. Eu respirava devagar, tentando me acalmar e ignorar os olhares de esguelha de Mare. Entre o assassino, o desabrigado que gritou para nós na rua, a adaga de Karov e a queda do muro, não demoraria muito para ela descobrir que eu era o denominador comum.

Quando terminamos de remendar o muro, a sujeira em nossas roupas tornava o disfarce mais perfeito do que quando saímos no começo daquela tarde. Mare nem se deu ao trabalho de limpar a terra de sua calça depois que nos levantamos. Ela gesticulou para que eu caminhasse ao seu lado enquanto rumávamos para o celeiro.

Grilos cricrilavam na grama, fazendo uma serenata para o pôr do sol.

— Desculpe por ter discutido com você sobre como voltaríamos para dentro — falei.

—Tudo bem. Eu devia ter pensado melhor nessa parte — Mare cedeu.

— Bem, mesmo assim eu não devia ter sido tão beligerante com relação a isso. — Um bocejo pontuou minhas palavras ao entrarmos no depósito de grãos.

—Tudo bem.Vá se trocar. — Mare vigiou a porta enquanto eu despia minhas roupas de camponesa. Por mais relutante que eu estivera em vesti-las, meu traje de equitação agora parecia terrivelmente rígido em comparação com elas, mesmo sem o espartilho.

— Não tem outra roupa para vestir? — perguntei a ela.

— Ah, as pessoas estão acostumadas a me ver vestida assim ou pior. Não é nada de mais.

— Isso é tão injusto. — Lancei a ela um olhar triste. Por mais cética que eu fora com relação a usar roupas de camponês, tinha que admitir que elas me deram uma sensação de liberdade. Não precisei fazer meu papel de princesa, e agora entendia por que Mare valorizava sua liberdade e o anonimato na cidade.

— Você ainda parece meio descomposta. É melhor irmos pelas sombras. — Ela sorriu. —Vou acompanhá-la.

Retribuí o sorriso. Percebi subitamente que era a primeira vez que ela me acompanhava em meu retorno do celeiro. Pela primeira vez ela não havia desaparecido dentro da baia dos cavalos nem se afastado como se tivesse algo para fazer em outro lugar. Caminhamos juntas, lado a lado, de forma amistosa e sem precisar conversar.

O crepúsculo dominava o céu quando nos aproximamos do castelo. Os pássaros se retiravam para seus ninhos enquanto atravessávamos os jardins, com o cascalho fazendo barulho sob nossos pés. O perfume inebriante das flores de fim de verão nos cumprimentava a cada arco, cada ala do jardim um universo em miniatura de deleite sensorial. Fechei os olhos e inspirei profundamente. Mynaria tinha seu charme.

FOGO & ESTRELAS

– Ei. – Meus olhos se abriram quando trombei com Mare, que havia parado.

– Olhe ali – ela disse. Um brilho pairava entre as árvores, treme-luzindo no escuro.

– O que foi aquilo? – perguntei curiosa.

– Shhh – ela disse. – Continue observando.

– Não vejo nada.

– Espere. Lá está! – Ela pôs a mão no meu ombro e apontou para algo do outro lado do jardim, onde outra luz minúscula pairava. E depois surgiu mais uma, e logo mais e mais delas se moviam entre as árvores, deixando suaves rastros amarelos na escuridão.

– O que são? – sussurrei maravilhada.

– Pirilampos – Mare respondeu. – Temos sorte de vê-los a essa altura do verão.

Ela segurou minha mão sem dizer mais nada. Eu apertei sua mão com ternura e me aproximei mais dela. Ficamos ali paradas enquanto a noite se estendia sobre os jardins, fazendo com que os pirilampos brilhassem ainda mais sob a luz tênue.

Quando Mare finalmente soltou minha mão e tomou o rumo de casa, fui atrás dela, deixando que me guiasse. Eu poderia ter ficado para sempre naquele jardim, com ela e com os pirilampos, sem magia, cheia de esperança, desejando apenas dividir aquele espaço com ela. Será que o jardim parecia tão mágico e surreal para ela?

– Eu me diverti hoje – falei enfim quando paramos na escadaria que levava aos meus aposentos. – Mais que isso. Foi o melhor dia que tive desde que cheguei aqui.

– Cuidado… meus modos encrenqueiros estão corrompendo você – ela disse.

– Estou falando sério. Foi tudo incrível. A taverna, o mercado, os pirilampos… – Eu gostaria de ter segurado a mão dela mais uma vez para capturar a perfeição daquele dia entre nós.

– Não foi nada. Fico feliz em saber que você se divertiu. Da próxima vez, planejaremos melhor. E vamos ficar longe do Blitz. – Ela prendeu uma mecha de seus cabelos atrás da orelha.

Meus dedos se dobraram por reflexo, como se quisessem ter feito aquilo para ela.

– Até amanhã – ela disse, e partiu com um breve aceno de despedida.

– Até – respondi. Conforme ela se afastava pelo corredor, senti como se puxasse o fio que mantinha minha vida com todas as suas partes costuradas. Se ela puxasse forte demais, minha vida seria desfeita. De algum modo, meu desejo de ganhar a amizade dela havia se tornado algo mais urgente, mais vital.

Na manhã seguinte à nossa aventura na cidade, tirei a adaga do fundo da gaveta da minha penteadeira, ainda enrolada no lenço de seda de Denna. Delicados pinheiros decoravam as bordas do tecido, formando um bordado de padrão assimétrico que brilhava com fios prateados e verdes. Parei com a mão na lâmina da arma, hesitei, e então arranquei o lenço e o enfiei de volta no fundo da gaveta antes de sair dos meus aposentos. Eu gostava de ter algo dela.

Os corredores que levavam ao escritório do meu pai nunca pareceram tão compridos, e eu queria correr em vez de andar. No entanto, eu duvidava que chegar lá ofegante fosse me ajudar. Ele precisava me levar a sério, assim como o Conselho. O que Denna e eu tínhamos descoberto poderia mudar tudo.

— Eu preciso falar com o rei imediatamente — disse ao vassalo que guardava a porta.

O vassalo da esquerda pigarreou.

— Receio que o Rei Aturnicus não se encontra no momento, Sua Alteza.

— Sabe onde ele está?

— Resolvendo assuntos do Conselho, creio.

Rosnei de frustração.

– Preciso vê-lo. Vou esperar por ele aqui.

– Bem... acho que não tem problema. – Ele me perscrutou pelo visor do elmo, semicerrando os olhos, como se meu rosto não fizesse sentido para ele.

– É claro que não tem problema. – Endireitei a postura e olhei direto nos olhos dele. Ele hesitou só um instante antes de abrir a porta. Eu não podia acreditar que um novato havia sido designado para guardar qualquer cômodo do rei. Essa era mais uma prova de que a Capitã Ryka não estava fazendo seu trabalho. Aquilo levantava novamente todas as minhas suspeitas, apesar de Nils tê-la defendido. A Capitã Ryka amava Cas e jamais o teria machucado, mas entrar em uma guerra com Zumorda certamente seria uma boa maneira de ela se encontrar com ele no túmulo. Talvez fosse isso que ela desejasse.

Meus passos quase não fizeram barulho sobre o tapete felpudo quando entrei na sala. Pilhas de velino e pergaminho estavam espalhadas em desordem sobre a mesa, e havia mais pilhas no chão. Como meu pai conseguia encontrar qualquer coisa naquele caos? Eu nunca prestara atenção nos assuntos do castelo, mas as pilhas de documentos haviam crescido desde a morte de Cas. A bagunça me fazia imaginar quem estaria cuidando dos acordos comerciais e das petições das guildas desde então.

A porta do escritório se abriu quando eu estiquei a mão para examinar algumas páginas soltas que pendiam na beirada na mesa. Lorde Kriantz e a Capitã Ryka entraram na sala junto com meu pai. Lorde Kriantz sorriu discretamente e me cumprimentou com um aceno de cabeça. A capitã não disse nada.

– Amaranthine, acabei de passar duas horas arbitrando um desentendimento relacionado ao canal de comércio de Trindor. Não tenho tempo para bobagens no momento. – Meu pai suspirou, tirando sua coroa e depositando-a sobre uma pilha de papéis.

FOGO & ESTRELAS

– É importante – falei. – Tenho motivos para crer que a faca usada na tentativa de assassinato contra você não é de Zumorda. – Considerando minhas suspeitas com relação à capitã, eu provavelmente não deveria ter dito nada na frente dela, mas pelo menos Lorde Kriantz estava lá como testemunha. Quanto mais pessoas soubessem da verdade sobre a arma, mais provável seria que o Conselho as ouvisse. Eles tinham de ouvir.

– Não pode ser. – Ele me enxotou da mesa e se acomodou em sua cadeira. – A capitã me garantiu que tinha quase certeza de que a lâmina é de origem zumordana.

– Mais ninguém nos atacaria – a Capitã Ryka disse. – Zumorda é o único reino que tem algo a ganhar. Falei sobre isso ontem com uma das informantes mais confiáveis de Casmiel. Ela vai averiguar o assunto junto de seus contatos.

– Sim, mas essa lâmina não foi forjada devidamente. – Tirei a faca da minha bota. – Olhe para ela. Não há grânulos neste metal. As armas zumordanas são forjadas com o aço dobrado muito mais vezes que o aço de nossas lâminas. O resultado é uma lâmina com uma granulação perceptível. Morland, um dos únicos artesãos de espadas capazes de fazer esse tipo de trabalho sob encomenda, desapareceu e...

A capitã deu um passo à frente.

– Imagino que você não tenha uma explicação para como a fechadura da porta da minha sala de comando derreteu, Sua Alteza – ela disse com uma voz gélida.

– Não sei do que você está falando – respondi. A Capitã Ryka não me assustava. Apesar de seu uniforme e dos anos de vantagem que ela tinha sobre mim, como membro da família real por laço sanguíneo, eu ainda estava acima dela.

– Amaranthine, sua ajuda não é necessária. O Conselho já tomou as medidas cabíveis para determinar se mais alguém daqui de dentro poderia estar envolvido. Uma faca não nos dirá a identidade do assassino – meu pai disse. Não parecia que ele tivesse me ouvido.

— Não percebe que, se eu estiver certa, isso muda tudo? – falei. – Não acha que a origem do ataque seja tão importante quanto a pessoa específica que o executou? Na cidade, eu...

— Estamos em paz com nossos vizinhos. O único desconhecido é Zumorda. Ninguém mais colocaria em risco a paz entre nossos reinos – meu pai falou. – Nós já capturamos a maioria dos Dissidentes. É só uma questão de tempo antes de seguirmos o rastro de veneno até sua fonte. – A paciência do meu pai estava acabando. A minha também.

— E tenho quase certeza de que a lâmina é zumordana – a capitã acrescentou. – Há mais de um jeito de se forjar uma lâmina, mesmo em Zumorda. Tudo faz sentido.

— Ficar se repetindo não fará com que tenha razão! – Segurei a faca pelo outro lado e a apontei para a capitã, os nós dos meus dedos ficando brancos com a força com que eu agarrava o cabo.

— Dê essa arma para mim. – Meu pai se aproximou com a mão aberta. – Agora.

— Por que, se não acha importante? – retruquei.

— Amaranthine, estou cansado dos seus joguinhos. Dê essa faca para mim – ele disse.

— Não é um jogo! É você quem está ignorando evidências importantes para que possa se sentar e balbuciar explicações vazias com o resto dos idiotas do Conselho!

— Amaranthine! – A voz do meu pai explodiu pela sala feito um trovão. Ele agarrou meu pulso e a faca caiu no chão. – Temos um plano e iremos segui-lo. Você não se intrometerá nos assuntos que dizem respeito ao Conselho.

— Você vai acabar matando a todos nós. – Soltei meu braço com um puxão.

— Amaranthine, me escute...

— Não, escute *você*. Estou cansada de não ser levada a sério. Nenhum de vocês nunca me deu uma chance! Como esperam que eu faça algo de útil se não me deixam nem tentar? – ergui a voz.

★ 228 ★

FOGO & ESTRELAS

— Se quisesse ser útil, se casaria e aprenderia a administrar uma propriedade feito uma princesa de verdade! Eu deveria mandá-la direto para o meio do deserto de Sonnenborne para ver se você gostaria de sua liberdade! — ele gritou.

— Ótimo. — Lágrimas brotavam nos cantos dos meus olhos.

— Amaranthine é sempre bem-vinda em Sonnenborne. — Lorde Kriantz se interpôs entre mim e meu pai. — Discutiremos isso depois. Deixemos que a princesa volte para os seus afazeres. Eu a acompanho.

— Obrigado, Endalan. Podemos terminar nossa discussão sobre suas preocupações com os bandoleiros no almoço. Capitã, por favor, envie um pajem para a Conselheira Hilara. Preciso que ela me atualize sobre o projeto de apuração de imposto que ela assumiu após a morte de Casmiel — meu pai disse antes de me lançar um olhar fulminante. — Terminamos por aqui, Amaranthine. — Ele abriu uma das gavetas de sua mesa e guardou a faca lá dentro, fazendo com que uma chuva de papéis deslizasse da mesa para o chão.

— Sim, Sua Majestade. — Saí furiosa acompanhada por Lorde Kriantz e fechei a porta com um estrondo atrás de mim, desfiando um longo rosário de xingamentos até o fim do corredor. Lorde Kriantz, sabiamente, não disse nada.

— Quão estúpidos eles têm que ser para não enxergarem a evidência bem diante do nariz? — Enfim consegui formar uma frase coerente.

— Parece imprudente — ele disse.

— Obrigada — falei. Minha agressividade diminuiu um pouco ao ouvir aquelas palavras. Era bom ser ouvida.

— Quem sabe possamos fazer alguma refeição juntos e discutir mais sobre o assunto — ele sugeriu. — Com tudo o que vem acontecendo perto das minhas fronteiras, não acho que qualquer possível conflito com Zumorda deva ser ignorado.

— Tudo bem — concordei. Pelo menos uma pessoa queria ouvir o que eu tinha a dizer, e tanto meu irmão quanto meu pai pareciam preferi-lo a mim. Talvez ele conseguisse enfiar algum juízo na cabeça do resto do Conselho. Não havia como as coisas piorarem ainda mais.

Mesmo com meu humor sombrio, eu tinha que prosseguir com as aulas de Denna como planejado. Programei um piquenique para nós nas trilhas, já que não estava com pressa nenhuma de voltar para o castelo. Denna apareceu vestindo um tom de verde que combinava com seus olhos, e sorriu ao me ver. Tudo que consegui fazer em resposta foi uma expressão que provavelmente me fizera parecer que havia levado um coice na boca.

— Você está bem? — ela perguntou, olhando para mim com cara de preocupada.

— Tirando a vontade de golpear metade do Conselho com um varão de amarração, estou ótima — falei.

— Quer conversar sobre isso?

— Não. — Olhei feio para a porta do celeiro. — Onde estão aqueles malditos cavalariços?

Eles finalmente apareceram, puxando Flicker e um cavalo negro atrás de si.

— Não foi esse o cavalo que me mordeu? — Denna perguntou, se encolhendo um pouco.

— Sim, esta é Shadow. — Finalmente chegara a hora de ela montar o cavalo que cavalgaria no dia de seu casamento. Ela estava mais que preparada.

Shadow era escura nas partes em que Flicker era claro, e estava mais para um animal delicado do que para um cavalo de guerra. Seu pelo macio brilhava à luz da tarde, sua crina e sua cauda de um preto muito intenso, e sua pelagem de um castanho cor de chocolate amargo. Sua cabeça tinha um formato bonito, e ela tinha uma longa franja que os cavalariços haviam jogado para o lado, para longe de seus olhos expressivos.

— Ela vai me morder de novo? — Denna chegou mais perto de mim.

– Não. Ela provavelmente achou que você tivesse alguma comida na mão aquele dia – falei. Puxei um bracelete de distinção gasto que estava preso ao meu pulso e o mostrei a Denna. – Shadow foi meu primeiro projeto de treinamento. Não precisa se preocupar. Ela cuidará bem de você.

– Tudo bem. – Ela pôs uma mão sobre o meu braço, produzindo um choque que subiu até o meu ombro. – Confio em você.

Serenei ao seu toque, e me odiei por isso. Denna se transformara em uma fonte de conforto – alguém em quem eu confiava. E isso nunca era uma coisa boa. A confiança nas pessoas gerava fraquezas que podiam ser exploradas por outros.

Os cavalariços ajudaram Denna a montar, e eu montei em Flicker. Provavelmente não deveríamos cavalgar desacompanhadas, mas, se alguém perguntasse, seria muito mais fácil pedir desculpa do que pedir permissão. Além do mais, as últimas pessoas com quem eu queria falar por qualquer motivo eram meu pai e a Capitã Ryka.

– Não precisa cavalgar Shadow diferente do que cavalgava Louie – eu disse a ela. – Mantenha a mesma posição e use os mesmos comandos de perna. A única diferença que você pode notar é que Shadow é mais sensível. Ela vai responder mais depressa. – Instruir Denna pelo menos me fazia pensar em outra coisa. Flicker já havia percebido o meu humor, balançando a cabeça e ladeando enquanto nos afastávamos do celeiro.

Denna sinalizou que entendera e foi experimentando sem que eu tivesse que dizer nada. Em pouco tempo, ela tinha Shadow andando, trotando, galopando e parando ao menor movimento de suas mãos e pernas.

– É diferente – ela disse ofegante. – É como passar de um parceiro de dança lento para um leve e ágil. Ou como trocar uma pavana[2] por uma galharda.[3]

2 Tipo de dança renascentista de andamento lento. (N.T.)

3 Tipo de dança renascentista animada e cheia de saltos. (N.T.)

AUDREY COULTHURST

— Eu não reconheceria uma galharda se ela mordesse o focinho do meu cavalo, mas com certeza é uma boa analogia — falei.

Denna sorriu e conduziu Shadow em uma caminhada. Avançamos pela mata enquanto eu tentava esquecer daquela manhã desastrosa.

— Imagino que você não tenha tido sorte e conseguido fazer seu pai ouvir o que tinha a dizer sobre nossa evidência — Denna falou.

Meu impulso foi responder dizendo onde ele e o Conselho deveriam enfiar partes de seus corpos uns nos outros, mas contive o comentário já na ponta da língua. Denna só estava tentando ajudar.

— Foi um desastre. Meu pai não me ouve, nem a Capitã Ryka. Lorde Kriantz foi o único que pareceu achar que havia mérito no que descobrimos — falei. — E tudo acabou com meu pai dando seu sermão habitual de que eu deveria me casar para sumir de sua vista. — A raiva cresceu em mim novamente, e, com ela, a mágoa. Quebrei um galho fino que pendia sobre a trilha, me encolhendo de vergonha quando ele partiu na palma da minha mão.

— Sinto muito — Denna disse. — Você merece coisa melhor. Eles deviam tê-la escutado.

— Não sei — falei. O mundo não me deve nada, ninguém me deve nada, nem um pedaço de cocô de cavalo. Flicker é o único com quem posso contar para me carregar.

— Não. Você merece, sim. Merece ser ouvida. — Denna balançou a cabeça. — Pelo menos você tentou. Fizemos algo a respeito. É mais do que os demais podem dizer.

— Não acabou ainda — falei. — Precisamos fazê-los parar, ou pelo menos garantir que façam a escolha certa. Quero apoiar meu reino, não ficar contra ele. E se ainda houver alguém por aí querendo nos atacar novamente?

— Continuaremos com olhos e ouvidos atentos. Talvez seja a hora de vermos se conseguimos descobrir algo na corte — Denna disse. — Podemos fazer isso.

— Tem razão — falei. O apoio dela diminuiu meus temores.

FOGO & ESTRELAS

Seguimos caminhando em um silêncio amistoso até que a trilha se alargou e se abriu para um campo vasto.

– Sei o que mais pode ajudar – Denna falou. E deu um sorriso travesso. – Uma corrida? – Ela fez Shadow avançar a meio-galope sem nem esperar pela minha resposta.

Apertei Flicker com as pernas e disparamos pelo campo, os cavalos correndo com o vento em nossas costas. O ar frio e a velocidade dos cavalos faziam meus olhos lacrimejarem, e dei um grito de alegria quando Denna fez Shadow galopar, comigo e Flicker do seu lado esquerdo. Olhei para ela e vi seu sorriso, sem o menor sinal de medo. Seus olhos verdes brilhavam em contraste com as bochechas rosadas, a felicidade tão evidente estampada em seu rosto que me contagiou também. Observá-la fez com que eu me sentisse atordoada, minha raiva e minha tristeza esquecidas. Eu meio que esperava sair voando e flutuar pelo céu.

Finalmente fizemos os cavalos pararem do outro lado do campo, e eles bufavam devido ao esforço, o suor começando a empastar suas crinas.

– É como voar – Denna disse, enxugando de seu rosto as lágrimas arrancadas pelo vento.

– Não existe nenhuma sensação como esta, não é? – O galope desanuviara minha mente, e o mundo parecia novo outra vez.

– Não, nunca senti nada parecido com isso – Denna respondeu. – Acho que quase compreendo o que significa ser livre.

Sorri para ela, mas foi um sorriso agridoce. Nenhuma de nós jamais seria livre de verdade. Ela se casaria no inverno, e, se meu pai tivesse algo a dizer com relação àquele assunto, meu casamento não demoraria muito também. Aquele pensamento me deixou arrasada. A liberdade era efêmera para nós, vinha depressa e acabava num piscar de olhos.

Conduzimos os cavalos pelo perímetro do campo e subimos uma trilha que levava a um pequeno bosque. Galhos grossos e baixos ofereciam um bom lugar para amarrarmos os cavalos e também um local protegido para nosso piquenique. Rindo, sofremos para prender o cobertor no chão e para impedir que a comida fosse carregada pelo vento. Os cavalos viravam suas orelhas na direção de nossa conversa, deixando que suas pálpebras se fechassem em um cochilo, cada um deles com uma pata traseira erguida. Por um tempo, a vida que Denna e eu levávamos no castelo desaparecera.

Quando terminamos de comer, eu me deitei sobre a coberta, fechando os olhos e deixando que o sol esquentasse meu rosto. O vento puro e frio tinha cheiro de grama e de terra. Enquanto eu estava deitada lá, Denna apoiou sua cabeça na minha barriga, e então, de olhos fechados, virou o rosto para o céu.

Com sua proximidade, eu tinha medo de me mexer, como se eu pudesse arruinar o momento com uma simples contração muscular. Havia tanta inocência em seu gesto, e ainda assim ele me fizera desejar algo nada inocente. Se ao menos ela não pertencesse ao meu irmão. Por um instante, imaginei como seria tê-la deitada ao meu lado, até que seus cílios compridos roçassem minhas bochechas, até que seus lábios estivessem a apenas um sussurro de distância...

– Está prendendo a respiração? – ela perguntou.

Expirei depressa.

– Ops – falei, grata por ela não conseguir ver minhas bochechas quentes e vermelhas.

Ela riu.

– Tudo bem. Não aproveitarei esta oportunidade para esfaqueá-la ou amarrá-la ou algo assim.

– Você jamais conseguiria me segurar! – falei.

– Sei que não. Você é forte.

– Nem sempre – falei, mas minhas bochechas arderam ainda mais com o elogio. Ela estava flertando comigo? Que jogo perigoso seria, principalmente levando em conta as emoções incômodas que aquela ideia envolvia. Eu não podia tê-la. Era inegociável.

FOGO & ESTRELAS

— Pretende vir à apresentação de música antes do jantar de hoje? — ela perguntou.

— Não fui convidada — respondi.

— Considere este um convite formal. — Ela esticou a mão para tocar meu bracelete de distinção, correndo os dedos pelas tiras e fazendo os pelos do meu braço se eriçarem. Se ela tivesse ideia do que aquilo me fazia sentir, pararia. Mas eu não queria que ela parasse.

— Quantos braceletes de distinção você tem? — ela perguntou.

— Trinta e quatro braceletes de distinção por quarenta e três cavalos — respondi. — O mais grosso é um bracelete equivalente a dez cavalos. Preciso mandar refazer os outros da mesma forma.

— São tantos — Denna murmurou. Seus dedos continuaram correndo pelo meu pulso, virando e girando os braceletes de distinção até que ela finalmente colocou meu braço sobre sua barriga. Fechei os olhos, lembrando do dia em que nos havíamos conhecido, seus olhos verdes luminosos brilhando para mim enquanto eu colocava minha mão naquele mesmo lugar para fazê-la se lembrar de respirar.

Ficamos ali deitadas em silêncio, os segundos se transformando em horas, até que chegou o momento inevitável de voltarmos para casa. Relutantes, juntamos as coisas e montamos nos cavalos, que estavam ansiosos e viravam suas orelhas na direção do celeiro e de sua refeição noturna. Voltamos devagar, conversando e rindo sem motivo, e então eu soube o que Denna tinha em mente quando dissera que apenas cavalgar a fizera se sentir tão viva.

VINTE E CINCO

A tarde ensolarada deu lugar a uma noite fria que se infiltrou nas pedras do castelo e deixou todo mundo ansiando por calor quando nos reunimos na sala de estar para uma noite de música. O calor irradiava da xícara de louça que eu segurava apertada, aquecendo minhas mãos e fazendo o forte aroma de canela subir com a fumaça até o meu nariz. O cheiro formava uma ponte entre a minha vida antiga e a nova, o vinho quente me lembrando dos feriados de inverno com minha família, mas algo naquele perfume também me fazia pensar em Mare. Tremi e sorri para a minha xícara, lembrando o que eu sentira ao me deitar com a cabeça apoiada em seu corpo naquela tarde. Ela era tão forte, e ainda assim tão macia. Sob o cheiro de cavalos, terra e grama úmida havia o cheiro exclusivamente dela, doce e picante como o meu vinho.

Inspirada pelos prazeres daquela tarde, eu finalmente escrevera para minha família. Embora eu tivesse omitido minha aventura na cidade, contei a eles o mais importante: que eu agora tinha aliados em quem podia confiar. Entre Ellaeni e Mare, eu tinha iniciado amizades que eu sabia que me dariam força e apoio nos anos vindouros em Mynaria.

Tal notícia deixaria meus pais confiantes de que, apesar de tudo, as coisas estavam saindo como o esperado para a minha ascensão.

Cavalgar Shadow e escrever cartas tinham me deixado exausta mas contente, só que a paz da noite não durou muito. Acompanhado por dois vassalos, um mensageiro entrou cambaleante na sala de estar, mal conseguindo parar em pé, suas roupas imundas devido a dias de viagem dura. Ele parou diante da Capitã Ryka e do rei, fazendo uma reverência desengonçada devido à fadiga.

Ryka deu um passo à frente do grupo.

— O que relata, soldado?

— Bandidos zumordanos — ele disse. — Eles atacaram uma cidade do nosso lado da fronteira, no sudeste. A última cidade na estrada para Kartasha.

A sala se encheu de sussurros enquanto todos digeriam a notícia.

— O Conselho terá que se reunir esta noite — disse o rei.

— Ugh — Thandi disse baixinho ao meu lado.

Apertei seu braço para reconfortá-lo. Aquele já tinha sido um longo dia de reuniões para ele.

— Realizaremos a reunião logo após o jantar — o rei declarou. — Capitã, por favor, interrogue o mensageiro para obter mais detalhes e cuide dos preparativos.

Capitã Ryka se despediu e desapareceu para cuidar das tarefas de que o rei lhe incumbira. Eu não entendia como isso pôde acontecer. Embora o foco fosse cercar os Dissidentes em Lyrra, a segurança nas fronteiras também deveria ter sido reforçada. Aquele vinha sendo um problema mesmo antes da morte de Cas, e a Capitã Ryka era a responsável por supervisionar a defesa do reino. Talvez as suspeitas de Mare com relação a ela não fossem tão infundadas, afinal.

A partir daquele instante, as conversas entre os nobres passaram a ser sobre Zumorda e sobre as medidas defensivas que precisavam ser tomadas. Os copos se esvaziaram mais rápido que o normal, com a terceira rodada sendo servida enquanto os músicos ainda ajustavam seus instrumentos.

Apesar dos problemas maiores, minha principal preocupação era se Mare se lembraria ou não de comparecer. Com certeza ela gostaria de ter notícias sobre a fronteira imediatamente. Eu perambulava atrás de Thandi à margem de várias conversas, sorrindo quando necessário, mas com dificuldade de me concentrar. Lorde Kriantz nunca se afastava de Thandi nem do Rei Aturnicus enquanto circulávamos pela sala. Felizmente, ele estava fazendo o que podia para que a evidência de Mare fosse levada em consideração.

— Seremos os primeiros a convocar nossos cavaleiros para reforçar a fronteira — Lorde Kriantz disse a um grupo de palacianos ansiosos.

— Temos sorte de tê-lo ao nosso lado, Endalan — Thandi disse.

— Como conversamos, talvez seja aconselhável retornar às suas terras em breve — o rei falou. — Precisaremos que o seu povo esteja forte e unido para enfrentar Zumorda, se necessário. Não podemos deixar que o inimigo desgaste nossas defesas antes mesmo que uma guerra comece.

Lorde Kriantz assentiu.

— Arrumarei minhas coisas para partir assim que as medidas defensivas forem decididas e que um novo embaixador seja enviado para ficar em meu lugar. Meu povo precisará de mim mais como líder do que como diplomata nos próximos meses.

Hilara estava à direita do rei, com o semblante inflexível. Ela não disse nada, mas sua serenidade era mais assustadora que qualquer uma de suas palavras cortantes. Sem dizer nada, ela se virou e se afastou das conversas, que continuaram sem sua presença.

Ansiosa, reorganizei as cadeiras enquanto todos se acomodavam para a apresentação, guardando um lugar para Mare ao meu lado. Puxei a cadeira tão para perto que os braços de madeira quase se tocavam, e depois a empurrei de volta na direção contrária, mas mantendo uma distância de apenas um dedo da minha.

Mare tinha que aparecer.

Enquanto os músicos tomavam seus lugares e esperavam pelo sinal para começar a tocar, ela apareceu na porta. Meu coração acelerou ao vê-la, contrariando totalmente tudo que eu vinha dizendo a mim mesma a noite toda: que eu me sentiria mais calma assim que ela chegasse. Embora estivesse atrasada como sempre, desta vez o motivo estava estampado em seu corpo. Cada passo seu lançava uma luz bruxuleante sobre o material iridescente de sua saia, o tecido azul cascateando até seus pés feito uma cachoeira. Pela primeira vez o vestido estava devidamente ajustado, revelando sua cintura estreita e cada curva que partia dali.

Minha boca ficou seca. Os pensamentos relacionados ao mensageiro, a Ryka e a conspirações desapareceram, restando apenas uma pontada dolorida de desejo e a agitação da minha magia formigando à flor da pele. Até seu cabelo estava perfeitamente penteado, totalmente preso para cima em uma série de ondas e caracóis tão complexa que eu não conseguia decifrar sua arquitetura. Ela sorriu para mim, seus olhos brilhando sob a luz baixa da sala.

Desviei os olhos, ciente tarde demais de que eu a estivera encarando. A julgar pelo silêncio peculiar gerado por sua chegada, os demais presentes haviam tido reação similar.

— Boa noite, Sua Alteza — sua familiar voz de contralto soou à minha frente.

— Olá! — guinchei.

— Até parece que é a primeira vez que as pessoas aqui veem uma princesa — ela disse indiferente.

Ela não parecia uma princesa naquela noite. Ela parecia uma rainha.

— Feche a boca ou vai acabar engolindo uma mosca. — Ela sorriu, seus olhos dançando divertidos enquanto se sentava ao meu lado.

— Eu… eu… não estava esperando…

FOGO & ESTRELAS

– Que bom vê-la vestida de forma apropriada, para variar. – A voz de Thandi passou por cima do meu ombro na direção de Mare enquanto ela se reclinava na cadeira.

–Vai se ferrar! – Mare respondeu com uma expressão plácida.

Os músicos começaram a tocar, mas eu não conseguia me concentrar neles. Nem mesmo a melodia cadenciada da flauta em uma canção que eu amava me distraiu dela. Não importava para onde eu olhasse na sala, era como se ela ardesse ao meu lado.

Meu vinho acabou em segundos, mas minha mente embotada pouco adiantou para me distrair. A mão de Mare estava apoiada no braço de sua cadeira, seus dedos tamborilando com a música. Ela tinha mandado refazer seus braceletes, os quatro maiores e os três mais finos chamando a atenção para seu pulso forte e gracioso cheio de sardas discretas. Eu mudei de posição para apoiar meu braço na cadeira até que minha mão ficasse tão próxima da dela que eu quase a pudesse tocar.

Meus olhos encontraram o caminho para o rosto dela. O pó que ela aplicara não conseguia esconder completamente as sardas delicadas espalhadas feito estrelas sobre seus malares. Eu queria traçar constelações nelas, memorizar todo e cada padrão que eu conseguisse encontrar em sua pele e aquecê-la com meu toque. Eu permaneci imóvel e tentei manter uma respiração controlada, esticando um dedo hesitante sobre o vão que separava nossas cadeiras.

A sala explodiu em aplausos, e a mão dela deixou o braço da cadeira para aplaudir também. Thandi me cutucou do outro lado e aplaudi desinteressada. Tentei clarear as ideias, mas eu mal escutara uma nota da música. Nada mais, nem mesmo Thandi, conseguia chamar minha atenção com Mare sentada ao meu lado, linda daquele jeito.

Quando a música recomeçou, ela cruzou as mãos sobre o colo e se endireitou para ouvir. Fiz o mesmo e aceitei mais uma taça de vinho que o servo oferecia, na esperança de que a bebida acalmasse

★ 241 ★

minhas mãos trêmulas. Assim que a última música terminou e que os aplausos morreram, finalmente tive a chance de falar com Mare.

Eu me inclinei na direção dela.

— Mare, preciso falar com...

— Dennaleia, conhece Lorde Balenghren? — Thandi perguntou, indicando um homem barrigudo do outro lado da sala com Ellaeni segurando seu braço.

A expressão aborrecida de Ellaeni me dizia tudo que eu precisava saber sobre Lorde Balenghren.

— Na verdade, eu queria falar com Mare por um minuto — eu disse.

—Você tem passado tanto tempo com ela ultimamente. — Ele franziu o cenho. — Com certeza, pode esperar até amanhã.

Lancei um olhar para Mare por cima do ombro enquanto ele me conduzia para longe. Ela deu de ombros, e, pelo canto do olho, notei que Lorde Kriantz já atravessava a sala, indo em sua direção.

Lorde Kriantz pegou seu braço e sussurrou algo em seu ouvido. Ela riu, jogando a cabeça para trás e deixando seu pescoço elegante emoldurado pela luz que vinha de trás dela. Eles foram em direção à mesa de comes e bebes, enquanto Thandi me levava para o lado oposto. Mantive a cabeça sempre levemente virada na direção dela, esperando que ela soltasse o braço dele, tentando capturar seu olhar, mas ela o seguiu porta afora sem tirar os olhos dele. Quando ela deixou a sala, a luz dentro de mim se apagou.

No corredor, as arandelas ardiam de forma constante, com a luz cálida contrastando com o ar levemente gelado. Eu até teria gostado do farfalhar suave e desconhecido das saias em volta das minhas pernas, se a decepção não tivesse me engolido quando Thandi arrastou Denna para longe assim que a música terminou.

Suspirei. Ter me vestido de forma adequada para surpreendê-la certamente causara o impacto que eu pretendia, e eu tinha gostado de como ela me olhara — talvez gostado mais do que deveria. Mesmo assim, eu acabara de braço dado com Lorde Kriantz ao fim da apresentação, em vez de conversando com ela em seus aposentos como eu esperara.

— O que a perturba, milady? — ele perguntou.

— Nada — respondi. Ninguém precisava saber dos meus sentimentos confusos com relação a Denna.

— Não acredito nisso. Sua expressão mudou assim que saímos da sala. — Ele me olhava de forma perscrutadora, com preocupação em seus olhos escuros.

— Estou um pouco cansada, milorde — menti.

— Bem, sabendo disso, fico ainda mais feliz por você ter comparecido à apresentação de hoje. É sempre agradável vê-la. E, já que está aqui, há algo que eu gostaria de discutir com você.

— É mesmo? — Apertei o passo. Talvez ele tivesse novidades sobre a faca.

— Sim. Quem sabe você não gostaria de jantar comigo numa das salas privativas?

— Certamente — concordei.

Deixei que ele me conduzisse até uma das muitas salas próximas ao salão principal onde os palacianos às vezes confraternizavam em grupos menores. Lorde Kriantz devia saber que eu aceitaria seu convite, pois, quando abriu as cortinas que davam para a sala de jantar e me convidou a sentar, um banquete já nos aguardava sobre a mesa. Embora já fosse quase outono, ele escolhera uma refeição de verão: uvas, queijo de pasta mole, rolinhos recheados com carne apimentada e besuntados com molho de frutas picante e uma pequena garrafa de vinho branco doce infundido com conhaque.

— Há alguma chance de você voltar ao Conselho? — Lorde Kriantz perguntou assim que os pajens saíram.

— Para quê? Eles não me ouviriam nem que eu voltasse — respondi. — Aconteceu alguma coisa interessante esta tarde?

— Isso depende do que você considera interessante — ele disse.

Ele era um político e tanto. Não me admirava que meu pai e Thandi gostassem bastante dele.

— Sei lá. — Dei de ombros. — Algum dos Dissidentes capturados forneceu uma informação útil? — Mordi uma uva, não esperando que ele fosse me contar nada de proveitoso.

— Até agora, a investigação não teve muito sucesso — Lorde Kriantz disse. — Os interrogatórios não têm sido muito organizados, e ninguém sabe como fazer para testar se determinadas pessoas não usuárias de magia ou não. O pior é que temos recebido mais e mais relatos de que

FOGO & ESTRELAS

Dissidentes estão surgindo em cidades por todo o reino de Mynaria. Eles estão mais espalhados do que imaginávamos.

– É mesmo? – perguntei. Eu não imaginava que a divergência com relação à aliança fosse tão grande.

– Sim. E a discussão hoje cedo foi tensa. Aparentemente, o pessoal de Trindor fechou um acordo comercial com certos zumordanos sem consultar a Coroa. Uma das facções dos Dissidentes estava ajudando a transportar mercadorias pelo canal. Quando os fundamentalistas ficaram sabendo disso, a confusão fez o trânsito no canal ser paralisado, e, pelo barulho, ainda não chegaram a uma solução.

– É um nó bem difícil de desatar. O que o Conselho tem feito com relação aos Dissidentes nas outras cidades?

– Detido todo mundo que é capturado – ele disse. – Embora as autoridades locais não tenham procedimentos consistentes nem os mesmos recursos, dependendo do território. Estão tentando resolver parte desses problemas. Quanto à faca, a investigação parou, mas falei com algumas pessoas esta tarde.

– Típico – eu disse. A imbecilidade do Conselho era impressionante. – Deixe-me adivinhar: eles têm se concentrado em algum projeto local inútil.

– Na segurança, principalmente. Toda vez que um nobre não consegue encontrar um de seus familiares por uma ou duas horas, o caos se instala, e mais vassalos são chamados... Com certeza, você pode imaginar o resto.

– Estupidez em todo seu esplendor – afirmei. Eu não aguentava mais falar daquele assunto. Estava quase começando a quebrar os pratos de raiva. – Já conseguiu convencer meu pai a entregar a você um de seus cavalos premiados?

– Talvez. – Lorde Kriantz sorriu. – Envolverá certa negociação. Com sorte, ele cederá antes que eu retorne a Sonnenborne, o que pode ocorrer antes do esperado graças à bandidagem. Ainda somos novos nessa coisa de civilização. Não posso deixar meu povo sem um líder.

★ 245 ★

– É uma pena que tenha que partir tão rápido – eu disse com since-ridade. Ele havia chegado no início do verão, e não era incomum que diplomatas em visita ficassem um ano inteiro. Teria sido interessante ver se a influência dele beneficiaria tanto o Conselho quanto a mim.

– As tribos sob o meu brasão ainda precisam de uma mão que as guie – ele disse. – Uma mão firme. Nós de Sonnenborne somos um povo poderoso quando estamos unidos, mas a vida é dura no deser-to. Há sempre a tentação de voltar a um estado em que cada um só cuide de si.

Assenti, embora fosse difícil imaginar o tipo de sociedade que ele descrevera. Mudamos de assunto e passamos a falar sobre cavalos, e conversamos amigavelmente durante o jantar, até só restarem miga-lhas. Quando a sineta soou convocando o Conselho para a reunião, nós nos levantamos e paramos na ponta da mesa, diante das longas cortinas que separavam a sala do restante do salão.

– Obrigada pelo convite – falei.

– Precisamos fazer isso mais vezes. – Ele beijou minha mão em despedida, mas aproveitou a oportunidade para me puxar um pouco mais para perto de si. – Quem sabe não possamos cavalgar algum dia?

– Quem sabe – respondi, aumentando a distância entre nós. Eu gostava de sua companhia, mas não queria que ele achasse que eu estava disponível para ser cortejada. Ainda assim, ele era um aliado útil, e afastá-lo seria um erro.

– Boa noite, milady. Que possamos nos encontrar em breve – Lorde Kriantz disse, e deu um sorriso divertido antes de atravessar as cortinas e ir para a reunião.

Meus planos de falar com Mare sobre o ataque na fronteira foram arruinados logo de manhã, quando fui arrancada da cama para uma sessão de prova do meu vestido de noiva. Os criados correm de um lado para o outro com alfinetes, laços, rendas e tecidos, tudo que se esperava que meu pequeno corpo aguentasse. A luz matinal lançava um brilho pálido em minha antecâmara, complementada por muitas lanternas penduradas em diferentes alturas da parede para que as costureiras pudessem enxergar direito. Mas a fofoca se mostrou muito pior que as espetadas e os cutucões.

— Ouvi dizer que talvez a Princesa Amaranthine tenha sido pedida em casamento — disse uma costureira com a boca cheia de alfinetes.

— Por quem? — outra perguntou.

— Ninguém sabe. Mina disse que foi algum lorde do norte, mas Lynette afirmou que foi um nobre do sul com vários cavalos para ela treinar. — As duas riram.

Eu me encolhi, fazendo uma das costureiras ganir ao furar a si mesma com um alfinete de bainha.

— Já terminaram? — perguntei, impaciente para escapar e conseguir algumas respostas por minha própria conta.

— Quase, Sua Alteza — disse a primeira costureira. — Mas não conseguimos encontrar sua convidada de honra. Lady Ellaeni? Ela deveria estar aqui há meia hora para provar seu vestido. O vestido dela não ficará pronto a tempo se ela não fizer sua prova de roupa esta manhã.

Murmurei uma oração pedindo paciência ao deus da terra. Minha conversa com Mare teria que esperar até a hora da aula de equitação.

— Imagino que tenham mandado alguém procurá-la, não? — perguntei.

— Sim, milady. Ela não tem uma aia pessoal, então não sabíamos ao certo a quem perguntar — disse a costureira.

As duas olharam para mim, esperando que eu resolvesse o problema. Eu não tinha falado com Ellaeni na noite anterior. Eu ficara preocupada com a saída de Mare com Lorde Kriantz, e Thandi nos fizera ficar perambulando pela sala, sem que tivéssemos a chance de ter uma conversa mais demorada com qualquer pessoa. Ellaeni passara a maior parte da noite de braços dados com Lorde Balenghren. Eu capturara seu olhar só uma vez, quando ela estava sozinha em uma mesa de copos usados, desenhando o símbolo do deus da água sem parar sobre um pouco de água derramada, com cara de preocupada.

—Vou encontrá-la — falei. Eu achava que sabia onde ela poderia estar. Mas se eu estivesse certa, mandar outra pessoa buscá-la seria errado.

Assim que as costureiras tiraram meu vestido de noiva e Auna me vestiu, saí à procura de Ellaeni. Os corredores estavam agitados graças às atividades matutinas, com pajens correndo de um lado para o outro e vassalos parados em sentinela a cada intersecção. Embora ainda faltasse mais de um mês para o baile da colheita e para o meu casamento, a decoração já havia começado. Os criados passavam festões trançados de folhas de seda laranja e vermelhas de uma arandela à outra em todos os corredores. Passei depressa por eles, tentando sacudir minhas mãos discretamente para me livrar do formigamento incessante. Se Ellaeni estivesse onde eu suspeitava, eu tinha medo do

FOGO & ESTRELAS

que poderia encontrar. Não era do feitio dela sumir sem ao menos enviar uma mensagem. Respirando fundo, empurrei a porta pesada e entrei no Santuário.

A porta se fechou atrás de mim, reduzindo o alvoroço do castelo a um zumbido distante. Minha magia também diminuiu, acalmada pela paz do Santuário. Sob o altar do deus da água, Ellaeni estava sentada com as saias espalhadas à sua volta e com o rosto enterrado nas mãos, os soluços sacudindo seu corpo frágil. Eu me agachei e toquei seu ombro.

— Ellaeni — falei baixinho.

— Oh, não — ela disse, tentando enxugar as lágrimas das bochechas. — Dennaleia... quer dizer, Sua Alteza. Sinto muito, eu... — Ela cobriu novamente o rosto com as mãos e se inclinou para a frente, engasgando com outro soluço.

— Sou apenas Denna neste instante. O que aconteceu? — Eu a envolvi em meus braços como faria com minha irmã, e a abracei até que ela conseguisse falar.

— As cartas pararam de chegar — ela disse. — Houve uma confusão nos canais. Eles começaram a cercar os Dissidentes em Trindor, e receio que tenham capturado Claera.

— Claera? — perguntei hesitante. Ellaeni nunca havia mencionado aquele nome.

— A cozinheira-chefe do meu navio. Ela era tudo para mim — Ellaeni disse. — Ela cuidava tanto da minha tripulação quanto de mim, principalmente. Eu costumava visitá-la na cozinha à noite, e ela sempre guardava algo especial para mim. Uma vez, tínhamos comido uma carne curada horrorosa e rabanetes pretos no jantar porque era tudo que havia restado no fim de uma longa jornada, e eu desci à cozinha e a peguei esculpindo uma linda flor em um daqueles rabanetes pretos horríveis para que pudesse me dar algo belo. — Mais uma lágrima escorreu pela bochecha de Ellaeni.

– Sinto muito, Ellaeni. Eu compreendo. Mare é assim para mim. É minha melhor amiga. Eu estaria perdida sem ela – falei.

– Não. Claera não é apenas minha amiga... ela é minha amada. Meus pais me proibiram de falar dela enquanto eu estiver aqui na corte. Eles não aceitam a ideia de alguém da minha classe se relacionando com uma cozinheira. – Ellaeni examinou meu rosto, cheia de esperança e medo.

De repente, entendi. Elas eram amantes. Corei por ter me equivocado ao comparar a relação delas com a que eu tinha com Mare.

– Por que acha que eles a capturaram? – perguntei.

– Ela tem sentido marítimo – Ellaeni disse. – E agora que os Dissidentes estão sendo perseguidos e que qualquer pessoa suspeita de usar magia está sendo caçada... Fiquei um pouco preocupada quando não chegou carta dela semana passada. Só que o correio deveria ter chegado hoje novamente, mas não havia nenhuma carta dela outra vez. Considerando isso e os tumultos... – A voz dela morreu.

– Oh, Ellaeni... – Meu coração se despedaçou por ela.

– Eu daria tudo para garantir que ela esteja segura. Minha posição social. Meu navio. O que fosse preciso – Ellaeni disse. – Toda noite, ela é o último pensamento que tenho antes de dormir. Toda manhã, sinto a falta dela quando acordo.

Não era de admirar que Ellaeni se sentisse tão infeliz por ser enviada a Lyrra. Ela não havia deixado para trás apenas a única vida que conhecia. Ela havia deixado para trás a pessoa que mais amava.

Segurei a mão de Ellaeni e a apertei com ternura.

– Tenho certeza de que ela também pensa em você todos os dias – falei.

– Você acha? – Ellaeni perguntou.

– Claro que sim – falei. – Se vier comigo, talvez consigamos fazê-la entrar em um vestido de convidada de honra. E verei se há algo que eu possa fazer para ajudá-la a descobrir onde ela está. – Eu não tinha certeza de que poderia ajudá-la, mas só um péssimo amigo não tentaria.

FOGO & ESTRELAS

Ellaeni se virou e me abraçou.

– Obrigada, Denna. É bom poder falar sobre Claera. Ter alguém que entenda.

Retribuí o abraço e a ajudei a se levantar.

Ela fez uma careta ao ver o estado de seu vestido molhado pelas lágrimas.

– Talvez se fizéssemos uma oração, desse para dar um jeito nessas manchas – falei.

Ela assentiu, e foi até o altar do deus do vento.

– Vamos fechar os olhos – falei. Minha magia veio devagar no Santuário, calma e tranquila em minhas mãos. Desenhei o símbolo do deus do vento e convidei o formigamento a sair. Uma brisa suave secou as manchas de lágrimas no vestido de Ellaeni e eu liberei o meu poder. Os sinos do altar do ar soaram quando a magia se dissipou em uma lufada final.

Ellaeni abriu os olhos e examinou seu vestido.

– O deus do vento é realmente poderoso aqui – ela disse.

– De fato – falei, zonza pela descarga de magia, e mais que surpresa por aquilo ter funcionado. Realmente era mais fácil controlar minha magia dentro do Santuário.

Ela pegou minha mão e a apertou carinhosamente.

– Obrigada.

Nós circulamos pelo local e rezamos para cada um dos deuses, um por vez. Minhas emoções se agitaram quando joguei uma lasca de madeira para o deus do fogo. Ellaeni possivelmente não conseguiria ficar na corte por mais de um ano. Ela precisava voltar para Claera, e eu a apoiaria nisso. Mas se eu perdesse Ellaeni, eu torcia para que Mare pudesse ficar. Eu precisava ter ao meu lado pelo menos uma pessoa em quem pudesse confiar, e não conseguia me imaginar como rainha sem ter a amizade e os conselhos de Mare.

Todas as entediantes refeições, leituras de poesia e provas de roupa que eu teria que aguentar seriam suportáveis se eu soubesse que poderia buscar sua companhia quando quisesse. Ela havia me dado a perspectiva de que eu precisava, me mostrando o mundo de uma maneira que eu jamais teria imaginado. Mas se casamento fosse o que ela queria, eu não poderia ficar em seu caminho.

Eu precisava descobrir quais eram seus planos para o futuro.

Eu não poderia falar com Thandi; ele não entenderia. Ele já tinha conselheiros confiáveis e confidentes que conhecia desde a infância. Infelizmente, o Rei Aturnicus era a única outra pessoa com autoridade que poderia me dar respostas. Assim que acompanhei Ellaeni até minha antecâmara para a prova do vestido, pedi que um pajem marcasse uma audiência com o rei antes que eu pudesse fazer suposições.

No entanto, o nervosismo me atingiu assim que me vi diante do rei, que olhava para mim ansioso de trás de uma enorme mesa em seu escritório. Respirei fundo para me controlar, assim como havia feito nas minhas primeiras aulas de equitação.

— O que a traz aqui, Princesa? — o Rei Aturnicus me perguntou.

— Ouvi rumores, Sua Majestade — falei, torcendo minhas saias nas mãos. — Ouvi dizer que Amaranthine possivelmente se casará até o fim do ano, mas ela não me disse nada a respeito, o que me faz achar que talvez ela não saiba disso, mas se ela não sabe, então alguém deve estar planejando tal coisa, mas não posso imaginar quem estaria planejando isso sem...

— Pare. — O rei ergueu a mão, e minha fala desconexa cessou imediatamente. — Quem lhe disse isso?

— Alguns criados estavam comentando a respeito. Mas eles não sabiam com quem ela se casaria — acrescentei, percebendo que talvez eu estivesse implicando alguém ao falar daquele rumor. Ele soltou um longo suspiro.

— É uma pena que esse rumor tenha começado, e ele não é muito preciso. Foi feita uma proposta de casamento a Amaranthine, mas nenhum acordo de união foi confirmado. Seu pretendente foi gentil

FOGO & ESTRELAS

o bastante para lhe dar tempo para pensar na proposta, e deixou que você e Thandilimon continuassem sendo a prioridade por enquanto.

Arregalei os olhos ao ouvir as palavras "acordo de união". Aquele acordo de união levaria embora a única pessoa em quem eu confiava plenamente. Será que era isso que ela queria?

— Por gentileza, refresque minha memória e diga por que tem interesse nisso, Princesa Dennaleia — o rei disse. Ele franziu a testa e se recostou em sua cadeira, que rangeu quando ele se mexeu.

— Não quero interferir em nada que beneficie o reino — falei —, mas descobri que Mare é boa conselheira e ótima companhia nesse tempo que estou aqui em Mynaria. Eu jamais a manteria aqui contra a vontade dela, mas acho que talvez ela possa ser importante, se um dia eu ascender ao trono. Valorizo alguém que dá conselhos tão bons e sinceros.

— Estamos falando da mesma pessoa? Aquela que se apresentou devidamente vestida ontem pela primeira vez em sua vida adulta? — o rei disse num tom sarcástico.

— Creio que sim — falei, deixando que meus lábios se contraíssem num meio-sorriso. Ela me parecera extraordinária. Mas eu não podia contar a ele os outros motivos que me faziam querer que ela ficasse: como ela me levara para ver a cidade, como havíamos invadido a sala de comando de Ryka e como eu sentia que poderia voar quando ela me olhava.

— Amaranthine ainda tem coisas a aprender. Ela precisa aceitar que seu reino vem em primeiro lugar. Ela tem dezoito anos e já passou da idade de ser prometida em casamento. Eu esperava que você fosse um exemplo para ela, não o contrário — ele disse.

— Oh, eu tentei, Sua Majestade. — A mentira saiu com facilidade, mas eu me odiei por isso. Eu não queria que ela fosse como eu. Eu queria que ela fosse ela mesma.

— Tenho certeza que sim, querida. Talvez você devesse passar mais tempo com outros nobres e com os cônjuges dos membros do Conselho. Isso seria de grande valor para Thandi.

— Sim, Sua Majestade. Peço desculpa por me intrometer em assuntos de família. Eu só queria comentar como Amaranthine poderia ajudar a Coroa no futuro.

— Falando na minha filha geniosa, mandarei Thandi descer para observar sua aula de equitação de hoje. Ele precisa de uma folga dos assuntos do Conselho, e tenho certeza de que se interessará em ver o que você já aprendeu.

— Claro, Sua Majestade. — Como se o assunto do casamento de Mare não fosse ruim o bastante, eu ainda não poderia falar com ela abertamente com Thandi ali perto.

Eu devia ter me importado com a oportunidade de cavalgar com Thandi e de impressioná-lo com o que eu havia aprendido.

Mas não me importei.

— Foi muita gentileza sua ter passado por aqui, Princesa. — O rei gesticulou indicando que eu saísse da sala.

Saí a passos largos e confiantes para o corredor, mas minha fachada desmoronou em minutos assim que me afastei. O rei já havia tomado sua decisão. Eu só podia esperar para ver qual seria a de Mare.

Thandi chegou trotando em Zin enquanto eu conduzia Flicker e Shadow para fora dos estábulos para a aula de Denna.

— O que está fazendo aqui? — perguntei. Eu esperava finalmente ficar a sós com Denna para contar a ela o que Lorde Kriantz me dissera sobre os Dissidentes e o tumulto em Trindor.

— Vendo se você ensinou algo útil à minha futura esposa. — Ele deu uns tapinhas carinhosos no pescoço de seu cavalo. — Além disso, seria bom para mim e para Zin fazer um pouco de exercício.

— Cavalgaremos para longe. Você provavelmente não tem tempo.

— Ah, tenho sim. O pai me deu a tarde de folga do Conselho. Eles estão encerrando a discussão sobre quanto apoio é necessário na fronteira para evitar novos ataques. Eu já dei meu voto.

— Tudo bem. — Eu me demorei checando as selas e os estribos dos dois cavalos enquanto aguardávamos a chegada de Denna.

A égua dele estava inquieta, e virava a cabeça para morder suas botas.

— Não devia deixá-la fazer isso — falei.

— E você não devia montar um cavalo que será descartado. Ou um usado na reprodução de cavalos de guerra — ele retrucou.

– Desculpe se me recuso a ouvir conselhos de alguém com apenas quatro braceletes de distinção em seu nome.

Thandi fez cara feia para mim.

– Algumas pessoas não têm tempo para passar o dia todo no celeiro, Mare. Algumas pessoas levam suas responsabilidades a sério e se importam com a coroa.

Resfoleguei.

– Se você governar este reino do mesmo jeito que treinou essa égua...

– Nem finja que você sabe qualquer coisa sobre o que eu faço – ele disse ríspido. – Vamos nos ater ao que cada um de nós sabe fazer.

Denna pigarreou para indicar sua presença. Olhei feio para Thandi uma última vez antes de me virar para Denna e lhe entregar as rédeas de Shadow. Ela sorriu ao segurá-las, e minha tensão se dissipou.

– É um prazer vê-la novamente, milady – Thandi cumprimentou Denna.

– É sempre um prazer vê-lo, milorde – ela respondeu, subindo na sela com facilidade. – Desculpe pelo atraso.

– Sem problema. Tive a oportunidade de conversar com meu irmão encantador – falei com a afabilidade de uma tempestade de inverno.

– Creio que pegaremos as trilhas das montanhas, não? – Thandi colocou seu cavalo em movimento na direção da trilha sem esperar pela resposta.

– Creio que sim – resmunguei baixinho.

Denna me olhou com ar pesaroso.

– Cavalgue comigo, milady. – Thandi gesticulou para que Denna cavalgasse ao seu lado. Ela fez Shadow dar uma corridinha para alcançá-lo, restando a mim segui-los quase fora do alcance da audição.

– Talvez tenhamos feito um grande avanço com relação aos Dissidentes – Thandi disse.

– É mesmo? – Denna perguntou.

FOGO & ESTRELAS

– Mais um líder deles aqui em Lyrra foi capturado com algo bem mais valioso. Ele tem um tipo de artefato, uma tigela de prata, que parece identificar pessoas com Afinidades. Ele se recusa a dizer como a coisa funciona, mas é só uma questão de tempo até arrancarmos a informação dele. Então poderemos começar a testar qualquer um suspeito de ser usuário de magia.

Eles deviam ter capturado Barba Grisalha. Eu não sabia ao certo se aquilo era bom ou ruim.

– Mas e a lâmina zumordana? – Denna perguntou. Shadow dançou um pouco para os lados, revelando a tensão de Denna.

– Descobrir o segredo da tigela é prioridade. Sabemos que os Dissidentes são os responsáveis pela morte de Casmiel. E descobrir quem são os usuários de magia poderia nos levar direto aos zumordanos que estão por trás do ataque.

Seu raciocínio não fazia muito sentido, principalmente levando em conta o que eu vira de Barba Grisalha e da reunião realizada por ele no Santuário abandonado. Mas antes que eu pudesse apontar a estupidez galopante do Conselho pela enésima vez, Thandi fez seu cavalo sair trotando.

Eu queria que meus olhos abrissem buracos em sua jaqueta vermelha que ondulava por entre as árvores. Ele não merecia Denna; ela jamais desenvolveria todo o seu potencial com ele. Ele a faria escrever cartas e sair em turnês pela cidade e bordar malditos cobertores de bebê a vida toda, quando ela poderia fazer pesquisas para o Conselho e aprender a ser uma monarca de verdade, não apenas um rostinho bonito.

Flicker aumentou o ritmo e cabeceou, reagindo à tensão do meu corpo. Eu tinha que pensar em outra coisa, ou acabaria caindo do cavalo antes de chegarmos à metade do caminho para as montanhas. Percorri furiosa a trilha até chegarmos a um campo, a vasta paisagem coberta por grama dourada era um respiro bem-vindo. Flicker e eu nos afastamos em um galope suave, dando uma volta pela beira do campo.

Foquei em suas passadas, esperando encontrar paz no ritmo familiar de três batidas dos seus cascos sobre a grama. Meu corpo assumiu o controle sobre minha mente, e relaxei em um lugar tranquilo onde não havia mais nada além de mim, de Flicker e de nosso movimento.

Pedi a Flicker que fizesse uma mudança de mão a galope quando nos voltamos para os outros, a jaqueta vermelho-vivo de Thandi e a jaqueta azul-escura de Denna brilhando contra o campo dourado. Flicker trocou de pé sem esforço, suas orelhas castanho-avermelhadas voltadas para os outros cavalos. Eu o fiz diminuir a velocidade para um trote, e depois para caminhada, sem pressa de chegar perto o bastante para conversar. Ao longe, Denna fez Shadow entrar no seu ritmo. Elas formavam uma dupla agora, um contraste delicado e belo com Thandi e Zin. Eu mal conseguia me lembrar de Denna como uma iniciante desajeitada que caíra do cavalo por causa de um espirro.

—Você fez seu trabalho, irmã – Thandi disse quando eu me aproximei. Pela primeira vez na vida, ele parecia satisfeito comigo, e aquilo me deixou inesperadamente emocionada. Eu nem conseguia me lembrar qual fora a última vez que ele me dera um olhar de gratidão ou aprovação.

— Fez mesmo — Denna disse. — Eu poderia ter aprendido sem ela, mas não acho que teria achado tão divertido. – Seu rosto estava radiante ao falar.

— Na verdade, ela cavalga tão bem que acho que você não precisa mais ensiná-la – Thandi continuou. – Pode ter suas tardes de volta. Informarei nosso pai.

Meu breve momento de camaradagem com ele terminara.

— Mas não me sinto pronta! – Denna exclamou, lançando um olhar de pânico para mim.

— Está, sim. – Eu odiava concordar com Thandi, mas ela estava. Para o que ela precisava saber, já havia ultrapassado o nível de competência necessário. Obrigá-la a continuar com as aulas seria egoísmo da minha parte.

FOGO & ESTRELAS

— Mas...

— Você ainda pode cavalgar Shadow quando quiser — Thandi a tranquilizou. — Talvez devêssemos combinar de cavalgarmos juntos regularmente. Eu gostaria disso.

Senti um aperto no peito. As tardes sem ela seriam vazias. Ele tomaria meu lugar de amiga e confidente na vida dela. Enquanto Thandi e Denna discutiam seus planos, permaneci em silêncio, fitando a grama ressecada sob as patas de Flicker. Eu me esforcei ao máximo para manter a fachada — o que já fora minha segunda natureza — de total impassividade a qualquer custo. Mas aquilo simplesmente não funcionava com Denna. Durante aquele último mês, ela havia derrubado todos os muros que eu erguera para me proteger, me deixando indefesa.

— Devemos voltar agora? — Denna perguntou.

A náusea enfiava suas garras no meu estômago, uma resposta física à ideia de um futuro sem tê-la por perto.

— Mare? — Denna finalmente olhou para trás, seus olhos verdes cheios de preocupação.

— Não me sinto bem — falei, desviando o olhar e encarando as orelhas de Flicker.

— Provavelmente por causa da andadura horrorosa desse cavalo de descarte — Thandi zombou.

Denna fez Shadow se aproximar.

— Falando sério, você está bem?

— Algo que comi no almoço não me fez bem. Vão na frente. Alcanço vocês depois.

Thandi resfolegou irritado e esporeou Zin para que pegasse a trilha com um trote vigoroso.

— Vá! — repeti, me recusando a olhá-la nos olhos.

— Se você tem certeza — ela disse, virando Shadow devagar e lançando um último olhar para mim antes de sair a galope atrás de Thandi.

Assim que eles desapareceram por entre as árvores, desmontei do cavalo e me sentei apática no chão. Flicker baixou sua cabeça para fuçar a grama em busca de algo para comer. Eu esperava vomitar, rezando por algum tipo de alívio das minhas emoções, mas o enjoo nunca veio.

Quinze dias se passaram, e durante esse período não vi nem ouvi falar de Denna, e tanto minha vida quanto o clima se tornaram mais frios. O outono finalmente havia chegado. Os poucos convites que lhe fiz foram declinados com pesar e a cada recusa sua meu sofrimento crescia. Sempre havia algo em sua agenda – ela tinha sido totalmente engolida pela vida na corte e não tinha tempo para mais nada. Eu sentia sua falta com uma espécie de dor pungente que era revivida diante dos menores sinais: quando o som radiante de uma harpa escapou de uma das salas de estar enquanto eu andava pelo castelo numa madrugada, quando cavalguei pelo campo onde quase havíamos sido atingidas por flechas, e quando um atendente na taverna Cão Surdo me serviu a bebida errada e acabei com a boca cheia de cerveja de damasco.

Uma noite após a cerveja de damasco e de uma tentativa mal-sucedida de descobrir alguém que soubesse do paradeiro de Morland, voltei aos meus aposentos e encontrei um bilhete selado de Denna sobre minha penteadeira. No início, eu nem quis olhar para ele. Eu me demorei no banho, fugindo do clima frio e aliviando as leves dores resultantes de uma cavalgada dura e da minha ida à cidade. Eu não sabia o que esperar. Provavelmente um bilhete educado agradecendo pelas aulas, ou talvez um convite para outro evento social onde eu conseguiria ter cinco minutos de sua atenção antes de meu irmão arrastá-la para longe. Pensei até em queimar o bilhete sem abri-lo.

Mas quando a água da banheira esfriou, eu havia decidido que o leria. Eu me sentei diante da penteadeira enrolada em um roupão, apertando o tecido grosso contra o corpo, como se ele pudesse me proteger do conteúdo do bilhete de Denna. O selo de cera, que era roxo-escuro e gravado com um pinheiro solitário e uma estrela, soltou-se facilmente do papel e deixou uma mancha cor de ameixa no pergaminho.

FOGO & ESTRELAS

Querida M,
Preciso falar com você. Por favor, encontre-me no jardim dos fundos, três
horas depois do pôr do sol.
Sua, D

Dobrei o bilhete e imediatamente o desdobrei e o reli, meu coração pulsando em meus ouvidos. Ela queria me ver a sós. Eu disse a mim mesma para não me empolgar com algo tão insignificante, mas não consegui fazer minha pulsação desacelerar.

Eu me sequei depressa e peguei minha calça de montaria preta, e então mudei de ideia e peguei todos os vestidos mais escuros que eu tinha, jogando tudo em cima da cama. Quando meu cabelo já estava quase seco, o quarto havia se transformado em um verdadeiro caos. Dispensei Sara quando ela tentou me ajudar – eu não queria que ela soubesse dos meus planos. Quando Nils apareceu para me buscar para o jantar, me encontrou em meio ao desastre, vestida apenas com as roupas de baixo.

– Nossa! Devo tentar entrar aqui? – Ele abriu caminho em meio a roupas descartadas espalhadas pelo chão até conseguir se aproximar o suficiente de mim para me abraçar.

– Cale a boca – murmurei em seu ombro.

– Alguém vem cortejá-la esta noite? – Ele se afastou e me deu uma piscadinha.

– Acho difícil! – Eu me virei com as bochechas vermelhas.

– Então o que vai vestir? Não conseguiremos bons lugares na mesa se você não tiver escolhido algo para usar. E imagino que roupas de baixo não eram o que você tinha em mente.

Revirei os olhos.

– Preciso de um vestido, mas tem que ser escuro.

– Acho que você deveria usar este – ele disse e pegou um vestido azul-marinho de cima da cama.

★ 261 ★

— Por quê? Já descartei esse por causa do decote. Revelador demais.
Ele sorriu.

— Mas é exatamente por isso que é uma boa escolha. Principalmente
se estiver tentando impressionar alguém.

—Você é desagradável. — Denna era uma amiga, e um vestido justo
provavelmente não causaria nenhum impacto nela. Embora eu devesse admitir que a reação dela ao meu vestido formal naquele último
evento de música fora gratificante.

— Conheço você muito bem, Mare. Está acontecendo alguma
coisa com você. Mas não vou perguntar. Uma dama deve sempre ter
seus segredos.

— Contanto que seus segredos não envolvam o que ela pegou do
último vassalo com quem se deitou. Certo, Nils? — Ergui as sobrancelhas.

— Agora é você quem está sendo desagradável. — Ele riu. — Estou
falando sério, use este vestido. Fica um arraso em você.

— Tudo bem. — Finalmente cedi, enfiando o vestido pela cabeça.
— Pode me ajudar com a amarração? Com certeza deve saber como
fazer isso, depois de tantas garotas que você enfiou e tirou de vestidos.

— Bem, às vezes não preciso tirá-las totalmente de dentro dos
vestidos — ele disse.

— Amarre logo, seu bobo. Não precisa nem apertar demais. Gosto
de respirar.

— Como quiser, milady — ele disse, puxando os cordões.

Depois de um jantar divertido com Nils e seus amigos, pedi licença e fui discretamente para o jardim. Eu me enfiei na escada de
serviço mais próxima do lado de fora do salão principal para evitar os
vassalos da patrulha, indo para o jardim dos fundos por um caminho
intrincado, de ouvidos atentos ao som de qualquer pessoa que pudesse
estar do lado de fora.

Apesar da minha paranoia, a noite estava tranquila e fria, e até os
animais apareciam protegidos em seus ninhos e tocas. Quando me aproximei do meu destino, me ocorreu que talvez Denna estivesse brincando

comigo, ou que Thandi tivesse mandado o bilhete. Tentei acalmar o ritmo acelerado do meu coração apenas com a força de vontade, meu hálito formando fumaça à minha frente no ar frio de outono.

Quando finalmente cheguei ao jardim dos fundos, estava vazio. Eu me sentei em um banco de pedra do lado norte do pátio quadrado, esfregando os pés no piso de lajotas. Eu tremia no escuro, enfiando minhas mãos nas dobras da minha capa e mantendo os braços pressionados contra o corpo. Eu gostaria de saber que horas eram. Será que eu estava adiantada ou atrasada?

Assim que me levantei para andar e me manter aquecida, Denna apareceu feito uma sombra se movendo pela escuridão. Ela veio até o outro lado do jardim para sorrir para mim, seus olhos brilhantes por debaixo do capuz de sua capa.

— Que bom que você veio! — Ela se aproximou correndo.

— Claro. — Sorri.

— Está um gelo aqui fora. — Ela envolveu o corpo com os próprios braços e começou a dar pulinhos sem sair do lugar.

— A ideia foi sua, não minha. Você sempre pode me fazer subir pelas paredes e pular sua janela — eu disse, brincando.

— Da próxima vez, fique à vontade para fazer isso. Na verdade, talvez você devesse me ensinar como escalar também.

Ri ao ver sua cara de séria.

— Duvido que Thandi aprove ter sua esposa escalando paredes no meio da noite.

— Provavelmente não, mas isso não cabe a ele decidir.

— Não? O que está havendo, Denna? — perguntei.

— É tudo culpa minha — ela disse com tristeza, sentando-se no banco de pedra de onde eu levantara minutos atrás.

— Do que está falando?

— É tudo culpa minha — ela repetiu, baixando a cabeça enquanto seu sorriso desaparecia.

AUDREY COULTHURST

– Explique. – Eu me sentei ao seu lado. Ela se virou para mim, seu rosto pálido ao luar.

– Falei com o rei umas semanas atrás. – Ela inspirou. – Ouvi dizer que alguém lhe faria uma proposta de casamento.

– O quê? – Era a primeira vez que eu ouvia aquela história.

– Por mim, tudo bem se você quiser se casar, de verdade. Mas eu não tinha ouvido de sua boca nada a respeito, o que me fez pensar que talvez você não soubesse de nada. Então fiquei preocupada. E fui um pouco egoísta. Não quero que o rei a mande para longe, a menos que ir embora seja algo que você queira, então tentei explicar a ele o quanto você é importante para mim. Mas acabou que eles encerraram minhas aulas de equitação e arranjaram coisas para eu fazer todos os dias até a data do casamento. Jogos na sala de estar. Leituras de poesia no jardim. Um desfile de moda e um debate com as damas do palácio.

Gemi. Agora tudo fazia sentido. Qualquer interesse de Denna por mim sem dúvida faria com que meu pai e meu irmão desejassem nos separar, para que eu não fosse uma má influência para ela. Se eles estavam planejando um casamento para mim, eliminar Denna do meu dia a dia poderia fazer com que o casamento me parecesse uma opção mais razoável.

– Oh, por favor, não fique brava. – Ela agarrou meu braço. – Eu… eu não posso perder você. Você é a única coisa que importa para mim aqui, a única pessoa que fez com que eu me sentisse em casa… bem, não exatamente em casa, mas viva. Feliz. Sinto tantas coisas que eu não sabia que podia sentir, e tudo graças a você. Valorizo suas opiniões e ideias, você é tão perspicaz, não posso ficar aqui e fazer isso sem você, não posso.

– Oh, Denna – falei baixinho. Eu não estava chateada com ela. Cada palavra que ela dissera eu poderia ter dito sobre ela também. Mas eu não ousava confessar tal coisa. – Não estou brava – falei. – Mas você está certa. Deve ter sido por causa da sua conversa com meu pai que Thandi tem inventado todos esses eventos. Provavelmente, meu pai achou que você estivesse próxima demais de mim e não quis que você fosse corrompida pela minha má influência.

— Eu sei, mas minha intenção era exatamente a oposta. Eu queria que ele soubesse o quão boa você é, o quão maravilhosa você é. Tudo o que ele estava perdendo por não tê-la ao lado dele e por não prestar atenção ao que você tem a dizer. Agora criei essa confusão, e é tudo minha culpa, e sinto tanto a sua falta... — Ela mordeu o lábio.

— Shhh, está tudo bem — falei, passando o braço pelos seus ombros. Ela batia os dentes, e eu a estreitei mais em meus braços para protegê-la do frio. Meus batimentos cardíacos aceleraram quando ela se aconchegou no meu braço. Ela parecia perfeita ali, o cheiro doce de rosas de seus cabelos me aquecendo como se o verão não tivesse acabado.

— Serei sua amiga para sempre — falei. E embora as palavras fossem sinceras, não soaram como tal. Mas o que mais eu poderia oferecer?

— Você é a melhor amiga que já tive — Denna falou, e me surpreendeu ao passar seus braços em volta do meu pescoço.

Ela me abraçou um instante, e depois mais um pouco, e eu retribuí seu abraço com cautela. Ela se derreteu em meus braços e encostou sua cabeça no meu pescoço.

— Sinto muito por estar tão frio aqui fora — ela sussurrou, sua voz abafada pelas dobras da minha capa. — Este não é o melhor jeito de a gente se encontrar. Preciso vê-la de novo... Não me importam os planos de Thandi.

— Também quero vê-la de novo. — A proximidade entre nós me assustava. Eu sentia que as coisas poderiam tomar um rumo perigoso, mas de jeito nenhum eu fugiria daquilo.

— Temos que dar um jeito — ela disse com firmeza, se afastando dos meus braços. — Ainda precisamos descobrir quem está por trás da forja daquela faca.

Relutante, eu a soltei, e o frio voltou a me envolver.

– Tem algo em mente? – perguntei. – Porque este jardim só ficará cada vez mais frio quando o inverno chegar, e haverá ainda mais olhares atrás de você do que agora. Se começarmos a nos visitar, eles vão reorganizar sua agenda de novo para tornar nossos encontros impossíveis.

– Ugh! – Ela golpeou um arbusto com a mão. – Teremos que ser criativas. Foi muito difícil para você escalar aquela parede quando invadiu meus aposentos daquela vez?

– Ah, céus – falei. – Fiquei dolorida por dois dias depois daquilo.

– Tenho uma ideia – ela disse animada. – Cordas! Cordas do celeiro. Podemos pegar algumas cordas ou alguns cabrestos extras? Faremos algo que ajude você a escalar com mais facilidade.

– Sempre temos um monte de cabrestos velhos e encostados. Verei isso amanhã – falei. A inteligência dela me encantava.

– Ótimo. Então nos encontramos amanhã à noite nos meus aposentos, depois da idiotice do dia que tenham planejado para mim. Quatro horas após o jantar é tarde o suficiente. Tem acontecido muita coisa na corte.

– Não tenho tido muita sorte na cidade, mas ainda podemos comparar nossas descobertas. Eu topo.

– Mesmo? Sei que é loucura. Não precisa fazer isso se não quiser.

– Eu a visitaria mesmo que você estivesse no quinto andar e que eu tivesse que dar um jeito de voar – falei.

– Mare! – ela exclamou e me abraçou novamente. – Fico tão feliz. – Ela se afastou devagar, seu hálito formando vapor no escuro. Ela me olhou nos olhos, tentando encontrar algo. Eu não fazia ideia do que ela procurava, embora seus olhos estivessem cheios de esperança e medo, e mais alguma coisa que eu não conseguia identificar. Eu sabia o que queria que ela visse: que eu sempre estaria lá para ela, do jeito que eu pudesse.

– Vejo você amanhã – ela disse por fim, tocando minha bochecha com sua mão fria antes de desaparecer depressa do jardim.

Eu me sentei no banco, tremendo por causa do frio causado pela ausência dela, e ainda sem saber ao certo o que pensar de nosso encontro, só que ela queria me ver. Ela queria que eu entrasse por sua janela amanhã. E isso bastava.

VINTE E NOVE

Dennaleia

O ar frio da noite soprava em meu quarto, fazendo as chamas da minha lareira tremeluzirem e gerando fagulhas por trás da grade de proteção. Tremendo, fui mais para perto do fogo e apoiei as mãos nos cavalos empinados que decoravam o metal. Os cavalos tinham crinas ao vento, como aqueles das cercas e dos portões que Mare e eu vimos ao caminharmos por Lyrra. Mesmo agora, eu podia sentir o gosto agridoce da cerveja e o conforto e a liberdade de estar ao lado de Mare. Se tudo saísse de acordo com o plano, ela logo chegaria.

Atrás de mim, uma série de cabrestos e cordas amarrados ia do grosso pé da minha cama até o lado de fora da janela aberta. Obtê-los tinha sido tão fácil quanto Mare prometera: ela os havia contrabandeado pelo túnel do celeiro, enfiado dentro de uma caixa de presente coberta de fitas brilhantes, e feito sua aia entregar o mimo nos meus aposentos.

Ficar sentada escutando a leitura de poesias terrivelmente maçantes com uma expressão agradável no rosto horas antes tinha sido fácil. Saber que em pouco tempo eu veria Mare tornara tudo suportável. Thandi havia comentado o quão feliz eu parecia estar, e eu respondera que aquela poesia era especialmente adorável. Não era verdade, mas não importava. A luz tênue da sala de estar fazia seus olhos azuis terem o exato tom de cinza dos olhos de Mare. Ver traços de Mare nele colocava um sorriso plácido em meu rosto. Se a possibilidade de ver Mare tornava meu tempo com Thandi mais aprazível, era mais uma maneira que ela tinha de tornar minha vida melhor, mais um motivo pelo qual eu não poderia perdê-la jamais.

Vesti minha capa e arrastei uma cadeira até a janela onde a corda estava pendurada. O frio não me impedia de espiar pela janela de tempos em tempos até ver Mare parada no jardim lá embaixo, mal conseguindo enxergar seu rosto entre as sempre-vivas plantadas ao longo da parede do castelo. Acenei, resistindo ao impulso de gritar "olá" quando ela deu vários puxões na corda para testá-la. Escalar não parecia fácil, mas ela conseguiu subir, os velhos cabrestos e as cordas aguentando firme.

Quando ela passou pela janela, minhas mãos e meus pés perderam completamente a noção do que deveriam fazer. Ela recolheu a corda e fechou as venezianas, e então ficamos nos olhando por um instante que se prolongou até eu tomar consciência das minhas bochechas tão vermelhas quanto a coberta de seda sobre minha cama.

— E então… er… como foi seu dia? – perguntei enfim.

— Ah, você sabe. O de sempre. Enchi a cara de cerveja barata em Lyrra. Rosnei para algumas crianças. Chutei uns cãezinhos. – Ela tirou o chapéu, deixando sua trança descer por suas costas.

— Você não fez isso! – Dei uma risadinha.

— Bem, mais ou menos um quarto disso é verdade – ela disse, seus olhos brilhando de alegria. – Passei mesmo o dia na cidade, e Nils e eu fomos a uma das tavernas mais nojentas que frequentamos, já que não tivemos muita sorte no Cão Surdo. Mas não sei por quanto tempo mais poderemos continuar frequentando a Barbela. As ruas parecem perigosas agora.

— Conte para mim como é a Barbela – falei. Sinceramente, eu não me importava, mas a melodia de sua voz em meus ouvidos era tão

FOGO & ESTRELAS

agradável que eu a ficaria escutando ler o inventário da tesouraria dos quatro Reinos do Norte. Com prazer.

Sentamos lado a lado na minha espreguiçadeira.

– É escura – ela disse. – O tipo de lugar onde você não quer comer nada que derrube na mesa. E praticamente todos os fregueses parecem querer roubar comida do seu prato se você vacilar. A cerveja é barata, mas desce fácil. A maioria das atendentes têm uns dentes faltando e parece que jamais descobriram para que serve uma escova de cabelo.

– Mmm – falei. Tirei um broto de sempre-viva da manga de sua camisa preta e o girei entre os dedos. Assim que o joguei no fogo, minha mágica surgiu involuntariamente e o incinerou antes que ele atingisse as chamas. Sentei-me depressa, mas Mare não pareceu ter notado.

– O problema é que agora é mais difícil conseguir informações. Apesar de tantos Dissidentes terem sido cercados, parece que continuam surgindo, e a violência contra eles persiste em aumentar. Não usam mais seu antigo lugar de encontro, e ninguém tem uma pista. São espertos demais para revelar sua localização – ela disse.

– Uma amiga comentou que eles estão se espalhando por todo o reino – eu informei a ela, pensando em Ellaeni e Claera. – E também estão sendo perseguidos em todo lugar. Temo por alguns dos meus amigos.

– Sim, Kriantz também disse isso. Mas você tem amigos entre os Dissidentes? – Mare perguntou. – Se tivesse, seria bem útil! Poderíamos perguntar a eles...

– Não, não. – Balancei a cabeça. – Uma das minhas amigas está cortejando uma pessoa que tem um dom. Foi por isso que fiquei sabendo. Mas ela não tem recebido nenhuma mensagem faz tempo e teme que algo tenha acontecido. Tenho tentado descobrir o que está havendo para ajudá-la.

– A pessoa tem o dom do fogo, por acaso? – Mare perguntou.

O medo se agitou em mim, um reflexo das chamas na minha lareira.

★ 271 ★

— Não — falei. — Água.

— Que pena. Os Dissidentes mencionaram alguém com o dom do fogo, alguém poderoso. Mas não sabiam quem era, apenas sentiram uma explosão de magia na noite da tentativa de assassinato do meu pai. Eu esperava que essa pessoa que sua amiga corteja talvez fosse a explicação para isso.

— Não, não acho que fosse ela. — Minha boca ficava mais seca a cada instante.

— Talvez assim que começarem a testar as pessoas de modo mais abrangente, consigam encontrá-la. Ela poderia nos dar algumas respostas que procuramos.

Engoli em seco. Não demoraria muito para que a paranoia do Conselho os fizesse testar os palacianos.

— Mare? Preciso lhe contar uma coisa. — Eu tremia de medo, mas as palavras estavam saindo e eu não podia voltar atrás. — Naquela noite que o assassino tentou matar o rei… fiquei com tanto medo. E quando ele atacou Thandi, e depois você… Temi que você se ferisse. Que você fosse morta.

— Também me senti assim — ela disse. — Mas isso não importa. Ele está morto. — Ela tocou meu braço para me tranquilizar.

— Eu sei. Mas tem mais uma coisa que eu preciso lhe contar sobre aquela noite — falei.

— Do que está falando? — ela perguntou.

Minha garganta fechou. Eu não conseguia falar.

Em vez disso, olhei para as chamas na minha lareira e liberei um pouquinho da magia no mundo. Fagulhas subiram do fogo e se espalharam pelo quarto, ardendo ainda mais do que quando se soltaram. Meu controle vacilou quando elas quase chegaram ao teto, e eu voltei a reprimir a magia. As fagulhas explodiram todas ao mesmo tempo, gerando uma chuva de cinzas.

Mare olhou para mim perplexa.

FOGO & ESTRELAS

Minhas bochechas queimavam de vergonha e de medo. Quando ela dissera que sempre seria minha amiga, ainda não conhecia meu segredo. Mas eu queria que suas palavras fossem verdadeiras – e isso significava que eu precisava contar a ela.

– Por favor, me perdoe – falei. – Minha mãe disse que eu deveria esconder esse dom, levar o segredo para o túmulo comigo. E sempre tinha sido um dom pequeno, um truque para entreter as visitas. Não magia de verdade. Mas desde que cheguei aqui, saiu de controle. É mais forte que eu, Mare, e fica mais forte a cada dia. Estou com medo. E não sei o que fazer.

– Foi você – ela sussurrou. – Não foi Lorde Kriantz, nem a faca. Você queimou o assassino.

Confirmei com lágrimas brotando nos cantos dos olhos.

– Jamais quis fazer aquilo. Foi tão assustador. Quando ele atacou você e Thandi, não consegui mais me controlar.

A expressão de Mare era indecifrável.

– Por favor, não me odeie – falei com um fiapo de voz. Meu queixo tremia e eu tentava manter a cabeça erguida, embora não conseguisse encarar Mare. O chão virou um borrão quando as lágrimas encheram meus olhos.

Ela colocou uma mão hesitante em meu braço.

– Nada me faria odiá-la – ela disse.

– Mas é proibido. É perigoso – falei, desafiando-a a me contradizer.

– Sim – ela concordou. Fez-se um silêncio pesado entre nós. – Mas significa muito que você tenha confiado em mim e me contado a verdade.

Enxuguei as lágrimas e dei um sorriso vacilante. O peso de guardar sozinha meu segredo em Mynaria finalmente diminuíra.

– O que pretende fazer? – ela perguntou gentil.

– Não sei – falei. Meus problemas estavam longe de serem resolvidos. – Se começarem a testar todo mundo, é só uma questão de tempo até descobrirem. A aliança estará arruinada. Fico pensando que,

★ 273 ★

talvez depois que eu estiver casada, consiga fazer algo com relação aos Dissidentes. Eles precisam ser responsabilizados pelo que aconteceu com Cas, mas talvez eles possam fazer algo mais por nós. Quem sabe não possam agir em favor do reino em vez de contra ele? Se houver uma maneira de remover ou esconder minha Afinidade, quem sabe eles não saibam um jeito de...

Tremi. Liberar a magia de algum modo me fazia sentir mais frio do que antes, e o ar do meu quarto ainda estava gelado por causa das janelas que tinham ficado abertas enquanto eu esperava por Mare. Esfreguei as mãos e as enfiei debaixo dos braços, mas nenhuma das duas coisas adiantou muito para fazer com que me sentisse melhor.

— Me dê — Mare disse. Ela chegou mais perto e esticou as mãos, mexendo os dedos para sinalizar algo que não compreendi imediatamente.

— Minhas mãos? — guinchei.

— Sim, sua boba. — Ela segurou minhas mãos, o calor de seu toque enviando um choque pelo meu corpo. — Denna... não sei muito a respeito de magia. Mas não acho que os Dissidentes sejam totalmente responsáveis pelo que aconteceu com Cas. Precisamos descobrir quem forjou aquela faca e por que queriam incriminar Zumorda. Talvez essa pessoa ou poder esteja por trás do que aconteceu com Cas. Mas o mais importante é: não vou deixar ninguém machucar você.

— Obrigada — falei. Eu queria chorar mais uma vez com o alívio que suas palavras me davam. Ela conhecia meu segredo, e ainda assim não tinha saído correndo. Mare conhecia meu segredo, e ainda segurava minhas mãos como se fossem as coisas mais preciosas do mundo. Ela as segurava com ternura, massageando meus dedos e fazendo com que o calor voltasse para eles. A magia fazia meu corpo inteiro formigar. Eu não ousava me mexer ou falar, com medo de que isso a fizesse parar ou me fizesse incendiar alguma coisa por acidente. Mesmo com os calos formados pelas cavalgadas constantes, suas mãos eram sedosas em comparação com as de Thandi. O cuidado que ela tinha comigo, com cada toque, era delicado, como se ela conhecesse meu corpo sem que eu tivesse que lhe dizer nada.

– Posso fazer uma pergunta? – ela disse.

Assenti.

– Qual é a sensação? De usar magia?

De todas as perguntas que ela podia ter feito, aquela eu não esperava.

– Minhas mãos formigam quando a magia surge – falei. – Usá-la me dá a sensação de que estou doando partes de mim, mas também me deixa animada. Às vezes, parece perigosa e fora de controle, e sinto como se não tivesse ideia do que estou fazendo.

– Soa como aqueles segundos que vêm antes de você beijar alguém – ela disse, sorriu e baixou os olhos.

Seu comentário ficou na minha cabeça o resto da noite, assim como a forma como ela aceitara minha Afinidade com inesperada gentileza e graça. Toda vez que ela olhava para mim, eu me sentia a única pessoa em todos os reinos. Ela me deixava radiante.

Muito tempo depois que ela se fora, o fogo na lareira ainda ardia brilhante, uma companhia apropriada para minhas emoções. A primeira noite em que eu me sentira daquele jeito tinha sido quando Mare e eu estávamos no jardim entre os pirilampos. Algo na forma como eles vagavam pelo jardim fizera com que eu me sentisse tão viva, e, ao mesmo tempo, ficar ao lado dela me dera chão. Fitando o fogo, imaginei que pedacinhos das chamas se separavam, subiam e pairavam pelo quarto como os pirilampos daquela noite.

Uma fagulha caiu na minha xícara de chá pela metade e chiou no líquido morno.

E pela primeira vez não me assustava o fato de minha magia surgir tão fácil e tão explosiva em Mynaria – eu simplesmente observei os pontinhos de luz flutuarem preguiçosamente pelo meu quarto, fantasiando sobre aquela noite em que eu ficara no jardim com Mare.

E assim como eu tirara as fagulhas do fogo, as devolvi uma a uma, as faíscas girando em espirais de volta às chamas até se reduzirem a cinzas.

Saí do transe como se acordasse de um sonho – um sonho que mal me deixava continuar em pé ou de olhos abertos. Mas naquele momento eu tinha certeza de uma coisa pela primeira vez na vida: minha magia não era um truque para entreter as visitas nem resultado de orações em excesso para o deus do fogo.

Eu tinha uma Afinidade. Uma poderosa.

Eu jamais conseguiria escondê-la.

E não tinha sido Thandi que me mostrara o tamanho do meu dom, que me aceitara e transformara a fagulha em fogo.

Fora Mare.

Ao tomar consciência disso, percebi que eu estava completamente, sem sombra de dúvida, profundamente apaixonada por ela.

Se eu fosse qualquer outra pessoa no mundo, talvez tivesse lhe contado. Mas meu futuro estava traçado.

TRINTA

Mare

 Entrar de fininho nos aposentos de Denna virou um hábito diário. Sua Afinidade deveria ter me assustado, mas em vez disso fez com que eu me sentisse mais próxima dela e honrada por ela ter confiado em mim e me mostrado aquela parte tão aterrorizante de si. Tentei convencer a mim mesma de que as horas roubadas que passávamos juntas bastavam, até uma noite em que fiquei em seu quarto até tão tarde que adormeci ao seu lado e acordei na manhã seguinte com seu corpo pequeno encolhido perto do meu, o calor de suas costas pressionadas contra o meu peito. Eu adorava a pele macia de seu ombro e a curva graciosa de sua cintura e o som de sua respiração adormecida. E embora naquele momento fôssemos tão próximas quanto duas pessoas podiam ser, ainda não me parecia proximidade suficiente.

 Quando chegou a hora de encontrá-la na noite seguinte àquela em que eu dormira em seu quarto, eu não conseguia mais disfarçar minha agitação com relação ao que o futuro nos reservava. Assim que nos sentamos, ela começou a falar exasperada sobre os planos para o seu casamento. Eu não conseguia escutar. Eu queria que ela fosse minha, não do meu irmão.

— Denna — interrompi quando ela finalmente fez uma pausa em seu discurso inflamado. — Eu estava me perguntando se não existe mais alguma coisa em que ainda não pensou. — Era agora ou nunca.

— O quê? Ah, não... será que esqueci de alguma coisa para o casamento? — Ela se sentou ereta com uma expressão de pânico.

— Possivelmente — respondi seca. — Você se esqueceu de que em menos de um mês se casará com meu irmão?

Denna me encarou.

— É claro que não. Não é essa a ideia?

— Mas percebe o que isso significa? — falei. Eu esperava que ela percebesse a insinuação, porque dizer o que eu tinha em mente com todas as palavras seria difícil.

— Não estou entendendo.

— Você. Thandi. Casados. Príncipe. Princesa. Rei. Rainha.

— Sei, sei, sei. O que isso tem a ver com algo que eu ainda não saiba?

— Denna, não vou usar cordas para escalar paredes e entrar em um quarto que você estará dividindo com meu irmão. — Todos os nossos momentos juntas tinham sido roubados de nós, e, assim que ela dividisse um quarto com meu irmão, não teríamos mais nenhum.

— Eu sei. — Sua voz falhou.

— E você não poderá sair de fininho. Quando estiver casada, passar um tempo comigo não começará a ser bem visto de repente. Pelo contrário. Eles arranjarão coisas em dobro para mantê-la ocupada. Você terá que ser a anfitriã em todo evento que se planeje realizar entre estes muros. Você terá que fazer turnês pela cidade. Com sorte, eles serão sensatos e a colocarão no Conselho imediatamente. De jeito nenhum você conseguirá me encontrar, às escondidas ou não.

Uma série de emoções que não consegui decifrar passou pelo semblante de Denna.

— E por que você se importa tanto com isso? — ela perguntou. Levantou-se e me encarou.

— O quê? — O tom desafiador me pegou de surpresa.

– Não, Mare, de verdade. Por que se importa? – ela pressionou.

– Porque... porque me preocupo com você – dei uma desculpa esfarrapada.

– Você pode continuar se preocupando comigo da mesma forma quando eu estiver casada. Você pode mostrar que é minha amiga me ajudando a passar por isto, tornando este momento mais suportável. Ficando aqui e me oferecendo conselhos e sua amizade. – Ela chegou mais perto.

– Sim, mas...

– Mas o quê, Mare? O que você quer de mim?

Senti um aperto no peito e minha garganta fechou, impedindo que eu dissesse o que precisava dizer. Ela não entendia que aquela amizade não bastava mais, e eu não sabia como dizer a ela tal coisa. Poderia acabar com tudo.

– Mare, você precisa me dizer por que isso importa para você – ela disse.

– Porque... porque não quero ficar sem você – falei.

– Mas você não ficará sem mim! Só se você se casar com alguém e for embora. – Ela deu um passo para trás e jogou as mãos para cima.

– Ficarei, sim – falei, finalmente explodindo. E me levantei. – Denna, você não entende como serão as coisas. Você não terá vida própria. Posso ter um pequeno papel nela se eu ficar aqui, mas as coisas não serão como são agora. E não quero que as coisas mudem, a menos que a mudança signifique passar mais tempo com você, não menos.

Além disso, ela estaria casada com meu irmão e dividiria a cama com ele. Meu futuro seria o de uma solteirona, envelheceria sozinha, murchando enquanto os via construir uma vida juntos. Eu tinha que falar agora, antes que fosse tarde demais.

– Denna, a verdade é que eu gostaria que fosse comigo, não com Thandi, que você tivesse que casar. Eu suportaria a Coroa se isso significasse ter uma vida com você. – Cada palavra doeu. Eu havia arrancado meu coração pulsante e o jogado no chão aos pés dela. Só havia mais uma coisa a ser dita. – Amo você. – As lágrimas vieram e me fizeram engasgar.

Ela olhou para mim como se eu a tivesse golpeado, tão imóvel que eu nem conseguia imaginar o que se passava por sua cabeça. Ter revelado a ela meus sentimentos tinha sido um erro terrível.

Eu me virei, meu peito desmoronando. Pelo menos agora eu poderia casar com outra pessoa ou viver minha própria vida, sem ter que imaginar se as coisas teriam sido diferentes.

– Preciso ir. – Funguei, lágrimas idiotas escorrendo pelas minhas bochechas. Eu odiava que Denna me visse tão fraca e arrasada. Fui até a janela, agarrei a corda com as mãos trêmulas e passei uma perna pelo peitoril. E então, de repente, ela estava do meu lado, agarrando meu braço, seus olhos brilhando de lágrimas.

Ela me empurrou contra a esquadria da janela e senti um nó na garganta. Apesar de saber que eu tinha que fugir dali, meu corpo congelou, sem querer encerrar aquele meu último momento com ela. Uma pergunta sem resposta encheu o ar entre nós. Ela enxugou uma lágrima da minha bochecha com seus dedos suaves, e cada fibra do meu corpo traidor respondeu com um desejo tão intenso que queimava.

– Não posso perder você – ela sussurrou.

Algo parecido com esperança tremulou no meu peito.

Ela se inclinou para a frente e me beijou.

TRINTA E UM

O corpo de Mare ficou rígido quando a toquei. Eu a beijei devagar, intensamente, cada sentimento que eu tinha por ela colocado em meus lábios enquanto sentia a doçura dos seus. Um vento gelado entrava pela janela aberta e não alterava o calor entre nós. Ela abrira meus olhos para o mundo, e agora era minha vez de dar vida a ela lhe mostrando o quanto ela era importante para mim. A corda bateu contra o peitoril ao escorregar de seus dedos frouxos e então eu soube que a ganhara.

— Também amo você — sussurrei.

De repente, as mãos dela estavam em todo lugar, meio desajeitadas tentando encontrar onde agarrar. Ela me puxou tão para perto que eu estava quase sentada em seu colo, a parte de dentro de sua coxa pressionada contra meu quadril enquanto ela me beijava mais uma vez. Uma onda de calor explodiu na boca do meu estômago quando ela mordeu meu lábio delicadamente, me estreitando ainda mais em seus braços. Quando finalmente nos separamos, ofegantes, eu nem sentia mais frio.

— Mare — falei baixinho, segurando seu rosto entre minhas mãos trêmulas. Ainda havia lágrimas em sua face, e usei meus polegares para secá-las.

— Eu deveria ir...

— Não, fique. — Beijei sua bochecha. — Por favor. — Eu a puxei de volta do peitoril e na direção do sofá. Ela me seguiu com as pernas bambas. Segurei sua mão enquanto ela se sentava, temendo que, se eu a soltasse, ela tentaria fugir.

— Eu não esperava por isso — ela disse por fim, apertando minha mão com ternura.

— Nem eu. Nunca me senti assim com ninguém. — Eu a olhei nos olhos, esperando que ela compreendesse.

— Eu também não. — Ela soltou um suspiro entrecortado.

— Eu não sabia. Se eu achasse que você sentia por mim o mesmo que sinto por você...

Seus olhos buscaram os meus subitamente.

— Quer dizer que já tinha esses sentimentos faz tempo?

— Sim. — Corei. — Mas não sabia se você os tinha.

— Bem, agora você sabe a resposta.

Ela me puxou mais para perto. Senti seu cheiro perfeito, de algo picante e doce, estimulante e inebriante. Ela segurou meu queixo e roçou seus lábios nos meus novamente, fazendo o desejo se agitar dentro de mim. Passei meus braços em volta de seu pescoço para me aproximar mais ainda. Eu precisava que Mare me ensinasse como fazer aquilo. Minha cabeça girava com o som de sua voz e o toque de seus lábios.

Ela me beijou até me deixar sem ar, até eu mal conseguir ficar em pé ou manter as costas retas. E apesar de eu estar exausta e de ela insistir que precisava ir embora, eu não suportava a ideia de ter que parar de tocá-la. Seu rosto parecia diferente daquele que eu conhecia, tomado por um entusiasmo que eu causara. As lágrimas haviam desaparecido de suas bochechas e foram substituídas por um brilho rosado que tinha como origem algo além do fogo.

Caminhamos de mãos dadas até a janela, com os passos mais lentos que conseguíamos dar. Quando tremi devido ao ar frio que soprava, ela me envolveu em seus braços novamente. Um suspiro escapou dos meus lábios quando encostei minha cabeça em seu ombro. Ela apoiou seu queixo no topo da minha cabeça, deixando seu pescoço em uma posição conveniente para ser beijado.

— Se você não parar com isso, não vou conseguir ir embora — ela disse.

— É exatamente isso que tenho em mente — murmurei entre beijos, gostando de como eu sentia sua pulsação em meus lábios. Eu não queria parar.

—Você não está facilitando as coisas.

— Não pode voltar mais tarde? — Olhei para ela esperançosa.

— Não posso — ela gemeu. — Já estou atrasada, e prometi a Nils e aos amigos dele uma rodada de carteado. Ele já está reclamando que faz dias que não me vê.

— Bem, deixo você ir com uma condição… terá que voltar amanhã. Para passar a noite. — Minha ousadia chocou até a mim mesma, mas eu a desejava tanto que não me importei.

— Acho que posso dar um jeito. — Senti seu sorriso contra minha bochecha.

Quando ela saiu pela janela, fiquei observando-a se afastar até meus dentes baterem de frio, e finalmente fechei as venezianas quando tive certeza de que ela não voltaria. Eu não sabia o que dera em mim. Eu não aguentava ver Mare sofrendo tanto. Eu havia tentado sufocar meu amor por ela, sabendo que meu casamento nos impediria de ter um futuro juntas. Mas para isto — reciprocidade de sentimentos — eu não estava preparada. A culpa me consumia ao pensar em Thandi, mas tudo que eu queria era me regozijar sabendo que ela me amava.

TRINTA E DOIS

Mare

Dei a volta no castelo correndo até a entrada dos fundos que eu usava às vezes ao retornar do celeiro. Os vassalos que guardavam a porta se limitaram a olhar para mim de relance. Talvez o ar frio fosse uma boa justificativa para minhas bochechas vermelhas. O burburinho baixo me recepcionou assim que atravessei a ampla sala e passei por entre as mesas muito gastas que ficavam vazias a maior parte do tempo. Alguns grupos se dedicavam às cartas, bebericando de grandes canecas de chá-preto forte para se manterem acordados para o turno da noite. Passei as mãos pelos cabelos em uma débil tentativa de me recompor enquanto me aproximava da mesa em que Nils estava sentado. Eles nunca deixariam de pegar no meu pé se achassem que eu estivera com alguém, e com toda certeza eu não contaria a eles a verdade.

– Ei, Mare! – Rowlan, um dos amigos de Nils, acenou para mim. Nils se virou para olhar para mim com um sorriso de boas-vindas no rosto. O calor familiar de seus olhos castanhos me trouxe um pouco de volta à realidade. Caminhei a passos largos até sua mesa e me sentei ao seu lado. Infelizmente, havia uma pessoa naquela mesa que eu não esperava encontrar.

— Atrasada, como sempre. Que surpresa — Thandi disse para me cumprimentar.

— Eu não esperava encontrá-lo aqui com os vassalos — falei. Vê-lo me trouxe de volta à realidade com a força de uma tempestade de inverno. Denna ainda pertencia a ele. Ainda que me amasse, ela não havia me prometido nada.

— São meus amigos também. Além disso, gosto tanto quanto você de um jogo de cartas. Ele estava todo zombeteiro, como sempre. O único que ele podia chamar de amigo era Rowlan, e só porque geralmente eram parceiros de treino de luta. Eu duvidava que algum dos vassalos saísse dizendo por aí que era amigo do futuro rei.

— Engraçado você gostar de jogo, mas eu acabar sempre ganhando de você — respondi.

Os outros caras da mesa deram risada do meu desafio, empurrando uns aos outros como costumavam fazer.

— Pode ficar no meu lugar, Mare. Meu turno começa em menos de uma hora e temos muito a fazer antes da Cavalgada amanhã. — Brin, outro amigo de Nils, deixou suas cartas viradas para baixo sobre a mesa e se levantou.

— Obrigada. — Fui para o outro lado de Nils e sentei no lugar de Brin. Isso me deixava numa diagonal em relação a Thandi, o que era melhor que ficar cara a cara com ele. Ao olhá-lo por cima da mesa, eu me sentia dividida entre culpa e orgulho. Ela me amava. Ela tinha me beijado.

— E então, onde você estava? — Nils perguntou entre as jogadas.

— Perdi a noção do tempo. Desculpe. — Fitei a mesa, meus dedos inquietos sobre as minhas cartas.

Ele se reclinou na cadeira com um sorriso divertido no rosto.

— É mesmo?

— Provavelmente deixando Lorde Kriantz entusiasmado com assuntos de montaria. — Thandi revirou os olhos.

FOGO & ESTRELAS

Se ele ao menos soubesse o quanto estava equivocado. Mesmo assim, minhas bochechas ficaram vermelhas. Os homens riram e todos ficaram me olhando.

— Eu não estava com ele, não que isso seja da sua conta — consegui gaguejar por fim.

Um ar de compreensão surgiu no rosto de Nils subitamente, e ele se sentou com as costas retas.

— Ouvi dizer que você está tendo problemas com Lessi, Rowlan. Ela ainda o mantém sob rédeas curtas?

Rowlan gemeu e apoiou a cabeça nas mãos, o que gerou uma nova rodada de risos na mesa, e felizmente levou o foco da conversa para outra pessoa.

— Ela quer que eu me vista de gato no baile de fantasias da colheita na cidade. Dá para acreditar? Um maldito gato!

— Ela provavelmente vai pendurar uma coleira com guizo no seu pescoço — eu disse com um riso sarcástico.

A expressão de Rowlan mudou de desânimo para pavor puro.

— Jamais farei isso. Jamais.

— Está certo — Nils disse, enxugando lágrimas de riso dos olhos.

— E você, Thandi? Como é a bela princesa de Havemont? — Rowlan perguntou, claramente desesperado para mudar de assunto.

Thandi deu de ombros.

— Ela é inteligente e nos damos bem. É o máximo que se pode esperar de um casamento arranjado. Será uma boa rainha.

Fingi estar interessada na minha mão, trocando as cartas de lugar sem uma ordem em particular. Se algum deles adivinhasse minha opinião sobre o assunto, eu estaria perdida. Parte de mim estava aliviada por ele não parecer muito interessado em Denna, mas sua falta de apreço por ela também me dava vontade de chutá-lo. Ela merecia mais.

— E então, já conseguiu alguma coisa com ela? — Rowlan ergueu as sobrancelhas.

Thandi fez sua jogada e deu um sorriso malicioso.

★ 287 ★

– O que você acha?

Se eu pudesse me safar ao arrancar a tapas aquele sorriso da cara dele, teria feito isso. E o pior era que eu não sabia se ele estava blefando. Meu sangue gelou ao pensar nele tocando-a. Ela não podia tê-lo beijado, ou podia?

– Definitivamente, sim – Rowlan disse. – Droga, não tenho cartas de trunfo. Você sempre me atrapalha, Thandi.

– Ser um pouco romântico com ela não faz mal. Passaremos o resto da vida juntos, afinal – Thandi disse.

Sem dúvida, ele a havia beijado. Enfiei as unhas nas minhas coxas enquanto todo mundo ria. Era verdade: eles passariam a vida inteira juntos, em busca do mesmo objetivo imutável. Aquilo me deixava em desvantagem. Joguei um trunfo e tomei todas as fichas, exceto duas, do lado da mesa de Thandi. Ganhar dele não teve o mesmo gostinho doce que teria se eu não soubesse que ele a havia beijado.

– Droga. Você sempre tem a carta de que precisa no final. – Nils balançou a cabeça.

– Quem espera sempre alcança – eu disse.

– Que inferno, Mare! – Thandi praguejou, juntando as fichas que ele conseguira manter sobre a mesa.

– Nada que você não mereça – falei.

Quanto mais tempo eu passava à mesa, mais pesados meus membros pareciam. A sensação de leveza de estar com Denna havia desaparecido, sendo substituída pela realidade de que ela fora prometida ao meu irmão. Eu precisava decidir meu futuro. E embora deixá-la fosse partir meu coração, ficar destruiria minha alma.

– Está tudo bem? – Nils virou-se para mim com cara de preocupado.

– Estou um pouco cansada. É melhor eu ir embora – falei.

– Acompanho você parte do caminho.

Não tive forças para recusar, então me despedi dos outros jogadores e do meu irmão, embora não tivesse olhado nos olhos dele. Eu sei

FOGO & ESTRELAS

o que veria neles. Autoconfiança. Arrogância. Um futuro cheio de certezas pela frente, casado com a garota que eu amava.

— Qual o problema? — Nils perguntou, passando um braço em volta de mim. — Você chegou toda animada e agora parece que quer vomitar ou socar algo. Talvez as duas coisas.

— E quero — grunhi e me livrei do braço dele.

— Então... quer falar sobre isso?

— Meu irmão é um babaca arrogante. Não sabe apreciar nada que tem.

— Suponho que você não esteja falando de tudo isso. — Nils gesticulou indicando os arredores.

— Estou falando de Denna. É como se ela fosse um objeto, algo que ele vai ter porque será rei um dia.

Nils inclinou a cabeça para o lado, mas não disse nada.

— Ela é tão mais valiosa, mas ele não percebe. Há tantas coisas que ela poderia fazer por este reino, e ninguém lhe dá uma oportunidade. — Minha veemência aumentava conforme eu prosseguia.

— Acho que não foi exatamente isso que ele disse — Nils falou. — Quero dizer, este *é* um casamento arranjado. Uma aliança política. Você tem sorte se conseguir se dar bem com a pessoa com quem é obrigado a se casar, é o que penso. E ele parece apreciar a inteligência dela e achar que ela será uma boa rainha.

— Preciso ir embora daqui — falei. — Talvez eu devesse pedir a meu pai um território esquecido lá no norte. Começar um negócio de treinamento de cavalos.

— No meio do nada? Vai dar muito certo.

— Não quero ficar para ver a vida de uma das minhas amigas mais próximas sendo lentamente arruinada. — A explicação era mais que medíocre. Os beijos dela ainda ardiam na minha pele.

— Por que está tão chateada com isso? Sei que você tem passado muito tempo com ela ultimamente, mas...

— Não sei o que fazer. — Eu não sabia como admitir o que tinha acontecido entre mim e Denna. Como aquilo havia mudado tudo.

— Está tudo bem, pequena Mare. Tomar um rumo com relação ao seu futuro é uma decisão importante. Pense nas pessoas daqui que amam você... e nas pessoas que você ama. — Sua voz era gentil ao apertar meu ombro com carinho.

Suas palavras mergulharam fundo. Minhas decisões eram maiores que eu, e Denna não era a única que eu amava. Ele também importava. Caminhamos de braços dados até chegarmos ao fim da escada e então eu o puxei para um abraço.

— Obrigada por ser meu porto seguro. E meu melhor amigo — falei.

— É claro — ele respondeu. — Serei sempre.

Eu me despedi dele com um beijo na bochecha e subi os quatro lances de escadas até a ala real que eu ocupava, mas, ao chegar ao corredor que levava aos meus aposentos, encontrei um convidado inesperado. Lorde Kriantz estava parado diante da porta do meu quarto.

— O que o traz a esta parte gelada do castelo? — perguntei, tentando disfarçar as emoções conflitantes dentro de mim.

— Tem um assunto que eu queria discutir com você — ele disse.

Pedi aos Seis que ele finalmente tivesse alguma informação útil com relação à lâmina zumordana ou sobre os Dissidentes. Que tivesse qualquer coisa, na verdade. Gesticulei indicando que entrasse na minha antecâmara e fechei a porta.

— O que queria discutir? — Desabei sem muita dignidade em uma das poltronas, já cansada daquela noite.

— Casamento — ele disse.

Meu corpo foi de quente a gelado num piscar de olhos. Eu me sentei direito na poltrona, totalmente desperta.

— Você parece um potro assustado — ele disse, um sorriso surgindo em meio à sua barba escura.

— Desculpe, milorde. Não era isso que eu esperava que você dissesse. — Eu não podia imaginar o que diabos ele estava pensando.

FOGO & ESTRELAS

Eu preferia ter ferraduras marteladas no meu crânio a me casar. Além disso, eu mal o conhecia.

— Você não precisa me dar a resposta agora — ele prosseguiu. — Eu queria que você soubesse que discuti o assunto com o Rei Aturnicus, e ele parece satisfeito com a ideia de nossa união. No entanto, ter o seu consentimento é igualmente importante. Acho que seria bom para nossos reinos, e bom para nós dois também.

— Mas por quê? — perguntei. Que lógica distorcida o levara a achar que se casar comigo era uma boa ideia?

— Sua experiência com cavalos seria útil no programa de reprodução que estou desenvolvendo. — Ele se inclinou para a frente. — Espero criar uma raça nova que tenha a resistência dos cavalos do deserto e a força dos cavalos de guerra de Mynaria. Quero uma parceira, não uma propriedade, que possa me ajudar a transformar Sonnenborne em um reino poderoso, e sei que você jamais aceitaria menos que isso. Como sou o governante eleito das tribos sob meu brasão, que inclui o maior assentamento de Sonnenborne, nosso casamento também criaria uma aliança entre nossos dois reinos. Se Zumorda realmente estiver por trás dos ataques a Mynaria, devemos ter uma linha de frente unida. Havemont, Mynaria e Sonnenborne devem agir em conjunto. Não sei de que outro modo poderíamos vencê-los. — Ele falou com a paixão de uma pessoa que acreditava em sua missão.

— Não sei o que dizer — falei. Pelo menos era fácil ser sincera com relação a isso. Eu gostava dele, mas deixar Mynaria nunca fizera parte do meu plano, se é que os pensamentos aleatórios que eu tinha sobre o meu futuro pudessem ser chamados de plano. Mas a proposta de parceria de Lorde Kriantz era mais do que eu conseguiria da maioria dos outros pretendentes. E eu estava curiosa com relação aos seus planos para o programa de criação de uma raça de cavalos de Sonnenborne.

— É por isso que não espero que tome uma decisão agora. Por favor, leve o tempo que precisar para pensar em minha proposta. De todo modo, a Cavalgada, o baile da colheita e o casamento de Thandilimon são as prioridades no momento. O tumulto na fronteira antecipou meu retorno para casa, mas ainda quero que você tenha tempo para se decidir.

— Claro. — Eu ainda estava atordoada demais para dizer qualquer outra coisa.

—Vou deixá-la a sós para pensar, milady. Com certeza, seu dia deve ter sido bem longo. — Ele se levantou e passou por mim ao se dirigir para a porta.

— Pensarei na sua proposta — falei com a boca seca. Como se eu já não estivesse confusa o bastante.

— Fico feliz em saber disso. Boa noite, Mare. — Ele se curvou levemente diante da porta e sorriu de novo para mim. — Se houver mais alguma coisa que eu possa fazer por você enquanto isso, é só me dizer.

— Boa noite, Endalan.

Quando a porta se fechou atrás dele, imagens do meu futuro passaram diante dos meus olhos, e não reconheci a mim mesma em nenhuma delas. Será que eu estava preparada para ser esposa? Uma Lady de Sonnenborne? Que os deuses me livrassem, ser mãe? Ele até que era bonito, embora eu nunca tivesse pensado muito a respeito. Fiquei olhando fixamente para o fogo por muito tempo depois que ele saíra, tentando descobrir o que fazer. Eu não conseguia decidir se deveria ficar ou ir embora, ou se valia a pena lutar por Denna ou se era melhor me afastar enquanto ainda poderíamos lembrar uma da outra com carinho. Eu não sabia se deveria tentar seguir meu caminho sozinha ou aceitar a saída mais fácil que Lorde Kriantz me oferecia. Pelo menos uma coisa em sua proposta me interessava: meu futuro seria sobre o lombo de um cavalo, e aquele era o único lugar em que eu certamente gostaria de estar.

TRINTA E TRÊS

Dennaleia

A luz de início da manhã de um céu nublado dava a todas as coisas uma cara desbotada, os cascos inquietos dos cavalos gravando meias-luas na grama enquanto esperávamos para dar início à Cavalgada. Em algum lugar nas montanhas, as éguas de reprodução e os potros do rei aguardavam por nós. Meus ossos tremiam com a agitação da magia, e toda vez que eu me lembrava que havia beijado Mare, meu dom vinha perigosamente à superfície. Minhas reservas com relação à Cavalgada aumentaram quando Shadow e eu nos unimos aos outros participantes ao pé das montanhas. Se eu incendiasse alguma coisa, os membros mais importantes da corte de Mynaria seriam os primeiros a ver.

— Pronta para cavalgar? — Ellaeni perguntou quando me aproximei do grupo, acariciando o pescoço de seu cavalo cinzento sarapintado.

— Tão pronta quanto possível — falei, fazendo Shadow parar ao lado dela. — Alguma notícia de Claera?

Ellaeni balançou a cabeça com o rosto sombrio.

— Minha mãe mandou mensagem dizendo que os tumultos no canal cessaram, e que a maior parte das facções locais dos Dissidentes foi desmantelada. Mas muita gente desapareceu no mês passado.

De qualquer modo, Claera jamais entraria em contato com meus pais, nem se estivesse desesperada. Não depois de como eles a trataram.

– Sinto muito – falei.

Fez-se um silêncio melancólico.

Um vento gelado alvoroçou os cavalos, fazendo com que ficassem inquietos e mordessem seus freios. Mais de vinte nobres e vassalos esperavam perto de nós montados em seus cavalos, enquanto mais uns doze circulavam pela arena externa para se aquecerem. Esquadrinhei o grupo à procura de Mare e de Flicker, esticando o pescoço na esperança de ver de relance o cabelo brilhante dela ou a malha branca denunciadora de sua montaria. Talvez tê-la por perto me deixasse mais calma. Eu precisava ver seu rosto para saber que a noite anterior não tinha sido um sonho. Shadow ladeou, agitada pela minha tensão, e o cavalo de Ellaeni baixou suas orelhas. Acariciei Shadow distraidamente, tentando controlar minha respiração.

Sem esperança de dormir depois que Mare deixara meu quarto na noite anterior, eu devorara freneticamente as páginas do livro verde da biblioteca. Pensei em usar a pluma de Karov, mas eu sentia um calafrio toda vez que me lembrava de sua arma e de quão grande era seu interesse por mim. Eu não podia confiar nele. Mesmo que minha magia não pudesse ser totalmente escondida, devia haver formas de impedir que ela surgisse do nada. Mas de acordo com o livro, o controle era muito mais impreciso para pessoas com múltiplos dons, já que as regras aplicáveis a uma Afinidade podiam não ser aplicáveis às outras.

Quando eu não estava mais conseguindo entender aquelas palavras, me voltei para a imagem que chamara minha atenção na biblioteca. Mesmo em meio a uma tempestade de fogo e estrelas, o feiticeiro parecia calmo e controlado.

Aquela pessoa não era eu.

– Já está quase na hora – Thandi disse ao passar, sua égua se movimentando com a impaciência de sempre.

FOGO & ESTRELAS

— Estou pronta — falei, forçando um sorriso. Eu mal conseguia olhar para ele com minha mente tão ocupada por sua irmã.

Olhei de relance para Ellaeni, mas ela parecia preocupada.

Thandi fez Zin avançar, e eu fiz Shadow ir atrás deles.

— Esta é sempre minha parte favorita do outono — ele disse. — Nada aquece mais o sangue que um galope pelas montanhas. Você treinou saltos nas suas aulas?

Balancei a cabeça.

— Não, receio que não.

— Bem, cuidado com as valas. E com os troncos caídos. Siga os porta-estandartes se o terreno ficar perigoso demais. Eles geralmente vão pelos caminhos mais seguros, já que é difícil saltar carregando uma bandeira. — Ele indicou vários cavaleiros de uniforme azul com arremate branco brilhante, cada um deles carregando uma bandeira presa em um suporte afixado aos estribos de seu cavalo. As flâmulas tremulavam ao vento, compridos triângulos laranja de tecido serpenteando atrás dos quartos traseiros de suas montarias.

A afabilidade dele só aumentava minha culpa, e minha magia continuava em ebulição, sem ter para onde ir. Trotamos para as montanhas, fragmentos de risadas e conversas vindo do grupo. O vento trouxe até mim vozes falando de guerra. Dos Dissidentes que tinham sido capturados. Do ataque a Zumorda. A Cavalgada não era a única coisa que agitava o sangue das pessoas.

— Está nervosa, milady? — Thandi perguntou.

— Um pouco — admiti.

— Não se preocupe — ele disse. — Não é a primeira Cavalgada de Shadow. Ela cuidará de você, e eu também.

Eu me encolhi na sela, envergonhada. Depois de tanto tempo em Mynaria, eu não deveria precisar que alguém cuidasse de mim.

— Onde está Amaranthine? — perguntei. O nome dela em meus lábios bastava para fazer minhas bochechas arderem.

★ 295 ★

— Vai saber! — Thandi deu de ombros. — Provavelmente voltou aos estábulos. Ela disse algo sobre ajudar com as éguas e os potros quando eles chegassem.

Começamos a trotar, o que pôs fim à conversa. Assim que entrei no ritmo das passadas de Shadow, o som agudo e claro de uma trompa ecoou em meio às árvores, nos dizendo para avançar. Árvores ladeavam a larga trilha, que margeava a base das montanhas em vez de subir serpenteante como aquelas que eu percorrera com Mare. Thandi e eu mantínhamos um ritmo acelerado, ultrapassando os demais ao abrirmos caminho até a frente do grupo. Ellaeni também ficou por perto, sua presença me reconfortando um pouco. A silhueta vestida de azul do rei surgiu à nossa frente, as costas de sua jaqueta de montaria adornada com feixes de trigo cruzados e flechas do brasão de Mynaria bordadas com fios dourados.

— Vamos cavalgar com Endalan — Thandi disse, apontando para a frente.

Ao lado do rei, Lorde Kriantz montava um cavalo diferente de todos os outros. A égua era só um pouco mais alta que Shadow, parecendo uma anã em comparação com todos os cavalos de guerra à nossa volta, e tinha uma pelagem peculiar que brilhava feito ouro polido. Lorde Kriantz cavalgava com confiança sobre a sela e com as rédeas firmes de um cavaleiro experiente, com o pescoço delgado de sua égua arqueado com orgulho diante dele. Se sua postura não fosse tão boa, e se ele mesmo não fosse tão magro, ele teria parecido engraçado escarranchado sobre o animal de pernas esguias, corpo estreito e uma estranha cara convexa. Até a cauda da égua era fina, os parcos fios brancos terminando pouco abaixo dos jarretes.

— Ei, você! — Thandi chamou Lorde Kriantz. — Eu estava me perguntando se um dia você nos mostraria seu cavalo.

Lorde Kriantz sorriu.

— Gostei de seus cavalos de guerra, mas cavalgar Pegala sempre será como estar em casa. Ela ainda estará descansada quando suas montarias estiverem ofegantes e prontas para voltar ao celeiro. – Ele acariciou o pescoço dourado da égua, ganhando em troca uma balançada das grandes orelhas de sua montaria.

– Talvez, mas com certeza vai querer um de nossos cavalos se formos atacar Zumorda – Thandi respondeu.

– Pode contar com minha espada ao lado da sua – Lorde Kriantz disse.

Thandi assentiu, com um olhar duro.

A conversa deles prosseguiu em torno de cavalos e guerra, o que me deixava sem vontade de participar. Em vez disso, minha mente estava tomada por pensamentos que eu mal conseguia administrar: minha Afinidade, as lágrimas e os beijos de Mare, e como cada vez mais parecia que tudo terminaria em fogo e caos.

Encontramos o bando de éguas de reprodução quando a trilha se abriu em um campo no coração das montanhas. Uma égua bufou cautelosa quando nos aproximamos, embora não fôssemos os únicos humanos presentes. Diversos guardiões do rebanho já estavam em meio aos cavalos, seus uniformes marrons sujos de terra e com manchas que denunciavam vários dias de viagem. Os guardiões montaram em seus cavalos quando chegamos mais perto, usando seus cavalos para conduzir gentilmente as éguas desgarradas para o centro do rebanho. Potros e potrancas saltitavam junto de suas mães, os mais curiosos deles vindo na nossa direção, com as orelhas em pé e suas caudas curtas balançando de um lado para o outro.

Nosso grupo se dividiu ao meio e seguiu pelas margens do campo, Thandi sinalizando que eu o seguisse, embora sua égua baixasse as orelhas para Shadow. Paramos do outro lado do campo, enquanto os outros cavaleiros faziam uma série de gestos que eu desconhecia. Apesar de não saber o que viria em seguida, meu coração batia forte de ansiedade.

– Prepare-se – Thandi disse, seu rosto radiante de empolgação.

Seguimos cavalgando até que o rebanho de cavalos iniciou um trote. Então a trompa soou. O rebanho disparou, e seguimos com eles. Não foi necessário tocar Shadow com meus calcanhares para fazê-la avançar. Fiquei em pé em meus estribos como Mare havia me ensinado, usando minhas panturrilhas para absorver o impacto do galope de Shadow. Em segundos nos enfiamos entre as árvores, que passavam rápido demais por nós para que as contássemos. Os cascos de Shadow batiam na terra junto com os dos outros, quase descontroladamente.

Eu me esforcei para ficar perto de Thandi, mas fora do alcance dos coices e mordidas de Zin. Ellaeni cavalgava ao meu lado, sua égua cinzenta com olhar agitado devido à excitação do galope. Lorde Kriantz havia se separado de nós, as pernas compridas de sua égua colocando-a bem à frente na trilha, um fantasma dourado entre as árvores. Tudo que podíamos fazer era segui-la. Minhas coxas queimavam, já cansadas de meio dia de cavalgada, e, quando chegamos ao topo da montanha e começamos a descida perigosa, agarrei a crina de Shadow e fiz uma oração aos Seis.

O rebanho se afunilou na trilha do vale, e soltei um suspiro de gratidão quando o ritmo diminuiu para um galope leve. Shadow ainda ofegava, com o pescoço úmido e as passadas pesadas, tentando acompanhar os cavalos de guerra. Como Lorde Kriantz prometera, seu cavalo mal havia suado, sua pelagem dourada brilhando sob a luz da tarde. As árvores baixas e retorcidas e os arbustos compactos mantinham o rebanho na trilha aberta, guiando-os em segurança na direção do castelo. A parte difícil ficara para trás.

Thandi cavalgava ao lado do cavalo negro do rei, compartilhando um sorriso com o pai. Naquele instante, finalmente me senti mynariana. Havia um futuro para mim ao lado deles, e aquilo me confortava. Fiz Shadow aumentar seu ritmo para que eu os alcançasse, para que pudesse cavalgar onde eu pertencia. Eu precisava reivindicar meu lugar, cavalgar onde eu deveria estar, ainda que cada centímetro do meu corpo doesse ao pensar em Mare.

FOGO & ESTRELAS

Quando eu estava poucos cavalos atrás do rei, uma sensação de que havia algo errado me atingiu subitamente, segundos antes de uma explosão de chamas cor de violeta o engolir.

Gritei.

O cavalo do rei empinou e Shadow parou bruscamente, quase me catapultando para fora da sela. Eu me agarrei à sua crina e me esforcei para me endireitar enquanto ela saía do centro da trilha. Consegui recuperar o controle das rédeas a tempo de ver o rei tombar de seu cavalo, chamas arroxeadas lambendo sua farda, o brasão dourado de Mynaria queimando em suas costas como se tivesse sido bordado ali especificamente para isso. Os vassalos correram na direção dele, arrancando suas próprias jaquetas para abafar as chamas. Mas quando eles se afastaram, o rei permanecia imóvel.

Lorde Kriantz e alguns vassalos se embrenharam na mata para checar o perímetro quanto a sinais do responsável pelo ataque. Shadow se mexia inquieta sob mim enquanto eu engasgava com o cheiro de carne queimada.

A Capitã Ryka se agachou ao lado do rei, encostando a bochecha em seu rosto.

— Ele está respirando!

Thandi saltou de sua sela, entregou as rédeas de Zin a um cavaleiro que estava por perto e correu para o lado do pai.

— Ele está vivo — Thandi sussurrou como se fosse uma oração.

Desmontei de Shadow e apertei meu estômago. Aquilo não podia ser culpa minha. Não podia. Eu jamais machucaria o rei. Eu jamais machucaria ninguém. Tentei relembrar de instantes atrás, se havia algo queimando. Eu me sentia enjoada, mas não era aquela sensação estranha de vazio e exaustão que geralmente vinha quando eu usava meu poder. Não podia ter sido eu.

Lorde Kriantz chegou trotando em sua égua.

— Não achamos ninguém — ele disse.

Thandi cerrava e rangia os dentes, olhando fixo para as árvores por um instante antes de se virar para os vassalos que o rodeavam.

— Croden e Lianna, vasculhem a área novamente. Você no cavalo baio, vá buscar um médico e uma maca, o mais rápido que seu cavalo conseguir. Os demais, continuem cavalgando. Ainda temos que levar as éguas de reprodução para casa.

Todos reagiram depressa às ordens confiantes dele, os cavalos se movendo velozes por entre as árvores e a trilha abaixo. Pela primeira vez, enxerguei o homem que seria rei um dia. Um silêncio estranho se abateu sobre a floresta quando os cascos dos cavalos sumiram à distância. Entre o silêncio da mata e a imobilidade do corpo do rei, era difícil acreditar que ele fosse sobreviver.

— Há algo que eu possa fazer, Sua Alteza? — Lorde Kriantz perguntou. Thandi o encarou com olhos turvos.

— Fique por perto. Talvez eu precise de seus conselhos, amigo.

— Como quiser, Alteza.

— Como isso pôde acontecer? — Thandi grasnou. — Ele não tem nenhuma marca de arma.

Lorde Kriantz falou com pesar:

— Não foi um ataque comum, Sua Alteza. Deve haver magia por trás. Que outra coisa faria as chamas arderem na cor roxa?

O semblante de Thandi ficou sombrio.

— Se um usuário de magia for o responsável, nós o encontraremos. — Ele baixou a cabeça sobre o corpo do pai. — Nós o acharemos e o esquartejaremos.

Tremi. Não havia misericórdia em sua voz. E não haveria modo de explicar que a existência da minha Afinidade não me tornava culpada.

— Talvez seja hora de começarmos a testar todos os presentes nesta cavalgada com o artefato dos Dissidentes — a Capitã Ryka sugeriu. — O responsável pelo ataque deve estar entre nós.

O torpor tomou conta de mim.

— Sim. — Thandi assentiu. — Agora mesmo.

TRINTA E QUATRO

Mare

A massa carbonizada sobre a maca mal lembrava um ser humano, quanto mais meu pai. Soquei a parede de pedras dos estábulos repetidamente enquanto os médicos debruçavam sobre a maca e o levavam para longe, com a Capitã Ryka os seguindo apressada. Por mais que eu estivesse brava com meu pai por diversos motivos, a ideia de tê-lo tão perto da morte me deixava arrasada. Afinal, eu já havia perdido minha mãe.

Eu devia ter participado da cavalgada, e teria feito isso se conseguisse ficar perto de Denna sem que meu coração ardesse feito uma fogueira. Se alguma coisa tivesse acontecido com ela, eu jamais me perdoaria. Não fui atrás dos médicos — não havia nada que eu pudesse fazer. Em vez disso, esperei na porta dos estábulos, pronta para ajudar com os cavalos. Pelo menos era algo que eu sabia fazer. Limpei a sujeira das mãos e saí para o crepúsculo.

Lorde Kriantz chegou primeiro, o pescoço de sua égua dourada ainda arqueado, revelando disposição. Eu a segurei enquanto ele apeava, e então passei as rédeas para seu tratador particular.

Eu o olhei nos olhos, querendo que ele entendesse o que eu estava perguntando sem que tivesse que usar palavras.

— Talvez ele sobreviva, milady — ele disse com um ar grave.

Balancei a cabeça, absorta, meus olhos focando nos outros cavaleiros que chegavam. Todos tinham a mesma expressão. Exaustão. Medo. Tristeza.

Lorde Kriantz apertou meu braço com gentileza.

— Sinto muito, Mare. Se houver algo que eu possa fazer por você ou sua família...

— O que aconteceu? — interrompi.

Ele chegou mais perto de mim.

— Foi um ataque de magia — ele disse, sua voz tão baixa que só eu podia ouvi-lo.

Fiquei tensa e ele se afastou. Aquilo não fazia sentido. Parecia que a maioria dos Dissidentes havia sido capturada. Denna jamais machucaria alguém. Quem mais com uma Afinidade estaria à solta?

— Deu tudo certo com as éguas e os potros? — ele perguntou subindo a voz.

— Sim. Tudo certo. Eles estarão prontos para a seleção... se acontecer na próxima semana, como programado — falei.

O relincho estridente de um potro desmamado chamando sua mãe ecoou no cercado de contenção. O som partiu meu coração. Embora dentro de alguns dias eles se acostumassem com a separação, naquele dia a perda de suas mães ainda era muito difícil. A coisa mais importante da vida deles lhes havia sido tirada.

— Ótimo. Se precisar de alguma coisa, por favor, me diga. — Lorde Kriantz pôs uma mão reconfortante no meu ombro.

Thandi entrou nos estábulos, já desmontado de sua égua. A cabeça de Zin estava baixa, as laterais de seu corpo manchadas de suor seco. Ela deu um suspiro quando o cavalariço segurou suas rédeas.

— Qual a gravidade? — perguntei a ele.

Thandi balançou a cabeça, seus olhos azuis inescrutáveis.

— Diga qual a gravidade — falei, agarrando Thandi pelos ombros como eu costumava fazer quando éramos mais jovens.

FOGO & ESTRELAS

— É grave, Mare, ok? — Ele se livrou de mim. — Não posso falar agora. Tenho... tenho providências a tomar.

Segurei o braço dele para fazê-lo parar um instante.

— Estou aqui se precisar de mim — falei.

Ele apertou meu braço em resposta e assentiu.

Lorde Kriantz gesticulou para Thandi.

—Vamos para o castelo. O Conselho precisará de você. Mare pode acompanhar a Princesa Dennaleia.

Meu coração traiçoeiro acelerou.

Thandi assentiu mecanicamente e seguiu Lorde Kriantz colina acima, com quatro vassalos de escolta. Os ombros de Thandi ainda não pareciam largos o bastante para carregar o fardo de ser rei, ainda que por um só dia. Era estranho pensar no meu irmão como um homem. Pouco mais de um ano mais jovem que eu, e já era um homem. Um rei, se os Seis levassem meu pai.

Sentei em um fardo de feno e me encostei na parede do estábulo, observando o desfile de cascos passar enquanto os últimos participantes da Cavalgada chegavam. Só me levantei quando Denna e Shadow se aproximaram do celeiro, e então corri para ajudar Denna com a sela. Seu semblante cansado mal mudou ao me ver, mas sua transformação discreta já bastava.

Ela saltou do lombo de Shadow direto para os meus braços, toda sal e suor e cachos lamacentos que ainda cheiravam a doces rosas de verão. Um cavalariço veio buscar seu cavalo e eu a estreitei em meus braços, abraçando-a como se ela fosse minha única âncora.

— Foi tão horrível, Mare — Denna murmurou em meu ouvido. — Ele estava bem na minha frente.

Eu me afastei um pouco e inspirei de forma irregular. Se ao menos eu estivesse lá para o meu pai... e para ela.

— Mas ele vai sobreviver. Precisa sobreviver — ela disse. Ela contou tudo que acontecera naquela tarde com a voz trêmula.

— Mas de onde veio o fogo? — perguntei.

★ 303 ★

— Eu gostaria de saber, mas não foi de mim. Juro! Eu jamais machucaria alguém. — Seus olhos se encheram de lágrimas. — Mas Lorde Kriantz... ele olhou para mim logo em seguida como se enxergasse dentro de mim. Acho que talvez ele saiba da minha Afinidade. — Seu rosto foi tomado pelo medo.

— Não há como ele saber — falei. — O povo dele não usa magia. A maioria das tribos de Sonnenborne nem cultua os Seis.

— Mas e se ele disser aos outros que fui eu? — ela sussurrou.

— Por que ele faria isso? Ele tem tentado nos ajudar.

— Não sei. Estou com medo — ela admitiu. — Thandi disse que, se encontrasse o feiticeiro, ele o mataria. A Capitã Ryka sugeriu testar todos que participaram da cavalgada de hoje. Thandi concordou. Quem mais eles poderão culpar?

— Ninguém vai matar você — falei.

— Senti sua falta hoje — ela disse. — Até... até o acidente, eu mal consegui pensar em outra coisa. — Ela parecia uma garotinha assustada, tão perdida quanto um dos potros desmamados que chamavam por suas mães. Mas a única pessoa que ela chamava era eu, e esse chamado eu podia atender.

— Também senti sua falta — falei com a voz rouca.

Deixamos os estábulos em silêncio e ficamos de mãos dadas no jardim, onde ninguém podia nos ver. Segui Denna até seus aposentos feito um cão perdido. Eu me sentei diante de sua penteadeira e pedi que um pajem buscasse uma muda de roupa para mim, enquanto Auna a banhava no cômodo adjacente. Senti que enlouqueceria se não ficasse perto dela.

Depois que Denna dispensou Auna pelo resto da noite, ela finalmente sussurrou meu nome.

— Mare.

A forma como ela disse foi cálida. Aconchegante como o lar. Como o fogo na lareira e o rubor em minhas faces quando ela se aproximou.

— Denna — respondi.

FOGO & ESTRELAS

Ela atravessou o cômodo e pegou minha mão, ficou na ponta dos pés e encostou sua bochecha na minha. O toque fez um arrepio percorrer meu corpo. Não importava quantas vezes nos tocássemos, jamais me acostumaria com a perfeição do seu corpo encostando no meu.

Eu queria dizer a ela o quão vergonhoso era para a Coroa que eu ficasse diante dela, o quão desonroso era permitir que meu coração batesse daquele jeito por ela. Eu já havia decepcionado muita gente, mas aquele era um novo nível, até para mim. Mas ela precisava de mim. E eu precisava dela. E, diabos!, a cabeça dela encaixava direitinho no meu ombro, como se tivesse sido feita sob medida para mim.

Ela me puxou para perto da lareira e nos sentamos juntas. Segurei a mão dela no meu colo e percorri com o dedo as linhas de sua palma.

— Lorde Kriantz me pediu em casamento — falei.

Ela puxou a mão e a fechou.

— O que você respondeu? — ela sussurrou.

O peso da pergunta se abateu sobre nós. Eu não sabia se ria, se chorava ou se gritava.

— Ainda não respondi nada. Estou pensando a respeito. — Dei de ombros. Tudo que eu precisava para declinar a proposta dele era a promessa do amor de Denna, a promessa de um futuro juntas. Mas ela tinha que oferecer isso de livre e espontânea vontade. Ela tinha tudo a perder.

— Só pode estar brincando — ela disse. — Ainda temos trabalho a fazer. Ainda há uma pessoa lá fora que precisamos deter. — Uma fagulha pulou do fogo e se apagou chiando no chão de lajotas.

Olhei para aquilo desconfiada, e ela respirou fundo.

— Posso continuar trabalhando nisso mesmo se estiver casada com Lorde Kriantz. Talvez ele possa nos contar mais alguma coisa. — Enfim a olhei nos olhos, desejando que eles não causassem uma sensação estranha no meu estômago. Desejando que eles não fizessem com que eu quisesse beijá-la.

★ 305 ★

— Mas se não conseguirmos descobrir o que está havendo, os reinos entrarão em guerra com Zumorda. E você estará lá, tão perto das linhas de frente… — A voz dela vacilou.

— O que a faz pensar que eu me preocupo com isso? O que isso importa? Não posso ficar aqui, Denna. Não posso ver você se casando com meu irmão. — Quase não consegui pronunciar aquelas palavras.

— Mas Lorde Kriantz não ama você! — ela cuspiu as palavras.

— E você ama meu irmão? Como isso é diferente?

— É você quem eu amo. Até o casamento vou pensar em alguma coisa. Por favor, me dê mais um tempo. Preciso disso — ela implorou. — Preciso de você.

Ela ficou em pé e então se ajoelhou diante de mim.

— Por favor — ela disse, segurando minhas mãos entre as suas. — Por favor, fique comigo esta noite.

Uma guerra irrompeu no meu coração.

Ela beijou as costas das minhas mãos.

Eu não podia ficar.

Ela pôs a mão no meu joelho e a deslizou devagar pela minha coxa até eu ficar ofegante.

Eu tinha que ir embora.

Ela se levantou e se sentou no meu colo, e então tocou minha bochecha, um toque tão suave quanto uma pluma, fazendo minha pele se arrepiar até a linha dos cabelos.

Umedeci os lábios.

Ela encostou a boca no meu pescoço, beijando delicadamente um ponto em que era possível sentir a pulsação sob minha pele.

Eu não conseguia mais raciocinar.

— Não devíamos fazer isso — sussurrei.

— Eu sei.

Ela me conduziu até sua cama e me deitou ao seu lado. Deixei que suas mãos percorressem meu corpo, me perdendo em desenhos que ela traçava sobre minha pele. Quando seus lábios tocaram os meus, nos

FOGO & ESTRELAS

beijamos até quase ficarmos sem ar, até eu não resistir mais e deslizar minha mão por sua coxa, erguendo sua camisola até os quadris, sua pele macia feito seda e quente sob meus dedos.

Denna ganhou coragem com meu toque e enfiou sua mão por debaixo da minha camisa até tirá-la por cima da minha cabeça. Sua boca se mexia sobre minha pele exposta, o constrangimento rapidamente se transformando em desejo. Quando ela colocou sua mão entre minhas pernas, o que restava da minha timidez desapareceu. A confiança de seu toque não deixava dúvida de que ela desejava cada milímetro do meu corpo, e eu estava adorando aquilo.

– Desejo você há tanto tempo – ela sussurrou.

Eu quase chorei com o impacto que aquelas palavras tiveram em mim. Era aquilo – *aquilo* – que eu esperava. Ela era o que sempre precisei. Tirei a camisola dela por cima de sua cabeça para que nossas peles nuas se tocassem, fascinada pela forma como seus dedos delicados e insistentes faziam uma emoção irrefreável crescer em mim.

Denna beijou meu pescoço e foi descendo pelo meu ombro enquanto meu corpo era tomado por um prazer tão grande que eu não sentia mais nada além daquilo. Ela me abraçou com força, até que a intensidade diminuiu e finalmente consegui recuperar o fôlego. Assim que meus membros voltaram a responder, eu a abracei, ansiosa por retribuir. Ela pressionava seu corpo contra o meu avidamente, deslizando sob meus dedos. Ela ofegava em meu ouvido, um som suave e desinibido, e meu corpo todo se encheu de desejo novamente quando ela gritava e apertava minha mão com as coxas.

Depois que vestimos nossas roupas e ela finalmente adormeceu, continuei acordada, meu corpo encostado no dela, tentando memorizar como ela se encaixava perfeitamente em mim. Eu precisava dela mais do que jamais havia precisado de alguém. Ela suavizava meus modos rudes. Ela me fazia melhor – ela fazia com que eu fosse menos quem eu era e mais quem eu queria ser. O único problema era que ela sempre fora destinada a outra pessoa. Seu peito subia e descia em uma respiração regular, e apenas fagulhas ocasionais acompanhavam seu ritmo, subindo das brasas no fogo que se extinguia na lareira.

Fechei os olhos, mas não consegui dormir. A imagem do corpo queimado do meu pai me assombrava, e a cada minuto que passava eu tinha mais certeza de que as trompas dos Cavaleiros Brancos estavam prestes a soar.

Mas não foram os Cavaleiros Brancos que nos acordaram.

TRINTA E CINCO

Dennaleia

A porta do meu quarto se abriu subitamente antes do amanhecer, inundando o cômodo de luz artificial. Eu me sentei e esfreguei os olhos, pronta para dispensar Auna — até que um rosto apareceu.

Thandi.

Ele não disse nada, e de algum modo seu silêncio foi pior do que qualquer palavra.

Atrás de mim, Mare se remexeu, o ar frio substituindo o calor de seu corpo quando ela se sentou e tirou os braços da minha cintura. Sem ver, eu podia sentir o olhar gelado que ela lançava ao irmão. Mas todos nós sabíamos quem sairia vencedor. Ele cerrava e rangia os dentes. Eu me enfiei sob as cobertas, apertando-as contra o corpo como se elas pudessem me proteger.

Os olhos dele deslizaram pelo meu corpo e pousaram em sua irmã, seu olhar afiado como uma espada desembainhada.

— Não... não consigo acreditar — Thandi disse afinal para Mare. — Vim procurá-la para falar sobre nosso pai e é com isso que me deparo?

— Ela é minha amiga, Thandi — Mare falou, cruzando os braços.

Embora eu também a chamasse de amiga, ouvir aquela palavra em seus lábios doeu. Amigas fazem companhia e estão sempre prontas para ajudar com uma palavra de consolo ou um abraço. Mas amigas não se beijam de um jeito que faça o corpo arder de desejo. Amigas não fazem você deixar de raciocinar com um toque, e não fazem o que havíamos feito na noite passada.

Mas meu futuro pertencia a Thandi — se ele ainda me quisesse.

Eu a perderia de qualquer forma.

— Não somos mais crianças. Você não pode mais continuar fazendo o que quer sem pensar no reino — Thandi disse. A luz da lanterna escurecia as olheiras dele.

— Você já parou para pensar que Denna não é um objeto, Thandi? Que ela tem suas próprias vontades e necessidades? Porque, se já pensou, deve ter notado que ela tem o dobro da inteligência de nós dois juntos. É como um cavalo que você trancou na baia e não quis nem saber como ele cavalga.

Thandi atravessou o quarto a passos largos indo na direção dela, a lamparina em sua mão balançando, luz e sombra dançando pelo cômodo. O temor por ela cresceu em mim. Eu queria enfiar as palavras de volta na boca dela, fazer com que ela saísse enquanto ainda lhe restava alguma dignidade.

— E você andou cavalgando a minha futura esposa? — ele perguntou, cada palavra repleta de veneno.

— Ao contrário de você, eu a escuto — Mare respondeu, a voz tão fria quanto a dele.

— Ela não fez nada de errado — falei. A culpada era eu.

— Podemos conversar sobre isso depois — ele me respondeu.

— Sinto muito — falei. Mas era mentira. E aquilo só fez com que eu me sentisse pior.

— Quanto a você, Mare, qualquer escolha que tivesse com relação a se casar com Lorde Kriantz já era. Espero que goste de seu futuro no meio do deserto — ele disse.

Eu queria me cobrir até a cabeça com as cobertas e voltar a dormir, e acordar em um mundo em que aquilo não estivesse acontecendo.

FOGO & ESTRELAS

Minhas emoções fervilharam até as brasas na lareira ficarem cor de laranja, e reprimi meus sentimentos. Se Thandi visse a magia, ele teria mais de um motivo para me matar.

– Você não pode me obrigar a fazer nada. – Mare o encarou, desafiadora.

– Já basta – ele disse. – Guardas!

Os vassalos entraram no quarto, seus rostos impassíveis.

– Por favor, acompanhem minha irmã até os aposentos dela e garantam que ela fique por lá. Quero guardas em todas as saídas... inclusive nas janelas – Thandi instruiu.

O pânico surgiu no rosto de Mare. Os vassalos a seguraram, um de cada lado, e a conduziram para fora do quarto. Ela seria enjaulada feito um animal, e eu não teria como ir vê-la. A porta se fechou atrás deles, deixando-me a sós com Thandi. Meu coração se despedaçava em meu peito a cada batida.

Thandi aproximou-se da beirada da cama. Ele abaixou a cabeça, certamente em busca de palavras acusatórias. O pior era que elas seriam verdade. Ele devia me odiar pela traição. Ainda que não dissesse isso com todas as letras, o jeito que eu olhara para Mare já era evidência suficiente. Agarrei as cobertas para impedir que minhas mãos tremessem. Vários minutos se passaram antes que ele finalmente falasse.

– Você sabe que foi prometida, não sabe? Prometida a mim? – ele perguntou, sua voz falhando no fim da pergunta.

– Sei – sussurrei.

– Fiz algo errado? – Ele ergueu os olhos para mim, examinando meu rosto, implorando que eu lhe dissesse alguma coisa que fizesse sentido.

Eu não sabia como explicar que o que eu sentia por Mare não tinha nada a ver com ele. Ele não havia me trancado na baia – as regras da minha vida o haviam feito. E não era culpa dele que ela me excitasse feito um desfile de inverno, cada uma das cores dos Seis acesas no meu coração toda vez que eu olhava para ela. Não era culpa dele que ela

★ 311 ★

despertasse em mim aquele sentimento praticamente desde a primeira vez em que nos vimos, desde a primeira vez que ela me tocara.

— Temos que cumprir nosso dever — ele disse. A resignação em seu rosto o fazia parecer bem mais velho.

— Eu sei — sussurrei novamente.

— Mare precisa cumprir o dela também. A guerra se aproxima.

Assenti, sem conseguir focar meus olhos em nada. Sem ela, meu futuro se estendia à minha frente feito uma escuridão infinita. Depois do que havia acontecido, era inevitável que ela fosse tirada de mim.

— Sei que você não precisa me amar, mas achei que talvez pudesse fazê-lo. Talvez um dia — Thandi disse.

A culpa me inundava em ondas inevitáveis. Eu fora injusta com ele e, ao fazê-lo, havia traído meu reino.

Pior, eu sabia que, se tivesse chance, faria tudo novamente, com prazer.

Possivelmente não havia lugar para o perdão no coração dele. Talvez não devesse haver.

— Sinto muito — falei. Eu não sabia mais o que dizer.

O silêncio entre nós foi interrompido pelo chamado dissonante das trompas de caça, o mesmo som pesaroso que eu ouvira quando Casmiel morrera.

O novo rei baixou a cabeça e chorou nos meus lençóis.

TRINTA E SEIS

Mare

Os chamados dissonantes das trompas me despedaçaram, e desabei no chão enquanto o som de cascos dos Cavaleiros Brancos tomava a cidade. Meu pai tinha morrido, e eu jamais tivera a chance de me despedir. Jamais teríamos a chance de salvar nossa relação, e eu jamais conseguiria provar que não era uma inútil. Thandi era rei. Não havia um lugar para mim no futuro de Denna, e meu irmão me mandaria para Sonnenborne como prometido. Eu poderia resistir a tudo que quisesse, mas sob as ordens do rei eu era impotente.

Fiquei deitada no piso de lajotas até começar a tremer, quando o dia já havia raiado. Quando Sara me encontrou caída, ela me desgrudou do chão e me conduziu à cama.

Só acordei quando alguém se sentou ao meu lado na cama e colocou uma mão familiar em meu ombro.

— Ei, você — Nils disse.

Entreabri as pálpebras e tentei enxergá-lo com olhos embaçados, buscando palavras em minha mente confusa.

— Nils! — eu disse engasgando e me sentei.

Ele me envolveu em seus braços como sempre fazia, e me embalou enquanto eu lutava contra as lágrimas. Eu me agarrei ao sentimento familiar que eu tinha por ele, sua forma sólida e seu uniforme limpo, as únicas coisas com que eu podia contar.

— Como entrou aqui? — perguntei.

Nils deu de ombros.

— Eles disseram que você não podia sair. Não disseram nada sobre eu entrar.

— Claro. Thandi sempre fora meio obtuso nesse sentido. Você precisa me tirar daqui. — Eu me agarrei à manga de sua camisa.

— Não posso — ele disse, balançando a cabeça. — Você sabe o motivo. Agora estou sob ordens dele. Mas o que diabos você fez para ser trancafiada em seus aposentos?

— Thandi me pegou no quarto de Denna hoje cedo. — As palavras saíram num atropelo. Nils já havia me contado centenas de casos em que acordara na cama errada; eu esperava que ele me entendesse sem que eu tivesse que dar mais detalhes.

Um ar de compreensão surgiu em seus olhos.

— Entendo.

— Eu disse a ela que a amava — admiti, minha voz pouco mais alta que um sussurro. Fiquei encarando o desenho da minha colcha, percorrendo uma espiral bordada com o dedo, com medo de olhá-lo nos olhos.

— Bem, é um avanço — ele disse.

Aquelas palavras simples me encheram de gratidão. Agarrei a mão dele depressa. Seja lá qual fosse o motivo pelo qual os Seis Deuses haviam me abençoado com a amizade de Nils, eu jamais poderia agradecê-los o bastante.

— Não sei o que fiz para merecer você — falei baixinho.

— Já passamos por muita coisa juntos. Você sempre me apoiou nos escândalos e nos momentos de coração partido, e agora é a minha vez de retribuir.

Levei a mão quente dele à minha bochecha e beijei delicadamente suas curvas bem conhecidas.

FOGO & ESTRELAS

– Então ele sabe? – Nils perguntou.

– Deve saber.

– Ele a pegou em uma posição comprometedora? – Ele deu um sorriso malicioso.

Minhas bochechas arderam.

– Não importa. Ela se casará com ele de qualquer modo. O dever obviamente importa para ela mais do que qualquer coisa que haja entre nós. A Coroa vem em primeiro lugar.

– Denna não disse nada quando você falou que a amava?

– Bem… – falei hesitante. – Ela me beijou. E então também disse que me amava. – Eu quase não queria contar aquilo a ele, porque era a única coisa que eu queria guardar comigo: a forma como ela me surpreendera e me fizera acreditar por um instante que as coisas poderiam dar certo.

Nils ergueu as sobrancelhas.

– E o que aconteceu na noite passada?

– Eu não aguentei me separar dela depois da Cavalgada. – Belisquei meu braço para impedir que minha voz vacilasse. – Contei a ela que estou pensando em me casar com Lorde Kriantz. Mas ela não quis me ouvir.

– Eu também não quero – ele resfolegou.

– Mas as terras dele ficam próximas de Zumorda. Talvez se eu fosse embora com ele, poderia descobrir o que está acontecendo de fato. Ou, assim que estivermos perto da fronteira, eu poderia cruzá-la. Cavalgar sozinha até Zumorda para avisar a rainha que o reino dela está sendo incriminado.

– Você está desviando do assunto. Isso não tem nada a ver e você sabe disso. Não fuja de seus sentimentos. E não sei se gosto mais da ideia de você cavalgar sozinha até Zumorda do que dessa história de você ir embora com Lorde Kriantz.

– Que outras opções eu tenho? Mesmo se eu não for com Lorde Kriantz, não posso continuar entrando de fininho pela janela de

★ 315 ★

Denna quando ela estiver dividindo o quarto com meu irmão. Tudo isso foi um erro terrível.

— Mas talvez, se não tivesse sido pega, poderia ter tido tempo de montar um caso melhor.

— Que caso? — choraminguei. — Não tenho um caso. Não tenho nada a oferecer a ela. Mal sei o que farei da minha vida, o que significa que não tenho nada que possa dar a ela, principalmente nada que possa competir com ser rainha.

— Ser rainha é o que ela quer?

— É o dever dela. E o dever é a coisa mais importante para ela. — Voltei a me deitar no travesseiro. — Deuses, como sou idiota! Inacreditavelmente idiota. Como fiquei assim idiota? Você devia ter arrancado a idiotice de mim na pancada quando teve a chance.

— Você não é idiota — ele disse, tocando minha cabeça com delicadeza. — Você está apaixonada.

Eu o odiava e amava por estar tão certo.

— E agora… agora que meu pai… nosso tempo acabou — falei, mal conseguindo pronunciar as palavras enquanto segurava as lágrimas. — Não posso mais falar disso. Pode ficar aqui e me fazer um pouco de companhia?

— Por quê? Quer que uma nova fofoca comece a circular por aí? — ele provocou.

— Não quero ficar sozinha. — Eu podia sentir o pesar esperando para me engolir novamente.

— Tudo bem. — Ele se esticou na cama, apoiado no cotovelo, segurando a cabeça com a mão.

Eu me aninhei junto a ele, embora aquilo não fechasse a ferida no local em que um dia ficara meu coração.

— Conte-me histórias bobas dos vassalos — falei. — Melhor ainda, conte-me piadas idiotas dos vassalos. Eles conhecem as melhores piadas sujas.

Ele riu e acatou meu pedido, e, em algum momento, caí num sono agitado.

TRINTA E SETE

Eu me sentei com o Conselho pela segunda vez dois dias depois da morte do rei. A sala sem janelas no coração do castelo na qual os Conselheiros se reuniam era asfixiante mesmo com um vento gelado soprando do lado de fora. Em qualquer outra circunstância, eu teria mantido a cabeça erguida ao me sentar à mesa com os Conselheiros, mas eu não estava na reunião por mérito próprio. Thandi não me perdia de vista um segundo desde que os Cavaleiros Brancos haviam anunciado a morte de seu pai. Embora eu andasse pelo palácio com ele, e tivesse permanecido por vontade própria ao seu lado quando ele se ajoelhou diante de seu cavalo para aceitar a coroa dos clérigos dos Seis, ele me mantinha tão aprisionada quanto a Mare. Ainda era cedo, mas eu ansiava por notícias da minha família — alguma observação reconfortante ou conselho sobre como desfazer a bagunça que minha vida se tornara.

Desde o momento em que o rei morrera, nossos rostos — meu e de Thandi — tomaram, juntos, o lugar do dele. Todos os dias, Auna me vestia e me enfeitava com as joias mais extravagantes que eu tinha. Mas embora meu exterior refletisse perfeição, por dentro eu me sentia despedaçada e perdida. Tudo dependia da minha capacidade de manter o controle, de manter a pose até que eu encontrasse um jeito de chegar até Mare. Eu tinha menos de um mês até o casamento para achar um jeito de ficarmos juntas, para impedir que Lorde Kriantz a levasse embora e para, de algum modo, encontrar e me livrar do artefato dos Dissidentes antes que minha Afinidade fosse descoberta. O artefato já havia revelado um usuário de magia na corte, e, apesar de ele nunca ter feito outra coisa na vida a não ser servir à Coroa, foi mandado para a masmorra aos berros.

Os semblantes em volta da mesa eram de exaustão após dois dias de cerimônias e tarefas administrativas correlatas. Ninguém tivera tempo de ficar de luto – o que sequer existia quando um ataque a Zumorda se tornara prioridade máxima. A coroação de Thandi no dia anterior havia sido mais um adendo ao funeral do rei do que uma ocasião separada. Foi pura obrigação e quase nada de celebração. Até o vinho que tomamos após a coroação teve um gosto amargo em nossas línguas.

Agora, nos preparávamos para a guerra.

– A fronteira de Zumorda será mais vulnerável perto de Sonnenborne – Lorde Kriantz explicou, apontando no mapa esticado sobre a mesa. – A capital deles fica nas montanhas do norte, e o meu povo pode atacá-los pela nossa fronteira ao sul.

Thandi assentiu com um vinco entre as sobrancelhas, posicionando vários marcadores de vidro sobre o mapa.

– Acho que podemos enviar reforços, mas teremos que manter o grosso de nossa cavalaria em nossa própria fronteira ao leste. Talvez aumentar a cavalaria existente que mandamos após os ataques dos bandoleiros – Thandi disse.

– Dará certo, contanto que planejemos as coisas direito. Kartasha é a maior cidade fortificada de Zumorda ao sul. Se vocês conseguirem atacá-la assim que protegermos essa área aqui, poderemos nos posicionar bem – Lorde Kriantz disse. – A rainha será pressionada a recuar.

Thandi assentiu novamente.

FOGO & ESTRELAS

Será que ele ao menos sabia com o que estava concordando? Nem todos os seus cavaleiros retornariam da batalha. Eles dariam suas vidas por vingança – uma vingança que nem era a deles. Mas eu via o que estava por trás daquilo. A tristeza não conseguia esconder a ira que ardia em fogo lento nos olhos de Thandi quando ele falava de seu pai. Por debaixo da mesa, eu torcia a saia de ansiedade ao pensar naquilo. Se ele ficasse sabendo da minha Afinidade e pensasse em me culpar, sua raiva arderia com mais força do que qualquer chama que eu pudesse produzir.

– E como discutimos, as terras do sul de Kartasha, entre a cidade e as minhas fronteiras, serão anexadas a Sonnenborne – Lorde Kriantz disse, prendendo um fio vermelho no mapa para sinalizar a nova fronteira.

– Espere. – A Capitã Ryka falou, cruzando os braços. – Não me sinto confortável em atacar a parte sul de um país quando o seu centro de poder fica no norte. Isso não faz sentido para mim.

– Não precisamos atacar o reino todo. Seria idiotice tentar tal coisa, pelo menos durante a fase inicial. Precisamos mandar a eles a mensagem de que não devem mexer nem com Mynaria nem com Sonnenborne – Thandi explicou.

– Com a chegada do inverno, os zumordanos do norte logo ficarão confinados em suas cidades. A neve deixa as estradas do norte praticamente intransitáveis durante vários meses – Lorde Kriantz acrescentou. – Com certeza, a Princesa Dennaleia pode confirmar o que digo, já que a cidade dela sofre de restrições sazonais parecidas.

Assenti relutante, confirmando o que ele dissera.

– Tudo isso está de acordo com o que vínhamos discutindo desde antes da morte do meu pai – Thandi disse. – Também proibirei Trindor de fazer qualquer acordo com os zumordanos por baixo dos panos. Eles terão que cruzar as terras de Lorde Kriantz para chegar aos seus contatos em Kartasha.

– Ainda gostaria de ter provas sólidas de que Zumorda está por trás dos ataques – Hilara disse.

— De que outra prova você precisa? — Thandi falou. — O ataque que matou meu pai foi inegavelmente mágico. Já capturamos quase todos os líderes Dissidentes e estamos alimentando os prisioneiros com raiz da paz para apaziguar seus dons. Quem mais poderia ter feito isso além dos zumordanos?

Zumorda não era o único lugar de onde um usuário de magia poderia vir. Minha Afinidade era a prova, ainda que eu não fosse a culpada.

Não falei nada.

A capitã se reclinou na cadeira, girando um de seus cravos de votação entre os dedos. Ela tinha vários braceletes grossos trançados e coloridos, assim como Mare. Meu coração acelerou ao me lembrar dos pulsos delicados de Mare, das sardas em seus braços...

— Vocês têm seus votos, se quiserem discordar — outro conselheiro lembrou à Capitã Ryka e à Conselheira Hilara com um sorriso bajulador.

— Mandarei meus cavalos de volta antes da seleção e partirei depois do baile da colheita — Lorde Kriantz disse. — Pegala e os outros animais de raça do deserto são chamativos demais para formar uma caravana, e eu não gostaria de arriscar a vida da Princesa Amaranthine desse jeito. Ela e eu podemos viajar separadamente da caravana por motivos de segurança, caso haja espiões zumordanos.

Ele falou como se o casamento deles já estivesse selado. Com o assassinato do rei fresco na minha mente, tudo que eu conseguia imaginar era Mare deitada na beira da estrada com uma flecha branca enfiada no peito. Não havia nada de que eu gostasse naquele plano do Lorde Kriantz.

— E o ataque inicial? — Capitã Ryka perguntou.

— Já enviei um mensageiro. Meu povo aguarda meu comando. Eles não agirão sem a minha presença — Lorde Kriantz disse. — Assim que eu chegar, eu os comandarei no ataque e mandarei a vocês um aviso por mensageiro solicitando apoio da cavalaria. O prazo não pode ser superior a um mês, já que o inverno chegará ao norte.

FOGO & ESTRELAS

O plano era bem elaborado. Os invernos eram incapacitantes no norte. Já seria primavera quando a rainha enfim pudesse enviar reforços para lidar com o banho de sangue que teríamos iniciado nas fronteiras deles.

– Excelente plano – Thandi falou. – Podemos nos reunir aqui enquanto isso para começar a treinar nossas tropas. Capitã, podemos pôr em prática esses planos antes do dia de louvor.

A Capitã Ryka assentiu, ainda desconfiada.

– E com relação à investigação, Sua Majestade? Não deveríamos chegar a uma conclusão para garantir que não haja espiões aqui em Lyrra?

– Não temos tempo para isso agora – Thandi falou. – Meu pai já morreu. Devemos atacar Zumorda enquanto ainda podemos contar com o elemento surpresa. Podemos desentocar os traidores assim que as tropas partirem.

– Eu preferiria não enviar minha cavalaria contra um inimigo que pode não ser o culpado – Capitã Ryka disse. – Nunca encontramos Morland depois que ele deixou o mercado, o que me leva a crer que ele sabia algo a respeito da adaga da primeira tentativa de assassinato. Ele é um forjador experiente, e é possível que a arma seja uma imitação. Ainda tenho dois membros da Elite procurando-o.

A capitã se importava com os homens e mulheres de sua cavalaria e, aparentemente, ela havia de fato escutado o que Mare lhe dissera sobre o sumiço de Morland e de seu possível envolvimento. Se ao menos Mare e eu soubéssemos disso antes, poderíamos ter contado com uma aliada no Conselho. Talvez duas, já que Hilara também se opunha a atacar Zumorda.

– Quem é a favor? – Thandi perguntou.

Um clique metálico de cravos de ferradura soou quando os Conselheiros jogaram seus votos a favor no centro da mesa. Apenas a Capitã Ryka e a Conselheira Hilara não concordaram com a proposta em votação. Eu queria pegar os cravos e atirá-los de volta na cara dos

★ 321 ★

conselheiros. Em vez disso, permaneci sentada completamente imóvel, exibindo uma expressão tão neutra quanto as lajotas sob os nossos pés.

— Aprovada — Thandi disse, fazendo um gesto de cabeça para o escriba, que registrou devidamente a votação.

— Agora, sobre o casamento — Thandi falou. — Devido à guerra, eu gostaria de propor que adiantássemos a cerimônia. Faz sentido que cavalguemos como rei e rainha quando começarmos a reunir as tropas. Todos os recursos para o banquete e para a cerimônia já estão prontos.

Minha fachada desmoronou e senti um nó na garganta de pânico. Eu contava em ter até o festival da colheita para arranjar um jeito de ver Mare e para que ela me ajudasse a resolver nosso dilema.

— Quando propõe que seja a cerimônia, Sua Majestade? — alguém perguntou.

— O banquete pode ser realizado no dia de louvor após a seleção dos cavalos, e o casamento pode acontecer na manhã seguinte — Thandi disse. — Como todos os convidados de honra do casamento já estarão na cidade para a seleção, isso não será um problema.

Meu coração martelou no meu peito e a magia correu pelas minhas veias. Aquilo significava que o casamento seria em menos de duas semanas. As coisas estavam acontecendo rápido demais. Eu não teria tempo de falar com Mare, de tentar descobrir algum modo de salvar pelo menos parte do que sentíamos uma pela outra.

— Todos a favor?

Os cravos lançados sobre a mesa ressoaram em uma votação unânime. Como estrangeira, eu nem podia me manifestar sobre meu próprio casamento.

— Aprovada — Thandi disse ao escriba. — E isso encerra nossos assuntos por hoje.

Cadeiras foram arrastadas sobre o piso enquanto os conselheiros se levantavam para deixar a sala.

Eu me levantei e me apoiei por um tempo no encosto da cadeira, procurando fundo dentro de mim por uma força que me fizesse prosseguir, abalada pela mudança súbita nos meus planos. Minha magia ameaçava explodir e imolar tudo. Depois de todos aqueles anos de preparação, eu jamais me sentira tão despreparada para me casar ou tão receosa com relação ao que seria capaz de fazer com minha Afinidade. Eu precisava de respostas.

Eu só conseguia pensar em uma pessoa que poderia me dá-las.

Assim que consegui escapar para os meus aposentos e me certifiquei de que estava sozinha, abri as venezianas e deixei o vento me açoitar, afiado feito uma espada. Tremendo em meu vestido grosso, eu estava feliz por sentir algo além de pânico diante da possibilidade de perder Mare. Auna ainda não havia acendido a lareira na antecâmara, mas o fogo surgiu na lenha e crepitou atrás de mim quando meu poder, que eu mal conseguia conter, encontrou uma válvula de escape fácil nas brasas recentes.

Estimulada pelas chamas erráticas que surgiam na lareira, comecei a vascular minhas roupas no armário, até que encontrei o que procurava em uma das minhas capas: a pluma azul que Karov me dera no Blitz.

— Karov — sussurrei, deixando a pluma de um azul vívido cair antes que eu pudesse questionar se fazer aquilo era prudente.

O vento arrastou a pluma até o chão e ela se quebrou, produzindo fagulhas com o impacto, e se transformou em cinzas que foram levadas embora pela brisa. Eu me deixei cair sobre a espreguiçadeira, sem saber ao certo o que fazer. A inevitabilidade da guerra pairava, fazendo com que cada sombra em meus aposentos parecesse sinistra. Para me controlar, orei baixinho para cada um dos Seis separadamente, esperando que um deles se apiedasse de mim. Mas antes que eu conseguisse chegar ao fim da última oração, um pássaro entrou pela minha janela, o que fez com que eu me levantasse num salto. A ave pousou no braço da cadeira da minha penteadeira, suas asas do mesmo azul intenso da pluma de Karov.

Então o pássaro brilhou diante dos meus olhos e se transformou em uma silhueta grotesca e em constante expansão, até que Karov em pessoa surgiu na minha frente.

Olhei para ele, boquiaberta.

— Que interessante vê-la novamente, Sua Alteza — ele disse com um ar presunçoso.

— Foi você na biblioteca — falei, relembrando as circunstâncias estranhas em que eu encontrara o livro verde.

Karov me deu um sorriso prateado. Ele se acomodou em uma poltrona sem esperar por convite, e com um movimento de suas mãos as venezianas se fecharam. O fogo ainda ardia e crescia com a minha incerteza, mas Karov não parecia se incomodar com aquilo.

— O que posso fazer por você, Sua Alteza? — ele perguntou.

— Me ajude — implorei com a voz trêmula. — Diga o que há de errado comigo e por que não tenho controle sobre isso.

— É simples — ele disse. — Você tem um dom. Toda vez que usa esse dom, ele a deixa esgotada, porque você não sabe como usá-lo. Você não consegue controlar quem fere, e há boas chances de machucar seus familiares e amigos mais próximos simplesmente porque são eles que estão sempre perto de você.

Meu estômago se revirou.

— A menos, é claro, que tenha treinamento adequado. Isso lhe daria a chance de usar seu dom sem machucar a si mesma e sem colocar outras pessoas em risco. — Ele se reclinou e esperou que eu respondesse.

— Então você pode me treinar — falei. — Pode me ensinar como não machucar as pessoas. Como esconder esse dom.

— Quem me dera, Sua Alteza! — Um lampejo lamentoso surgiu em seu rosto. — Talvez eu possa lhe ensinar o básico, mas seu dom não é tão simples. Eu sou uma criatura do vento. E zumordano, como deve ter adivinhado. Você brilha forte demais na minha Visão para ter apenas o fogo como dom. Imagino que já deva ter percebido que as manifestações de sua Afinidade não se limitam às chamas, não?

FOGO & ESTRELAS

Lembrei do vestido de Ellaeni, da parede do castelo, da lufada de vento na biblioteca e da porta batendo. De algum modo, mesmo que não tivesse visto essas coisas acontecerem, ele sabia.

— Como sabia? — perguntei.

— Com a prática, a maioria dos usuários de magia com dons moderados consegue desenvolver sua Visão. Consigo ver a magia em tudo. Até em você.

— Mas não sou zumordana — falei. — Eu não devia ter uma Afinidade. — Devia haver algum engano, alguma explicação.

— Feiticeiros nem sempre são zumordanos — ele disse. — Conforme fomos aumentando em número, a suspeita de magia cresceu até a insurreição religiosa. Ninguém sabe por que começamos a morrer e por que um número menor nasceu para nos substituir. Muitos que tinham Afinidades fugiram para Zumorda atrás do santuário. Enquanto isso, as pessoas dos outros Reinos do Norte decidiram que a magia não era para os mortais, e atribuíram cada Afinidade a um dos deuses que o seu povo adora tanto — ele disse. — Tudo isso faz parte do mesmo sistema, que foi sendo distorcido com o tempo.

Fazia sentido. Os símbolos parecidos com os dos deuses no livro verde da biblioteca. O fato de o meu dom ser mais controlável quando usado no Santuário. Sempre houvera uma ligação entre os Seis e as Afinidades.

— Então o Grande Ádito... é por isso que é tão importante para os usuários de magia? É por isso que eles têm tentado impedir a aliança? — perguntei.

— O Grande Ádito foi construído em conjunto por usuários de magia e adoradores dos Seis, quando as crenças em religião e em magia tanto em Havemont quanto em Zumorda eram menos divergentes — Karov disse. — É o melhor lugar para se trabalhar a magia em todos os Reinos do Norte. Feitiços lendários foram feitos lá. Talvez você perceba que consegue controlar seu poder mais facilmente em outros templos e santuários também. Até hoje, eles são construídos de acordo com especificações que ajudam a controlar e amplificar as Afinidades.

Meneei a cabeça meio atordoada. O que ele dissera coincidia com a minha experiência.

Karov se reclinou e me examinou atentamente.

—Você é mesmo uma criatura rara, Princesa. E perigosa — ele disse por fim. — O único conselho que lhe dou é que confie em seus instintos, mas tome cuidado com o alcance de seu dom. Tenho certeza de que o livro que encontrou na biblioteca lhe mostrou como é perigoso usar mais de um poder ao mesmo tempo. E não ajuda nada que a Coroa tenha cercado os Dissidentes.

— O que eles têm a ver com isso?

— Eles chamavam a si mesmos de Círculo Sincrético antes de serem rebatizados pelos fundamentalistas. A maioria deles possui apenas dons menores, mas eles ajudam a manter o equilíbrio no reino. Com tão poucos usuários de magia aqui, a magia ambiente que existe no reino não está mais sendo usada. Os pequenos feitiços que os Dissidentes fazem ajudam a remover um pouco da força da magia, e isso impede que eventos catastróficos aconteçam. Agora que eles estão encarcerados, aqueles de nós que têm dons mais poderosos correm o risco de gerar situações calamitosas ao usar os próprios poderes. É necessário muito treinamento e controle para não causar reações desastrosas.

Não me admirava que eu me sentisse prestes a explodir. Não me admirava que a sensação piorasse a cada dia.

— Mas de onde veio minha Afinidade?

— Isso não sei responder — ele disse. — Mas Afinidades geralmente vêm de família, não são aleatórias.

Meu sangue não conseguia explicar a minha Afinidade. Um arrepio percorreu meu corpo enquanto eu questionava minha vida toda. Embora fosse verdade que eu não me parecesse muito com meu pai, eu era bem parecida com a minha mãe. Parecíamos feitas no mesmo molde: cabelos escuros, pele alva e olhos claros, embora os dela fossem azuis, não verdes. Meus pais se amavam demais para que eu pensasse que poderia ser filha de algum outro homem.

– Por que me deu a pluma? – perguntei.

– Zumorda sempre abrigará aqueles com Afinidades – ele disse. – A rainha encarregou alguns de nós de garantir que aqueles que estejam em necessidade encontrem o caminho para Zumorda, onde poderão aprender a domar suas habilidades. E, talvez, aqueles que ajudarmos possam defender nossos interesses vez ou outra quando for necessário.

A explicação dele era simples demais, e a Zumorda que ele descrevia não tinha nada a ver com o inimigo que me fora pintado. Mas talvez aquele fosse o jogo dele: encontrar novas formas de Zumorda enfiar ainda mais suas garras em Mynaria por meio de mim.

– Não pretendo aderir a nenhuma causa nem farei promessas – eu disse. – Não posso falar por Mynaria nem por Havemont. Eu seria reduzida a nada antes que tudo isso chegasse ao fim. Eles começaram a usar um artefato dos Dissidentes, quero dizer, do Círculo Sincrético, para testar todo mundo. Se alguém aqui descobrir minha Afinidade...

– Por isso você é especialmente desafiadora – Karov disse. – Não podemos lhe oferecer nada, porque se você desaparecesse ou simplesmente demonstrasse inclinação por Zumorda, isso poderia deflagrar uma guerra, principalmente diante da atual situação política. Mas Zumorda é um lugar em que pouca coisa importa, exceto poder. Então quem sabe um dia você consiga se livrar dessa confusão e venha até nós por vontade própria. Quando fizer isso, estaremos lá para recebê-la.

– Não quero treinamento. Quero saber como faço para esse dom desaparecer – falei. – E raiz da paz, a erva que estão dando para os prisioneiros?

Karov riu.

– Duvido que você queira encarar os efeitos colaterais. As dores de cabeça são monstruosas, e seus dedos dos pés e das mãos podem ficar roxos e necrosar. Com o tempo, seu corpo acostuma com a erva e é necessário aumentar a dose. Quanto mais você toma, mais os danos se alastram.

Cerrei os punhos. Não era uma opção viável.

– Sua Alteza, sugiro que aceite o inevitável – ele disse. – Uma Afinidade, assim como um coração, não pode ser modificada.

E com aquelas palavras, ele se dobrou e dobrou até se transformar novamente em um pássaro azul das montanhas – aparentemente um de seus dons era ser feiticeiro do ar. Uma rajada de magia abriu as venezianas para que ele saísse voando para o dia tempestuoso.

– Espere! – chamei, correndo atrás dele até a janela, mas já era tarde. Ele flutuou no céu nublado e desapareceu.

Apesar do que eu havia descoberto, não me sentia nem um pouco melhor do que quando ele chegara. Eu o odiava por suas palavras, mas não podia negar a verdade delas. Sem controlar meu dom, eu destruiria tudo ao meu redor. Até mesmo o reino que eu deveria governar. Até a garota que eu amava.

Trinta e Oito

Mare

Alguns dias antes da seleção, o vento diminuiu, deixando o terreno do castelo iluminado pelo sol de outono. Os jardineiros juntaram as folhas vermelhas e douradas que o vento arrancara das árvores, e ao longe os cavalos pateavam o chão de seus cercados. Eu me sentei à janela, uma perna pendurada para fora e outra para dentro, na mesma posição em que eu me encontrava quando Denna me impedira de deixar seu quarto. Torcer a faca da memória preenchia o meu vazio. Sentir dor era melhor do que não sentir nada.

Meu quase intocado desjejum, composto de biscoitos amanteigados e maçãs fatiadas com queijo de sabor forte, era uma excelente munição para atirar nos vassalos lá embaixo, o que me dava certa satisfação. Eles não podiam se aproximar demais para ficar de olho em mim sem que levassem comida na cara. Os pássaros se aglomeravam aos seus pés, lembrando os palacianos de Thandi, que se lançavam uns contra os outros e se bicavam por migalhas.

– Milady? – Sara se aproximou de mim. – Mandaram alguém para escoltá-la até os estábulos.

Larguei a última fatia de maçã no meu prato, surpresa. Até agora, eu não estava sabendo de nenhum plano que me tirasse do quarto por mais de uma hora. As mensagens que eu enviara a Thandi nunca foram respondidas, e eu não ousava tentar contato com Denna. Aqueles dias haviam chegado ao fim, e o silêncio dela deixava bem claro qual era sua decisão.

— Ele a aguarda na antecâmara, milady — Sara disse.

Espanei as migalhas da calça de montaria, desci da janela e fui cumprimentar o homem que esperava por mim.

Ele usava um gibão de couro ajustado que trazia estampada a silhueta de um falcão em pleno voo, seu perfil afiado atravessando um lado a outro da barriga e a asa direita erguida na direção do ombro. Um dos homens de Lorde Kriantz. Ele se curvou ao me ver chegar.

— Com a permissão do rei, Lorde Kriantz pediu que eu a levasse aos estábulos, Sua Alteza — disse o homem. Seu sotaque era mais carregado do que o de seu mestre, com vogais suaves e redondas em sua pronúncia.

Senti um frio na barriga. Em hipótese alguma eu recusaria uma hora de liberdade, e Lorde Kriantz provavelmente sabia daquilo, assim como eu sabia por que ele queria me ver.

— Claro — falei, e fiz um sinal para que Sara me entregasse uma capa.

O homem de Lorde Kriantz saiu comigo do quarto, se movendo feito um gato pronto para saltar se eu tentasse correr dele. Eu não era tão idiota assim. Não havia onde me esconder e não fazia sentido ser arrastada de volta para os meus aposentos, na melhor das hipóteses, quando eu mal podia esperar para ficar ao ar livre.

A agitação aumentou quando deixamos a ala real. Quando descemos o lance final de escadas que dava para o corredor externo, parei de repente. Passos calculados mantinham um ritmo constante ao seguirem em grupo para o coração do castelo. Quatro vassalos escoltavam duas mulheres da nobreza e suas aias, as damas usando uma explosão de cores que brilhavam em tons de azul e verde ao passarem por áreas iluminadas pelo sol diante das janelas.

Uma das mulheres era Denna.

FOGO & ESTRELAS

Eu a vi surgir por trás dos dois primeiros vassalos, mais de uma cabeça mais baixa que eles. Uma tiara cintilava em seus cabelos escuros, adornada com pedras preciosas azul-claras que combinavam com aquelas bordadas no corpete de seu vestido. Seu passo vacilou quando ela me viu, e sua boca se abriu de surpresa.

Com Denna na minha frente pela primeira vez em dias, tudo que eu conseguia lembrar era da sensação de tocar sua pele nua, da pressão de seu corpo contra o meu, e de como seus beijos arderam no meu pescoço e na minha clavícula. Fiquei afogueada ao lembrar de nós duas juntas e gelei por saber que ela jamais seria minha. A única coisa que mitigava a dor era a raiva por ela ter escolhido Thandi em vez de mim, e por eu ter sido tola a ponto de me deixar levar pelo meu coração.

Denna virou a cabeça e continuou andando, deixando-me a encará-la e a agarrar a balaustrada até os nós dos meus dedos ficarem brancos. Sua amiga me lançou um olhar intrigado, como se pudesse ver a vergonha e o desejo que me torturavam enquanto eu ficava ali parada feito uma idiota.

O homem de Lorde Kriantz me fez prosseguir, e arrastei os pés, vacilante e entorpecida, pelo resto do caminho. A luz do sol pela qual eu ansiara agora me parecia dura e inamistosa. Mal notei os jardins ou as pessoas com as quais cruzamos, minha cabeça tão cheia da imagem de Denna paramentada como uma rainha. Deixar Mynaria começava a parecer a única forma de sobreviver. Certamente era minha única esperança de esquecê-la.

Nos estábulos, Lorde Kriantz estava parado próximo à arena externa, segurando as rédeas de seu cavalo dourado e do meu cavalo alazão, ambos já selados. Outro de seus homens aguardava por perto, em um cavalo baio do deserto que tinha a mesma estrutura física e o esplendor metálico que distinguia a égua de Lorde Kriantz.

— Boa tarde, Sua Alteza — ele disse, me entregando as rédeas de Flicker.

– Obrigada, milorde – agradeci depressa e então abracei o pescoço de Flicker, sem me importar se parecia infantil. Flicker esticou o pescoço e lambeu minha camisa, um gesto familiar que fez meus olhos encherem de lágrimas. Eu as engoli e acariciei seu pescoço um pouco mais. Meu cavalo, pelo menos, jamais me abandonaria ou me trairia. Nossa relação era simples, afetuosa e mais sólida que qualquer outra coisa que restara em minha vida.

– Achei que você estaria disposta a cavalgar depois de tantos dias sem sair do castelo – Lorde Kriantz disse.

– Estou – respondi. Eu não sabia ao certo quanto Thandi havia contado a Lorde Kriantz sobre a natureza do meu confinamento, e eu não queria lhe dizer nada que ele não soubesse.

– Vamos cavalgar nas montanhas, onde podemos conversar – Lorde Kriantz falou.

Meu estômago se revirou de nervoso, mas concordei com um gesto de cabeça, chequei a sela de Flicker e usei a cerca para montar no cavalo. Conduzimos nossos cavalos pela trilha até as montanhas, com o guarda de Lorde Kriantz mantendo uma distância respeitosa atrás de nós.

– O Conselho se reuniu há alguns dias para discutir a guerra – Lorde Kriantz disse assim que no afastamos dos estábulos o suficiente para que ninguém nos ouvisse.

– Foi? – Meus maus pressentimentos aumentaram.

– O ataque mágico na Cavalgada deixou claro que Zumorda é responsável. Os planos exigem que eu volte a Sonnenborne logo após o casamento do rei, que foi antecipado.

Mais uma flecha atingiu meu coração.

– Para quando? – consegui perguntar.

– O banquete será no dia de louvor, e o casamento na manhã seguinte – ele disse. – Com relação a nós, espero que você tenha tido tempo de pensar na minha proposta.

Ele me dera tempo mais que suficiente.

FOGO & ESTRELAS

Inspirei profundamente o ar frio e examinei o rosto de Lorde Kriantz, seu cavalo e sua postura, em busca de algum sinal que me indicasse qual seria a decisão certa. Ele parecia mais seguro que nunca, seu olhar ávido, seu comportamento tranquilo. Se o que já era ruim piorasse, eu sempre poderia seguir por conta própria assim que estivéssemos longe de Lyrra.

Eu tinha emoções conflitantes. Nenhum caminho me parecia alegre ou promissor.

— Sim — falei por fim. — Irei com você. — Como se realmente houvesse outra opção.

Seu rosto se iluminou com um sorriso largo.

— Fico feliz em saber. — Ele esticou o braço, cobrindo a distância que havia entre nossas montarias.

Estiquei também o meu braço e trocamos um aperto de antebraço, mais como camaradas do que como futuros marido e esposa.

Estava feito.

Pelo menos, eu poderia escapar. E se o tempo fosse gentil comigo, eu encontraria alguma razão para viver além das lembranças dela.

TRINTA E NOVE

No dia da seleção, acompanhei Thandi aos estábulos feito um cadáver ambulante, sentindo tudo e nada ao mesmo tempo. A imagem de Mare parada na escadaria me assombrava, e desde então eu passara os dias desesperada para diminuir o abismo entre nós. Um criado colocou uma caneca fumegante de cidra de maçã nas minhas mãos assim que chegamos à grande tenda montada ao lado da arena. Agarrei a caneca e a levei ao nariz, mas o cheiro de canela foi uma punhalada em meu coração. Embora a sensação de calor fosse boa em minhas mãos, abandonei a caneca sobre a mesa mais próxima, intocada, assim que Thandi desviou o olhar.

Do lado de fora da tenda, os palacianos riam e conversavam, a maioria deles usando seus melhores trajes de montaria em vez de suas roupas finas habituais. Vários nobres estavam parados em volta do cercado de contenção onde os potros desmamados andavam ansiosos de um lado para o outro, apostando em quais cavalos a Coroa manteria e quais seriam vendidos. Eu me mantinha perto de Thandi, sabendo que se eu fizesse qualquer tentativa de me afastar seria bloqueada pelos vassalos. Ainda assim, eu analisava cada abertura, pronta para sair em disparada caso surgisse uma oportunidade.

Até que o inimaginável aconteceu.

A fileira de arautos do lado de fora da arena chamou a atenção tocando seus clarins estridentes. As conversas se transformaram em murmúrios confusos enquanto todos se voltavam para o castelo. Todos que participariam da seleção já deviam estar na arena, e qualquer um que merecesse ser anunciado pelos arautos já estaria conosco. Thandi me ofereceu seu braço, e eu o aceitei por reflexo assim que a origem do alvoroço entrou em meu campo de visão. Guardas de farda roxa carregando espadas compridas escoltavam alguém que eu não poderia estar mais chocada de ver.

Minha mãe.

Um formigamento percorreu meus braços.

Ela usava um vestido carmim bordado com centenas de flores brilhantes, e a coroa em sua cabeça cintilava com pontas cobertas de joias que se projetavam para o céu feito as torres de nosso castelo em minha terra natal. Diante de uma verdadeira rainha, eu me sentia ainda menos preparada para me tornar uma. Respirei devagar, tentando acalmar minha Afinidade.

Minha mãe sorriu para nós assim que parou e fez uma mesura para nos cumprimentar. Thandi se curvou e beijou a mão dela. Eu também fiz uma mesura para recebê-la, odiando a formalidade que me impedia tanto de fugir quanto de me atirar nos braços da minha mãe.

— Bem-vinda a Lyrra, Sua Majestade — Thandi disse. — Por favor, junte-se a nós para a refeição vespertina.

— Obrigada, Sua Majestade — minha mãe respondeu.

Olhei para ela, tentando transmitir minhas perguntas por meio dos meus olhos arregalados, mas tudo que ela me deu em troca foi um sorriso terno e cheio de dignidade. Não havia como eu descobrir o que estava acontecendo na frente de todas aquelas pessoas. Minha mãe jamais quebraria o protocolo. Thandi nos conduziu à área do banquete e acomodou minha mãe à mesa que os criados haviam preparado depressa de modo a imitar a mesa real, mas antes que eu

FOGO & ESTRELAS

pudesse falar com ela, ele me levou para os nossos assentos a várias mesas de distância.

Os palacianos fofocavam sobre a disposição aleatória de seus assentos no almoço, que era composto por alimentos de fim de colheita: coelho refogado no vinho com ervas e cebolinhas-brancas caramelizadas, torradas com queijo e mel temperadas com o derradeiro leite das éguas, bem como tortas de maçã com cobertura crocante de açúcar mascavo e aveia tostada. Comi apenas o suficiente para ser educada, um pouco de cada prato como mandava a tradição, lançando um olhar para minha mãe sempre que possível. Eu não compreendia como ela chegara tão depressa ou por que não me enviara uma mensagem avisando sobre sua chegada.

Depois que a comida foi recolhida, chegou a hora da seleção.

—Você sabia que ela estava vindo? – sussurrei para Thandi enquanto nos dirigíamos à arena.

– Estou tão surpreso quanto você – ele disse. – Mas foi bom. Um de nós devia ter um dos pais aqui no casamento. – A tristeza surgiu em seu rosto.

Antes que eu pudesse dizer mais alguma coisa, Lorde Kriantz surgiu ao lado de Thandi, e o formigamento nas palmas das minhas mãos voltou. Embora eles só estivessem conversando amigavelmente sobre cavalos, tudo que eu via ao olhar para Lorde Kriantz era o homem que estava roubando Mare de mim. Só de pensar nele tocando-a me dava vontade de imolá-lo ali mesmo.

Na arena, Thandi apertou o antebraço de Theeds para cumprimentá-lo.

– Tudo em ordem?

– Sim, Sua Majestade – Theeds disse. – Os potros desmamados estão prontos para serem avaliados primeiro, e os cavalariços estarão prontos para apresentar os lotes dos animais mais velhos em ordem.

– Ótimo – Thandi disse.

– Poderíamos contar com a experiência de Mare hoje – Theeds disse casualmente, esfregando as solas de suas botas na terra.

★ 337 ★

Lorde Kriantz e Thandi se entreolharam.

— Ela não está se sentindo bem — Thandi falou.

Meu sangue ferveu com a mentira.

Theeds olhou para ele desconfiado, mas assentiu e voltou para a arena para terminar os preparativos.

— Não precisa ficar aqui de pé — Thandi disse para mim. — Endalan, poderia acompanhar a Princesa Dennaleia ao assento dela, por favor?

Eu preferia me deitar no meio da arena e deixar os cavalos me pisotearem a passar um tempo na companhia dele, mas eu não tinha escolha.

— Claro, Sua Majestade. — Lorde Kriantz segurou no meu braço, com o desgosto discretamente estampado em seu rosto por não poder participar do evento dos cavalos. Embora sua relação de proximidade com Thandi tivesse lhe conferido um novo nível de confiança, somente a família real e seus mestres cavaleiros poderiam opinar na seleção dos animais. Lorde Kriantz me sentou ao lado da minha mãe, em uma fileira de cadeiras de madeira sobre uma plataforma de pedra junto à arena, com um toldo estendido acima de nossas cabeças para nos proteger do sol. Ele me acomodou na cadeira mais decorada, me envolveu com o cobertor de lã bordado e se sentou do meu outro lado.

Imediatamente me virei para a minha mãe, movida por mil perguntas.

— Estou feliz em vê-la, mãe, mas por que está aqui? — perguntei, falando do modo mais gentil que consegui.

— Quando Alisendi retornou da visita, ela me contou sobre a tentativa de assassinato do rei — ela respondeu. — Fiquei preocupada, e seu pai e eu achamos melhor não anunciarmos minha visita, para evitar que eu mesma virasse um alvo.

As entrelinhas eram claras como o dia. Ali lhe dissera que meu dom estava fora de controle.

— E a carta? — Aquela fora a missiva mais positiva que eu mandara, e a primeira vez em que expressara confiança no meu futuro em Mynaria, tudo graças a Mare e Ellaeni. As coisas haviam me parecido mais sólidas que nunca àquela altura, diferentemente do que acontecia agora, quando quase tudo havia desmoronado.

Minha mãe baixou ainda mais a voz.

– A morte de Casmiel foi preocupante. Sua dificuldade em se adaptar talvez já fosse esperada. Mas desenvolver uma relação com a Princesa Amaranthine, que não faz parte do Conselho, e com uma garota do litoral com pouco poder político, e o tanto que você se importa com a opinião de Amaranthine a seu respeito...

Fiquei furiosa. Ela as julgava sem ao menos conhecê-las. Mas a culpa cresceu em mim ao pensar em Mare.

– Tenho problemas maiores que esses, mãe – falei, mal conseguindo manter minha voz estável. – Os deuses se tornaram mais familiares.

Os olhos azuis dela me fuzilaram numa advertência.

– Agora não é hora, Dennaleia – ela disse. – Voltaremos a falar dessas coisas após o casamento, depois que a aliança tiver sido garantida.

– Mas preciso saber...

Ela me cortou colocando sua mão no meu braço e olhando para a arena, esperando que eu fizesse o mesmo. As mechas prateadas em seus cabelos davam a ela um aspecto mais majestoso, um contraste impressionante com o vermelho do vestido que usava. Confiança e imponência emanavam dela como se ambas as coisas fizessem parte de sua natureza desde o nascimento. Eu não fazia ideia de como ela conseguia ficar tão calma naquelas circunstâncias.

Abaixo de nós, os criados terminavam os preparativos, mexendo uma grande bacia de tinta que brilhava com partículas prateadas. Eles a levaram para uma mesa nos fundos da arena, e a envolveram cuidadosamente em folhagem para decorar. Dentro da arena, estacas caiadas posicionadas sobre o solo demarcavam o percurso que cada cavalo completaria ao ser conduzido para inspeção, um grande círculo ao redor do centro da arena com uma entrada e uma saída de cada lado. Perto de onde eu estava, ramos delicados carregados de flores de um magenta vívido tinham sido trançados na cerca da arena, presos por uma corda.

Um potro alto e negro foi o primeiro cavalo a dançar dentro do círculo. O cavalariço se esquivava dos cascos enquanto se empenhava ao máximo para fazer com que o cavalinho que mal se acostumara com o cabresto caminhasse e trotasse no círculo ao longo do qual estavam Thandi, Theeds e dois outros membros do comitê de seleção. Os olhos um tanto assustados do potro partiram meu coração. Sua vida mudara de repente no instante em que o cabresto fora enfiado em sua cabeça. Ergui os olhos para o castelo, inspecionando as janelas distantes como se pudesse ver Mare de relance. Eu desejava que ela viesse me libertar, que entrasse galopando em Flicker e me arrancasse da minha cadeira, me levando pelas montanhas até o oceano, onde poderíamos embarcar em um dos navios de Ellaeni e jamais seríamos vistas novamente.

Lá embaixo, o potro negro agitado ladeava no centro da arena. O comitê acenou com a cabeça em aprovação, e Thandi enfiou sua mão na tinta prateada.

— Pelo vento, força, velocidade e coração, os Seis cavalgarão este potro marcado pela mão do rei. — Thandi carimbou a espádua do cavalo, a impressão de sua mão em tinta prateada se destacando brilhante na pelagem escura do potro. O tratador fez o cavalo trotar para fora da arena para receber os aplausos do público.

Depois de cinco horas de seleção, eu mal prestava atenção, com meu olhar perdido além da arena, deixando que minha mente divagasse. Eu não precisava ter ficado sentada ali o dia inteiro, mas Thandi com certeza sabia que eu correria direto para Mare, que eu daria um jeito de chegar aos aposentos dela, nem que tivesse que lutar com os vassalos que guardavam sua porta. Em vez disso, eu observava cavalo após cavalo ser conduzido diante dos avaliadores até que as únicas coisas que me mantinham acordada fossem as barbatanas do meu espartilho cutucando meus quadris e o medo de desapontar minha mãe.

FOGO & ESTRELAS

Então os tratadores fizeram entrar um cavalo que eu reconheci.

– Não – falei, lançando um olhar de pânico para Lorde Kriantz. Ele deu de ombros.

Ele não podia fazer aquilo. Ninguém que tivesse alma permitiria que aquele cavalo fosse vendido. Na arena, os lábios do mestre do estábulo se contraíram, e ele cruzou os braços. Ele devia saber que aquilo ia acontecer, mas não parecia nada feliz. Um burburinho surgiu na plateia, e eu me inclinei para a frente na beirada do meu assento.

O cavalariço conduziu o cavalo em seu ritmo, correndo o máximo que podia para acompanhar as passadas largas e impetuosas. Quando pararam no centro do círculo, o grande macho castrado alazão encostou os lábios, brincalhão, no tratador, calmo e tranquilo após os potros e cavalos jovens assustados que haviam passado pela arena mais cedo naquela tarde.

Thandi apontou para a direita, enviando Flicker para o cercado dos animais descartados. Ele seria enviado com o restante do lote vendido após o nosso casamento.

Lorde Kriantz balançou a cabeça.

– Desperdício de um cavalo tão bom! – ele disse.

Flicker era a única coisa que importava para Mare. Se Lorde Kriantz ligasse para ela, como poderia deixar Thandi usar o cavalo numa vingança tão mesquinha?

– Como pode deixá-lo fazer isso? – sibilei. – Flicker é tudo para ela. Ele deu de ombros.

– Ela não precisará desse cavalo no deserto. Poderá escolher qualquer um dos meus. Aquele ali não é adequado para a vida no deserto.

A lógica dele não serviu para acalmar meu ânimo. Nada em sua explicação demonstrava que ele se importasse com ela, ou que pensasse nela, ou que tivesse consideração pelo que ela amava. Ideias insanas nasciam em mim, pensamentos incendiários. Mordi o lado de dentro da minha bochecha dormente, esperando que isso me impedisse de arrancar a cabeça de Lorde Kriantz de cima de seus ombros numa

AUDREY COULTHURST

explosão. Redirecionei meu olhar para o chão sob as cadeiras altas em que estávamos sentados, focando em algumas folhas úmidas que estavam sobre a terra. A fumaça subiu em colunas quando as folhas viraram cinzas.

Minha mãe agarrou minha mão numa advertência.

– Seu mau humor está evidente, Sua Alteza – Lorde Kriantz disse baixinho com um sorriso.

Meu corpo gelou, mas isso de nada serviu para apaziguar as chamas raivosas no meu coração.

QUARENTA

No dia de louvor, três dias depois da seleção, eu me sentei ao lado de Lorde Kriantz no banquete pré-casamento de Denna e Thandi no salão principal – a primeira refeição que eu fazia fora dos meus aposentos desde que Thandi me trancara. Bem que poderia ser a minha última. As dobras de veludo do meu vestido pendiam de mim feito uma mortalha, mais escuras que o céu noturno do lado de fora. A decoração brilhava pelas paredes, fitas penduradas em cada lustre, e a mesa explodia no maior número de arranjos de folhas de outono e flores que podiam ser enfiados entre copos, pratos e travessas.

Eu desejava ter a Afinidade de Denna para poder tacar fogo em tudo.

Assim que todos tomaram seus assentos, as portas duplas do salão principal se abriram e revelaram Denna com toda a sua elegância. Seu vestido cintilava com as cores do outono, camadas de tecido cor de cobre tremeluzindo sobre o cetim de um bordô intenso. A bainha inferior do vestido era coberta de contas e arabescos suficientes para decorar cada sela de guerra nos estábulos, e seus cabelos escuros estavam presos para cima e enfeitados com mechas brancas e avermelhadas de crina de cavalo trançadas em fios brilhantes.

Embora parte de mim não desejasse outra coisa além de me levantar e pegar sua mão, o momento de fazer tal coisa já tinha ficado para trás. Torci meus braceletes até eles cortarem a circulação no meu pulso, desviando meus olhos dela e encarando meu prato vazio.

Quando Denna passou por mim para se sentar, roçou as pontas de seus dedos na minha omoplata nua com a leveza de uma pluma. O toque dela gerou um arrepio, e eu a odiei por isso. Meu estômago se revirou quando ela se sentou à cabeceira da mesa com Thandi, tendo sua mãe, que era como seu reflexo no espelho, ao seu lado. Lorde Kriantz pôs a mão no meu braço e me trouxe de volta à Terra. Examinei seu rosto, seu sorriso fácil, seus olhos escuros e seu queixo anguloso, desejando que algo nele pudesse despertar em mim pelo menos metade do que Denna me fazia sentir. Pelo menos, ele me levaria para longe dela e do caos que ela causava no meu coração.

Foi só quando os pratos haviam sido recolhidos, e várias músicas sido dançadas, enquanto Thandi conversava distraído com Lorde Kriantz, que Denna deslizou para a cadeira ao meu lado. Outros nobres circulavam à nossa volta, bebendo seus vinhos e conversando, mas bem que ela poderia ser a única outra pessoa na sala além de mim.

—Você veio — Denna disse.

— Como se eu tivesse escolha — respondi. — Thandi não pode me deixar trancada para sempre. — Mantive a voz firme. Eu precisava erguer um muro que ela não conseguisse derrubar.

— Senti tanto a sua falta. — As mãos de Denna tremiam, e ela agarrou suas saias para se controlar. — Esses últimos dias têm sido terríveis. Eu queria ter ido até você, mas Thandi não me deixou sair do lado dele.

— É tudo culpa minha — falei. — Eu não devia ter dito nada sobre o que sentia. Eu não devia ter ficado com você naquela noite. — Era doloroso dizer aquilo, mas eu não tinha escolha.

— Mas fico feliz que tenha dito. E ficado comigo. Eu não trocaria os últimos meses por nada. — Ela tocou meu antebraço.

Eu me afastei.

FOGO & ESTRELAS

—Trocaria, sim. Pelo seu dever. — Apontei para a tiara adornada no alto de sua cabeça.

Decepção surgiu no rosto dela.

— Servir ao reino como monarca é a única coisa que sei fazer. É a única forma de ter poder para impedir a guerra — ela disse. — Mas quero encontrar um jeito de fazer as coisas darem certo para nós. Quero fazer você feliz. E não suporto a ideia de não tê-la ao meu lado. Diga o que preciso fazer para que você mude de ideia.

— Não há nada que você possa fazer — falei. — Não posso ficar. Thandi e o Conselho me forçaram a essa escolha e aceitei a proposta de Endalan. Não é isso que você faria? Cumpriria seu dever e seguiria o plano de outras pessoas?

— Isso é diferente — ela disse. —Você sabe tão bem quanto eu que os Dissidentes são apenas parcialmente responsáveis pelo que aconteceu. Entrar em guerra com outro reino sem termos provas é tolice. Não há força em uma aliança entre Sonnenborne e Mynaria baseada nisso. Nem sabemos se Kriantz conseguirá unir tribos suficientes para ser declarado rei, que é o que ele parece estar planejando.

Ela tinha razão, mas eu não queria dar o braço a torcer. Eu não podia concordar com ela porque eu não podia ficar.

— Bem, meu irmão está sendo um idiota, mas talvez eu consiga fazer Endalan mudar de ideia. Ele não é imbecil. Quem sabe ele ouça a pessoa com quem está formando uma parceria — falei.

— Não há garantias disso — ela insistiu. — Esta guerra o beneficiará. Ele ganhará terras. Não sei se podemos confiar nele.

— Se ele não me ouvir, talvez eu pegue Flicker e vá para Zumorda por conta própria. Tente avisá-los. De qualquer modo, é melhor que ficar aqui e ver você se casar com meu irmão — falei.

— Mas Thandi descartou Flicker — ela desabafou. — Ele será vendido amanhã. Venho tentando achar um jeito de impedir…

— O quê? — falei. Minhas emoções conflitantes se fundiram em uma bem mais simples: fúria.

— Lorde Kriantz estava lá, do meu lado. Ele disse que Flicker não é adequado para a vida no deserto. Se ele se importasse com você, teria impedido que Thandi fizesse isso — ela disse.

— Eles não vão se safar dessa. — Ergui o queixo e olhei feio para o meu irmão. Alguém pagaria por aquilo. Minha punição tinha ido longe demais. Ninguém tomaria meu cavalo.

— Mas Mare...

Balancei a cabeça e me levantei. Pelo menos, a seleção de Flicker para a venda era um problema que eu podia resolver, à diferença do desastre com Denna. Atravessei o salão, furiosa, até onde estava Lorde Kriantz e o puxei de lado.

— Você vendeu meu cavalo — falei de chofre.

— Como?

— Dennaleia me contou que Flicker foi selecionado para a venda ontem.

— Eu não pude opinar na seleção, milady. Não sei o que você ouviu, mas garanto que não encorajei Sua Majestade a vender seu cavalo. É um ótimo macho castrado. Eu me ofereci para ficar com ele, mas Sua Majestade observou que eu deveria limitar meu lote ao que poderei usar no meu programa de criação de raça.

Mentiras. Denna havia me frustrado, me decepcionado, mas jamais mentira.

— Então as coisas são inúteis se você não puder usá-las para reprodução? É assim agora? — ergui minha voz.

— Milady, por favor, não dê escândalo. Sei que está chateada por causa do cavalo, mas podemos resolver isso amanhã. E você poderá escolher seus cavalos em Sonnenborne depois que nos casarmos — Lorde Kriantz disse.

— Não quero um cavalo do deserto. Quero o meu cavalo — falei.

— Isso vai acalmar seus nervos, milady — ele disse e enfiou uma taça de vinho na minha mão e se adiantou para segurar em meu outro braço. — Falaremos disso depois.

– Não haverá um depois – falei. – Mudei de ideia. Não vou me casar com você. O trato está desfeito. – Eu me livrei dele e fui direto até o meu irmão, que estava entretido em uma conversa com o Conde de Nax.

Thandi me viu chegando e virou de costas para mim. Se ele queria fazer aquele jogo, eu também sabia jogar. Atirei a taça cheia de vinho nele. Vinho e cacos de vidro explodiram em seus pés, interrompendo a conversa abruptamente.

– Mas que diabos! – Thandi deu um salto para trás, os cacos de vidro rangendo sob as solas de suas botas.

Os convidados correram até nós, perplexos.

Sorri.

– Majestade – comecei a dizer –, caso tenha se esquecido, sou sua irmã, não uma égua de reprodução que você pode mandar embora com um lote de animais descartados. Se vender o meu cavalo é sua ideia de punição, pode enfiar seus planos no seu rabo real. Acabou. Cansei da guerra, cansei de Lorde Kriantz e, principalmente, cansei de você. – Eu o encarei, cada músculo do meu corpo tenso.

– Se você tivesse feito o que lhe foi pedido desde o início, não estaríamos aqui agora, Amaranthine – ele disse, seu tom de voz inabalado.

– É mesmo? Por acaso, acredito que cada um tenha um papel neste jogo. Não assumirei a responsabilidade pelas suas falhas. Então, se quiser declarar guerra a um reino sem ter provas de que esse reino de fato fez alguma coisa, fique à vontade. Estou fora. Cave sua própria sepultura. – Girei nos calcanhares e abri caminho pela multidão. Todos se afastaram depressa para me dar passagem, exceto uma pessoa.

Denna se postou diante da saída do salão principal, bloqueando meu caminho.

– Isso não é nada sábio, milady – falei. Eu precisava descontar minha raiva fora do salão, e ela era a única pessoa que eu não queria machucar. Ainda assim, fraquejei ao encará-la, sentindo uma força inexplicável que sempre me fazia diminuir a distância entre nós.

— Não se vá — ela implorou.

— Estou indo — falei. — Mas aqui está algo para se lembrar de mim.

Eu a envolvi em meus braços e a beijei com a sofreguidão com que ela me beijara daquela primeira vez, esperando que, se eu a beijasse com intensidade suficiente, pudesse deixar para trás tudo que sentia por ela assim que eu saísse do salão. Ela tinha um gosto doce, um toque de maçã com especiarias da sobremesa ainda nos lábios. E apesar de sentir raiva por ela tê-lo escolhido em vez de mim, e apesar de estar prestes a abandoná-la para sempre, sentir seu corpo contra o meu me fez lembrar que o que acontecera entre nós era inevitável. Eu a amava. Ela fazia meu coração acelerar e minhas pernas vacilarem. Cada segundo que ela passava em meus braços era mais adorável que uma canção, mais leve que o ar.

Não parei para avaliar sua reação, apenas marchei de cabeça erguida para fora do salão. Quando a porta sólida do salão principal se fechou às minhas costas, eu ri, um som estranho e oscilante que ecoou por todo o corredor. Finalmente, eu estava livre — se conseguisse escapar antes que Thandi mandasse os guardas atrás de mim. Eu pegaria meu cavalo descartado e cavalgaria para longe da cidade e jamais olharia para trás. Se eu fosse longe o suficiente, talvez para Zumorda, poderia recomeçar minha vida como uma pessoa comum, em vez da princesa que esperavam que eu fosse.

— Mare? — Nils se aproximou com cara de confuso.

—Você sabe a hora de aparecer com a perfeição dos Seis — falei. — Venha comigo e mantenha os outros vassalos afastados. Preciso sair daqui antes que eles venham atrás de mim.

Ele suspirou.

— O que você aprontou agora?

— Não posso explicar. Tenho que ir. Venha. — Eu o arrastei pelo corredor, olhando nervosa por cima do ombro. Mesmo com as portas fechadas, dava para ouvir a tagarelice recomeçando, uma maré que subiria e certamente viria atrás de mim de algum modo. Os vassalos

FOGO & ESTRELAS

que guardavam a porta trocavam o peso de pernas, inquietos, como se soubessem que Thandi mandaria alguém no meu encalço. Mas eles não agiriam por conta própria com Nils ao meu lado. Avançamos depressa pelo corredor em direção aos meus aposentos. Eu levaria apenas o que conseguisse carregar e sairia em menos de uma hora.

— Mare, que diabos está havendo? — Nils perguntou. — Estou fazendo a ronda.

— Eu sei. Faça a ronda nesta direção por um minuto — falei.

— O que aconteceu?

— Estou indo embora, Nils. Não vou mais me casar. Vou fugir sozinha. Para Zumorda, acho.

Ele franziu a testa, mas assentiu.

— Se acha que essa é a melhor opção, apoio você. Os Seis sabem que você teve que aturar coisas demais ultimamente. Vá embora enquanto pode. Sempre lhe darei cobertura. — Ele apertou meu braço com ternura, e eu sorri para ele. Pelo menos, havia uma pessoa com quem eu podia contar. Entramos no que deveria ser um corredor vazio.

— Não tão depressa, Mare. — Lorde Kriantz estava parado, bloqueando nossa passagem, com dois de seus homens atrás dele, espadas reluzindo em suas mãos.

Nils e eu paramos abruptamente.

— Falei sério, Endalan. Cansei. Não vou a lugar algum com você. Não dificulte as coisas. — Eu me mantive firme, lançando olhares à minha volta para encontrar a rota de fuga mais rápida.

— Se ela diz que não quer ir, você não vai levá-la a lugar nenhum — Nils disse, avançando atrás de mim.

— Creio que você esteja enganado — Lorde Kriantz disse. Ele sorriu, mas o sorriso não se refletiu em seu olhar. Seus olhos observavam a cena com o ar arrogante de quem sabe que já venceu. Minha raiva deu lugar ao medo.

Ele ergueu a mão e seus homens se lançaram contra nós.

AUDREY COULTHURST

O soldado que veio na minha direção era forte, mas lento, e eu me esquivei e escapei de suas mãos. Acertei alguns golpes, já que logo ficou claro que Lorde Kriantz dissera a seus homens para não me machucar. Nils desembainhou sua espada e lutou com o outro guarda, barulho de metal contra metal e de botas se arrastando pelo chão enchendo o corredor enquanto eles duelavam.

— Já chega. — Lorde Kriantz investiu contra mim. Em um movimento rápido ele me segurou por trás e encostou uma lâmina estreita no meu pescoço. O metal frio estava pressionado o suficiente na minha pele para machucar.

Gelei.

— Desista — Lorde Kriantz disse a Nils. — Sabe que eu não a mataria, mas ficaria feliz em cortar um ou dois membros desnecessários.

Nils largou a espada e se afastou, erguendo as mãos em rendição, seu peito subindo e descendo devido ao esforço da luta.

— Assim é melhor — Lorde Kriantz disse.

Eu me debati, acertando um chute bem dado em sua canela, mas ele nem se mexeu.

— Acabem com ele — Lorde Kriantz disse aos seus homens.

— Não! — gritei, golpeando com toda a força.

O soldado de Lorde Kriantz deu um passo à frente e enfiou uma lâmina curta no pescoço de Nils.

Meu coração partido se despedaçou.

 Quando os lábios de Mare abandonaram os meus, ela levou consigo tudo que era importante, me deixando nua diante da multidão. Nada do meu verdadeiro eu era expresso no meu vestido enfeitado, no delineador negro que destacava meus olhos ou no batom cor de vinho em meus lábios. As olheiras escuras sob meus olhos haviam sido suavizadas com um produto mineral, como se a perda da única pessoa que importava para mim pudesse ser apagada com um pouco de maquiagem – como se minha Afinidade pudesse ser aprisionada debaixo da roupa certa. As pontas da minha tiara entravam no meu crânio feito a mandíbula de uma fera se fechando em volta da minha cabeça, selando meu destino. O beijo de Mare fora a única coisa verdadeira que todos viram naquela noite.

 Minha mãe olhou para mim do outro lado do salão como se me visse pela primeira vez, seu rosto lívido de choque. Thandi simplesmente se virou e se afastou, com os criados correndo atrás dele para limpar o vinho de sua calça.

 A dor em meu coração era grande demais para caber naquele salão.

 Alguém segurou minha mão. Ellaeni. A dor emanava de seus olhos, e reconheci a mim mesma nela. Mas ela fora sábia o bastante para escolher Claera a qualquer custo, apesar das objeções de sua família. Um dia, elas se reencontrariam.

Meus ossos tremiam com a magia, e a flor de um arranjo numa mesa próxima começou a arder em fogo lento. Soltei a mão de Ellaeni e deixei o salão principal, com medo de incendiar a sala toda à minha volta. Segui o movimento dos meus pés, que me levavam para a ala real, sem saber direito o que diria, mas certa de que não poderia deixar Mare partir daquele jeito. A festa – e Thandi – podia esperar alguns minutos. Não seria difícil inventar desculpas. Ninguém se surpreenderia por eu precisar de um minuto para me recompor depois da cena que Mare fizera.

Meus passos ecoavam no corredor vazio, a ausência de vassalos me enchendo de uma inquietação assustadora e crescente. Em uma noite de banquete, deveria haver dois guardas em cada corredor. Um baque surdo veio de um corredor próximo.

Espiei na quina e congelei. Nils jazia no chão, sobre uma poça de sangue. Mare soluçava angustiada. Senti um nó na garganta, mas me controlei, com medo de revelar minha presença. Com um sinal de Lorde Kriantz, um de seus homens silenciou Mare com uma pancada na cabeça, e ela desabou nos braços do soldado, inconsciente. Meus nervos gritavam, mas meus pés não se moviam.

– Queime-o. Mais um corpo ajudará a nossa causa – Lorde Kriantz disse.

Seus soldados assentiram. Um deles tirou um fio dourado do bolso e o colocou em volta do pescoço de Nils, deixando as pontas sobre o seu peito. Lorde Kriantz deixou Mare aos cuidados de seus homens e se debruçou sobre Nils, girando o anel em sua mão esquerda até uma posição calculada. Chamas brilhantes de cor violeta saíram do fio dourado e engoliram Nils.

Não fora um feiticeiro que matara o Rei Aturnicus. Fora Lorde Kriantz. Ele também devia ser o homem da sombra que havia pagado aos Dissidentes para matarem Casmiel – tudo com o propósito de iniciar uma guerra e ganhar terras zumordanas. Meu estômago se revirou, e o fogo que ardia aumentou e fez as arandelas nas paredes explodirem uma a uma, deixando o corredor na escuridão, iluminado apenas pelo corpo em chamas de Nils.

— Que diabos foi isso? — um dos soldados disse.

— Pegue-a e vamos embora. Agora — Lorde Kriantz ordenou.

Ouvi uma movimentação desordenada quando um dos homens de Kriantz colocou Mare sobre os ombros, mas, quando meus olhos se acostumaram à escuridão, eles já tinham desaparecido, sem dúvida pela saída mais próxima. Xinguei baixinho, com um palavreado que impressionaria até Mare, e fui atrás deles. Lá fora, o som agudo de cascos com ferradura cortava o ar frio da noite. Lorde Kriantz e seus homens jogaram o corpo mole de Mare em uma carruagem puxada por dois cavalos cinzentos banais. Assim que as portas se fecharam, eles saíram trotando pelo portão.

Eu não podia deixar aquilo acontecer, mas de jeito nenhum eu arriscaria usar minha magia para fazê-los parar, principalmente sabendo que eu poderia machucar Mare sem querer.

Corri até o salão principal. Eu precisava fazer Thandi enviar vassalos para resgatá-la. A festa parecia ter voltado parcialmente ao normal, exceto pelos olhos curiosos que me seguiam e pelos vassalos que vieram na minha direção assim que adentrei o recinto.

— Temos ordens de escoltá-la até Sua Majestade — um vassalo falou.

— Claro — falei, grata por não ter que abrir caminho entre os convidados para encontrá-lo. Era quase fácil demais. Os vassalos me levariam direto até Thandi, e então nós daríamos meia-volta e iríamos atrás de Mare antes que Lorde Kriantz cruzasse os portões da cidade.

Os vassalos me conduziram pelos cantos do salão até a antessala atrás da mesa real e lá entraram comigo. Thandi estava sentado no centro do pequeno cômodo, com um criado esfregando as manchas de vinho de sua calça.

— Ah, eles acharam você — ele disse. Ele dispensou todo mundo, até que fiquei parada sozinha diante dele. Seus olhos se esquivavam dos meus, como se ele não conseguisse olhar para mim depois daquela cena com Mare.

— Aconteceu uma coisa terrível. — Eu me esforcei para recuperar o fôlego, meu coração e meus pulmões brigando entre si sob o corpete apertado do meu vestido. — Lorde Kriantz levou Mare. Eu o vi matar Nils com fogo gerado com o que me pareceu ser magia. Chamas roxas, como aquelas que mataram o Rei Aturnicus. Ele tem um anel dourado que...

Thandi focou seu olhar e finalmente me encarou quando eu mencionei a magia.

— Não pode ser — ele disse. — Vi Nils fazendo a ronda antes de vir para cá esta noite, e as pessoas não podem criar magia. Temos que nos concentrar em encontrar e eliminar a origem real dos ataques mágicos e destruí-las. Zumorda.

— Está falando sério? Isto não é sobre magia. É sobre o fato de Mare ter sido levada à força do castelo pelo homem que matou seu pai! — O pânico me deixava zonza. Tudo que ele precisava fazer era ir até o corredor e ver o corpo de Nils para saber que eu dizia a verdade.

— Com certeza, você deve ter se enganado — ele disse. — Mas se está tão preocupada assim, mandarei um guarda ver se está tudo bem com Nils, e um pajem aos aposentos de Mare para confirmar sua presença.

Eu não entendia como ele podia estar tão calmo.

— Mas então será tarde demais! — Fagulhas surgiram nos cantos do meu campo de visão. — Isto não é sobre mim e Mare. É sobre nosso reino entrar em guerra sem motivo. É sobre sacrificar a vida de nosso povo para que Lorde Kriantz possa expandir seu território e se autoproclamar rei. Acha que não sei o que vi? Que não mereço ser levada a sério?

FOGO & ESTRELAS

— Confio em Lorde Kriantz — Thandi disse, sua voz mais fria que o ar da noite. — E certamente consegue entender minha hesitação em confiar em você.

— Meus olhos funcionam tão bem quanto os de qualquer outra pessoa. — Minhas mãos esquentaram a ponto de minhas palmas formigarem.

— Está sentindo cheiro de queimado? — Thandi olhou ao redor, alarmado.

Soltei as mãos da cadeira à qual eu estivera me agarrando. Fumaça subia dos pontos em que meus dedos haviam estado, e o medo me consumiu. Eu não queria ter feito aquilo.

— Pelos Seis! — Thandi parou atônito. — Foi você.

— Não — falei apavorada. Se ele me responsabilizasse pela morte de seu pai, eu seria morta. Pior, me perseguir o faria se esquecer de ir atrás de Mare.

— Você... você está inventando todas essas coisas para esconder que é a culpada. Não me admira que tudo tenha começado quando você chegou. E você sabia tanto sobre a flecha... você deve estar trabalhando com os Dissidentes. Não acredito que fui tão burro. — Ele se afastou de mim.

— Não sou culpada de nada disso — falei. — Tudo o que sempre quis foi fazer o melhor para Mynaria. Eu não sabia nada sobre os Dissidentes antes de vir para cá. Por favor, me escute! Precisamos fazer alguma coisa com relação a Mare e a Lorde Kriantz! Não percebe? Ele o está arrastando para uma guerra que beneficiará apenas a ele!

— Temos que nos casar para que a aliança prossiga com os planos de guerra, mas, acredite em mim, você será julgada e responsabilizada por qualquer morte que tenha causado — Thandi disse. Ele se dirigiu para a porta.

Durante toda a minha vida, o dever sempre viera em primeiro lugar. Naquela noite, era hora de dar prioridade ao meu coração e ao meu reino. Eu me levantei e o encarei.

★ 355 ★

– Não! – falei. – Não posso me casar com alguém que não salvaria a própria irmã. E prefiro morrer a me casar com uma pessoa que pretende sacrificar sua cavalaria em nome de uma guerra claramente planejada por Kriantz para benefício próprio. Se quer uma aliança com Havemont, traga Mare de volta. Eu me casarei com ela. Com prazer. – Minha convicção superou, e muito, meu medo. Meus dias de pavor tinham chegado ao fim.

– Nunca – ele disse.

– Então me deixe ir – falei e movi a mão na direção da cadeira chamuscada. Ela pegou fogo, e a sensação de liberar aquela energia foi ótima. Como cavalgar Shadow. Como beijar Mare. Como a liberdade. Mais poder se acumulou em mim para substituir aquele que eu perdera. Eu mal conseguia me controlar, como se dizer o que eu queria de verdade tivesse finalmente libertado minha magia e meu coração.

– Guardas! – ele chamou.

A porta se abriu e vários guardas entraram. A saudação deles ficou pela metade enquanto seu olhar ia de Thandi para a cadeira em chamas.

– Por favor, escoltem a Princesa Dennaleia até os aposentos dela – Thandi instruiu. – E deixem quatro guardas em sua porta esta noite. Eu gostaria de segurança extra até o casamento, caso o inimigo... – ele olhou para mim – decida atacar novamente.

Eles me arrastaram para fora da sala feito lixo. A tentação de queimar todos eles estava à flor da pele, mas eu precisava guardar meu poder para usá-lo contra quem merecia morrer: Lorde Kriantz. Se eu pudesse pará-lo, todos os seus planos cairiam por terra. Eu não me importava mais com o quão perigoso era usar meu dom.

Depois que a porta se fechou atrás dos vassalos, fui para o meu quarto de dormir para que Auna pudesse me ajudar a tirar aquela roupa. Assim que eu me livrasse daquele vestido pesado, poderia, de fato, fazer alguma coisa. Mas Auna havia apenas começado a soltar meus cabelos quando a porta da antecâmara se abriu e minha mãe entrou.

– Dennaleia – ela começou a falar.

FOGO & ESTRELAS

– Não. Hoje não – falei. A última coisa de que eu precisava era levar sermão da minha mãe. As chamas cresceram na lareira, deixando o quarto desconfortavelmente quente. Se minha mãe me deixasse ainda mais irritada, todo o castelo provavelmente queimaria.

– Não estou aqui para dizer isso que você está pensando – ela disse, sentando-se na minha cama.

Só acreditei nela quando a vi cobrir o rosto com a mão, seus olhos fechados como se não tivesse forças para continuar. Envolta nas camadas de seu vestido com o rosto enterrado nas mãos, ela parecia muito pequena.

– Auna, você está dispensada esta noite – ela disse por fim.

Auna fez uma mesura e saiu depressa do aposento.

Mamãe se levantou e assumiu a tarefa que Auna deixara pela metade, removendo as quase infinitas camadas das minhas saias e soltando meu espartilho com mãos gentis. Eu não me lembrava qual havia sido a última vez em que ela me tocara.

– Thandilimon me mostrou a cadeira – ela disse enquanto me ajudava a vestir uma camisola.

– Tentei lhe contar – falei. – Tentei lhe perguntar por que isso estava acontecendo. Você nunca tinha tempo para conversar comigo. Sempre preocupada com as boas maneiras. Com o protocolo. Em causar uma boa impressão. Em acalmar as coisas e jamais falar sobre o que realmente está acontecendo. – Enquanto eu falava, fagulhas escaparam da lareira.

– Pensei que pudesse proteger você – ela disse. – Quando era criança, seu dom era tão pequeno. Com o sangue diluído, achei que seu dom não seria forte. Sinto muito, Dennaleia. Eu estava errada.

Ela me sentou diante da penteadeira, e no espelho seus olhos estavam sombrios e úmidos.

– Que sangue diluído? – sussurrei.

Minha mãe respirou fundo.

★ 357 ★

— Você sabe que sou de uma das províncias mais afastadas de Havemont. Do sul, nas Montanhas Kavai, perto da fronteira com Zumorda.

Eu já ouvira aquela história mil vezes. Como meu pai a conhecera em sua turnê de coroação. Como ele se apaixonara instantaneamente por ela, apesar de ela ser da baixa nobreza. Como ele surpreendera o povo de seu reino ao escolher uma mulher improvável para ser sua esposa, e como aquela escolha unira o reino mais que o esperado.

— Minha mãe não é minha mãe de verdade. Minha mãe biológica era zumordana. Era a aia da minha mãe. — A confissão custava a ela um enorme esforço a cada palavra, suas mãos tremiam.

Minha mãe, a pessoa mais régia que eu conhecia, tinha sangue impuro.

— Meus pais tentaram conceber uma criança durante anos, mas nunca deu certo. Minha mãe e sua aia fizeram um acordo com meu pai, e então eu nasci. De certa forma, tive um pai e duas mães. — Ela se recompôs, falando num tom monótono de quem lê as informações contidas em um livro de história. — Ninguém conhecia a verdade. Eles me contaram quando atingi a maioridade, assim que ficou claro que eu seria rainha.

— Como pôde guardar esse segredo de mim? — Eu me esforcei para falar mesmo com o aperto que sentia no peito conforme meus olhos se enchiam de lágrimas. O tempo todo, a explicação para o meu dom estivera bem ali, e ela a escondera deliberadamente de mim. Meus braços formigavam com o poder crescente. O lampião que estava sobre a mesinha de cabeceira explodiu em chamas, enchendo o quarto de cacos de vidro. Uma rajada de vento abriu uma das venezianas com tanta força que a dobradiça superior se soltou.

Minha mãe deu um salto, e suas mãos tremeram ainda mais enquanto ela terminava de soltar meus cabelos.

— Ninguém podia saber — ela disse. — Seu pai e eu decidimos isso quando nos casamos. Se a verdade sobre meu sangue viesse à tona, poderia colocar em risco a Coroa de Havemont. O reino vem sempre em primeiro lugar.

– Não consigo esconder a minha verdade, mãe – falei. – É mais forte que eu. – Aquela era a única coisa de que eu tinha certeza.

– Eu sei – ela falou gentil. – Sinto muito, Dennaleia. Achei que eu tivesse feito a coisa certa. Eu nunca apresentei o menor traço de magia, nem minha mãe biológica. Não sabíamos que isso poderia acontecer.

Então eu contei a ela sobre a adaga, a Cavalgada e as palavras de advertência de Karov. Contei a ela o que Kriantz havia feito e que Thandi se recusara a me ouvir. Eu não tinha mais nada a perder. O ataque a Zumorda já era inevitável. E com Nils morto, os Dissidentes presos e eu como a única suspeita de ser usuária de magia, nada que viria em seguida seria bom.

– Thandi ainda pode se casar comigo pela aliança, para perpetuar essa guerra idiota – concluí. – Mas depois disso, estou em maus lençóis.

Minha mãe pousou suas mãos em meus ombros e cruzou olhares comigo no espelho.

– Você é minha filha e eu sempre a amarei. E com relação a esse assunto, devo admitir que sei tanto quanto você. Mas se você puder me perdoar por não ter lhe contado sobre sua avó... eu a perdoarei por decidir o que achar melhor neste caso e por fazer o que deve fazer.

Eu levei minha mão em direção ao meu ombro e cobri a mão dela com a minha, me perguntando se eu já havia visto minha mãe como ela era de fato. Sim, ela era uma rainha, mas também era apenas uma pessoa fazendo o melhor que podia com o que tinha. Não muito diferente de mim. Nós duas havíamos errado, e nós duas pagaríamos o preço.

Ela beijou minha bochecha e saiu sem dizer mais nada, me deixando com meus pensamentos caóticos e com o surgimento insistente da minha magia. Fui até minha mesinha de cabeceira e tirei o livro verde de debaixo dos cacos de vidro do lampião, acariciando sua capa distraidamente. Se ao menos eu conseguisse controlar minha magia como o feiticeiro do livro, poderia deixar o castelo abrindo meu caminho a fogo, ou poderia mandar uma bola de fogo atrás de Lorde Kriantz para destruí-lo.

Sob meus pés, a borda gasta de um cabresto escapava de debaixo da cama.

Ao ver aquilo, lembranças de Mare me inundaram.

Meu coração se partiu em tantos pedaços quanto havia estrelas no céu. Nossos momentos juntas ardiam dentro de mim com mais intensidade que qualquer chama: suas palavras sábias, sua mão na minha, seus braços em volta do meu corpo, seus beijos ardentes.

Seu amor.

Naquele instante, tudo se encaixou. Eu sabia o que tinha que fazer. Se me sacrificar pelo reino era necessário, eu me arriscaria para impedir a guerra e salvar Mare, não morreria lentamente perseguida por Thandi por crimes que eu não havia cometido.

Despi minha camisola e vesti minha calça de montaria, calcei as botas e me agasalhei o melhor que podia. Finalizei meu visual caótico com minha capa mais simples e abri a outra veneziana. Apenas o vento frio me cumprimentou – o jardim estava vazio e escuro lá embaixo. Thandi não teria contado que as lembranças de Mare me ajudando a escapar da sala de comando de Ryka me dessem coragem.

Olhar para baixo fazia meu estômago revirar, mas eu não tinha tempo para me entregar à náusea. Pendurei a corda junto à parede e passei uma perna por cima do peitoril, as luzes distantes dos estábulos acenando para mim do outro lado dos jardins. Desci até o chão com nossa escada improvisada e entrei por uma porta, a mesma que Thandi me mostrara naquele passeio pelos subterrâneos do castelo.

No subsolo, corri pelos túneis e entrei no arsenal. Havia espadas, machados e clavas pendurados nas paredes, mas as armaduras e outros objetos aleatórios estavam no chão, em diversos estágios de imundície

FOGO & ESTRELAS

e descuido. Eu não sabia onde procurar o artefato dos Dissidentes que o Conselho vinha usando para testar as pessoas quanto a Afinidades. Mas eu era usuária de magia. Alguma coisa no meu dom precisava me ajudar.

Respirei fundo e fechei os olhos, ativando meu dom com a maior cautela possível. Além de uma pilha de escudos surrados, algo brilhou: a borda de uma tigela prateada quase totalmente coberta por um trapo manchado. O brilho aumentava se eu não olhasse diretamente para o objeto. Tinha que ser aquilo. Eu peguei a tigela e corri. Ela parecia viva na minha mão, como a adaga de Karov.

Parei na entrada do túnel para o celeiro. Embora eu não tivesse muito tempo, ainda poderia fazer algo mais pelo meu reino, e por aqueles que eram como eu. Hesitei apenas um segundo antes de seguir pelo túnel que levava à masmorra. O túnel terminava em um portão de metal no centro do castelo, e dava para ver as celas dos prisioneiros do outro lado do portão. Mas havia um guarda parado bloqueando o caminho, e mais dois caminhavam perto da entrada principal da masmorra, do outro lado da sala.

Fechei os olhos e direcionei meu dom para os lampiões do corredor externo, longe o suficiente para estarem fora de vista. Assim que os controlei, tudo que precisei fazer foi um leve gesto e todos eles explodiram. Os vassalos correram para fora da masmorra, deixando meu caminho livre. Os prisioneiros se apertaram contra as grades de suas celas, tentando ver o que estava acontecendo, e esticaram as mãos na minha direção quando surgi na área iluminada. As celas da masmorra nem estavam fechadas a chave, apenas bloqueadas por uma trava pesada que só abria pelo lado de fora.

Eles gritavam numa massa de vozes que eu não conseguia distinguir.

Ergui a tigela de prata, que brilhou intensamente nas minhas mãos enquanto eu deixava meu dom fluir para as pontas dos meus dedos. A maioria dos prisioneiros se encolheu e se afastou com a mesma rapidez com que haviam se lançado contra as grades, as vozes se transformando em gritos de medo enquanto eles se espremiam contra as paredes do fundo de suas celas. Mas alguns deles permaneceram na parte da frente das celas, com os rostos ainda pressionados nas barras.

– Foi você – disse o homem de barba grisalha, mas suas palavras não tinham o tom de julgamento nem de medo de Thandi quando ele as dissera. Havia apenas fascinação na voz dele.

Abri a porta de sua cela e lhe entreguei a tigela. Ela brilhou menos intensamente nas mãos dele.

– Liberte seu povo – eu disse a ele, apontando para a saída. O Círculo Sincrético poderia voltar a fazer sua parte ajudando os outros usuários de magia de Mynaria, tornando o reino seguro.

Quanto a mim, era hora de cair na estrada.

QUARENTA E DOIS

Mare

Recuperei a consciência com o ritmo dos cascos soando na minha cabeça. Minha bochecha pressionada contra tábuas ásperas de um assoalho, botas que eu mal conseguia enxergar diante de mim no escuro. Tentei alcançar o banco acima da minha cabeça com as mãos dormentes, só para descobrir que meus pulsos estavam amarrados firmemente. Tudo que pude fazer foi rolar e deitar de costas. Acima de mim, Lorde Kriantz me observava com uma expressão implacável.

— Ah, você acordou — ele disse. — A viagem até Sonnenborne será mais confortável assim.

— Desgraçado — sussurrei. Ele havia matado Nils. Tentei canalizar minha dor e transformá-la em raiva, em algo que eu pudesse usar. Chutei com meus pés amarrados, tentando abrir a porta da carruagem, mas um de seus homens encostou sua espada nas minhas canelas. Meu corpo tremia de raiva e tristeza, minha cabeça latejava. Denna enxergara tudo com muito mais clareza que eu. Eu devia ter confiado nela. Eu devia ter permanecido ao seu lado, mesmo que isso partisse meu coração.

— Eu gostaria que as coisas não tivessem chegado a esse ponto — ele disse. Ele falou sem malícia, apenas a calma assustadora de alguém que tem um objetivo e que não se importa com nada que fique em seu caminho.

— O que você quer de mim? — Lutei com minhas amarras, frustrada, desejando poder sentar e conversar com ele cara a cara. Devíamos agir de igual para igual. E vínhamos agindo, até eu colocar seu plano em risco.

O soldado sentado ao lado dele ergueu a sobrancelha e uma espada, mas Lorde Kriantz sinalizou que ele se acalmasse. Eu não era uma ameaça naquele estado.

— Bem, não é exatamente você que eu quero, embora eu teria ficado feliz se tivéssemos formado uma parceria. Thandi subestima você, acho. Talvez com o tempo você concorde comigo que uma aliança entre nossos reinos é o melhor a ser feito, apesar dos meus meios.

— Duvido — falei. Ele podia me arrastar para o outro lado do mundo, se quisesse. Eu acabaria encontrando um jeito de escapar, e ele não me veria novamente antes que eu encontrasse uma forma de destruí-lo pelo que ele fizera com meu amigo e pelo que estava prestes a fazer com meu reino.

— Pense nisso do meu ponto de vista — ele disse. — As tribos de Sonnenborne não têm nada além do deserto. O que acha que queremos?

— Outra coisa com que possam trepar além de bodes. Não vou nem tentar adivinhar — respondi, lutando para me livrar das cordas de novo. Um dos soldados me acertou nas costelas com a biqueira de sua bota para me fazer parar.

— Zumorda — ele disse, ignorando meu insulto. — Os recursos de Sonnenborne são limitados. Por séculos temos avançado continuamente para o norte conforme os recursos escasseiam e a terra se torna mais árida. Sem novas terras, meu povo morrerá. Não sobreviveremos mais que alguns invernos onde estamos agora. Você não sabe como é ver o seu próprio povo morrer de fome nas ruas, definhando sob o sol. Sou o mais próximo de um governante que Sonnenborne tem, e não trabalhei para reunir tantas tribos sob meu brasão para simplesmente observar meu povo sofrer e desaparecer.

— Isso não tem nada a ver com Mynaria.

— Tem tudo a ver com Mynaria. Sonnenborne precisa de aliados para tomar terras de um reino tão poderoso como Zumorda. O seu reino é o único com poderio suficiente para nos apoiar.

— E para isso você me rapta? Eu não valho nada. Não percebe que sou uma piada mesmo entre meu próprio povo? Tudo que você fez foi nos sabotar. As mortes de Cas e do meu pai nos enfraqueceram, e ficaremos ainda mais fracos quando você enviar nossa cavalaria para lutar uma guerra sem sentido. O que pretende fazer quando Thandi perceber que os zumordanos não são os culpados? — Palavras eram as únicas armas que eu ainda tinha.

— Depois que a guerra tiver começado, sua causa não importará mais. Thandi não dará ouvidos a nada que difame seu amigo leal, que ficou ao seu lado durante os piores dias de sua vida, embora tenha sido uma pena eu ter tido que matar o Rei Aturnicus para garantir meu lugar. Mas um rei inexperiente é bem mais fácil de manipular que um bem vivido, principalmente quando ele acredita que eu arrisquei minha vida para salvar a de seu pai. Pelo menos, uma generosa doação aos Dissidentes mais esquentadinhos tornou mais fácil me livrar de Casmiel, que era o único que poderia perceber minhas intenções. — Sua voz não tinha emoção. Ele nunca se importara com nenhum de nós.

— Vou matar você com minhas próprias mãos. — Eu me lancei contra ele, mas tudo que consegui foi bater minha cabeça em seu joelho e voltar ao assoalho da carruagem.

— Isso não será necessário. — Ele riu. — Você passará a gostar de mim com o tempo. Este casamento é um acordo comercial. Não exigirei mais nada de você.

Cuspi em seus pés. Eu preferia morrer a lhe dar o que ele quisesse. Sem minha liberdade, Denna, Nils ou meu cavalo, não havia nada no mundo com que eu me importasse.

Ele riu novamente.

—Você será um projeto divertido, Princesa. Sem dúvida, você tem o espírito batalhador de que meu povo precisa.

Rolei para o lado e para longe dele e continuei tentando soltar as cordas que me prendiam até meus pulsos ficarem escorregadios de tanto sangue. Quando não tinha mais forças para lutar, permaneci deitada e imóvel, até o ruído das rodas da carruagem me deixarem entorpecida. Ninguém me vira ser levada, e, em meio às festividades, minha ausência só seria notada quando fosse tarde demais.

QUARENTA E TRÊS

Eu orava para os Seis baixinho e sem parar enquanto corria pelos estábulos escuros. Os membros do Círculo Sincrético perambulavam nas sombras do lado de fora, esperando. Eu não sabia como todos nós sairíamos, mas se eu disparasse pelos portões, talvez eles conseguissem vir atrás. Trabalhei na escuridão; acender uma lamparina chamaria a atenção, eu não podia arriscar. Atrapalhada com a sela de Flicker, eu me esforçava para entender os arreios com os quais não estava acostumada. Pensei em pegar Shadow, mas Flicker era maior — grande o bastante para carregar Mare e eu. Eu a traria de volta ou morreria tentando.

Flicker se movia de um lado para o outro enquanto eu lutava com o couro e com as fivelas, esticando a cabeça, curioso. Ele era tão alto que tive dificuldade para prender a sela em volta de seu corpo e ajustá-la. Colocar a cabeçada foi um pesadelo à parte, minhas mãos tremiam enquanto eu me equilibrava em um banquinho bambo tentando deslizar o bridão para dentro de sua boca e posicionar a cachaceira atrás de suas orelhas.

— Que os Seis nos protejam — falei, conduzindo Flicker para a escura área de treino.

No instante em que passei minha perna por cima da sela, soube que ele era totalmente diferente de Louie e Shadow. Cada passada dele era larga o suficiente para me derrubar, e a energia em seu corpo ardia como as chamas sob minha pele. E embora permanecer sobre o cavalo fosse o mais importante, e eu devesse ter me preocupado mais com os Dissidentes que vinham atrás de mim, tudo em que eu conseguia pensar era Mare. Agarrando as rédeas até os nós dos meus dedos ficarem brancos, vesti o capuz da minha capa e guiei Flicker noite afora.

— Pare! — os guardas do portão gritaram quando me aproximei do muro do castelo.

— É você, Princesa…? — Um deles apertou os olhos, e eu puxei o capuz ainda mais em volta do meu rosto.

— Sim — falei. — Uma carruagem sem identificação puxada por dois cavalos cinzentos passou por aqui há uma hora. Em que direção ela foi?

— Sua Alteza, não deveria sair.

— Diga em que direção a carruagem foi. — Eu torcia para que eles não notassem que minha voz estava trêmula.

— Acho que foi para o sul, onde fica o único portão da cidade que está aberto a esta hora da noite. Mas você não pode sair. Ordens do rei.

— As ordens do rei podem ir direto para o inferno — resmunguei.

— Como?

— Eu disse: que cheiro de queimado é esse? — Apontei para uma árvore próxima ao portão e a encarei com a máxima concentração, estimulando minha magia a despertar. Uma oração para o deus do fogo surgiu em meus lábios, e eu rezei baixinho para a noite. Uma brisa soprou, mas nada mais aconteceu.

— Não estou sentindo cheiro de nada — um deles disse.

— Está tudo bem, Sua Alteza? — O outro se aproximou para segurar as rédeas de Flicker.

— Dane-se! — gritei para a árvore e forcei a magia, alimentando-a com minha raiva.

FOGO & ESTRELAS

Metade das folhas pegaram fogo.

Flicker assustou-se com a explosão das chamas, e eu enterrei meus calcanhares nas laterais do seu corpo. Atrás de mim, os membros do Círculo Sincrético correram para o pátio, pegando os guardas de surpresa. Flicker disparou pelo portão, seus cascos tirando faíscas das pedras do calçamento enquanto deixávamos o caos para trás.

As bufadas de Flicker ecoavam no ar gelado da noite enquanto ele se regozijava com a liberdade da escuridão e da estrada à sua frente. Ele trotava pela cidade como se conhecesse nosso destino, mal se contendo entre minhas pernas e mãos. Agarrei um punhado de sua crina, determinada a não cair. Minhas pernas tremiam de medo e fadiga quando chegamos aos portões da cidade, e eu o fiz diminuir o ritmo para um andar o mais calmo que consegui. Eu não queria que os guardas pensassem que eu estava deixando a cidade a galope num cavalo roubado – principalmente porque aquela era exatamente minha intenção.

– Ei, você! – Um guarda entrou na minha frente. Minhas mãos tremiam nas rédeas enquanto eu procurava algo para dizer que pudesse garantir minha liberdade.

– É a minha irmã – falei de supetão. – Preciso encontrá-la. Ela passou por aqui numa carruagem sem identificação. – Rezei em silêncio mais uma vez para os Seis, torcendo para que os guardas não me reconhecessem.

O guarda olhou ceticamente para mim enquanto Flicker ladeava.

– Por favor, senhor, precisa me deixar ir atrás dela.

– É um magnífico cavalo esse seu, senhorita – ele disse.

– Sim, senhor, meu pai cria cavalos. Este é meu por causa dessa malha branca feia, vê? Ninguém queria comprá-lo. – Agradeci aos Seis por todas as pequenas coisas relacionadas a cavalos que Mare havia me ensinado nos dias que passamos juntas.

— Tudo bem — ele disse, dando um passo para o lado. Ele não parecia totalmente convencido, mas eu não ia esperar para ver se ele mudava de ideia.

— Eles foram para o sudeste — um segundo guarda disse timidamente.

— Mack! — o primeiro guarda ladrou.

— Ah, cale a boca, Brail. Ela parece jovem demais para estar aqui fora, e é o mínimo que posso fazer — ele gritou de volta para o outro guarda.

Lancei um olhar de agradecimento para ele antes de sair galopando na escuridão. Atrás de mim, a árvore que eu incendiara no topo da colina ardia feito um farol. Outro olhar de relance revelou uma linha de tochas descendo a colina do castelo — os cavaleiros estavam vindo atrás de nós. Galopamos mais rápido.

Passadas as luzes da cidade, a noite era toda de sombras. Confiei que Flicker soubesse onde pisava enquanto seguíamos pela estrada, meus olhos se acostumando à escuridão devagar. A lua estava perto do horizonte, uma bola laranja luminosa e brilhante no céu. Galopamos até o pescoço de Flicker começar a suar, e então diminuímos o ritmo para um trote. Não havia mais tochas tremeluzentes no escuro atrás de nós, mas eles viriam inevitavelmente.

Em determinado momento, uma luz brilhou ao longe à nossa frente. Quando vislumbrei os cavalos cinzentos que puxavam a carruagem, a magia ardeu em mim, e eu me esforcei para manter minhas mãos suaves nas rédeas. Fiz Flicker sair da estrada e se enfiar entre arbustos e seguir a carruagem até que o ruído de rodas cessou. Como se entendesse, Flicker permaneceu totalmente imóvel quando paramos, suas orelhas voltadas na direção do veículo. Meu estômago revirou, com medo de que a qualquer momento Flicker relinchasse para os outros cavalos e nos entregasse.

Desmontei e andei na ponta dos pés, Flicker soltando baforadas quentes atrás de mim.

– Não demore – disse a voz familiar de Lorde Kriantz. Um de seus homens saltou da carruagem e foi para a margem da rodovia, e o outro ficou para trás para ajudar a puxar Mare para fora do veículo.

Eu a vi então, e fúria e magia se agitaram dentro de mim em uma tempestade implorando para ser liberada. Lorde Kriantz a tinha com as mãos e pés amarrados, e ela se debatia tentando se soltar enquanto eles a carregavam para fora.

– Seu esforço é inútil – Lorde Kriantz disse sem emoção. – É nossa única parada antes do amanhecer. É melhor aproveitá-la.

Desejei que ele caísse morto, meu estômago doendo de raiva. Mare parecia ainda pior mais de perto, seus pulsos ensanguentados por causa das cordas que os prendiam. Sua cabeça pendeu para a frente, fazendo com que uma cortina de cabelos me impedisse de ver seu rosto.

– Ande logo! – o segundo guarda gritou, e chutou Mare quando ela caiu de joelhos.

– Não temos tempo a perder. – Lorde Kriantz gesticulou impaciente.

– Ela não se mexe – o guarda disse, chutando-a e fazendo-a cair de cara. Ela caiu com facilidade, tão inerte quanto uma boneca de pano.

– Faça com que se mexa – a voz de Lorde Kriantz me atingiu feito um punhal.

O guarda a cutucou com a biqueira da bota e depois chutou a lateral de seu corpo. A magia corria em minhas veias, queimando minhas entranhas.

Amarrei as rédeas de Flicker em um galho de árvore e torci para que Mare me perdoasse por ter desobedecido à sua lição de nunca prender um cavalo com algo que estivesse ligado ao seu freio. Segundos depois, o fluxo de urina do primeiro guarda atingiu as agulhas de pinheiro no chão da floresta, apenas a alguns passos de onde eu estava.

– Mas o que... – O guarda deu um pulo para trás assim que surgi sob a fraca luz lançada pela lanterna da carruagem.

– Vim buscá-la. – Eu os encarei, deixando a magia se concentrar nas palmas das minhas mãos.

Não havia restado medo em mim. Se eu pudesse ter tomado o poder dos Seis Deuses, eu o teria feito sem pensar nas consequências, embora parecesse que o ar à minha volta pudesse pegar fogo com a mínima provocação.

Ao ouvir minha voz, Mare rolou para o lado e se esforçou para ficar de joelhos. Seus lábios formaram meu nome sem produzir nenhum som.

O outro guarda desembainhou sua espada e olhou para Lorde Kriantz em busca de instrução.

— Ora, ora, Princesa. Que interessante. — Lorde Kriantz cruzou os braços. — É melhor você voltar para a cidade antes que notem sua falta. Do contrário, talvez Mynaria e Sonnenborne ataquem Havemont além de Zumorda.

— E é melhor você voltar direto para o inferno de onde saiu — falei.

Meu corpo ardia em chama branca, tudo dentro de mim emergindo com a minha raiva. Eles não a machucariam mais.

— Ela está brilhando! — O outro guarda apontou para mim, de olhos arregalados.

— Soltem-na! — Minha voz saiu vazia e estranhamente neutra. A magia havia assumido o controle do meu corpo. O poder surgiu em ondas irrefreáveis, esperando para ser liberado. Senti que era engolida por ele, e, pela primeira vez, não tentei sufocá-lo. Abri os braços o máximo que conseguia, recebendo energia da terra e do céu à minha volta. Não restaria nada além de destruição.

— Não deem ouvidos a ela... é apenas uma garota — Lorde Kriantz vociferou.

— Mas, milorde...

— Pago vocês para seguirem minhas ordens! — ele explodiu.

— Tragam-na para mim — falei, dando um passo à frente.

— Nunca — Lorde Kriantz respondeu. — Ela é minha. — Ele foi até onde Mare estava ajoelhada, levantou-a e colocou sua mão em volta

FOGO & ESTRELAS

da garganta dela. – Posso acabar com a vida dela, se quiser. Suba em seu cavalo e volte para Lyrra e quem sabe eu a deixe viver.

Quando a mão dele apertou o pescoço dela, a tempestade dentro de mim explodiu.

– Solte-a! – gritei, minhas palavras ecoando em meio às árvores.

Em vez de tentar me controlar, invoquei cada um dos deuses que já haviam me atendido um dia, e me entreguei completamente ao poder sem pensar nas consequências. Uma onda de excitação me dominou enquanto a magia me inundava. As chamas vieram sem dificuldade, faiscando entre meus dedos até minhas mãos arderem tão luminosas quanto o sol. A terra relutou, mas me ancorou. Ergui as mãos para as estrelas até que rastros de luz cobriram o céu noturno. E por fim invoquei o ar para guiar a destruição ao seu destino. Um vento furioso arrancou meu capuz e açoitou meus cabelos enquanto eu formava uma tempestade de estrelas cadentes.

A primeira estrela cadente atingiu a carruagem, a explosão derrubando Lorde Kriantz. Mare se afastou dele e caiu, desaparecendo na fumaça que subia do solo, que ardia em fogo lento. O tempo pareceu correr devagar enquanto o caos tomava conta. Tudo queimava, incendiado pelas estrelas que eu trouxera do céu.

Os gritos foram sufocados pela chuva de rochas que atingiam o chão, rastros brilhantes de faíscas chiando em sua esteira. Crateras se formaram à nossa volta com o impacto das rochas incandescentes. Os dois cavalos da carruagem empinaram apavorados, virando e fazendo a coisa toda tombar para o lado. Suas patas se debatiam inutilmente enquanto seus corpos suados ofegavam em uma confusão de membros emaranhados. Com o enfurecer da tempestade, eles ficaram imóveis, o cheiro de carne e pelos chamuscados fazendo meus pulmões arderem. As árvores queimavam e a própria estrada ardia em chamas, ao passo que a grama e os arbustos tinham virado cinzas. De um lugar distante, eu lamentava pelos cavalos e me assustava com o que eu tinha me transformado, mas não podia parar a tempestade. Ela se desprendeu

★ 373 ★

de dentro de mim em uma torrente que eu jamais poderia controlar, arrancando minha própria energia vital.

Ainda assim, meu foco continuava sendo Mare, sua silhueta inerte quase invisível no meio da estrada. O amor que eu sentia por ela transbordou para protegê-la, deixando a destruição de lado. A tempestade era mais intensa à minha volta, mesmo quando minha visão foi escurecendo devagar e meus braços perderam toda a sensibilidade. Tropecei e caí de joelhos, um buraco se abrindo em meu peito. Eu tentava lutar contra a escuridão, mas, enquanto eu esticava a mão na direção de Mare, ela me venceu.

QUARENTA E QUATRO

Mare

Quando a tempestade terminou, deitei de costas, com meus pulsos ainda amarrados e sangrando. A terra queimada arranhava meus antebraços nus, e meu braço direito latejava do ombro ao cotovelo. Algum estilhaço havia me atingido, e o ferimento doía absurdamente. Quando finalmente ousei abrir um olho e me sentar, o luar luminoso enviou uma pontada de dor para as minhas têmporas. Aos poucos, as árvores foram ficando mais nítidas nas bordas do meu campo de visão, retorcidas no escuro, e o cheiro pungente de cinzas impregnava o ar frio.

Prendi a respiração quando enxerguei o restante da paisagem que me cercava. Eu estava sentada no centro de uma cratera sem vida. Os destroços da carruagem de Lorde Kriantz estavam espalhados por toda parte, seus escombros ardendo em brasas. Os sulcos recentes que as rodas do veículo haviam deixado na estrada terminavam abruptamente bem perto de onde eu estava sentada, e o rastro de destruição se estendia até as profundezas da floresta, na extremidade mais distante da rodovia, onde os galhos haviam entortado das formas mais bizarras.

Mas eu estava viva.

– Denna? – crocitei.

Não houve resposta de nenhum tipo. Até os animais e insetos tinham voado para longe, deixando a noite tão silenciosa quanto a morte – até que um som familiar de algo raspando veio das árvores à minha esquerda.

– Flicker? – falei. Minha voz soou desafinada e artificial enquanto eu tossia por causa das cinzas. Pisquei algumas vezes, chocada. Meu cavalo estava amarrado a uma árvore a uns doze passos de distância, na floresta. Ele relinchou baixinho ao ouvir minha voz e voltou a pisotear a terra com seu casco.

Eu rastejei até os destroços afiados de uma roda da carruagem e esfreguei neles as cordas nos meus pulsos e tornozelos até finalmente conseguir soltá-las. Levantei, trêmula, cerrando os dentes ao sentir a dor no meu braço. Terra e pedriscos se enfiavam nas solas dos meus pés descalços. O que restava do meu vestido pendia do meu corpo aos farrapos, a bainha desfiada e com marcas de queimado.

Segui meu caminho em meio aos escombros que cobriam a estrada. Algumas partes da carruagem estavam apenas chamuscadas, outras carbonizadas e impossíveis de reconhecer. O que eu, a princípio, julguei que fosse uma pilha de madeira, eram na verdade os restos de uma pessoa. Olhei para trás, percebendo que eu já havia passado por outro corpo. Havia mais dois caídos perto das carcaças dos cavalos que puxavam a carruagem. Meu estômago revirou. Um braço queimado estendia-se do corpo mais próximo e terminava em uma mão, que havia definhado e se enroscado em formato de garra. No coto de um dedo retorcido, um anel de ouro intacto reluzia à luz da lua. Lorde Kriantz.

Meu estômago ameaçou se rebelar, mas, do fundo do coração, sua morte só me trazia satisfação. A morte de Lorde Kriantz significava que as tribos reunidas sob seu brasão provavelmente entrariam em crise. Mesmo se Thandi enviasse um mensageiro assim que seu povo

FOGO & ESTRELAS

encontrasse seus restos mortais, levaria tempo para a notícia da morte de Lorde Kriantz chegar a Sonnenborne.

Mais além de Lorde Kriantz, havia uma silhueta contorcida no chão perto da beira da estrada, uma mecha de cabelos quase pretos escapando do capuz de sua capa inconfundível. Meu coração se encheu de amor e pavor. Ela jazia tão pequena e imóvel. Eu me ajoelhei ao seu lado, minha cabeça girando de dor e de pânico.

– Denna? – falei, tossindo. – Denna? – Toquei seu ombro delicadamente e afastei seus cabelos do rosto.

Seus olhos incertos se abriram, e ela piscou olhando para mim por baixo de suas pálpebras pesadas.

– Cabeça... dói – ela balbuciou.

– Denna! Oh, graças aos Seis! – exclamei. Lágrimas de alívio escorriam pelo meu rosto enquanto eu pousava sua cabeça no meu colo.

– Você está ferida – ela disse, notando o ferimento no meu braço.

– É só um arranhão. – Doía bem mais que isso, mas ela não precisava saber.

Seus olhos se encheram de lágrimas.

– Tentei proteger você, mas falhei – ela disse.

– Não falhou – falei. – Você me salvou. – Eu a ergui com cuidado e beijei suas bochechas como se ela fosse o tesouro mais precioso dos Reinos do Norte. Para mim, ela era. E no fim das contas, depois de tudo, ela viera atrás de mim. Ela escolhera *a mim*.

Ergui os olhos e vi uma fileira de pontinhos luminosos tremeluzindo ao longe.

– Estão vindo nos buscar – falei, acariciando seus cabelos. – Agora podemos voltar para casa.

Denna se sentou com uma expressão preocupada.

– Não posso voltar – ela disse. – Não depois disso.

– Mas não haverá guerra. Lorde Kriantz está morto – falei. – Até decidi ficar em Lyrra, se isso a fizer feliz, pelo menos por um tempo, até as coisas se ajeitarem após o casamento. – Vê-la ser coroada rainha seria a coisa mais difícil da minha vida, mas se ela podia quase morrer por minha causa, era o mínimo que eu podia fazer para agradecer.

— O problema não é esse. Thandi disse que me fará pagar pelos meus crimes mesmo se nós nos casarmos. E, além de ter vindo atrás de você e ter arruinado os planos de guerra dele, libertei os Dissidentes — ela disse.

—Você o quê?

— Sem eles realizando seus pequenos feitiços, a magia ambiente em Mynaria foi ficando cada vez mais fora de controle. Eles ajudam a manter as coisas equilibradas. Mas talvez Thandi também esteja bravo porque, em algum momento, sugeri que me casaria com você em vez dele...

— Sua garota maluca. — Eu a beijei novamente, desta vez nos lábios. A suavidade dela me dava a sensação de flutuar e aliviava a dor no meu braço. Ela se endireitou e retribuiu o beijo com uma avidez tão grande que eu podia senti-la. A ideia de uma vida sem ela era impossível, e eu já não sabia mais como eu pudera pensar em abandoná-la.

— Acho que preciso ir para Zumorda — ela falou quando finalmente se afastou. — Karov me disse que é a única forma de treinar minha Afinidade. Se bem me lembro das aulas de geografia, esta é uma das principais rotas comerciais. Deve haver uma estalagem não muito longe daqui. Irei para lá e depois seguirei para Zumorda. Há tráfego suficiente nesta estrada para que eu consiga me aproximar da fronteira com um dos comerciantes que vão para o sul por causa do inverno.

Sorri um pouco apesar da dor. Denna devia ser a única pessoa dos Reinos do Norte capaz de lembrar de detalhes de mapas comerciais depois de ter sido torrada quase até a morte pela magia.

—Você não pode ir para Zumorda sozinha — falei. — Se achou Lyrra ruim, todas as histórias que ouvi sobre Kartasha são ainda piores.

★ 378 ★

FOGO & ESTRELAS

E não sabemos nada sobre a cidade real zumordana. As ruas podem ser pavimentadas com ossos, pelo que sabemos.

Denna segurou minha mão entre as suas.

– Quando montei em Flicker e cavalguei para fora da cidade, achei que isso seria tão simples quanto salvá-la, mesmo que eu ainda não soubesse exatamente como faria tal coisa. Mas agora estou com medo. Porque esta magia é muito maior que eu. Achei que fosse me matar, e foi só graças aos Seis que não matei você. Ela precisa ser dominada. Se eu ficar em Mynaria, provavelmente serei punida por isso. E mesmo se eu me safar dessa, ninguém mais se sentirá seguro perto de mim. – Ela gesticulou indicando a destruição à nossa volta.

Então entendi que ela precisava ir embora. E se eu a amava o tanto que dizia amar, teria que deixá-la partir.

– Tudo bem – falei, e me levantei meio encolhida. – Flicker e eu podemos carregá-la até a hospedaria. Depois vou voltar e lidar com eles. – Sinalizei com a cabeça as tochas ao longe. – Alguém precisa dizer a eles que você morreu, para que não a sigam.

Embora eu mantivesse minha voz firme e forte por ela, por dentro eu já começava a desmoronar. Os vassalos chegariam. Quando eu contasse a eles da morte de Denna, não teria que fingir que chorava. Um olhar para os uniformes dos vassalos me deixaria arrasada ao lembrar de Nils – e de tudo que eu havia perdido naquela noite.

Denna apertou minha mão com gratidão no olhar. Recolhemos todas as moedas de prata dos restos carbonizados dos homens de Lorde Kriantz e subimos na sela de Flicker. Fiz Flicker avançar num galope suave, com Denna aconchegada em meus braços. Corujas voavam de uma árvore à outra ao longo da estrada, lançando seus pios pesarosos nas sombras. Parte de mim queria esquecer da estalagem, sair da estrada principal e encontrar uma cidadezinha tranquila onde pudéssemos desaparecer. Eu queria construir uma casa com minhas próprias mãos, longe da Coroa. Mas mesmo que a garota em meus braços não fosse

★ 379 ★

mais ser rainha, era algo maior do que eu sequer conseguia imaginar. Ela não nascera para ser anônima.

A estalagem ficava perto, como Denna prometera. Quando ela desceu da sela de Flicker, meus braços me pareceram insuportavelmente vazios.

— Então este é um adeus — falei.

— Faça com que peguem o anel de Lorde Kriantz — ela disse. — Acho que ele o estava usando, junto com fios de ouro, para criar fogo. Vi quando ele fez isso com Nils, e a jaqueta do Rei Aturnicus era costurada com fios dourados que podem ter se incendiado do mesmo modo.

Nils. O nome dele trouxe uma punhalada de sofrimento que me fazia sentir como se uma espada tivesse me atravessado. Meu melhor amigo morrera tentando me proteger, só para ter seu corpo profanado em mais uma das tentativas de Kriantz de incriminar Zumorda.

— Nils merecia coisa melhor — falei com a voz embargada.

— Sim — ela concordou. — Hilara talvez conheça alguém que decifre como a coisa funciona.

— Vou garantir que peguem o anel. — O objeto poderia responder a várias perguntas sobre os métodos de Lorde Kriantz. Talvez, depois que seus mistérios fossem desvendados, o anel pudesse ser enterrado junto com meu pai, para que ele e Nils descansassem em paz.

— Mais uma coisa. Se você vir minha mãe... diga que eu a perdoo.

— Direi — eu falei, segurando as rédeas para voltar para casa, sabendo que meu coração seria deixado para trás.

— Mare, espere. — Denna esticou sua mão e segurou a minha. — Já exigi demais de você. Mas você acha que existe alguma chance de vir comigo?

Uma centelha surgiu no meu peito, me enchendo de esperança. Era a pergunta que eu queria que ela fizesse desde que eu a encontrara na beira da estrada.

– Espere por mim dois dias – falei. – Eu a encontrarei na aurora do terceiro. – Um plano já começava a se formar na minha cabeça.

– E se você não vier?

– Virei – respondi. – Mas caso um cavalo fugitivo me arraste direto para o mar e eu não chegue aqui a tempo, vá sem mim, e saiba que irei ao seu encontro assim que eu puder. – Eu me inclinei para baixo na sela.

Ela me beijou uma última vez.

– Vejo você em três dias – ela disse e se afastou.

Os vassalos ficaram compreensivelmente surpresos em me ver.

– Sua Alteza! – o primeiro cavaleiro exclamou enquanto fazia sua montaria ofegante parar. Em segundos, ele desmontou e começou a fazer um curativo na ferida encrostada no meu braço, sem me dar a chance de recusar. Na verdade, eu não precisei fingir dor nem exaustão. Ter ficado sentada no frio à espera deles, me preocupando com Denna, fizera com que cada ferimento meu parecesse chegar até os ossos.

– Pode nos dizer o que aconteceu aqui? – o vassalo perguntou. – Vimos um clarão quando havíamos acabado de cruzar os portões da cidade. Parecia que as estrelas estavam caindo.

– E estavam – falei, resumindo os acontecimentos para ele enquanto o resto do grupo apeava e revirava os destroços. Havia uma hesitação incomum em seus movimentos, como se eles temessem que a magia tivesse deixado uma camada de veneno sobre o solo. Contei a ele como Denna me salvara e como tudo havia queimado, explicando que ela se sacrificara por Mynaria e por mim.

– Você foi a única a sobreviver? – o vassalo perguntou quando terminei de falar.

– Sim – respondi, e deixei minha mente se encher de lembranças de Nils. As lágrimas vieram, e eu as derramei por todos e tudo que eu perdera. Flicker cutucou meu ombro e eu me encostei em seu pescoço, grata por ter um lugar seguro onde repousar.

As estrelas brilhavam firmes e tranquilas acima de nossas cabeças, inalteradas apesar da estrada se encontrar em um estado que mais parecia que o céu havia caído e destroçado o mundo inteiro. Um dos vassalos me ajudou a montar quando chegou a hora de partirmos, e eu fiz Flicker avançar, deixando a destruição para trás pela segunda vez.

Quando chegamos à cidade, os guardas do portão nos deixaram entrar sem perguntas. Os primeiros tons do alvorecer surgiam às nossas costas enquanto percorríamos as ruas. Não havia ninguém ali para nos observar, mas, pela primeira vez, ostentei minha posição social com orgulho, cavalgando pelas ruas escuras de Lyrra sem sapatos e com meu vestido esfarrapado. Trazíamos a prova de que a guerra havia acabado antes mesmo de começar, e Mynaria poderia encontrar uma nova espécie de paz. Os cascos de Flicker soavam sobre as pedras do calçamento. Só os padeiros estavam acordados, e o cheiro delicioso de pães e tortas pairava entre os edifícios. O sol surgiu no horizonte atrás de nós enquanto cruzávamos os portões do castelo, lançando um brilho incandescente sobre tudo. Uma árvore do pátio queimara completamente, restando apenas galhos negros desfolhados que se erguiam para o céu feito a mão carbonizada de Lorde Kriantz.

Assim que paramos na entrada do castelo os vassalos nos cercaram, com a Capitã Ryka não muito atrás deles. Um cavalariço pegou as rédeas de Flicker e a capitã me ajudou a descer da sela. Mal houve tempo para que eu trocasse minhas roupas e um curandeiro examinasse meu braço antes que me levassem até o centro do castelo para uma reunião de emergência do Conselho. Mas antes do Conselho, eu tive que encarar meu irmão.

Quando entrei na sala dos conselheiros, ele esperava por mim, de pé, com a coroa sobre a mesa à sua frente.

Ficamos nos observando em extremidades opostas da mesa comprida, cada um de nós esperando o outro falar primeiro. Meu peito estava soterrado sob o peso da fadiga e da dor, e eu desejava ter lembrado de pedir aos curandeiros uma xícara de chá estimulante que me fizesse suportar as próximas horas antes de poder descansar.

Thandi finalmente quebrou o silêncio com uma voz exausta.

– Sinto muito por ter duvidado de você – ele disse. Seus ombros estavam caídos.

– Sinta mais ainda por ter duvidado dela – falei.

– Ela tinha uma Afinidade – ele disse. – Ela escondeu isso de mim. Ela libertou os Dissidentes. Ela podia ter sido a responsável por tudo isso, desde o início.

– Tudo o que ela fez foi se importar com o reino. Ela libertou os Dissidentes porque eles fazem parte do que torna nosso reino seguro. Ela destruiu Lorde Kriantz não apenas para me salvar, mas para impedir a guerra. Para salvar nosso povo – eu disse a ele.

Ele assentiu.

– Não entendo de magia, mas agora enxergo a verdade nela.

– Então talvez seja hora de aprender. Tentar entender os usuários de magia em vez de tratá-los feito criminosos.

Mais uma pausa recaiu entre nós.

– Isso é culpa minha – ele disse, apoiando-se pesadamente na mesa.

– Você não tinha como saber da força do dom de Denna nem do tamanho da mentira de Lorde Kriantz – falei. – Você teria que ser um deus, não um rei, para saber de tudo isso.

– Mas falhei no que se refere a você e a mim – ele disse. – Diga o que posso fazer para ajudar a consertar as coisas. Você é a única família que me restou.

Era hora da minha jogada.

– Precisamos enviar alguém a Zumorda, caso o povo de Lorde Kriantz decida agir sem ele – falei. – A rainha merece ser avisada, e seria uma oportunidade de iniciarmos um diálogo sobre uma aliança. Eu gostaria de ir.

– Mas Mare...

– Faz todo sentido – eu disse. – Enviar um membro da família real demonstra confiança. Enviar-me sozinha mostra respeito pela aversão deles às propostas políticas. A Conselheira Hilara deixou claro para nós, milhares de vezes, quais são os costumes deles. Não estou pedindo que me envie como embaixadora. Nós dois sabemos que não sirvo para isso. Irei apenas iniciar uma conversa, e depois partiremos daí. Juntos.

Diante de mim, ele parecia cansado, indeciso e tão jovem.

– Por favor. Não restou mais nada para mim aqui – falei.

– Tudo bem – ele concordou.

Nós contornamos a mesa e nos encontramos na metade, cara a cara.

– Obrigada – falei. – E sinto muito por todas essas perdas.

– Também sinto muito.

Meu coração se encheu de tristeza.

Nós apertamos o braço um do outro e ficamos parados por um instante, cabisbaixos.

Contamos nossas novidades para o resto dos participantes da assembleia – o Conselho e alguns embaixadores do alto escalão. A mãe de Denna estava entre eles, seu rosto pálido enquanto a capitã retransmitia o relato da perda de Lorde Kriantz e de seus homens. A notícia de que eu iria para Zumorda foi recebida com choque e descrença, mas ninguém tinha argumentos para contrariar a proposta após a revelação da traição de Lorde Kriantz e de suas implicações para Mynaria. Apenas Hilara fez um gesto de aprovação, e garantiu que ela sabia a quem perguntar sobre o misterioso poder do anel de Kriantz.

Quando o Conselho se dispersou, finalmente cambaleei para fora da sala, e rumava para os meus aposentos quando a mãe de Denna me parou no corredor, a poucos passos da porta.

– Você a viu morrer? – ela perguntou.

Balancei a cabeça em negativa, desejando que pudesse contar a ela toda a verdade, não querendo ver o sofrimento e a esperança duelarem nos olhos dela. Mas pelo menos eu podia lhe dizer uma coisa.

FOGO & ESTRELAS

– Ela queria que eu dissesse a você que ela a perdoa – falei.

A rainha respirou de forma entrecortada e piscou para impedir que as lágrimas escorressem. Mas antes que eu pudesse lhe oferecer minhas falsas condolências, ela falou.

– Cuide dela – ela disse.

Levei a mão ao coração. Era a única coisa que eu sabia que podia fazer.

QUARENTA E CINCO

Na terceira manhã após a partida de Mare, eu me levantei sem muita dificuldade antes do alvorecer, depois de ter passado a maior parte dos dois dias anteriores dormindo. Os efeitos colaterais do uso da minha magia me custaram caro. Meus antebraços e minhas mãos tinham pontos dormentes que não se aqueciam nem recuperavam a sensibilidade, independentemente de quanto tempo eu passasse diante da lareira.

Dormir a maior parte do dia também fora útil para evitar os curiosos que apareceram na estalagem. O local da explosão se transformara em uma atração da noite para o dia, e muitas pessoas diziam ter visto o ocorrido mesmo de distâncias improváveis. Alguns diziam que as estrelas cadentes tinham sido obra dos Seis. Outros diziam que era um sinal do fim dos tempos. Apenas eu sabia a verdade – que toda aquela destruição fora um ato de amor. Talvez quando eu aprendesse a controlar meu dom, eu fizesse as pazes com ele.

As estrelas mal haviam começado a sumir quando deixei a estalagem, a pequena bolsa que eu comprara lotada até a boca com meus poucos pertences e com toda comida que eu conseguia carregar para passar alguns dias na estrada. Uma torta de linguiça quentinha saída do forno foi meu desjejum, deliciosa com seus temperos e com o queijo derretido, fumegando em volutas no ar da manhã. Do varão de amarrar cavalos eu tinha uma visão clara da estrada para Lyrra, que eu observava como se a intensidade do meu desejo pudesse trazer Mare até mim. Eu esperava que ela não tivesse mudado de ideia. Embora eu tivesse passado minhas horas despertas nos últimos dois dias convencendo a mim mesma de que poderia fazer aquilo sozinha, não era o que eu queria.

Quando o sol surgiu laranja no horizonte e o gelo nas folhas caídas começou a derreter, o barulho de cascos soou ao longe. Meu coração acelerou de ansiedade. Até os pontos insensíveis dos meus braços pareceram voltar à vida quando Flicker apareceu galopando na curva da estrada, sua malha branca inconfundível mesmo à distância. Mare sorriu ao me ver, e achei que meu coração fosse explodir de alegria. Até minha Afinidade respondeu à chegada dela, um discreto formigamento de magia passando pelas palmas das minhas mãos pela primeira vez desde a noite em que eu derrubara as estrelas sobre a terra.

Ela saltou da sela e nos abraçamos. Foi só quando ela se afastou que pude ver a carne viva em volta de seus pulsos e a nítida exaustão nas sombras sob seus olhos. Toquei sua bochecha, transbordando de remorso por não ter conseguido chegar a ela antes nem salvar seu melhor amigo. Tantos erros tinham sido cometidos, e tantas vidas tinham sido perdidas.

Da próxima vez, eu faria melhor.

Da próxima vez, eu seguiria meu coração desde o início.

— Você veio — falei, na falta de palavras melhores.

— Claro que vim — ela respondeu. — Você veio por mim primeiro. — Ela disse aquilo com tanta simplicidade, como se não houvesse escolha.

Ela se aproximou e me beijou com uma timidez que eu raramente vira nela. Uma sensação estranha e intensa surgiu em mim quando os seus lábios se abriram, cálidos como o sol da manhã. Com ela perto de mim, eu estaria bem.

★ 388 ★

FOGO & ESTRELAS

– É hora de fazermos nosso próprio destino – falei.

– Sim, acho que sim. – Mare montou em Flicker e usou seu braço bom para me ajudar a subir.

Subir na sela foi um pouco doloroso, mas não me importei. Ela estava lá, com seu corpo apertado de encontro ao meu, e ela era tudo. O futuro se estendia diante de nós, tão incerto e perigoso quanto uma estrada aberta, mas cheio de possibilidades.

Mare deu o comando para Flicker galopar, e ele respondeu avidamente, suas largas passadas comendo chão enquanto rumávamos para o leste.

Pela primeira vez na vida, eu realmente me sentia livre – porque algumas coisas são mais importantes que uma coroa.

Salvar um reino

Ouvir seu coração.

Ou cavalgar ao alvorecer com uma garota em um alazão.

AGRADECIMENTOS

Mais um livro de centenas de páginas seria facilmente escrito com as palavras de agradecimento a todos que me encorajaram, ajudaram e orientaram durante a jornada até a publicação. Há muitos de vocês para serem mencionados um a um, e sou grata a cada pessoa que me viu como escritora bem antes de eu aceitar que isso também era parte de mim.

Em primeiro lugar, agradeço enormemente à minha fabulosa agente, Alexandra Machinist, que enxergou potencial nesta história e me ajudou a moldá-la de um jeito muito melhor do que eu teria feito sozinha – e então a vendeu no que me pareceu ser um piscar de olhos. Você é o tipo de defensora dedicada e apaixonada que todo escritor deveria ter a sorte de ter ao seu lado. Agradeço também às extraordinárias assistentes, Laura Regan e Hillary Jacobsen, que coordenaram todo tipo de ligação e papelada com rapidez e elegância.

Kristin Rens, tê-la como editora de meu livro de estreia foi uma bênção incomparável. Sua gentileza, consideração e cuidado com cada detalhe se fizeram presentes em cada etapa do processo de publicação. Obrigada por amar Denna e Mare, por sempre pedir a minha opinião e por sempre arranjar tempo para responder às minhas dúvidas, grandes e pequenas. Muito obrigada a Kelsey Murphy, Michelle Taormina e Alison Donalty, Renée Cafiero, e Caroline Sun e Nellie Kurtzman e suas equipes, que também ajudaram a dar vida a este livro. A partir do momento em que assinei com a Balzer + Bray, recebi o apoio e o encorajamento de uma equipe incrível. Obrigada também às mentes brilhantes e criativas da Epic Reads – vocês são parte do motivo que me deixava animada para assinar com um selo da HarperCollins, e fico muito feliz por tê-lo feito.

Muito antes de eu ter qualquer ambição ou fé de que poderia me tornar uma escritora publicada, meus amigos da Austin Java Writing Company acreditaram em mim. Ivy Crawford, obrigada por me lembrar que eu não sou péssima, mesmo quando acho que sou. Você é uma das pessoas mais poderosas que eu conheço, e será sempre a primeira e única sapata faz-tudo da minha vida. Enrique Gomez, você é o melhor irmão mais velho. Obrigada por sempre ter tempo para uma palavra de apoio ou encorajamento. Sua generosidade me mantém sempre humilde. Rebecca Leach, obrigada pela ótima companhia em diversas feiras de livros *young adult*, sem mencionar sua ajuda com dúvidas de todo tipo sobre redação e revisão e por me presentear com suas assombrosas habilidades de desenho. Deanna Roy, sua impiedosa caneta vermelha (e azul e verde) garantiram que apenas as palavras essenciais estivessem neste livro, e jamais escreverei passagens longas de diálogos sem me lembrar de "cortar como se as palavras fossem pronunciadas por Sarah Palin". Você é uma das pessoas mais fortes e uma das amigas mais determinadas que uma pessoa pode ter, e espero ainda destruir muitos guardanapos com você. Lane Boyd, Emily Bristow, Matteson Claus, Delia Davila, Kurt Korfmacher, Chris McCraw, Lori Thomas e Zabe Truesdell – obrigada pela amizade e por nossas várias noites de risada e vinho barato. Todos vocês influenciaram minha jornada de escrita de alguma maneira.

Meus colegas críticos salvaram minha sanidade diversas vezes e estão entre os escritores mais excepcionais que eu conheço. Ben Chiles, obrigada pelo nome Casmiel. Obrigada ainda por ler, por me animar em toda e qualquer circunstância, por me fazer rir convulsamente e, em particular, por me ensinar o conceito de amor de amigo (e de robô).

FOGO & ESTRELAS

Helen Wiley, se não fosse você, eu ainda estaria surtando e me debatendo com algum problema do enredo e esperando encontrar as respostas para eles em algum momento entre as lágrimas e o uísque. Sua infinita paciência, generosa ajuda e incrível capacidade de enxergar todas as partes de uma história jamais deixarão de me espantar.

Paula Garner, palavras nunca serão suficientes para descrever tudo que você é para mim. Ninguém teria sido melhor companhia em minha jornada até a publicação, e sou grata todos os dias por sua gentileza, admiração e devoção ao seguirmos juntas pela estrada, HHH em THH. Nosso elaborado sistema de suborno, sua punição quando estou sendo CSWK, sua TVN charmosa e sua chaleira inimitável são coisas que eu nunca soube que sempre precisara. Sua honestidade, confiança e amor são os presentes mais incomparáveis e valiosos. Desde que nos conhecemos, você tem sido meu apoio, minha voz da razão, meu conforto, minha puxadora de orelha, minha coautora e minha bússola. Eu jamais teria conseguido atravessar os últimos anos sem a sua amizade. Você é daquelas que valem a pena ter por perto, Shy.

Eu seria relapsa se não mencionasse Malinda Lo, que passou de autora admirada a mentora e amiga. Seu entusiasmo por este livro desde o início significou muito para mim, e seu parecer o tornou melhor. Agradeço ainda ao meu grupo do Retiro de Escritores 2013 da Lambda Literary Foundation para o Surgimento de Vozes LGBTQ (*2013 Lambda Literary Foundation Writers Retreat for Emerging* LGBTQ *Voices*). Aquela semana me mostrou o privilégio que é ter um grupo de leitores compreensivos discutindo o seu trabalho (e o impacto sensacional e duradouro de uma máscara de borracha de unicórnio).

Os leitores beta, editores e entusiastas que leram por mim ou promoveram meu livro durante o início desta aventura fizeram toda a diferença. Obrigada, Dahlia Adler, Kat Bishop, Elizabeth Briggs, Jaye Robin Brown, Ginny Campen, Sylvia Cottrell, Emily Gottesfeld, Kelly Marshall, Tia Duffy, Marieke Nijkamp, Emma Osborne, Lindsay

Smith, Rachel Tobie e Elisha Walker pelas inúmeras contribuições de vocês ao longo da jornada.

Obrigada à Turma 2k16 e à Sweet Sixteens por serem o tipo de comunidade maravilhosa e apoiadora que todo autor estreante deveria ter a sorte de ter.

Obrigada, Mãe e Pai, por terem estimulado minha independência, apoiado minha escrita e outros esforços criativos e me deixado crescer montada em um cavalo. Os cavalos me ajudaram a ser uma pessoa melhor, assim como vocês.

E por fim, tenho uma enorme dívida de gratidão para com minha esposa, Casi Clarkson, que esteve ao meu lado desde o primeiro rascunho até a última versão deste livro. Você tornou este livro possível. Obrigada pelo meu canto de escrita, por me alimentar, pelas noites de namoro, por me dar tempo e espaço quando eu precisei, pelos passeios com os cachorros que serviram para resolver problemas de enredo e, sobretudo, por seu amor.

CONHEÇA OUTROS LIVROS DA EDITORA HOO

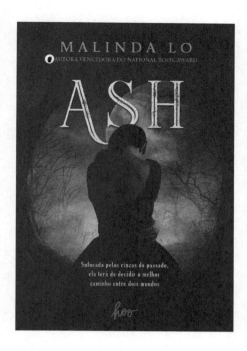

Desbravadora, empoderada e romântica, *Ash* é uma releitura da história da Cinderela com um toque LGBTQIAP+ que trata da conexão entre a vida e o amor, e a solidão e a morte, demonstrando que a transformação pode vir do sofrimento mais profundo.

Após a trágica morte de seu pai, Ash fica à mercê de sua cruel madrasta. Afundada na tristeza, sua única alegria é se aquecer no fogo da lareira, relendo os contos de fadas que sua mãe costumava lhe contar. Em seus sonhos, algum dia as fadas a salvam, levando-a para longe como disseram que fariam. Quando ela conhece a perigosa e sombria fada Sidhean, ela acredita que seu desejo pode se tornar realidade.

No dia em que Ash conhece Kaisa, a Caçadora do Rei, seu coração começa a mudar. Em vez de perseguir fadas, Ash aprende a caçar com Kaisa. Embora sua amizade seja tão delicada como uma nova flor, ela desperta em Ash a capacidade de amar e um desejo enorme de viver.

Mas Sidhean tem outros planos para Ash, e ela deve fazer uma escolha entre sonhos de contos de fadas e o amor verdadeiro.

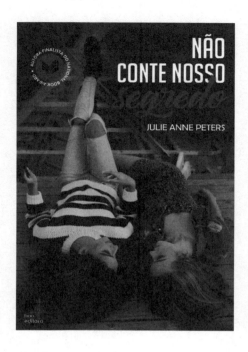

"Todos vão se identificar com a emoção que esta história sobre o primeiro amor traz."
— *Kirkus Reviews*

Com o namorado dos sonhos, o cargo de Presidente do Conselho Estudantil e a chance de ir para uma Universidade de Ivy League, a vida não poderia estar mais perfeita para Holland Jaeger. Ao menos, é o que parece. Até que Ceci Goddard chega na escola e muda tudo. Ceci e Holland têm sentimentos que não conseguem esconder, mas como todos ao redor vão lidar com este novo romance? Entre intrigas, preconceitos e a não aceitação dos pais, Ceci e Holland lutam para manter-se juntas, mas o amor delas pode não ser tão forte quanto as críticas da sociedade... *Não conte nosso segredo* é o primeiro livro da autora best-seller no *The New York Times*, que promete emocionar leitores de todas as idades e gêneros.